SAUVER SA PEAU

Écrivain américain, Lisa Gardner a grandi à Hillsboro, dans l'Oregon. Auteur de plusieurs thrillers, elle est considérée comme l'une des grandes dames du roman policier féminin. Elle a reçu le Grand prix des lectrices de *Elle* en 2011 dans la catégorie Policier pour *La Maison d'à côté*.

Paru au Livre de Poche :

ARRÊTEZ-MOI

DERNIERS ADIEUX

DISPARUE

FAMILLE PARFAITE

LA MAISON D'À CÔTÉ

LES MORSURES DU PASSÉ

PREUVES D'AMOUR

TU NE M'ÉCHAPPERAS PAS

LA VENGEANCE AUX YEUX NOIRS

LISA GARDNER

Sauver sa peau

ROMAN TRADUIT DE L'ANGLAIS (ÉTATS-UNIS)
PAR CÉCILE DENIARD

ALBIN MICHEL

Titre original :

HIDE
Publié chez Bantam Books, New York.

1

Mon père m'a expliqué ça pour la première fois quand j'avais sept ans : le monde est un système. L'école est un système. Les quartiers sont des systèmes. Les villes, les gouvernements, n'importe quel grand groupe de gens. Le corps humain aussi d'ailleurs, un système qui fonctionne grâce à de petits sous-systèmes biologiques.

La justice pénale, évidemment un système. L'Église catholique – ne le lancez pas là-dessus. Et puis il y a les fédérations sportives, les Nations unies et, bien sûr, le concours de Miss Amérique.

« Tu n'es pas obligée d'aimer le système, me sermonnait-il. Tu n'es pas obligée d'y croire ou d'y adhérer. Mais il faut que tu le comprennes. Si tu comprends le système, tu survivras. »

Une famille est un système.

En revenant de l'école cet après-midi-là, j'avais trouvé mes deux parents dans le salon. Mon père, professeur de mathématiques au MIT, était rarement rentré avant dix-neuf heures. Mais là, il se tenait près du canapé à fleurs que ma mère aimait tant, cinq valises soigneusement rassemblées à ses pieds. Ma mère pleurait. Quand j'ai ouvert la porte d'entrée, elle s'est détournée comme pour se cacher le visage, mais je voyais encore trembler ses épaules.

Mes deux parents portaient de gros manteaux en laine, ce qui était étrange vu la relative douceur de cet après-midi d'octobre.

Mon père fut le premier à parler : « Il faut que tu ailles dans ta chambre. Prends deux choses. Celles que tu voudras. Mais dépêche-toi, Annabelle ; nous n'avons pas beaucoup de temps. »

Les épaules de ma mère tremblèrent de plus belle. Je posai mon sac à dos et battis en retraite dans ma chambre, où je contemplai mon petit univers rose et vert.

De tous les instants de mon passé, c'est celui que j'aimerais le plus revivre. Trois minutes dans la chambre de mon enfance. Mes doigts qui effleuraient le bureau couvert d'autocollants, rebondissaient sur les photos encadrées de mes grands-parents, survolaient ma brosse argentée ciselée et mon immense miroir à main. Je fis l'impasse sur mes livres. Ne songeai pas un instant à ma collection de billes ou à ma pile de dessins du jardin d'enfants. Je me rappelle avoir fait un choix littéralement déchirant entre mon chien en peluche préféré et mon tout nouveau trésor, une Barbie en robe de mariée. Je pris mon chien, Boomer, puis attrapai mon doudou adoré, un bout de tissu à carreaux rose foncé avec une bordure en satin rose pâle.

Pas mon journal intime. Pas le tas de messages pleins de bêtises et de gribouillis de ma meilleure amie, Dori Petracelli. Pas même mon album de naissance, grâce auquel j'aurais au moins eu des photos de ma mère pour toutes ces années à venir. J'étais une jeune enfant apeurée et j'ai agi comme une enfant.

Je crois que mon père savait ce que j'allais choisir. Je crois qu'il a tout vu venir, dès cette époque.

Je retournai dans notre séjour. Mon père était dehors, à charger la voiture. Ma mère tenait à deux mains le pilier qui séparait le séjour de la cuisine et du coin-repas. Un instant, je crus qu'elle n'allait pas lâcher. Elle allait résister, exiger que mon père arrête ces bêtises.

Au lieu de cela, elle caressa mes longs cheveux bruns. « Je t'aime tellement. » Elle m'attrapa, me serra farouchement dans ses bras, ses joues mouillées sur le sommet de ma tête. Un instant après, elle me repoussa, s'essuya vivement le visage.

« Sors, chérie. Ton père a raison : il ne faut pas traîner. »

Je suivis ma mère jusqu'à la voiture, Boomer sous le bras, les deux mains cramponnées à mon doudou. Nous prîmes nos places habituelles : mon père au volant, ma mère sur le siège passager, moi à l'arrière.

Mon père fit reculer notre petite Honda dans l'allée. Des feuilles jaunes et orange tombèrent du hêtre en tourbillonnant, dansèrent devant la fenêtre de la voiture. Je posai mes doigts écartés sur la vitre comme si je pouvais les toucher.

« Fais coucou aux voisins, ordonna mon père. Comme si tout était normal. »

Ce fut la dernière fois que nous vîmes notre petite impasse parsemée de chênes.

Une famille est un système.

Nous roulâmes jusqu'à Tampa. Ma mère avait toujours voulu voir la Floride, expliqua mon père. Est-ce que ça ne serait pas chouette de vivre au milieu des palmiers et des plages de sable blanc après tous ces hivers en Nouvelle-Angleterre ?

Puisque ma mère avait choisi la destination, mon père choisit les noms. Je m'appellerais désormais Sally. Lui serait Anthony et ma mère Claire. N'est-ce pas que c'était drôle ? Une nouvelle ville et un nouveau nom. La grande aventure !

Je fis des cauchemars, au début. Des rêves absolument épouvantables dont je me réveillais en hurlant : « J'ai vu quelque chose, j'ai vu quelque chose !

– Ce n'est qu'un rêve, tentait de me rassurer mon père en me caressant le dos.

– Mais j'ai peur !

– Chut. Tu es trop jeune pour savoir ce que c'est que la peur. Les papas sont là pour ça. »

Nous ne vivions pas au milieu des palmiers et des plages de sable blanc. Mes parents n'en parlaient jamais, mais maintenant que je suis adulte, je comprends a posteriori qu'un docteur en mathématiques ne pouvait pas vraiment reprendre là où il en était resté, surtout sous une fausse identité. Mon père prit donc un emploi de taxi. J'adorais son nouveau travail. Grâce à lui, papa était à la maison l'essentiel de la journée et puis, ça faisait chic d'avoir mon propre taxi qui venait me chercher à l'école.

La nouvelle école était plus grande que l'ancienne. Plus dure. Je crois que je m'y suis fait des amis, même si je n'ai pas beaucoup de souvenirs précis de notre passage en Floride. J'ai plutôt l'impression générale d'un temps et d'un lieu irréels, où je passais mes après-midi à recevoir des cours d'autodéfense pour enfants de

CP et où même mes parents me faisaient l'effet d'étrangers.

Mon père, constamment en train de s'activer dans notre deux-pièces. « Qu'est-ce que tu en dis, Sally ? On va se décorer un palmier pour Noël ! Oui, monsieur, c'est maintenant qu'on s'amuse ! » Ma mère, qui fredonnait distraitement en repeignant notre séjour en corail vif, gloussait en s'achetant un maillot de bain en novembre, paraissait sincèrement intriguée en apprenant à cuisiner divers poissons blancs bizarroïdes.

Je crois que mes parents ont été heureux en Floride. Ou du moins déterminés. Ma mère décora notre appartement. Mon père reprit son passe-temps, le croquis. Les soirs où il ne travaillait pas, ma mère posait pour lui à côté de la fenêtre et je m'allongeais sur le canapé, contente de voir les coups de fusain habiles de mon père croquer le sourire taquin de ma mère sur une petite esquisse.

Jusqu'au jour où je suis rentrée de l'école pour trouver les valises faites, les visages fermés. Inutile de demander, cette fois-ci. Je suis allée de moi-même dans ma chambre. J'ai attrapé Boomer. Trouvé mon doudou. Puis je suis allée à la voiture et je suis montée à l'arrière.

Il s'est passé du temps avant que l'un de nous n'ouvre la bouche.

Une famille est un système.

Encore à ce jour, je ne sais pas dans combien de villes nous avons habité. Ou combien de noms j'ai portés. Mon enfance devint un chaos de nouveaux visages, de nouvelles villes, avec les mêmes vieilles valises. On arrivait, on trouvait le deux-pièces le moins cher. Mon père se mettait en chasse le lendemain et revenait chaque fois avec un emploi quelconque : développeur photo, manager chez McDonald's, vendeur. Ma mère déballait le peu d'affaires que nous avions. J'allais à l'école en traînant les pieds.

Mais je sais que je n'étais plus aussi bavarde. Et ma mère non plus.

Seul mon père resta incurablement gai. « Phoenix ! J'ai toujours voulu connaître le désert. Cincinnati ! Ça, c'est mon genre de ville. Saint Louis ! Tout juste l'endroit qu'il nous faut ! »

Je ne me rappelle pas avoir fait de nouveaux cauchemars. Ils s'arrêtèrent tout simplement ou furent repoussés à l'arrière-plan par des soucis plus pressants. Ces après-midi où je rentrais pour trouver ma mère sans connaissance sur le canapé. Les cours de cuisine accélérés parce qu'elle ne tenait plus debout. Préparer du café et l'obliger à l'avaler. Faire une rafle dans son porte-monnaie pour acheter des provisions avant que mon père ne rentre du travail.

Je veux croire qu'il devait être au courant, mais aujourd'hui encore, je n'en suis pas certaine. En tout cas, pour ma mère et pour moi, c'était comme si plus nous prenions de noms différents, plus nous abandonnions de nous-mêmes. Jusqu'à devenir des ombres éthérées et silencieuses dans le sillage mouvementé de mon père.

Elle réussit à tenir jusqu'à mes quatorze ans. Kansas City. Neuf mois qu'on habitait là. Mon père s'était hissé au rang de responsable du rayon automobile chez

Sears. Je projetais d'aller à ma première soirée dansante.

Je rentrai à la maison. Ma mère – Stella, comme on l'appelait à ce moment-là – était à plat ventre sur le canapé. Cette fois-ci, j'eus beau la secouer, pas moyen de la réveiller. Je me rappelle vaguement avoir traversé le couloir en courant. Avoir tambouriné à la porte de la voisine.

« Ma mère, ma mère, ma mère ! » hurlai-je. Et cette pauvre Mme Torres, qui n'avait jamais eu droit à un sourire ou à un bonjour d'aucun d'entre nous, ouvrit sa porte à la volée, traversa précipitamment le couloir et, levant les mains vers des yeux soudain humides, déclara que ma mère était morte.

La police vint. Les secours. Je les regardai emporter son corps. Vis le flacon orange vide glisser de sa poche. Un des agents le ramassa. Et me lança un regard de pitié.

« Quelqu'un à prévenir ?

– Mon père va bientôt rentrer. »

Il me laissa avec Mme Torres. Nous attendîmes dans son appartement, où flottait une puissante odeur de piments jalapeño et de tamales de maïs. J'admirai les rideaux à rayures vives qu'elle avait accrochés à ses fenêtres et les coussins à fleurs audacieux qui recouvraient son canapé marron fatigué. Je me demandais ce que ça ferait d'avoir à nouveau une vraie maison.

Mon père arriva. Remercia abondamment Mme Torres. M'entraîna dehors.

« Tu comprends qu'on ne peut rien leur dire ? ne cessa-t-il de répéter lorsque nous fûmes de retour à

13

l'abri de notre appartement. Tu comprends qu'il faut être très prudents ? Je ne veux pas que tu dises un mot, Cindy. Pas *un* mot. Tout ça est très, très délicat. »

Quand la police revint, il fut le seul à parler. Je réchauffais un bouillon de poule au vermicelle dans notre minuscule cuisine. Je n'avais pas vraiment faim. Je voulais juste que notre appartement sente comme celui de Mme Torres. Je voulais que ma mère revienne à la maison.

Plus tard, j'ai trouvé mon père en larmes. Recroquevillé sur le canapé, il tenait la belle robe rose tout abîmée de ma mère. Il était incapable de s'arrêter. Il sanglotait, encore et encore.

Ce fut la première fois que mon père dormit dans mon lit. Je sais ce que vous vous dites, mais ce n'était pas comme ça.

Une famille est un système.

Nous avons attendu trois mois le corps de ma mère. L'État voulait une autopsie. Je n'ai jamais rien compris à tout ça. Mais un beau jour, on nous a rendu ma maman. Nous l'avons accompagnée de la morgue au funérarium. On l'a mise dans une caisse au nom de quelqu'un d'autre, puis on l'a envoyée dans la fournaise.

Mon père a acheté deux petites ampoules en verre au bout d'une chaîne. Une pour lui. Une pour moi.

« Comme ça, a-t-il dit, elle sera toujours près de notre cœur. »

Leslie Ann Granger. C'était le vrai nom de ma mère. Leslie Ann Granger. Mon père remplit les ampoules avec des cendres et nous les passâmes à nos cous. Le reste de ses cendres fut dispersé au vent.

Pourquoi acheter une tombe qui ne ferait que cimenter un mensonge ?

Nous retournâmes à l'appartement et cette fois-ci, mon père n'eut pas besoin de demander ; nos valises étaient prêtes depuis trois mois. Ni Boomer ni doudou cette fois. Je les avais mis dans la caisse en bois de ma mère et je les avais envoyés avec elle dans les flammes.

Quand on n'a plus de mère, il est temps d'en finir avec les objets puérils.

Je choisis le nom de Sienna. Mon père serait Billy Bob, mais je lui permettrais de se faire appeler B.B. Il leva les yeux au ciel, mais joua le jeu. Puisque j'avais ouvert le bal avec les noms, il choisit la ville. Nous partîmes pour Seattle ; mon père avait toujours voulu voir la côte Ouest.

Nous nous en sortîmes mieux à Seattle, chacun à sa manière. Mon père retourna chez Sears et, sans jamais révéler qu'il avait déjà travaillé dans un de leurs magasins, fut pris pour un employé naturellement doué et gravit les échelons à vitesse grand V. Je m'inscrivis dans une nouvelle école publique surpeuplée et sous-financée, où je me fondis dans la masse anonyme et sans visage des élèves moyens.

Je commis également mon premier acte de rébellion : je fréquentai une église.

La petite église congrégationaliste se trouvait à une rue de chez nous. Je passais devant tous les jours sur le chemin de l'école. Un jour, je glissai un coup d'œil à l'intérieur. Le lendemain, je m'assis. Le troisième jour, je me retrouvai à discuter avec le pasteur.

Dieu laisse-t-il entrer les gens au paradis, demandai-je, s'ils sont enterrés sous un faux nom ?

Je parlai longuement au pasteur cet après-midi-là. Il avait des lunettes épaisses comme des culs de bouteille. Des cheveux gris clairsemés. Un sourire aimable. Lorsque je rentrai à la maison, il était plus de six heures, mon père attendait et il n'y avait pas de repas sur la table.

« Où étais-tu ? demanda-t-il.

– J'ai été retenue…

– Tu sais à quel point je me suis inquiété ?

– J'ai raté le bus. Je discutais d'un devoir avec un prof. Je suis… J'ai dû faire tout le chemin à pied. Je ne voulais pas te déranger à ton travail. » Je bredouillais, le rouge aux joues, d'une voix méconnaissable.

Mon père me fit les gros yeux un bon moment. « Tu peux toujours m'appeler, dit-il tout à coup. On est dans le même bateau, mistinguette. »

Il m'ébouriffa les cheveux.

Ma mère me manquait.

Et j'allai dans la cuisine pour préparer le ragoût de thon.

Le mensonge, découvris-je, crée la même dépendance que n'importe quelle drogue. Avant même de m'en apercevoir, j'avais raconté à mon père que je m'étais inscrite au club de débats de l'école. Ce qui me procura bien sûr autant d'après-midi que j'en voulais pour aller à l'église, assister aux répétitions de la chorale, discuter avec le pasteur, tout simplement m'imprégner de l'atmosphère.

16

J'avais toujours eu de longs cheveux bruns. Ma mère me les nattait quand j'étais enfant. Mais, adolescente, je les avais réduits à un rideau impénétrable que je laissais tomber devant mon visage. Un jour, je décidai qu'ils m'empêchaient de voir la vraie beauté des vitraux et j'allai les faire couper chez le coiffeur du coin.

Mon père ne m'adressa pas la parole pendant une semaine.

Et je m'aperçus, assise dans mon église, à observer les allées et venues de mes voisins, que mes sweats trop larges étaient tristes, que mes jeans baggy ne m'allaient pas. J'aimais les gens qui portaient des couleurs vives. J'aimais la manière dont cela attirait l'attention sur leur visage, soulignait leur sourire. Ces gens avaient l'air heureux. Normaux. Aimants. Je parie qu'ils ne mettaient pas trois secondes à répondre chaque fois qu'on leur demandait leur nom.

Alors je me suis acheté de nouveaux vêtements. Pour le club de débats. Et je me suis mise à passer toutes mes soirées du lundi à la soupe populaire – c'était obligatoire pour l'école, ai-je expliqué à mon père. On avait tous tant d'heures de travaux d'intérêt général à accomplir. Il s'est trouvé qu'un gentil garçon était aussi bénévole là-bas. Cheveux bruns. Yeux bruns. Matt Fisher.

Matt m'a emmenée au cinéma. Je ne me souviens pas du film qui passait. Je sentais la main de Matt sur mon épaule, la moiteur de mes paumes, ma respiration heurtée. Après le film, nous sommes allés prendre une glace. Il pleuvait. Il a tenu son manteau au-dessus de ma tête.

Et alors, tous deux enveloppés dans son blouson qui sentait l'eau de Cologne, il m'a donné mon premier baiser.

Je suis rentrée à la maison sur un nuage. Les bras croisés autour de la taille. Un sourire rêveur sur les lèvres.

Mon père m'a accueillie à la porte. Cinq valises se profilaient derrière lui.

« Je sais ce que tu fabriques ! déclara-t-il.

– Chut, dis-je en posant un doigt sur ses lèvres. Chut. »

Je passai en dansant à côté de mon père, estomaqué. Je me glissai dans ma minuscule chambre aveugle. Et pendant huit heures, je restai allongée sur mon lit et m'autorisai à être heureuse.

Il m'arrive encore de penser à Matt Fisher. Est-ce qu'il est marié aujourd'hui ? Est-ce qu'il a deux enfants virgule deux ? Est-ce qu'il parle quelquefois de la fille la plus cinglée qu'il ait jamais rencontrée ? Embrassée un soir. Jamais revue.

Mon père n'était pas à la maison le lendemain matin. Il revint vers midi et me flanqua les faux papiers dans la main.

« Et je ne veux aucune remarque sur les noms », dit-il en me voyant tiquer : j'étais désormais Tanya Nelson, fille de Michael. « Essayer d'obtenir ces papiers au pied levé m'a déjà coûté deux briques.

– Mais tu as choisi les noms.

– C'était tout ce que le type pouvait me donner.

– Mais c'est toi qui as rapporté les noms, insistai-je.

– Bon, bon, comme tu veux. »

18

Il avait déjà une valise dans chaque main. Je restai inflexible, les bras croisés, le visage implacable. « Tu as choisi les noms, je choisis la ville.

– Quand on sera en voiture.

– Boston. »

Il ouvrit des yeux ronds. Je voyais bien qu'il avait envie de protester. Mais c'était la règle.

Une famille est un système.

Quand on a passé sa vie à fuir la Chose, on se demande forcément ce qu'on ressentira le jour où elle finira par vous rattraper. J'imagine que mon père n'a jamais eu à le savoir.

Les flics ont dit qu'il était descendu du trottoir et que le taxi lancé à pleine vitesse l'avait tué sur le coup. Son corps a été catapulté à sept mètres au-dessus du sol. Son front a percuté un réverbère métallique et s'est enfoncé dans son visage.

J'avais vingt-deux ans. J'avais enfin terminé mon laborieux parcours à travers une kyrielle d'écoles. Je travaillais chez Starbucks. Je marchais beaucoup. Je mettais de l'argent de côté pour une machine à coudre. Je montais ma propre entreprise de confection de rideaux et de coussins de canapé assortis.

J'aimais Boston. Revenir dans la ville de mon enfance ne m'avait pas laissée paralysée de peur. Tout le contraire, en fait. Je me sentais en sécurité au milieu des foules constamment en mouvement. J'aimais flâner dans Public Garden, faire du lèche-vitrines dans Newbury Street. J'appréciais même le retour de l'automne, quand les jours prennent une odeur de chêne et que les nuits sont fraîches. Je trouvai un appartement ridiculement petit dans le North End, d'où je pouvais aller à pied à la pâtisserie Mike's pour manger des cannolis frais quand j'en avais envie. Je mis des rideaux. Pris un chien. Appris même à faire les tamales de maïs. Et le soir, postée devant ma fenêtre à barreaux du cinquième étage, les cendres de ma mère au creux de la main, j'observais dans la rue les passants anonymes.

Je me disais que j'étais adulte à présent. Je me disais que je n'avais plus rien à craindre. Mon père avait dirigé mon passé. Mais mon avenir m'appartenait et je ne le passerais plus à fuir. Je n'avais pas choisi Boston par hasard et j'étais là pour de bon.

Et un jour, tout s'est précipité. J'ai pris le *Boston Herald* et j'ai lu la nouvelle en première page : vingt-cinq ans après, on m'avait finalement retrouvée morte.

2

Téléphone.

Il se retourna. Attrapa un oreiller. Se le colla sur l'oreille.

Téléphone.

Il rejeta l'oreiller, remonta plutôt les couvertures.

Téléphone.

Grognement. Il ouvrit un œil à contrecœur. Deux heures trente-deux. « Bordel de m... » Il abattit une main hors du lit, attrapa maladroitement le téléphone et approcha le combiné de son oreille. « Quoi ?

— Toujours de bonne humeur, à ce que je vois. »

Bobby Dodge, dernière recrue de la police d'État du Massachusetts, grogna plus fort. « C'est seulement mon deuxième jour. Vous n'allez pas me dire qu'on m'appelle dès le deuxième jour. Hé. » Ses neurones se mirent à fonctionner avec un temps de retard. « Une secon...

— Tu connais l'ancien hôpital psychiatrique de Mattapan ? demanda D.D. Warren de la police municipale de Boston.

— Pourquoi ?

— On a une affaire.

— La police *municipale* a une affaire, tu veux dire. Tant mieux pour vous. Je retourne me coucher.

– Tu as trente minutes pour être là.

– D.D… » Bobby se redressa laborieusement, réveillé malgré lui, et cela ne le faisait pas rire. D.D. et lui se connaissaient depuis des lustres, mais deux heures du matin, c'est deux heures du matin. « Si tu veux bizuter un nouveau avec tes copains, prends-le dans ton service. Je suis trop vieux pour ces conneries.

– Il faut que tu voies ça, répondit-elle simplement.

– Que je voie quoi ?

– Trente minutes, Bobby. N'allume pas la radio. N'écoute pas nos fréquences. J'ai besoin que tu voies ça l'esprit vierge. » Il y eut un silence. Plus doucement, elle ajouta : « Serre les dents, Bobby. Ça ne va pas être joli. » Et elle raccrocha.

Bobby Dodge avait l'habitude d'être tiré du lit. Il avait servi près de huit ans comme tireur d'élite dans les forces spéciales de la police d'État du Massachusetts, d'astreinte vingt-quatre heures sur vingt-quatre et inévitablement en intervention la plupart des week-ends et jours fériés importants. À l'époque, ça ne le dérangeait pas. Il aimait le défi, s'épanouissait dans un corps d'élite.

Mais deux ans plus tôt, sa carrière avait déraillé. Bobby n'avait pas simplement été appelé sur une mission ; il avait tué un homme. L'administration avait fini par juger qu'il s'agissait d'un usage légitime de la force, mais rien n'était plus pareil. Il y avait six mois de cela, quand il avait démissionné des forces spéciales, personne n'avait protesté. Et plus récemment, quand il avait été reçu au concours d'enquêteur, tout le monde était tombé d'accord : la carrière de Bobby avait bien besoin d'un nouveau souffle.

Enquêteur à la criminelle depuis deux jours, il s'était donc déjà vu confier une demi-douzaine de dossiers en cours mais rien d'urgent, juste de quoi se mettre dans le bain. Quand il aurait prouvé qu'il n'était pas le dernier des crétins, on lui permettrait peut-être de mener une enquête pour de bon. Ou alors il pouvait toujours espérer attraper une affaire au vol, avoir la chance d'être l'officier d'astreinte tiré du lit sur un gros coup. Dans la police, on dit pour plaisanter que les meurtres ne se produisent qu'à trois heures cinq du matin ou à seize heures cinquante. Pile poil au bon moment pour que l'équipe de jour se lève tôt et veille toute la nuit.

Les coups de fil nocturnes faisaient clairement partie du boulot. Sauf qu'ils étaient censés provenir d'un collègue de la police d'État et pas d'un enquêteur de la police municipale de Boston.

Bobby tiqua à nouveau, chercha à comprendre. En règle générale, les enquêteurs de Boston avaient horreur de convier des officiers d'État à leurs petites fêtes. En outre, si un agent de la police municipale pensait sincèrement avoir besoin de l'expertise de la police d'État, son supérieur se mettrait en relation avec celui de Bobby et chacun agirait avec toute la transparence et la confiance auxquelles on peut s'attendre dans ce genre de mariage arrangé.

Mais D.D. l'avait appelé personnellement. Ce qui conduisit Bobby à supposer, pendant qu'il enfilait son pantalon, se débattait avec une chemise à manches longues et se passait de l'eau sur le visage, que D.D.

n'avait pas besoin de l'aide de la police d'État. Elle avait besoin de son aide à lui.

Et cela ne lui disait rien qui vaille.

Dernier arrêt devant sa commode, à la lueur de la lampe de chevet. Il trouva sa plaque, son bip, son Glock .40 et (arme de prédilection de l'enquêteur en mission) son minidictaphone Sony. Il jeta un œil à sa montre.

D.D. lui avait donné trente minutes. Il y serait en vingt-cinq. Ce qui lui laissait cinq minutes de rab pour comprendre ce que c'était que ce bordel.

Depuis le petit immeuble de Bobby à South Boston, Mattapan était tout droit par l'I-93. De trois à cinq le matin, c'était probablement les deux seules heures de la journée où la 93 n'était pas un serpent saturé de véhicules ; ça roulait bien.

Bobby prit la sortie de Granite Avenue et tourna à gauche dans Gallivan Boulevard qui rejoignait Morton Street. Il s'arrêta à un feu à côté d'une vieille Chevrolet. Les occupants, deux jeunes Noirs, examinèrent sa Crown Vic d'un air entendu. Puis ils lui décochèrent un regard aussi glacial que possible. Bobby leur répondit par un salut joyeux à sa manière. À la seconde où le feu passa au vert, les gamins prirent un virage à droite très sec et déguerpirent, écœurés.

Encore un grand moment pour la police de proximité.

Des quartiers résidentiels succédèrent aux galeries commerciales. Bobby passa des petites rues engorgées d'immeubles à deux étages, où chaque bâtiment paraissait plus fatigué et plus décrépit que le précédent. Ces dernières années, d'immenses secteurs de

24

Boston avaient connu un regain de vitalité et, sur les quais, les logements sociaux avaient laissé place à des résidences de standing. Les entrepôts à l'abandon se transformaient en palais des congrès. Toute la ville subissait un réaménagement stratégique et esthétique pour s'adapter aux caprices du grand projet d'autoroute souterraine.

Certains quartiers y avaient gagné. Pas Mattapan, manifestement.

Encore un feu. Bobby freina, consulta sa montre. Huit minutes d'avance sur l'horaire. Il tourna à gauche, contourna le cimetière de Mt. Hope. Sous cet angle, il put enfin voir se profiler, par la vitre latérale, l'immense terrain vague qu'était devenu l'hôpital psychiatrique de Boston.

Luxuriant espace vert de quatre-vingts hectares en pleine ville, le site était à l'heure actuelle le terrain aménageable le plus farouchement convoité de l'État. Et, parce qu'il avait accueilli un asile d'aliénés centenaire, c'était aussi un des endroits les plus sinistres du coin.

Juchés au sommet de la colline, deux bâtiments de briques en ruine faisaient de l'œil au voisinage avec leurs fenêtres brisées démentes. Des chênes et des hêtres immenses, démesurés, griffaient le ciel de la nuit, et leurs branches dénudées dessinaient des silhouettes de mains noueuses.

L'histoire voulait que l'hôpital ait été construit sur un terrain boisé pour fournir un environnement « paisible » aux patients. Plusieurs décennies de bâtiments surpeuplés, d'étranges hurlements nocturnes et deux meurtres plus tard, les voisins parlaient encore de lueurs qui apparaissaient sans raison au milieu des ruines, de gémissements à vous glacer le sang qui s'échappaient de sous les murs de brique écroulés, d'ombres fugitives aperçues entre les arbres.

Jusqu'à présent, aucune de ces légendes n'avait découragé les promoteurs. La société Audubon avait obtenu une partie du terrain, dont elle avait fait une réserve naturelle très prisée. Un gros chantier était en cours pour le tout nouveau laboratoire de l'université du Massachussets et Mattapan bruissait de rumeurs sur des projets de logements sociaux ou peut-être de nouveau lycée.

Le progrès était en marche. Même dans les asiles psychiatriques hantés.

Bobby tourna au bout du cimetière et repéra enfin l'endroit. Là, dans le coin gauche du site : d'immenses faisceaux de lumière jaillissaient entre les hêtres squelettiques, repoussaient la nuit dense et sans lune. Encore des lumières, petites têtes d'épingle rouges et bleues, qui zigzaguaient entre les arbres : de nouvelles voitures de police qui gravissaient à toute allure la route sinueuse vers un coin de la propriété. Il s'attendait à voir apparaître les contours de l'ancien hôpital, une ruine de trois étages relativement trapue, mais les voitures de patrouille prirent un virage et s'enfoncèrent davantage dans les bois.

D.D. n'avait pas menti. La police de Boston avait une affaire et, à en juger par la circulation, ce n'était pas rien.

Bobby acheva de contourner le cimetière. Avec une minute d'avance sur l'horaire, il franchit le portail noir entrouvert et se dirigea vers les ruines sur la colline.

26

Il tomba presque tout de suite sur le premier agent en faction. Un policier municipal, debout au milieu de la route, vêtu d'un gilet de sécurité orange et armé d'une puissante lampe torche. Le gamin paraissait à peine en âge de se raser. Il arriva cependant à prendre un air mauvais très réussi en examinant la plaque de Bobby, puis émit un grognement méfiant lorsqu'il s'aperçut que Bobby appartenait à la police d'État.

« Sûr que vous êtes au bon endroit ? demanda-t-il.

– Aucune idée. J'ai tapé "scène de crime" sur Mappy, ça m'a sorti ça. »

Le gamin le regarda sans comprendre. Bobby soupira. « J'ai été personnellement invité par le capitaine Warren. Si ça vous pose un problème, voyez avec elle.

– Le commandant Warren, vous voulez dire ?

– Commandant ? Bien, bien, bien… »

Le gamin lui rendit ses papiers sans ménagement. Bobby gravit la colline.

Le premier bâtiment à l'abandon se profila sur la gauche ; les multiples carreaux des fenêtres lui renvoyèrent des reflets dédoublés de ses phares. La structure de brique s'affaissait sur ses fondations, les grandes portes étaient cadenassées, le toit complètement désintégré.

Bobby tourna à droite, passa un deuxième bâtiment, plus petit et plus délabré encore. Les voitures s'entassaient maintenant au bord de la route, garées pare-chocs contre pare-chocs : les véhicules des enquêteurs, le fourgon du légiste et les techniciens de scène de crime se disputaient les places.

Mais les projecteurs le hélaient, à bonne distance de là. Une lueur lointaine dans les bois embrumés. Bobby entendait à peine le ronronnement du groupe électrogène apporté par la camionnette de l'Identité judiciaire pour alimenter la scène en électricité. Apparemment, il avait un peu de marche en perspective.

Il se gara dans un pré envahi de broussailles à côté de trois véhicules de patrouille. Attrapa une lampe torche, du papier, un stylo. Et, à la réflexion, un blouson plus chaud.

La nuit de novembre était fraîche, dans les 4-5 degrés, avec un léger brouillard givrant. Personne dans les parages, mais le faisceau de sa torche éclaira le passage ouvert par le piétinement des enquêteurs de la brigade criminelle arrivés avant lui. Ses pas lourds faisaient un bruit mat sur le chemin.

Il entendait encore le groupe électrogène, mais toujours pas de voix. Il se baissa pour passer sous des arbustes, sentit le sol devenir marécageux sous ses pieds puis se raffermir. Il traversa une petite clairière, remarqua un tas d'ordures – du bois pourri, des briques, des seaux en plastique. Les dépôts sauvages étaient un problème depuis des années dans ce parc, mais ils se trouvaient en général près des clôtures. Là, c'était trop à l'intérieur. Probablement des rebuts de l'asile lui-même, ou peut-être d'un des chantiers récents. Vieux, nouveau, impossible à dire sous cette lumière.

Le bruit s'amplifia, le ronron du groupe électrogène se mua en un rugissement sourd. Bobby rentra la tête dans le col de son blouson pour se protéger les oreilles. Après dix ans passés dans la police, il avait vu son lot de scènes de crime. Il en connaissait le bruit. Il en connaissait l'odeur.

Mais c'était sa première scène en tant qu'enquêteur à proprement parler. Il se dit que c'était pour ça que ça paraissait si différent. Puis il franchit une autre rangée d'arbres et s'arrêta net.

Des gens. Partout. La plupart en civil, probablement quinze, dix-huit enquêteurs, et facilement une douzaine d'agents en tenue. Et puis il y avait les types grisonnants en épais pardessus de laine. Des officiers supérieurs, que Bobby avait déjà croisés pour la plupart lors des pots de départ à la retraite d'autres gros bonnets. Il repéra un photographe, quatre techniciens de scènes de crime. Et enfin une seule femme – elle était substitut du procureur, s'il avait bonne mémoire.

Beaucoup de monde, surtout au vu de la politique de longue date de Boston, qui exigeait un rapport écrit de quiconque pénétrait sur une scène de crime. La chose avait tendance à tenir à distance les policiers badauds et, plus important encore, les grands pontes.

Mais cette nuit, tout le monde était là, à décrire de petits cercles sous la lumière vive des projecteurs, à battre la semelle pour se réchauffer. L'épicentre des opérations semblait être un auvent bleu érigé vers le fond de la clairière. Mais de là où il était, Bobby ne voyait toujours aucun signe de vestiges ou de traces d'une scène de crime, même à l'abri de la toile protectrice.

Il voyait un pré, une tente et beaucoup d'enquêteurs très calmes.

Ça lui donnait la chair de poule.

Un bruissement sur sa gauche. Bobby se retourna et vit deux personnes entrer dans la clairière par un autre chemin. Une femme d'âge moyen vêtue d'une combinaison en Tyvek ouvrait la marche, suivie d'un homme plus jeune, son assistant. Bobby la reconnut immédiatement : Christie Callahan, du service de médecine légale. Callahan était l'anthropologue judiciaire désignée dans l'affaire.

« Et merde. »

Encore du mouvement. D.D. avait surgi comme par magie de sous l'auvent bleu. Le regard de Bobby passa de ses traits pâles soigneusement composés à sa tenue en Tyvek, puis à l'obscurité insondable derrière elle.

« Et merde », murmura-t-il à nouveau, mais il était trop tard.

D.D. se dirigea droit vers lui.

« Merci d'être venu », dit-elle. Ils eurent un instant de gêne réciproque, chacun essayant de déterminer s'ils devaient se serrer la main, se faire la bise, quelque chose. D.D. croisa finalement les mains dans son dos et le problème fut réglé. Ils seraient de simples relations professionnelles.

« Je n'aurais pas voulu décevoir un commandant », railla Bobby.

D.D. lui lança un sourire crispé devant cette allusion à son nouveau grade, mais ne commenta pas ; ce n'était ni le moment ni le lieu.

« Le photographe a déjà pris une première série de clichés, dit-elle brusquement. On attend que le vidéaste boucle, ensuite tu pourras descendre.

– Descendre ?

30

– La scène est souterraine, l'entrée se trouve sous l'auvent. Ne t'inquiète pas ; on a mis une échelle, c'est facile d'accès. »

Bobby prit un instant pour digérer l'information. « Quelle taille ?

– La cavité fait environ deux mètres sur trois. On limite à trois personnes, sinon on ne peut plus bouger.

– Qui l'a découverte ?

– Des gosses. Ils sont tombés dessus hier soir, j'imagine, pendant qu'ils étaient occupés à picoler ou autres passe-temps. Ils ont trouvé ça suffisamment marrant pour revenir ce soir avec une torche. On ne les y reprendra plus.

– Ils sont encore dans le coin ?

– Non. Les ambulanciers leur ont donné des calmants et les ont emmenés. C'est aussi bien. Ils ne nous servaient à rien.

– Un paquet d'enquêteurs, commenta Bobby en regardant autour d'eux.

– Ouais.

– Le responsable d'enquête ?

– J'ai tiré le gros lot, dit-elle bravement.

– Désolé, D.D. »

Elle grimaça, le visage plus sombre maintenant qu'ils n'étaient plus que tous les deux. « Non, sans blague ? »

Quelqu'un se racla la gorge derrière eux. « Commandant ? »

Le vidéaste avait émergé de sous l'auvent et il attendait que D.D. s'occupe de lui.

« On refilmera de temps en temps, lui dit D.D. en se retournant vers l'attroupement. Environ une fois par heure, pour garder la continuité. Vous pouvez avaler un café, si vous voulez, il y a un thermos dans la camionnette. Mais ne vous éloignez pas, Gino. On ne sait jamais. »

L'agent acquiesça, puis se dirigea vers la camionnette où le groupe électrogène vrombissait.

« Okay, Bobby. À nous. »

Elle s'éloigna sans attendre de voir s'il suivrait.

Sous l'auvent bleu, Bobby trouva une pile de combinaisons en Tyvek ainsi que des couvre-chaussures et des charlottes. Il enfila la tenue en papier par-dessus ses vêtements, tandis que D.D. changeait ses couvre-chaussures sales pour une nouvelle paire. Il y avait deux masques à gaz posés à côté des combinaisons. D.D. n'en prit pas, donc lui non plus.

« Je passe la première, dit-elle. Je crierai "C'est bon" quand j'arriverai en bas et ce sera ton tour. »

Elle désignait le fond de l'auvent et Bobby aperçut la faible lueur qui montait d'un trou dans le sol d'environ soixante centimètres sur soixante. Le sommet d'une échelle métallique dépassait du rebord terreux. Cela lui donna une étrange impression de déjà-vu, comme s'il avait dû savoir exactement ce qu'il avait sous les yeux.

Et puis, en un éclair, il comprit ; il sut pourquoi D.D. l'avait appelé. Et il sut ce qu'il allait voir en descendant dans la fosse.

D.D. effleura son épaule du bout des doigts. Le contact le surprit. Il sursauta ; elle recula immédiatement. Ses yeux bleus étaient graves, trop grands pour son visage pâle.

« À toute, Bobby », dit-elle doucement.

Elle disparut le long de l'échelle.

Deux secondes plus tard, il entendit à nouveau sa voix : « Tout bon. »

Il descendit dans l'abîme.

3

Il ne faisait pas sombre. Des projecteurs avaient été installés dans un coin, des réglettes d'éclairage pendaient du plafond ; les techniciens de scène de crime avaient besoin de beaucoup de lumière pour accomplir leur difficile travail.

Regardant droit devant lui, respirant par la bouche, le souffle court, Bobby analysait peu à peu la scène.

La cavité était profonde, au moins deux mètres de haut ; il tenait facilement debout. Assez large pour trois personnes de front, elle s'étendait devant lui sur une longueur de près de deux corps. Pas une simple crevasse, se dit-il tout de suite, une cavité creusée délibérément et avec application.

Il faisait frais, mais pas froid. Cela lui rappela des grottes qu'il avait visitées en Virginie ; l'air était constamment à 13 degrés, comme dans une chambre froide.

L'odeur, pas si mauvaise qu'il l'avait craint. Terreuse, avec un très léger relent de décomposition. Quoi qu'il se soit passé ici, c'était presque fini maintenant, d'où la présence de l'anthropologue judiciaire.

Il toucha une paroi de terre de sa main gantée. Elle était compacte, légèrement striée. Pas assez bosselée pour avoir été façonnée à la pelle ; le volume était sans doute trop important pour ce genre de travail de toute façon. À vue de nez, cette caverne avait dû être creusée au tractopelle à l'origine. Peut-être un puisard habilement reconverti à d'autres fins.

Il fit un pas, arriva au premier pilier, une vieille poutre de colombage toute fendue. Elle faisait partie d'un étayage rudimentaire qui courait au plafond de la pièce. Il y avait un second pilier un mètre après le premier.

Il tâta le plafond du bout des doigts. Pas de la terre, du contreplaqué.

D.D. surprit son geste. « Tout le plafond est en bois, expliqua-t-elle. Recouvert de terre et de décombres, sauf l'entrée, où il a laissé un panneau de bois à découvert, qu'il pouvait ouvrir et fermer. Quand on est arrivés, on aurait dit des gravats quelconques au milieu d'un pré à l'abandon. Impossible de deviner… Impossible de savoir… » Elle soupira, baissa les yeux, puis sembla essayer de se secouer.

Bobby eut un bref hochement de tête. L'endroit était assez dépouillé, meublé de façon spartiate : près de l'échelle, un vieux seau de quinze litres dont l'inscription était si effacée par le temps qu'il n'en restait que de vagues traces ; une chaise métallique repliée, les coins tachés de rouille, posée contre le mur gauche ; une étagère en métal courait sur toute la longueur du mur du fond, fermée par des stores en bambou à deux doigts de tomber en poussière.

« L'échelle d'origine ? demanda-t-il.

– Chaîne métallique, répondit D.D. Déjà mise sous scellés.

« – Un panneau de contreplaqué fermait l'entrée, tu dis ? Vous avez trouvé des bâtons corrects dans le coin ?

– Un d'environ un mètre de long, quatre centimètres de diamètre. Écorcé. Fait levier avec le panneau de contreplaqué à peu près comme on s'y attendrait.

– Et les étagères ? demanda-t-il en faisant un pas vers elles.

– Pas encore », répondit brusquement D.D.

Il dissimula sa surprise en haussant les épaules, puis se tourna vers D.D. ; c'était son enquête, après tout.

« Je ne vois pas beaucoup de plots d'indices, dit-il enfin.

– C'était vide à ce point. Comme si le type avait fermé derrière lui. Il s'en est servi. Un bon moment, je parierais, et puis un jour il est tout simplement passé à autre chose. »

Bobby observa attentivement D.D., mais elle ne poursuivit pas.

« Ça paraît ancien, remarqua-t-il.

– Abandonné, précisa D.D.

– Vous avez une date ?

– Rien de scientifique. Il va falloir attendre le rapport de Christie. »

Il patienta à nouveau, mais cette fois encore, elle se refusa à fournir d'autres explications.

« Bon, d'accord, dit-il après quelques instants. Ça lui ressemble. Mais toi et moi, on n'a que des informations de seconde main. Tu as contacté les enquêteurs qui ont bossé sur la première scène ?

– Je suis là depuis minuit, je n'ai pas encore eu le temps de jeter un œil à l'ancienne affaire. Mais enfin

36

ça remonte à un paquet d'années. Ceux qui s'en sont occupés sont probablement à la retraite maintenant.

– 18 novembre 1980 », souffla Bobby.

La bouche de D.D. se contracta. « Je savais que tu t'en souviendrais », murmura-t-elle amèrement. Elle se redressa. « Quoi d'autre ?

– La cavité était plus petite, un mètre cinquante sur deux. Dans mon souvenir, le rapport de police ne parlait pas de piliers. Je crois qu'on peut dire sans risque de se tromper qu'elle était moins élaborée que celle-ci. Seigneur. Ce n'est quand même pas la même chose de le lire et de le voir. »

Il tâta à nouveau la paroi, sentit la terre bien tassée. Catherine Gagnon, douze ans, avait passé près d'un mois dans cette première prison de terre, dans un vide noir hors du temps rompu par les seules visites de son ravisseur, Richard Umbrio, qui la gardait comme esclave sexuelle. Des chasseurs l'avaient découverte par hasard peu avant Thanksgiving ; ils avaient donné de petits coups sur le plafond en contreplaqué et avaient eu la surprise d'entendre des cris assourdis en dessous. Catherine avait été sauvée ; Umbrio envoyé en prison.

L'histoire aurait dû s'arrêter là, mais non.

« Je ne me rappelle pas qu'il ait été question d'autres victimes au procès d'Umbrio, dit D.D.

– Non.

– Mais ça ne veut pas dire que c'était la première fois.

– Non.

– Elle était peut-être sa septième, huitième, neuvième, dixième victime. Il n'était pas du genre bavard, alors tout est possible.

37

– C'est sûr. Tout est possible. » Il entendit ce qu'elle ne disait pas à voix haute : *Et ce n'est pas comme si on pouvait l'interroger*. Umbrio était mort deux ans plus tôt, abattu par Catherine Gagnon dans des circonstances qui avaient sonné le glas de la carrière de Bobby au sein des forces spéciales. Étrange de voir comme certains crimes refaisaient toujours surface, même des décennies après.

Le regard de Bobby se tourna à nouveau vers les étagères fermées que D.D., remarqua-t-il, évitait encore. Elle ne l'avait pas appelé à deux heures du matin pour voir une cavité souterraine. La police de Boston n'avait pas déclenché le branle-bas de combat général pour une fosse quasi vide.

« D.D. ? » demanda-t-il.

Elle hocha enfin la tête. « Autant que tu voies ça par toi-même. Bobby, voilà celles qui n'ont pas été sauvées. Celles qui sont restées en bas dans le noir. »

Bobby manipula les stores avec précaution. Sous ses doigts, les cordelettes semblaient vieilles, pourrissantes. Certains des petits morceaux de bambou entrecroisés se fendaient, se brisaient sur les fils, de sorte que le store était difficile à enrouler. L'odeur de décomposition était plus forte ici. Douce, presque vinaigrée. Ses mains tremblaient malgré lui et il devait faire un effort pour calmer les battements de son cœur.

Être dans le moment, mais hors du moment. Détaché. Posé. Concentré.

Le premier store remonta. Puis le deuxième.

Ce qui l'aida le plus, finalement, ce fut la pure incompréhension.

Des sacs. Des sacs-poubelle en plastique transparent. Six. Trois sur l'étagère du haut, trois sur celle du bas, côte à côte, soigneusement fermés au sommet.

Des sacs. Six. En plastique transparent.

Il recula en titubant.

Il n'y avait pas de mots. Il sentit sa bouche s'ouvrir, mais rien ne se passa, rien ne sortit. Il ne faisait que regarder. Regarder et regarder encore, parce qu'une telle chose ne pouvait pas exister, une telle chose ne pouvait pas être. Son esprit voyait la chose, la rejetait, puis revoyait l'image et résistait à nouveau. Il ne pouvait pas… Ce ne pouvait pas…

Son dos heurta l'échelle. Les mains derrière lui, il agrippa les barreaux métalliques froids avec tant de force qu'il sentit les arêtes mordre la chair de ses mains. Il se concentra sur cette sensation, la douleur aiguë. Cela lui donnait un ancrage. Cela le dispensait de hurler.

D.D. montra le plafond, où une des réglettes d'éclairage avait été suspendue.

« Nous n'avons pas rajouté ces deux crochets, dit-elle doucement. Ils y étaient déjà. Nous n'avons pas trouvé de lanternes qu'il aurait laissées, mais j'imagine…

– Ouais, dit brutalement Bobby, qui respirait toujours par la bouche. Ouais.

– Et la chaise, bien sûr.

– Ouais, ouais. Et la foutue chaise.

– C'est, hum, c'est de la momification naturelle, expliqua D.D., d'une voix mal assurée, qui cherchait à se maîtriser. C'est le mot qu'a employé Christie. Il

39

a ligoté les corps, il les a mis chacun dans un sac-poubelle, puis il a noué le haut. Quand la décomposition a commencé… eh bien, les fluides n'avaient nulle part où aller. En gros, les corps ont mariné dans leur propre jus.

– Salopard.

– Je déteste mon boulot, Bobby, murmura soudain D.D., sans détour. Oh, bon Dieu, je n'ai jamais voulu voir une chose pareille. » Elle mit sa main devant sa bouche. Un instant, il pensa qu'elle allait peut-être craquer, mais elle se reprit, continua bravement. Tout en se détournant des étagères métalliques. Même pour un policier aguerri, certaines choses sont trop difficiles.

Bobby dut se forcer à lâcher les barreaux de l'échelle métallique.

« On devrait remonter, dit brusquement D.D. Christie est probablement en train d'attendre. Elle avait juste besoin d'aller chercher des housses mortuaires.

– D'accord. » Mais il ne se tourna pas vers l'échelle. Au contraire, il retourna vers les étagères métalliques mises à nu, vers une vision que son esprit refusait mais qu'il n'oublierait plus jamais.

Les corps avaient pris une teinte acajou au fil du temps. Ce n'était pas les enveloppes vides et des-séchées qu'il avait vues dans des expositions de momies égyptiennes. Ils étaient robustes, presque tannés en apparence, chacun de leurs traits encore visible. Il pouvait suivre les longues lignes noueuses de bras d'une incroyable maigreur autour de jambes délicatement arrondies, les genoux pliés. Il pouvait compter dix doigts, repliés près des chevilles. Il voyait

40

chacun des visages, le creux de leurs joues, le bout pointu de leur menton posé sur leurs genoux. Leurs yeux étaient fermés. Leurs bouches pincées. Les cheveux plaqués sur le crâne, de longues mèches ternes recouvrant leurs épaules.

Des corps petits. Nus. Féminins. Des enfants, juste des fillettes, recroquevillées dans des sacs-poubelle transparents dont elles ne s'échapperaient jamais.

Il comprenait maintenant pourquoi les enquêteurs ne disaient pas un mot là-haut.

Il tendit une main gantée, effleura le premier sac. Il ne savait pas pourquoi. Rien qu'il puisse dire, rien qu'il puisse faire.

Ses doigts trouvèrent une fine chaîne métallique. Il la sortit des plis au sommet du sac pour découvrir un petit médaillon en argent. On y lisait seulement un nom : *Annabelle M. Granger*.

« Il les étiquetait ? proféra Bobby avec violence.

– C'était plutôt comme des trophées. » D.D. était venue derrière lui. Elle tendit ses mains gantées vers l'arrière d'un deuxième sac et révéla précautionneusement un petit nounours tout abîmé au bout d'une ficelle. « Je crois… Enfin, je ne sais pas, mais chaque sac a un objet. Quelque chose d'important pour lui. Ou quelque chose d'important pour elle.

– Seigneur. »

La main de D.D. était venue se poser sur son épaule. Il ne s'était pas aperçu combien ses mâchoires étaient contractées avant qu'elle ne le touche. « Il faut qu'on remonte, Bobby.

– Ouais.

– Christie doit se mettre au boulot.

41

« – Ouais.

– Bobby… »

Il retira sa main. Les regarda une dernière fois, ressentant la nécessité, le besoin, de graver chaque image dans son cerveau. Comme si cela devait les réconforter de savoir qu'elles ne seraient pas oubliées. Comme s'il était encore important pour elles de savoir qu'elles n'étaient pas seules dans le noir.

Il retourna vers l'échelle. Sa gorge le brûlait. Il ne pouvait pas parler.

Trois profondes inspirations et il réémergea à la surface, sous la bâche bleu clair.

Dans la nuit fraîche et bruineuse. Dans la lumière des projecteurs. Dans le bruit des hélicoptères de la télé qui avaient fini par avoir vent de l'histoire et qui tournoyaient désormais dans le ciel au-dessus d'eux.

Bobby ne rentra pas chez lui. Il aurait pu. Il était venu pour rendre service à D.D. Il avait confirmé ses soupçons. Personne n'aurait rien trouvé à redire à ce qu'il parte.

Il se versa une tasse de café chaud près de la camionnette de l'Identité judiciaire. S'appuya un moment contre le côté du véhicule, enveloppé dans le bruit de fond assourdissant du groupe électrogène. Il ne but jamais le café. Se contenta de faire tourner indéfiniment la tasse entre ses doigts tremblants.

Six heures du matin arrivèrent, le soleil commença à poindre à l'horizon. Christie et son assistant remontèrent les corps, désormais enfermés dans des housses mortuaires noires. On pouvait mettre trois dépouilles sur un brancard, ça faisait deux voyages jusqu'à la camionnette du légiste. Le premier arrêt serait le labo de la police de Boston, où les sacs-poubelle contenant chacun des corps seraient fumigés, à la recherche d'empreintes. Ensuite les dépouilles poursuivraient leur périple jusqu'au labo du service de médecine légale, où l'autopsie commencerait enfin.

Lorsque Christie s'en alla, la plupart des enquêteurs en firent autant. Sur une scène de ce genre, c'était l'anthropologue judiciaire le patron et il ne restait donc pas grand-chose à faire après le départ de Callahan.

Bobby bazarda son café froid, lança le gobelet dans la poubelle.

Il attendait sur le siège passager dans la voiture de D.D. quand elle ressortit enfin du bois. Et là, parce qu'ils s'étaient aimés à une époque, parce qu'ils avaient même été amis après cela, il attira sa tête sur son épaule et la tint dans ses bras pendant qu'elle pleurait.

4

Mon père adorait les vieux dictons. Parmi ses préférés : « La chance sourit aux esprits bien préparés. » La préparation, c'était tout aux yeux de mon père. Et il a commencé à me préparer à la minute où nous avons fui le Massachusetts.

Nous avons commencé par le cours d'autodéfense pour débutants de sept ans. N'accepte jamais de bonbon d'un inconnu. Ne quitte jamais l'école avec qui que ce soit, même quelqu'un que tu connais, à moins qu'il ou elle ne fournisse le bon mot de passe. Ne t'approche jamais d'une voiture qui t'aborde. Si le conducteur veut des renseignements, renvoie-le à un adulte. Il cherche un petit chien perdu ? Renvoie-le à la police.

Un inconnu entre dans ta chambre au milieu de la nuit ? Crie, hurle, tape sur les murs. Parfois, expliquait mon père, quand une petite fille est profondément terrifiée, ses cordes vocales sont paralysées ; donc renverse les meubles, jette une lampe par terre, casse de petits objets, souffle dans ton sifflet de sécurité rouge, n'importe quoi qui fasse du bruit. Dans une telle situation, même si je mettais toute la maison à sac, ils ne seraient pas fâchés, me promettait mon père.

Résiste, me disait-il. Envoie-lui des coups de pied dans les genoux, mets-lui les doigts dans les yeux, mords-le à la gorge. Résiste, résiste, résiste.

À mesure que je grandissais, les leçons se firent plus complexes. Du karaté pour l'agilité. De l'athlétisme pour la vitesse. Conseils de sécurité, niveau confirmé. J'appris à toujours fermer la porte à clé, même chez moi en pleine journée. À ne jamais ouvrir sans avoir regardé par le judas et à ne jamais laisser entrer d'inconnu.

Marcher la tête haute, d'un pas vif. Regarder les gens dans les yeux, mais pas trop longtemps. Suffisamment pour que l'autre sache que tu es attentive à ton environnement, sans pour autant attirer indûment l'attention sur toi. Si jamais je ressentais un malaise, je devais rattraper le groupe le plus proche et marcher dans son sillage.

Si j'étais en danger dans des toilettes publiques, crier « Au feu » ; les gens réagissent plus vite à une menace d'incendie qu'aux appels au secours d'une femme violée. Si je me sentais mal à l'aise dans un centre commercial, courir vers la femme la plus proche ; les femmes interviennent plus volontiers que les hommes, qui hésitent souvent à s'en mêler. Si je me retrouvais sous la menace d'une arme, tenter la fuite ; même les tireurs d'élite ont du mal à toucher une cible en mouvement.

Ne jamais quitter le cocon du domicile ou du lieu de travail sans avoir ses clés de voiture en main. Marcher jusqu'à la voiture avec la clé toute prête entre les doigts repliés, comme une tige. Ne pas déverrouiller la portière si un inconnu se tenait derrière moi. Ne pas monter en voiture sans avoir au préalable vérifié la banquette arrière. Une fois à l'intérieur, garder les portières verrouillées en permanence ; si j'avais besoin d'air, éventuellement entrouvrir la fenêtre de quelques centimètres.

Mon père n'était pas partisan des armes à feu ; il avait lu que les femmes risquent davantage qu'on les dépossède de leur arme et qu'on la retourne contre elles. C'est pourquoi, jusqu'à quatorze ans, j'ai eu un sifflet autour du cou pour les urgences et une bombe de gaz incapacitant sur moi en permanence.

Mais cette année-là me vit aussi assommer mon premier adversaire au cours d'un tournoi d'entraînement pour minimes au gymnase du quartier. J'avais laissé tomber le karaté pour le kick-boxing, et il se trouvait que j'étais très douée. Les spectateurs étaient horrifiés. La mère du garçon que j'avais étendu me traita de monstre.

Mon père m'emmena prendre une glace et me félicita. « Non pas que j'approuve la violence, note bien. Mais si un jour tu es en danger, Cindy, donne tout ce que tu as. Tu es forte, tu es rapide, tu as un instinct de battante. Frappe avant de poser des questions. On n'est jamais trop préparé. »

Mon père m'inscrivit à d'autres tournois. Où j'affûtai mes capacités, où j'appris à diriger ma colère. Je suis rapide. Je suis forte. J'ai un instinct de battante. Tout se passa bien jusqu'au jour où je commençai à trop gagner, ce qui naturellement m'attira une attention indésirable.

Plus de tournois. Plus de vie.

46

Pour finir, je renvoyai un jour ces mots au visage de mon père : « Préparés ? À quoi ça sert d'être si bien préparés puisque la seule chose qu'on fait, c'est fuir !

– Oui, ma chérie, expliquait inlassablement mon père. Mais c'est parce que nous sommes si bien préparés que nous pouvons le faire. »

Je pris le chemin du commissariat central de Boston directement en sortant de ma tranche du matin chez Starbucks. En quittant Faneuil Hall, je n'avais qu'une rue à descendre jusqu'au métro, où je pouvais attraper la ligne orange vers Ruggles Street. Je m'étais renseignée la veille et je m'étais habillée en conséquence : vieux jean taille basse dont l'ourlet effrangé traînait par terre ; petit pull débardeur chocolat sur un haut moulant à manches longues en coton noir ; écharpe multicolore, chocolat, noir, blanc, rose et bleu, autour de la taille ; immense sac April Cornell à fleurs bleues passé sur l'épaule.

Je laissai mes cheveux dénoués ; des mèches sombres tombaient jusqu'au milieu de mon dos et d'immenses anneaux en argent pendaient à mes oreilles. On pouvait me prendre, c'était déjà arrivé, pour une Latino. Je pensais que ce look serait peut-être plus sûr pour le quartier où j'allais passer l'après-midi.

State Street était aussi animée qu'à l'habitude. Je glissai mon jeton dans la fente, descendis les escaliers d'un air dégagé vers cette merveilleuse et puissante odeur d'urine indissociable des stations de métro. La foule était typique de Boston : des Noirs, des Asiatiques, des Latinos, des Blancs, des riches, des vieux, des pauvres, des cadres, des ouvriers, des membres de gang, le tout grouillant dans un pittoresque tableau urbain. Les libéraux adorent ces conneries. La plupart d'entre nous voudraient juste gagner au loto pour s'acheter une voiture.

Je repérai une vieille dame qui marchait lentement avec sa petite-fille adolescente en remorque. Je me plaçai à côté d'elles, juste assez loin pour ne pas les envahir, mais assez près pour qu'on ait l'air d'être ensemble. Nous contemplions tous le mur d'en face d'un air absorbé, chacun prenant soin de ne pas croiser le regard des autres.

Lorsque le métro arriva enfin, nous avançâmes tous en un bloc compact pour nous entasser dans la rame métallique. Puis les portes se refermèrent avec un *whouff* et la voiture s'engouffra dans les tunnels.

Pour cette portion du trajet, il n'y avait pas assez de sièges. Je restai debout en m'accrochant à une barre métallique. Un gamin noir avec bandeau rouge, sweat trop large et jean baggy, laissa son siège à la vieille dame. Elle lui dit merci. Il ne répondit rien du tout.

Je tanguais d'un côté et de l'autre, les yeux rivés sur la carte du réseau en couleur au-dessus de la porte, tout en faisant de mon mieux pour évaluer discrètement mon environnement.

Un Asiatique d'un certain âge, employé, à l'extrême droite. Assis, la tête baissée, les épaules basses. Un homme qui essayait juste de survivre à cette journée. La vieille dame s'était vu offrir la place à côté de lui et sa petite-fille montait la garde. Ensuite venaient quatre ados noirs en tenue de gang réglementaire. Leurs épaules oscillaient au rythme de la rame de métro ; assis, le regard tourné vers le sol, ils ne disaient pas un mot.

Derrière moi, une femme avec deux jeunes enfants. Elle semblait latino, les gamins, six et huit ans, blancs. Probablement une nounou qui emmenait les enfants au parc.

Deux ados à côté d'elle, habillées de pied en cap à la mode urbaine, les cheveux nattés, d'énormes brillants scintillant à leurs oreilles. Je ne me retournai pas, mais jugeai préférable de les garder sur mon écran radar. Les filles sont moins prévisibles que les mecs, donc plus dangereuses. Les hommes jouent les gros bras ; les femmes ont tendance à s'en prendre directement à vous et ensuite, si vous ne vous écrasez pas, elles se mettent à vous taillader avec des couteaux qu'elles tenaient cachés.

Mais ces filles ne m'inquiétaient pas trop ; c'étaient des inconnues connues. Ce sont les inconnues inconnues qui peuvent vous laisser sur le carreau.

La station Ruggles Street arriva sans incident. Les portes s'ouvrirent, je descendis. Personne ne me prêta la moindre attention.

Je mis mon sac sur mon épaule et me dirigeai vers les escaliers.

Je n'étais jamais allée au nouveau central de police à Roxbury. J'avais seulement entendu parler de fusillades nocturnes dans le parking, de gens agressés devant les portes. Apparemment, les politiques avaient choisi le nouveau site dans l'espoir de relever le niveau de Roxbury, ou du moins d'en faire un quartier moins dangereux la nuit. D'après ce que j'avais lu sur Internet, ça n'avait pas l'air de marcher.

Je tenais mon sac serré contre moi et marchais sur la pointe des pieds, prête à n'importe quel mouvement soudain. La station de Ruggles Street était grande, bondée, froide et humide. Je me faufilai prestement à travers la marée humaine. Aie l'air déterminée et concentrée. Ce n'est pas parce que tu es perdue qu'il faut que ça se voie.

À l'extérieur de la station, en bas d'un escalier pentu, je repérai l'immense antenne radio à ma droite et en tirai la conclusion qui s'imposait. Mais au moment où je m'engageais sur le trottoir, une voix railleuse derrière moi m'interpella : « Chica bella ! Tu veux que je te fourre le burrito ? »

Je me retournai, aperçus un trio d'Afro-Américains et leur fis un doigt. Ils se contentèrent de rire. Le chef de la bande, treize ans à vue de nez, s'attrapa l'entre-jambe. À mon tour de rire.

Cela leur rabattit un peu le caquet. Je fis volte-face et remontai la rue, d'un pas calme et régulier. Je serrais les poings pour empêcher mes mains de trembler.

Difficile de rater le central de police. Primo, c'était une immense structure de verre et d'acier posée au beau milieu de logements sociaux marron délabrés. Deuzio, des barricades de ciment étaient disposées tout autour de l'entrée principale, comme si le bâtiment se trouvait littéralement en plein Bagdad. La défense de la patrie, dans chaque administration au coin de votre rue.

Mes pas se firent pour la première fois hésitants. Depuis que j'avais décidé ce que j'allais faire la veille au soir, je ne m'étais pas autorisée à y penser. Je m'étais organisée. J'avais agi. Maintenant j'y étais.

Je posai mon sac. En sortis une veste en velours couleur chocolat au lait et l'enfilai – ce que je pouvais faire de mieux en matière d'élégance. Non que ça ait une importance. Je n'avais aucune preuve. Les enquêteurs me croiraient ou non.

À l'intérieur, il y avait la queue au détecteur de métal. L'agent en faction demanda à voir mon permis de conduire. Il inspecta mon grand sac. Puis il me toisa d'une façon censée me pousser à avouer : Oui, j'essaie d'introduire en douce des armes / bombes / drogues dans le central de police. Je n'avais rien à déclarer et il me laissa donc passer.

À l'accueil, je sortis l'article du journal et vérifiai une nouvelle fois le nom de l'enquêtrice, même si, pour être franche, je le connaissais par cœur.

« Vous avez rendez-vous ? » demanda l'agent en tenue d'un air sévère. Un type corpulent, avec une grosse moustache. Il me fit immédiatement penser à Dennis Franz.

« Non. »

Nouveau regard évaluateur. « Elle est très prise en ce moment, vous savez.

– Dites-lui seulement qu'Annabelle Granger est là. Ça l'intéressera. »

L'agent ne devait pas beaucoup suivre l'actualité. Il haussa les épaules, décrocha le téléphone, transmit mon message. Quelques secondes s'écoulèrent. Le visage de l'agent resta imperturbable. Il haussa une nouvelle fois les épaules, raccrocha et me demanda d'attendre.

D'autres personnes faisaient la queue ; je pris donc mon sac et m'éloignai vers le milieu du long hall voûté. Quelqu'un avait monté une rétrospective retraçant l'histoire de la police de Boston. J'étudiai chaque photo, lus les légendes, arpentai l'exposition.

Les minutes s'ajoutèrent les unes aux autres. Mes mains tremblaient de plus en plus. Je me dis que je devrais m'enfuir tant que j'en avais encore l'occasion. Puis je me dis que je me sentirais peut-être mieux si seulement je pouvais vomir.

Des pas résonnèrent enfin.

Une femme apparut, se dirigea droit vers moi. Jean moulant, talons aiguilles, chemise blanche près du corps, boutonnée jusqu'en haut, et un revolver vraiment énorme suspendu à la ceinture. Son visage était encadré par une masse de boucles blondes indisciplinées. On l'aurait plutôt prise pour un mannequin. Tant qu'on n'avait pas vu ses yeux. Impassibles, directs, qui ne plaisantaient pas.

Ce regard bleu me trouva et quelque chose passa fugitivement sur son visage. On aurait dit qu'elle avait vu un fantôme. Puis elle se renferma.

Je pris une profonde inspiration.

Mon père s'était trompé. Il y a des choses dans la vie auxquelles on ne peut pas être préparée. Comme la perte de sa mère alors qu'on n'est encore qu'une enfant. Ou le décès de son père avant qu'on ait eu une chance d'arrêter de le haïr.

« C'est à quel sujet ? demanda avec autorité le commandant D.D. Warren.

– Je m'appelle Annabelle Mary Granger, répondis-je. Je crois que vous me cherchez. »

5

Les bureaux de la police criminelle de Boston ressemblaient à ceux d'une compagnie d'assurances : immenses fenêtres lumineuses, trois mètres cinquante de hauteur sous plafond, jolie moquette bleu-gris. Des cloisons beiges, modernes et élégantes, divisaient l'espace inondé de soleil en petits bureaux où des meubles classeurs noirs et des casiers suspendus gris étaient décorés avec des plantes, des photos de famille, le dernier projet d'art plastique d'un enfant du primaire.

Je trouvai le tableau d'ensemble décevant. Toutes ces années perdues à regarder *NYPD Blue*.

À notre arrivée, la standardiste adressa un sourire amical au commandant Warren. Son regard se posa sur moi, franc, sans prétention. Je détournai les yeux, mes doigts tripotaient mon sac. Est-ce que j'avais l'air d'une criminelle ? D'une informatrice de première importance ? Ou peut-être d'une parente de victime ? J'essayai de me voir par les yeux de la standardiste, mais en vain.

Le commandant Warren me conduisit jusqu'à une petite pièce aveugle. Une table rectangulaire occupait l'essentiel du minuscule espace, laissant à peine la place pour des sièges. Je cherchai sur les murs la trace d'un miroir sans tain, n'importe quoi qui corresponde à mes attentes télévisuelles. Les murs étaient nus, peints d'une couleur blanc os immaculée. Mais toujours pas moyen de me détendre.

« Café ? demanda-t-elle abruptement.

– Non, merci.

– Eau, soda, thé ?

– Non, merci.

– Comme vous voudrez. Je reviens tout de suite. »

Elle me laissa dans le bureau. Cela devait vouloir dire, décidai-je, que je n'avais pas l'air trop coupable. Je posai mon sac, inspectai les lieux. Mais il n'y avait rien à regarder. Rien à faire.

La pièce était trop petite, le mobilier trop grand. D'un seul coup, je les détestai.

La porte s'ouvrit à nouveau. Warren était de retour, cette fois-ci avec un dictaphone. Immédiatement, je secouai la tête.

« Non. »

Elle me jaugea froidement. « Je croyais que vous étiez là pour faire une déposition.

– Pas d'enregistrement.

– Pourquoi ?

– Parce que vous venez de me déclarer morte et que j'ai l'intention que ça reste comme ça. »

Elle posa le dictaphone, mais ne le mit pas en marche. Elle me dévisagea, un temps infini. Je la dévisageai en retour, un temps infini.

Nous faisions la même taille, un mètre soixante-cinq. À peu près le même poids. À la largeur de ses épaules, au léger renflement de ses bras croisés, je devinais qu'elle aussi s'entraînait avec des haltères. Elle avait le revolver pour elle. Mais un revolver, il faut le dégainer, le braquer, tirer. Je n'avais aucune de ces contraintes.

Cette idée me mit pour la première fois un peu à l'aise. Mes bras se décroisèrent. Je m'assis. Au bout d'un moment, elle en fit autant.

La porte s'ouvrit à nouveau. Un homme entra, en pantalon beige et chemise bleu foncé à manches longues, sa plaque à la ceinture. Un collègue enquêteur de la criminelle, supposai-je. Il n'était pas très grand, peut-être un mètre soixante-quinze, un mètre quatre-vingts, mais il avait un corps mince et musclé qui allait avec un visage mince et anguleux. Dès qu'il me vit, il eut lui aussi l'air interloqué, mais il se ressaisit vite et prit une expression neutre.

Il me tendit une main. « Capitaine Robert Dodge, police d'État du Massachusetts. »

Je lui rendis sa poignée avec moins d'assurance. Ses doigts étaient calleux, sa poigne ferme. Il garda ma main dans la sienne plus longtemps que nécessaire et je savais qu'il me jaugeait, qu'il essayait de se faire une opinion. Il avait des yeux gris sereins, le genre habitué à évaluer le gibier.

« Vous voulez de l'eau ? Quelque chose à boire ?

– Elle a déjà joué les Martha Stewart[1], répondis-je en désignant le commandant Warren d'un signe de tête. Avec tout le respect que je vous dois, j'aimerais autant qu'on en finisse. »

---

1. Femme d'affaires, auteur de livres et d'émissions de cuisine, spécialiste de « l'art de vivre » à l'américaine. *(N.d.T.)*

Les deux enquêteurs échangèrent un regard. Dodge prit un siège, le plus proche de la porte. La pièce surpeuplée semblait se rétrécir autour de moi. Je posai les mains sur les genoux, m'efforçai de ne pas remuer.

« Je m'appelle Annabelle Mary Granger », commençai-je. La main de Dodge s'avança vers le dictaphone. Celle de Warren l'arrêta.

« C'est confidentiel, expliqua-t-elle. Du moins pour l'instant. »

Dodge acquiesça et je pris à nouveau une profonde inspiration, essayant de rassembler mes idées éparses. J'avais passé quarante-huit heures à répéter mon histoire dans ma tête. À lire et relire compulsivement tous les articles de unes sur la « tombe » découverte à Mattapan, sur les six corps retrouvés sur place. Peu de détails – l'anthropologue judiciaire était seulement en mesure de confirmer qu'il s'agissait de corps féminins ; la porte-parole de la police avait ajouté que la tombe remontait peut-être à plusieurs décennies. On n'avait communiqué qu'un seul nom, le mien ; les autres identités restaient un mystère.

En l'absence de véritables informations, et comme il fallait meubler l'antenne vingt-quatre heures sur vingt-quatre, les journalistes-vedettes s'étaient lancés dans de folles spéculations. Le site était un charnier de la Mafia, peut-être un héritage de Whitey Bulger, le gangster dont on déterrait encore les œuvres meurtrières aux quatre coins de l'État. Ou bien peut-être s'agissait-il d'un ancien cimetière de l'hôpital psychiatrique. Ou encore de l'effroyable passe-temps d'un de ses patients homicides. Mattapan était le théâtre d'un culte satanique. Les ossements appartenaient en réalité à des victimes du procès des sorcières de Salem.

Tout le monde avait sa théorie. Sauf moi, j'imagine. J'ignorais sincèrement ce qui s'était passé à Mattapan. Et si je me trouvais là en cet instant, ce n'était pas à cause de l'aide que je pouvais apporter à la police, mais à cause de celle que j'espérais recevoir.

« Ma famille a fui pour la première fois quand j'avais sept ans », expliquai-je aux deux enquêteurs, avant de dérouler mon histoire, de plus en plus vite. Les déménagements successifs, le défilé sans fin de fausses identités. La mort de ma mère. Celle de mon père. Je ne rentrai pas trop dans les détails.

Le capitaine Dodge prit quelques notes. D.D. Warren se contenta surtout de m'observer.

J'arrivai au bout du récit plus rapidement que je ne m'y attendais. Pas de dénouement spectaculaire. Juste le mot Fin. J'avais la gorge sèche maintenant. Je regrettais finalement de ne pas avoir accepté ce verre d'eau. Je me tus d'un air gêné, avec la conscience aiguë que les deux enquêteurs me dévisageaient toujours.

« En quelle année êtes-vous partis ? demanda le capitaine Dodge, le stylo en l'air.

– Octobre 82.

– Et combien de temps êtes-vous restés en Floride ? »

Je fis de mon mieux pour passer une nouvelle fois la liste en revue. Villes, dates, noms d'emprunt. Je ne m'étais pas rendu compte à quel point les détails étaient devenus flous avec le temps. En quel mois étions-nous partis pour Saint Louis ? Avais-je dix ou onze ans à notre arrivée à Phoenix ? Quant aux noms… À Kansas City, étions-nous les Jones, les Jenkins, les Johnson ? Quelque chose dans ce goût-là.

Je parlais d'une voix de moins en moins assurée, de plus en plus sur la défensive, et ils n'étaient même pas encore arrivés aux questions difficiles.

« Pourquoi ? » demanda l'enquêtrice Warren sans ménagement quand j'eus fini de réciter ma leçon de géographie. Elle écarta les mains. « C'est une histoire intéressante, sauf que vous ne dites jamais pourquoi votre famille fuyait.

– Je ne sais pas.

– Vous ne savez pas ?

– Mon père ne m'a jamais donné d'explications. Il estimait que c'était son boulot de s'inquiéter et le mien de rester une enfant. »

Elle eut l'air sceptique. Je ne pouvais pas lui en vouloir. Même moi, à seize ans, j'avais commencé à douter de ce lieu commun.

« Acte de naissance ? demanda-t-elle sèchement.

– À mon vrai nom ? Je n'en ai pas.

– Permis de conduire, carte de Sécu ? L'acte de mariage de vos parents ? Une photo de famille ? Vous devez bien avoir quelque chose.

– Rien.

– Rien ?

– Les documents d'origine peuvent être découverts et utilisés contre vous. » On aurait dit un perroquet. J'imagine que c'est ce que j'avais été presque toute ma vie.

Le commandant Warren se pencha en avant. D'aussi près, je voyais les cernes sous ses yeux, les ridules et les joues pâles de quelqu'un qui n'avait que peu d'heures de sommeil au compteur et encore moins de patience. « Qu'est-ce que vous foutez ici, Annabelle ? Vous ne nous avez rien dit, rien donné. Vous voulez passer aux infos ? C'est ça, le but ? Vous allez revendiquer l'identité d'une pauvre petite morte pour décrocher votre quart d'heure de gloire ?

– Ce n'est pas ça…

– Mon œil.

– Je vous l'ai déjà dit : je n'ai eu que quelques minutes pour prendre mes affaires et je n'ai pas pensé à emporter mon album photo.

– Comme c'est commode.

– Hé ! » Je commençais moi aussi à perdre patience. « Vous voulez des preuves ? Trouvez-en. C'est vous la police, après tout. Mon père travaillait au MIT. Russell Walt Granger. Vérifiez, ils auront une trace. Ma famille habitait au 282 Oak Street à Arlington. Vérifiez, il y aura une trace. D'ailleurs, fouillez dans vos dossiers, putain. Toute ma famille s'est volatilisée du jour au lendemain. Ça m'étonnerait bien que vous n'en ayez aucune trace.

– Si vous en savez autant, répondit-elle sans se démonter, pourquoi vous n'avez pas fait de recherches ?

– Parce que je ne peux poser aucune question, explosai-je. Je ne sais pas de qui j'ai peur ! »

Je m'éloignai brusquement de la table, écœurée par mon propre accès de colère. Le commandant Warren se redressa plus lentement. L'autre enquêteur et elle échangèrent à nouveau un regard, sans doute juste pour m'énerver.

Warren se leva. Quitta la pièce. Je fixai résolument le mur d'en face ; je ne voulais pas donner au capitaine Dodge la satisfaction de rompre le silence la première.

« De l'eau ? » proposa-t-il.

Je refusai d'un signe de tête.

« Ça n'a pas dû être facile de perdre vos deux parents comme ça, murmura-t-il.

— Oh, ça va. Le bon flic, le mauvais flic. Vous croyez que je ne vais jamais au cinéma ? »

Nous restâmes silencieux jusqu'à ce que la porte s'ouvre à nouveau. Warren était de retour, avec un grand sac en papier.

Elle avait enfilé une paire de gants en latex. Elle posa le sac, déroula le haut et sortit un objet de ses profondeurs. Il n'était pas grand. Une délicate chaîne en argent avec un petit médaillon ovale. Pour un enfant.

Elle le tendit sur sa paume gantée. Me montra le dessus, orné d'arabesques en filigrane. Puis elle l'ouvrit, révélant deux ovales creux à l'intérieur. Enfin, elle le retourna. Un simple nom était gravé à l'arrière : *Annabelle M. Granger.*

« Que pouvez-vous me dire sur ce médaillon ? »

Je l'observai longuement. J'avais l'impression de progresser lentement dans un épais brouillard, de fouiller attentivement mon esprit embrumé.

« C'était un cadeau », murmurai-je enfin. Ma main se porta instinctivement à ma gorge, comme si je sentais le médaillon encore suspendu là, un ovale d'argent froid sur ma peau. « Il m'a dit que je ne pouvais pas le garder.

— Qui a dit ça ?

— Mon père. Il était en colère. » Je plissai les yeux, essayai de faire remonter les souvenirs. « Je ne... je ne

60

sais pas pourquoi il était tellement furieux. Je ne suis pas sûre que je le savais. J'aimais bien ce médaillon. Je me souviens de l'avoir trouvé très joli. Mais quand mon père l'a vu, il me l'a fait enlever. Il m'a dit qu'il fallait que je le jette.

– Vous avez obéi ? »

Lentement, je fis non de la tête. Je les regardai et, d'un seul coup, j'eus peur. « Je suis sortie vers les poubelles, murmurai-je. Mais je n'arrivais pas à me résoudre à le jeter aux ordures. Il était tellement joli… Je me suis dit que si j'attendais un peu, ça lui passerait. Qu'il me laisserait le porter à nouveau. Ma meilleure amie est sortie pour voir ce que je faisais. »

Les deux enquêteurs se penchèrent en avant ; je sentis une tension soudaine chez eux. Et je sus qu'ils comprenaient maintenant où cela nous menait.

« Dori Petracelli. J'ai donné le médaillon à Dori. Je lui ai dit qu'elle pouvait l'emprunter. Je m'imaginais que je le reprendrais plus tard, que je le porterais peut-être quand mon père ne serait pas là. Sauf qu'il n'y a pas eu de plus tard. Dans les semaines qui ont suivi, nous avons fait nos valises. Je n'ai pas revu Dori depuis.

– Annabelle, demanda posément le capitaine Dodge, qui vous a donné ce médaillon ?

– Je ne sais pas, répondis-je en me frottant les tempes. Un cadeau. Devant notre porte. Emballé dans une BD de Snoopy. Juste pour moi. Mais sans carte. Je l'aimais bien. Mais mon père… il était fou. Je ne sais pas… je ne me souviens pas. Il y avait eu d'autres objets, petits, des babioles. Mais rien n'avait mis mon père autant en colère que le médaillon. »

Nouvelle pause, puis le capitaine Dodge encore : « Est-ce que le nom de Richard Umbrio vous dit quelque chose ?

– Non.

– Et M. Bosu ?

– Non.

– Catherine Gagnon ? »

Warren lui décocha un regard vif, hostile. Mais dont la signification m'échappa. Je ne connaissais pas non plus ce nom.

« Avez-vous… Avez-vous trouvé ce médaillon sur un corps ? Est-ce que c'est pour ça que vous avez cru que c'était moi ?

– Nous ne pouvons pas faire de commentaire sur une enquête en cours », répondit le commandant Warren d'un air pincé.

Je l'ignorai et me tournai vers le capitaine Dodge : « Est-ce que c'est Dori ? C'est elle que vous avez trouvée ? Est-ce qu'il lui est arrivé quelque chose ? Je vous en prie…

– Nous ne savons pas », dit-il avec douceur. Warren tiqua à nouveau, mais haussa les épaules.

« Il faudra des semaines pour identifier les corps, annonça-t-elle tout à coup. Nous ne savons pas grand-chose à l'heure qu'il est.

– Donc c'est possible.

– C'est possible. »

J'essayai de digérer la nouvelle. Elle me laissa froide et tremblante. Je fermai mon poing gauche et le pressai sur mon estomac. « Vous pouvez faire des recherches sur elle ? demandai-je. Cherchez son nom dans les fichiers. Vous verrez si elle a une adresse, un permis de conduire. Il s'agit de corps d'enfants, n'est-ce pas, c'est ce que disent les journaux. Alors si elle a un permis de conduire…

– Vous pouvez être certaine que nous vérifierons », dit le commandant Warren.

Cette réponse ne me plut pas. Mon regard se tourna à nouveau vers le capitaine Dodge. Je savais que j'étais implorante, mais c'était plus fort que moi.

« Laissez-nous votre numéro, dit-il. On vous recontactera.

– N'appelez pas, c'est moi qui appellerai, murmurai-je.

– Très bien. N'hésitez pas à nous joindre à tout moment.

– Et si quoi que ce soit vous revient à propos du médaillon…, suggéra le commandant Warren.

– Je vendrai mon histoire aux chaînes du câble. »

Elle me décocha un regard, mais je le balayai d'un revers de la main. « Ils ne me croiraient pas plus que vous et je ne peux pas me permettre de revenir d'entre les morts. »

Je me levai, attrapai mon sac et donnai mon numéro de téléphone personnel quand il devint clair qu'il était obligatoire de laisser un moyen de me joindre.

À la dernière minute, sur le pas de la porte, j'hésitai. « Vous pouvez me dire ce qui leur est arrivé ? Aux fillettes ?

– Nous attendons encore le rapport, répondit le commandant Warren, sans se départir de son ton officiel.

– Mais c'est un meurtre, non ? Six cadavres, dans la même tombe…

– Vous êtes déjà allée à l'asile psychiatrique de Boston ? intervint posément le capitaine Dodge. Ou bien votre père ? »

Je répondis non de la tête. Je ne connaissais de cet endroit que les rivalités entre promoteurs dont les radios locales s'étaient fait l'écho. Si j'avais connu l'asile d'aliénés dans mon enfance, cela ne m'évoquait plus rien.

Le commandant Warren me raccompagna au rez-de-chaussée. Nous marchions en silence, les talons de nos chaussures résonnaient en rythme saccadé dans la cage d'escalier.

En bas, elle tint la lourde porte métallique qui donnait sur le hall tout en me tendant sa carte de visite de l'autre main.

« On vous rappellera.

– Bien sûr », dis-je sans avoir l'air d'y croire une seconde.

Elle me jeta un regard sévère. « Et Annabelle… »

Je secouai immédiatement la tête. « Tanya. Je me fais appeler Tanya Nelson ; c'est plus sûr. »

Nouvel air sceptique. « Et *Tanya*, si vous vous souvenez de quoi que ce soit au sujet du médaillon ou des jours qui ont précédé votre départ… »

Je ne pus réprimer un sourire. « Ne vous inquiétez pas, répondis-je. Je suis une pro de la fuite. »

Je franchis les portes vitrées et, dans l'air vif de l'automne, repris le chemin de la maison.

6

Bobby aurait aimé croire qu'on lui avait demandé son aide dans l'enquête sur l'asile psychiatrique à cause de son intelligence supérieure ou de sa déontologie sans faille. Il se serait même contenté d'être le bienvenu à bord pour son physique et son sourire charmeur. Mais il connaissait la vérité : D.D. avait besoin de lui. Il était l'atout qu'elle avait caché dans sa manche. D.D. avait toujours su prévoir.

Il ne s'en plaignait pas, d'ailleurs. Être le seul enquêteur d'État dans une brigade municipale était une situation au mieux inconfortable, au pire agrémentée de bouffées de rancœur quotidiennes. Mais ce type d'arrangement n'était pas sans précédent. D.D. l'avait déclaré « source d'information locale » et, ni une ni deux, l'avait détourné à ses fins. Comme il était nouveau et encore impliqué dans aucune grosse enquête à la police d'État, la transition avait été rapide et relativement indolore. Un jour il rendait compte aux services de l'État, le lendemain il travaillait dans une microscopique salle d'interrogatoire à Roxbury. Ainsi allait la vie palpitante d'un enquêteur.

Vu de chez lui, il n'y avait pas à hésiter : collaborer à une cellule de crise de première importance enrichirait son CV. Et après être descendu dans cette fosse, après avoir vu ces six fillettes… Ce n'était pas le genre de choses auxquelles un flic tourne le dos comme ça. Autant travailler dessus plutôt que d'en rêver toutes les nuits.

La plupart des autres enquêteurs semblaient dans le même état d'esprit. Personne ne comptait ses heures supplémentaires. Bobby était au central depuis maintenant près de deux jours et, quand des gens s'éclipsaient, c'était simplement pour prendre une douche et se raser. Les repas consistaient en pizzas ou plats chinois à emporter, la plupart du temps avalés au bureau, voire pendant une réunion de la cellule.

Non que la vraie vie se soit comme par magie évanouie. Les enquêteurs devaient encore assister comme prévu aux audiences des jurys d'accusation, suivre les rebondissements des dossiers en cours. L'apparition d'un informateur. Le meurtre d'un témoin-clé. Les autres affaires ne s'arrêtaient pas sous prétexte qu'un nouveau meurtre, plus choquant, entrait en lice.

Et puis il y avait la vie de famille. Appels de dernière minute pour s'excuser de rater le match de foot du fiston. Types qui disparaissaient dans les salles d'interrogatoire à vingt heures, en quête d'un peu d'intimité pour le coup de fil qui devrait remplacer le bisou du soir. Le capitaine Roger Sinkus avait un nourrisson de deux semaines. La mère du capitaine Tony Rock était en soins intensifs, où elle était en train de succomber à une insuffisance cardiaque.

Les enquêtes criminelles de grande ampleur sont un ballet, un flux complexe où les agents vont et viennent, s'occupent de l'essentiel en laissant tout le reste de côté. Où des célibataires comme Bobby restent jusqu'à trois heures du matin pour qu'un jeune papa comme Roger puisse rentrer chez lui à une heure. Où chacun pousse pour faire avancer une même affaire. Où personne ne voit ses propres besoins satisfaits.

Et au sommet de tout cela trônait D.D. Warren. Première grosse affaire pour le commandant de fraîche date. Bobby avait tendance à regarder ces choses-là avec un certain cynisme, mais en l'occurrence, même lui était impressionné.

Pour commencer, elle avait réussi à garder le secret pendant près de quarante-huit heures sur une des scènes de crime les plus sensationnelles de toute l'histoire de Boston. Pas de fuite au commissariat central. Pas de fuite au service de médecine légale. Pas de fuite chez le procureur. Un miracle.

Deuzio, tout en subissant les assauts forcenés d'une douzaine de vedettes du petit écran qui réclamaient à cor et à cri des éclaircissements et brandissaient le droit du public à l'information (quand elles n'accusaient pas la police de Boston de cacher une menace majeure à la population), elle avait tout de même réussi à organiser et lancer une enquête qui ressemblait à quelque chose.

Première étape dans toute affaire d'homicide : établir une chronologie. Malheureusement pour la cellule de crise, cette chronologie découlait généralement du rapport d'autopsie, qui donne une estimation de la date du décès. Or ce genre d'analyse ne se fait pas exactement en quelques heures. Qui plus est, à Boston, le poste d'anthropologue judiciaire n'était pas à plein temps, de sorte que l'experte à mi-temps, Christie Callahan, essayait en ce moment même de s'occuper de six cadavres. Ensuite, il y avait le fait que ces dépouilles étaient momifiées, ce qui impliquait certainement toute une batterie de tests minutieux, méthodiques et d'un coût à vous faire dresser les cheveux sur la tête. L'un dans l'autre, ils auraient probablement le rapport d'autopsie au moment où le nouveau-né du capitaine Sinkus entrerait à l'université.

D.D. avait demandé de l'aide à un botaniste de la société Audubon, lequel avait examiné les broussailles, l'herbe et les arbrisseaux qui avaient pris racine au-dessus de la cavité souterraine. À vue de nez : trente ans de végétation, à plus ou moins dix ans près.

Pas la datation la plus précise du monde, mais c'était un début.

Une équipe de trois enquêteurs était en train de dresser une liste des fillettes disparues dans le Massachusetts, en remontant jusqu'à 1965. Comme les archives n'étaient informatisées que depuis 1997, ceci impliquait d'écumer à la main d'énormes rapports papier sur toutes les disparitions de 1965 à 1997 afin d'identifier les affaires non résolues concernant une mineure, puis de noter les numéros de ces dossiers pour les examiner un à un sur microfiche. À l'heure actuelle, l'équipe bouclait six années de disparitions toutes les vingt-quatre heures. Elle consommait également trois litres de café toutes les quatre-vingt-dix minutes.

Naturellement, le standard téléphonique des Crime Stoppers s'affolait aussi. Le grand public savait seulement qu'on avait retrouvé six cadavres féminins sur le site de l'ancien hôpital psychiatrique de Boston et que le crime ne semblait pas très récent. Cela avait pourtant suffi à attirer les tordus en rangs serrés. Récits sur d'étranges lueurs aperçues la nuit dans la propriété. Rumeurs de culte satanique à Mattapan. Deux personnes prétendaient avoir été enlevées par des ovnis et avoir vu les six fillettes à bord du vaisseau. (Vraiment, à quoi ressemblaient-elles ? Que portaient-elles ? Vous ont-elles donné leur nom ?) Ceux-là avaient tendance à raccrocher rapidement.

D'autres appels étaient plus intriguants : des filles balançant leur ex-petit copain qui se vantait d'avoir fait « quelque chose de terrible » sur le site de l'ancien hôpital. Certains étaient tout simplement poignants : des parents de tout le pays qui appelaient pour demander si l'une des dépouilles pourrait être celle de leur enfant disparue.

Chaque appel générait un rapport, chaque rapport devait être suivi par un enquêteur, y compris le coup de fil mensuel d'une Californienne qui ne voulait pas démordre de l'idée que son ex-mari était le véritable Étrangleur de Boston, essentiellement parce qu'elle ne l'avait jamais aimé. Il fallait cinq enquêteurs pour faire face à la charge de travail.

Ce qui laissait à l'équipe de D.D., Bobby compris, diverses tâches d'organisation. Établir une liste de « personnes à interroger » en se fondant sur les différents promoteurs et organismes présents sur le site. Essayer d'obtenir un inventaire des patients et administrateurs d'un hôpital psychiatrique fermé depuis trente ans. Entrer les éléments de la scène de crime dans la base de données VICAP, étant donné le caractère exceptionnel de la fosse souterraine.

La mission de poursuivre l'enquête sur la réponse crachée par le programme (Richard Umbrio) avait échu à Bobby. Il avait sorti la microfiche de son dossier, qui comprenait une bonne série de clichés. Il avait aussi passé un coup de fil au responsable de l'enquête, Franklin Miers, qui avait pris sa retraite à Fort Lauderdale huit ans plus tôt.

Bobby, installé dans la minuscule salle d'interrogatoire qui lui servait provisoirement de bureau, examinait à présent le plan tracé à la main de la fosse dans laquelle avait été détenue Catherine Gagnon, douze ans.

D'après les notes de Miers, Catherine avait été enlevée au retour de l'école. Umbrio l'avait croisée pendant qu'il circulait dans le quartier et lui avait demandé si elle voulait bien l'aider à retrouver un chien perdu. Elle avait mordu à l'hameçon et le tour était joué.

Bien qu'âgé de seulement dix-neuf ans, Umbrio, un malabar, n'avait eu aucune difficulté à maîtriser la frêle collégienne. Il l'avait jetée dans une cavité souterraine préparée dans les bois et ce fut alors que la véritable épreuve de Catherine commença. Près de trente jours dans une fosse où son seul visiteur était un violeur qui avait un faible pour le pain de mie.

Si des chasseurs n'étaient pas tombés par hasard sur la fosse, il était plus que probable qu'Umbrio aurait fini par la tuer. Au lieu de cela, Catherine avait survécu, identifié son agresseur et témoigné contre lui. Umbrio avait été jeté en prison. Catherine, la « miraculée de Thanksgiving », avait dû reconstruire sa vie – une vie d'adulte qui n'était pas si miraculeuse que ça en fin de compte. Sa détention aux mains d'un monstre avait bel et bien laissé des traces.

Les notes de Miers retraçaient une affaire bouleversante, mais banale. Catherine était un témoin crédible et les pièces à conviction découvertes dans la fosse (une échelle en chaîne métallique, un seau en plastique, le plafond en contreplaqué) confirmaient son récit.

Umbrio était le coupable. Umbrio était allé en prison. Et, deux ans plus tôt, lorsque Umbrio avait par erreur été remis en liberté conditionnelle, il avait recommencé à traquer Catherine avec le même zèle homicide qu'il avait montré avant son arrestation.

Bref, Umbrio était une erreur de la nature, monstrueuse et meurtrière, tout à fait capable de tuer six fillettes et d'ensevelir leurs corps dans le parc d'un asile psychiatrique désaffecté.

Sauf qu'Umbrio était bien au chaud derrière les barreaux dès la fin 1980. Et que, d'après elle, Annabelle Granger n'avait reçu le médaillon découvert sur le Cadavre Momifié Non Identifié n° 1 qu'en 1982. Donc… ?

Quarante-huit heures après le début de cette enquête cruciale, Bobby n'avait aucune réponse, mais une fascinante liste de questions qui ne cessait de s'allonger.

D.D. revint finalement après avoir raccompagné Annabelle. Elle prit un siège d'un coup sec et s'effondra comme une marionnette dont on aurait coupé les fils. « Putain de bordel de merde, dit-elle.

– C'est drôle, je me disais exactement la même chose. »

Elle passa une main dans ses cheveux emmêlés. « Il me faut une tasse de café. Non, attends, si je prends encore un kawa, je vais commencer à pisser des Colombiens. Il me faut un truc à bouffer. Un sandwich. Rosbif saignant sur pain de seigle. Avec du gruyère et un de ces énormes cornichons à l'aneth de chez Cornichons à l'Aneth. Et un paquet de chips.

– Tu as bien réfléchi à la question. » Bobby reposa le plan. D.D. ressemblait peut-être à un mannequin, mais elle avait un appétit d'ogre. À l'époque où Bobby et elle sortaient ensemble (à leurs débuts dans la police, dix ans et Dieu sait combien de virages professionnels plus tôt), Bobby avait rapidement compris que, dans l'esprit de D.D., les préliminaires comprenaient généralement un buffet à volonté.

Il eut à nouveau ce petit pincement au cœur, un regret du bon vieux temps qui n'était devenu bon qu'en vertu de l'éloignement du souvenir et d'une solitude envahissante.

« Le déjeuner est la seule perspective agréable aujourd'hui, répondit D.D.

– Pas de chance. La probabilité de trouver un sandwich au rosbif correct dans le coin est d'environ une sur dix.

– Je sais. Même le déjeuner est un rêve inaccessible. »

Ses épaules s'affaissèrent. Bobby la laissa souffler. À dire vrai, lui-même était un peu sous le choc. Jusqu'à ce matin, il avait réussi à se convaincre que toute ressemblance entre le site de l'hôpital psychiatrique et le mode opératoire de Richard Umbrio n'était qu'une pure coïncidence. Jusqu'à Annabelle Granger. Putain de bordel de merde, comme disait D.D.

« Tu vas m'obliger à le dire ? demanda-t-elle enfin.

– Ouaip.

– Ça n'a aucun sens.

– Ouaip.

– Bon, d'accord, il y a une ressemblance. Beaucoup de gens se ressemblent. On dit bien que tout le monde a un sosie sans le savoir, non ? »

Bobby la regarda sans répondre.

Elle poussa un profond soupir, puis se redressa sur sa chaise et s'appuya sur la table – sa position favorite pour réfléchir. « Reprenons depuis le début.

– Je te suis.

– Richard Umbrio se servait d'une fosse souterraine ; notre individu se servait d'une fosse souterraine, commença D.D.

– La fosse d'Umbrio mesurait un mètre cinquante sur deux et c'était selon toute apparence une crevasse élargie à la main, indiqua Bobby en désignant le plan qui ornait le dessus de la table. Notre individu se servait d'une cavité de deux mètres sur trois, avec des étais en bois.

– Donc, pareil mais différent.

– Pareil mais différent, confirma Bobby.

– À part les "fournitures" : échelle, toit en contre-plaqué, seau en plastique de quinze litres.

– Exactement les mêmes. »

Elle souffla, ce qui souleva les mèches de sa frange. « Peut-être le matériel logique pour une cavité souterraine ?

– Possible.

– En revanche, la chaise pliante en métal et les étagères…

– Différent.

– Plus sophistiqué, précisa tout haut D.D. Cavité plus grande, plus de mobilier.

– Ce qui nous amène à une autre différence essentielle…

– Richard Umbrio n'a kidnappé qu'une victime connue, Catherine Gagnon, douze ans. Notre individu a kidnappé six victimes, toutes des petites filles.

– Il nous faut davantage d'informations pour faire une analyse correcte, dit immédiatement Bobby. Petit un, nous ignorons si les six victimes ont été enlevées en même temps (ce qui est un peu douteux) ou successivement sur une période donnée. Y a-t-il un rapport entre elles ? Lien de parenté, appartenance religieuse, papas dans la Mafia ? Leurs séjours dans la cavité se sont-ils chevauchés ? Y ont-elles même été détenues vivantes ? C'est une supposition que nous faisons à partir de l'affaire Catherine Gagnon. Mais peut-être que l'endroit ne servait que de caveau mortuaire. Un lieu où l'individu pouvait venir… pour être avec elles. Une salle d'exposition. On ne sait pas encore ce qui branchait ce type. On peut faire des hypothèses, mais on ne *sait* pas. »

D.D. acquiesça lentement. « Sauf qu'ensuite, il y a Annabelle Granger.

– Oui, bon, sauf que.

– Bon sang, c'est son portrait craché. Je ne suis pas cinglée, hein ? Annabelle pourrait être la sœur jumelle de Catherine Gagnon.

– Elle pourrait être sa jumelle.

– Et quelle est la probabilité d'un truc pareil ? Deux femmes qui se ressemblent à ce point, qui grandissent dans la même ville et qui sont toutes les deux prises pour cible par des fous qui aiment enlever les petites filles et les balancer dans des fosses souterraines.

– C'est là qu'on entre dans la quatrième dimension », reconnut Bobby.

D.D. s'adossa dans son fauteuil. Son estomac grondait. Elle le frotta distraitement. « Qu'est-ce que tu penses de son histoire ? »

Bobby soupira, s'enfonça à son tour dans son siège, les mains jointes derrière la nuque. Sa position favorite à lui pour réfléchir. « Je n'arrive pas à savoir.

– Ça paraît assez invraisemblable.

– Mais très détaillé. »

D.D. ricana. « Elle a sabré la moitié des détails.

– C'est d'autant plus crédible, contra Bobby. On ne peut pas s'attendre à une liste de dates et de noms impeccable de la part d'une femme qui n'était qu'une enfant.

– Tu crois que le père savait quelque chose ?

– Tu veux dire : est-ce qu'il a senti que sa fille était devenue une cible et est-ce pour cette raison qu'ils sont partis ? Je ne sais pas, répondit Bobby en haussant les épaules, mais c'est là que ça se complique : s'il se passait quelque chose à Arlington à l'automne 82, ça ne *pouvait pas* être Richard Umbrio. Il a été arrêté sans mise en liberté provisoire fin 80, jugé en 81 et il a commencé son séjour à Walpole en janvier 82. Il aurait donc fallu que la menace vienne d'ailleurs.

– Inquiétant. Aucune chance que Catherine se soit trompée pour Umbrio ? Que ce soit quelqu'un d'autre qui l'ait enlevée ? Je veux dire : d'accord, elle l'a identifié, mais elle n'avait que douze ans.

– La suite des événements semble exclure cette hypothèse, sans compter la somme de preuves matérielles concordantes.

– Quelle merde. »

Bobby secoua la tête, tout aussi frustré. « Il aurait fallu pouvoir interroger le père, dit-il soudain. Annabelle ne peut pas, ou ne veut pas, nous en dire assez.

– C'est plutôt commode que les deux parents soient morts », marmonna D.D. d'un air sombre. Elle lui jeta un regard de travers. « On pourrait interroger Umbrio évidemment, mais, comme c'est commode, lui aussi il est mort. »

Bobby eut le bon sens de ne pas mordre à l'hameçon. « Je suis sûr qu'Annabelle Granger ne trouve pas ça tellement "commode" que ses parents soient morts. J'ai plutôt eu l'impression qu'elle-même aurait bien aimé questionner son père un peu plus.

– Tu as la liste des villes et des pseudos ? demanda tout à coup D.D. Fais des recherches. Vois ce que tu peux trouver. C'est un bon exercice pour un enquêteur.

– Super, merci, m'dame. »

D.D. se leva, mettant apparemment un terme à leur petite discussion. Mais, sur le pas de la porte, elle s'arrêta.

« Pas encore de ses nouvelles ? »

Aucun besoin de préciser de qui. « Non.

– Tu crois qu'elle va appeler ?

– Tant qu'on dit qu'il s'agit d'une tombe, sans doute pas. Mais à la seconde où les médias découvriront que c'est une cavité souterraine... »

D.D. acquiesça. « Tu me tiens au courant.

– Peut-être bien que oui, peut-être bien que non.

– Robert Dodge...

– Si tu veux une conversation officielle avec Catherine Gagnon, prends ton téléphone. Je ne suis pas ton larbin. »

Le ton était posé, mais le regard dur. D.D. accepta la critique à peu près d'aussi bonne grâce qu'il s'y attendait. Elle se raidit sur le seuil, ses traits se figèrent.

« Ça ne m'a jamais posé de problème que tu aies tiré, Bobby, dit-elle d'un ton cassant. Moi-même et beaucoup d'agents là-bas, on respectait le fait que tu avais fait ton boulot et on savait que ce boulot est parfois merdique. Ce n'est pas le coup de feu, Bobby. C'est ton attitude depuis. »

Elle tambourina de ses doigts repliés sur le montant de la porte. « Une enquête est basée sur la confiance. Tu ne peux pas être à la fois dedans et dehors. Réfléchis à ça, Bobby. »

Elle lui jeta un dernier regard lourd de sous-entendus et s'éclipsa.

7

Quand j'avais neuf ans, je suis tombée amoureuse d'un mug. Il était en vente près de mon école primaire, dans un petit magasin où j'allais parfois dépenser mon argent en pains au chocolat et bonbons après la classe. Ce mug était rose, avec un motif de fleurs, de papillons et un petit chaton à rayures orange peints à la main. Toute une série de noms étaient proposés. Je voulais Annabelle.

Il coûtait 3,99 dollars, environ deux semaines de pains au chocolat. Le sacrifice ne me parut pas démesuré.

Il me fallut ensuite attendre encore une insoutenable semaine, jusqu'au jeudi où ma mère m'annonça qu'elle avait des courses à faire et qu'elle serait peut-être en retard à la sortie de l'école. Je passai la journée sur des charbons ardents, pratiquement incapable de me concentrer, telle une guerrière sur le point de partir pour sa première mission.

Deux heures trente-cinq, la sonnerie de l'école retentit. Les enfants qui ne prenaient pas le car se rassemblèrent devant le bâtiment en brique, comme des bouquets de fleurs. Je fréquentais cette école depuis six mois. Je n'appartenais à aucun des groupes, de sorte que, lorsque je m'éclipsai, personne n'y prêta attention. C'était avant qu'on doive signer un registre à l'arrivée et à la sortie des enfants. Avant que des parents volontaires ne montent la garde après la classe. Avant les alertes-enlèvements. À l'époque, seul mon père semblait obsédé par tout ce qui pouvait arriver à une petite fille.

Dans le magasin, je pris précautionneusement le mug. L'emportai à deux mains jusqu'à la caisse. Comptai 3,99 dollars en petite monnaie, manipulant maladroitement les pièces dans ma hâte.

La vendeuse, une dame d'un certain âge, me demanda si je m'appelais Annabelle.

L'espace d'un instant, je restai sans voix. Je faillis m'enfuir du magasin. Je ne pouvais pas être Annabelle. Il était très important que je ne sois pas Annabelle. Mon père me l'avait dit et redit.

« Pour une amie », réussis-je finalement à murmurer.

La femme me sourit avec bonté et enveloppa mon butin sous des couches de papier d'emballage.

Sortie du magasin, je rangeai le mug dans mon sac à dos à côté de mes livres de classe et regagnai la cour de l'école. Une minute plus tard, ma mère arriva dans notre nouveau break d'occasion, l'arrière chargé de provisions ; elle tapotait distraitement le volant du bout des doigts.

Je fus submergée par un atroce sentiment de culpabilité. J'étais persuadée qu'elle voyait à travers le tissu bleu de mon sac à dos. Elle regardait mon mug. Elle savait exactement ce que j'avais fait.

Au lieu de cela, elle me demanda comment s'était passée ma journée. « Bien », répondis-je en grimpant sur la banquette avant à côté d'elle. Elle ne regarda pas dans mon sac. Elle ne posa pas de questions sur le mug. Elle nous conduisit simplement à la maison.

Je conservai le mug rose caché sous une pile de vêtements trop petits sur l'étagère du haut de mon placard. Je le descendais le soir, quand mes parents me croyaient endormie. Je le prenais dans mon lit et, cachée sous les couvertures, j'admirais son lustre rose, nacré, à la lueur d'une lampe de poche. Je suivais du bout des doigts les coups de pinceau en relief des fleurs, des papillons, du chaton. Mais surtout je traçais le nom, encore et encore.

Annabelle. Je m'appelle Annabelle.

Environ six semaines plus tard, ma mère le découvrit. C'était un samedi. Mon père travaillait. Je crois que j'étais en train de regarder des dessins animés dans le séjour. Ma mère décida de faire un peu de rangement et descendit la pile de vêtements pour l'échanger à la friperie où nous achetions la plupart de nos affaires.

Elle ne cria pas. Ne hurla pas. En fait, je crois que c'est le silence qui finit par m'alerter, le silence absolu, comparé au bruit de fond habituel de ma mère qui menait sa petite vie dans le minuscule appartement, pliait du linge, entrechoquait des casseroles, ouvrait et fermait des placards.

Je venais de me relever de la moquette à longues mèches dorées quand elle se présenta à la porte, mon trésor à la main. Elle avait l'air abasourdie, mais calme.

« Est-ce que quelqu'un t'a donné ça ? » me demanda-t-elle posément.

Sans un mot, le cœur battant dans la poitrine, je secouai la tête.

« Alors comment tu l'as eu ? »

Je ne pouvais pas la regarder dans les yeux en racontant mon histoire. Alors je grattais la moquette du bout des pieds. « Je l'ai vu. Je… je l'ai trouvé joli.

– Tu l'as volé ? »

Nouvelle dénégation furtive. « J'ai économisé mon argent des pains au chocolat.

– Oh, Annabelle… » Elle mit brusquement sa main devant sa bouche. Pour me montrer qu'elle était atterrée, horrifiée même ? Ou pour dissimuler ce péché impardonnable d'avoir prononcé mon nom ?

Je n'étais pas sûre. Mais ensuite elle me tendit les bras et je courus vers elle et m'accrochai éperdument à sa taille ; je fondis moi-même en larmes tellement c'était bon d'entendre ma mère dire mon vrai nom. Cela m'avait manqué de l'entendre de sa bouche.

Mon père rentra. Il nous surprit blotties comme des conspiratrices dans le salon, ma mère toujours le mug à la main. Sa réaction fut immédiate et fracassante.

Il lui arracha le récipient en céramique rose et le secoua en l'air.

« Mais qu'est-ce que c'est que ce truc ? vociféra-t-il.

– Je ne voulais pas…

– C'est un inconnu qui t'a donné ça ?

– N-n-non…

– C'est elle qui te l'a donné ? dit-il en montrant ma mère du doigt, comme si elle était en quelque sorte pire qu'un inconnu.

– Non…

– Mais qu'est-ce que tu fabriques ? Tu crois que c'est un jeu ? Tu crois que c'est pour jouer que j'ai renoncé à mon poste au MIT et qu'on vit dans ce minable trou à rats ? Qu'est-ce qui t'est passé par la tête ? »

Je ne pouvais plus parler. Je ne faisais que le regarder, les joues en feu, les yeux hagards, consciente d'être prise au piège, cherchant désespérément une échappatoire.

Il s'en prit à ma mère : « Tu étais au courant ?

– Je viens moi-même de le découvrir, répondit-elle calmement en posant une main sur son bras comme pour l'apaiser. Russ…

– Hal, je m'appelle *Hal* ! cria-t-il en repoussant sa main. Bon Dieu, tu es pratiquement aussi nulle qu'elle. Bien, je sais quoi faire pour que ça s'arrête. »

Il entra à pas lourds dans la cuisine, ouvrit d'un coup sec le tiroir sous le téléphone et en sortit un marteau.

« Sophia, dit-il avec autorité en me regardant. Viens là. »

Il me fit asseoir à la table de cuisine. Posa le mug devant moi. Me tendit le marteau.

« Allez. »

Je secouai la tête.

« *Allez !* »

Nouveau refus.

« Russ…, plaida ma mère.

– Bon sang, Sophia, tu ne quitteras pas cette table tant que tu n'auras pas cassé ce mug. Tant pis si ça dure toute la nuit. Tu vas prendre ce marteau ! »

Ça n'a pas duré toute la nuit. Seulement jusqu'à trois heures du matin. Quand je me suis finalement exécutée, je n'ai pas pleuré. J'ai pris le marteau à deux mains. Étudié ma cible. Et assené le coup fatal avec une telle violence que j'ai emporté un morceau de la table.

Le problème, entre mon père et moi, n'a jamais été que nous étions trop différents, mais que, déjà à l'époque, nous nous ressemblions trop.

Quand on est enfant, on a besoin que ses parents soient tout-puissants, qu'ils soient ces figures d'autorité qui nous protégeront toujours. Plus tard, à l'adolescence, on a besoin que ses parents aient des défauts, parce que ça paraît le seul moyen de nous construire, de couper le cordon. Aujourd'hui, à trente-deux ans, j'ai surtout besoin que mon père ait été fou.

Cette idée est née avec sa mort prématurée. Alors qu'il avait été constamment à l'affût des pédophiles, violeurs, tueurs en série potentiels, il semblait remarquable qu'il n'ait en fin de compte pas été victime d'un monstre, mais d'un chauffeur de taxi surmené et à l'anglais limité, qui échappa au procès en menaçant à son tour de poursuivre la municipalité pour avoir mal signalé la déviation liée au chantier de l'autoroute souterraine – créant ainsi les conditions de ce terrible accident et provoquant bien sûr chez lui un mal de dos invalidant qui allait définitivement lui interdire de travailler.

Je commençai à me demander si, toute sa vie, mon père ne s'était pas trompé sur ce qu'il aurait dû craindre. Et de là à se demander s'il avait eu quoi que ce soit à craindre, il n'y avait qu'un pas.

Et s'il n'y avait jamais eu de monstre dans le placard ? Pas de détraqué sexuel meurtrier qui guettait le bon moment pour s'emparer de la petite Annabelle Granger dans la rue ?

Les scientifiques sont connus pour leur esprit brillant, hypersensible. Les mathématiciens, en particulier. Et si tout cela n'avait jamais existé que dans la tête de mon père ?

En réalité, quand je repensais à toutes ces années passées sur les routes, je n'avais jamais rien remarqué qui sorte de l'ordinaire. Je ne m'étais jamais sentie épiée par un inconnu. Je n'avais jamais vu de voiture ralentir pour que le conducteur puisse mieux regarder. Je ne m'étais jamais au grand jamais sentie menacée et pourtant j'y pensais, croyez-moi, j'y pensais chaque fois que je rentrais et que je trouvais nos cinq valises faites et entassées près de la porte. Quel était le problème cette fois-ci ? Quel péché avais-je commis ? Je n'ai jamais eu de réponse.

Mon père avait mené une guerre. Une guerre sans réserve, forcenée, obsessionnelle.

Ma mère et moi n'étions là qu'en spectatrices.

Je m'en étonne encore, tandis que j'emprunte un nouveau métro bondé, plein de menaces potentielles, et que je ressors néanmoins saine et sauve à destination. Tandis que je gravis les escaliers vers la nuit qui s'assombrit rapidement. Que je tourne à gauche et me dirige une fois de plus vers mon petit appartement du North End.

Je marche d'un pas vif et assuré, le menton bien haut, les épaules bien droites. Mais ce n'est pas seulement pour signaler mes capacités à de possibles agresseurs. Je suis réellement heureuse de rentrer chez moi. Je suis impatiente de voir ma chienne, Bella, et je sais qu'après avoir passé toute la journée seule entre quatre murs, elle aussi est impatiente de me voir.

On va sans doute aller faire un petit jogging sur les quais, même si la nuit est tombée et que la ville grouille de criminels. On courra très vite. J'emporterai un Taser. Mais on va y aller, parce qu'on aime toutes les deux courir, et puis quoi ?

Je suis en vie. Et je suis jeune et je n'en peux plus de ne pas faire de projets. Je veux développer ma boîte un de ces quatre, peut-être prendre deux ou trois assistantes et louer un vrai local. Plus que pour la couture, j'ai un don pour la couleur et l'aménagement. J'ai envisagé de prendre des cours d'architecture intérieure, de me bâtir un petit empire à la Martha Stewart.

Parfois j'imagine que je rencontre l'âme sœur. Je fréquente la petite église de quartier au coin de la rue. Je m'y suis fait quelques vagues connaissances. De temps à autre, j'essaie de sortir avec quelqu'un. Peut-être que je vais tomber amoureuse, me marier. Peut-être qu'un jour j'aurai un bébé. On s'installera en banlieue. Je planterai des dizaines de rosiers et je peindrai des fresques dans toutes les pièces. Je ne permettrai jamais à mon mari d'acheter des valises ; il prendra ça pour une charmante excentricité.

J'aurai une fille ; dans mes rêves, c'est toujours une fille, jamais un fils. Je l'appellerai Leslie Ann et je lui achèterai des dizaines de mugs en céramique à son nom.

Je songe à tout cela en arrivant à mon immeuble, coup d'œil à gauche, coup d'œil à droite, pas d'inconnu tapi dans l'ombre, puis je sors la clé de l'immeuble d'entre mes doigts serrés et j'ouvre la vieille et robuste porte en bois. Des lumières vives illuminent le petit sas, dont le mur de gauche est garni d'une rangée de fines boîtes aux lettres en cuivre. Je referme la porte de la rue en m'assurant que le loquet s'enclenche bien derrière moi.

Je prends mon courrier : factures, prospectus – chic, le chèque d'une cliente. Puis je regarde par la porte vitrée intérieure pour m'assurer que le vestibule est désert. Personne à l'horizon.

J'entre dans le vestibule et commence à gravir cinq étages d'un escalier étroit et grinçant. J'entends déjà Bella, là-haut, qui a senti que j'arrivais et qui gémit d'excitation devant la porte.

Il n'y a qu'un seul problème avec mes fantasmes, me dis-je. Dans mes rêves, personne ne m'appelle jamais Tanya. Dans mes rêves, l'homme que j'aime m'appelle Annabelle.

8

Voilà ce qui s'est passé : la police n'allait pas m'aider. Paranoïaque ou pas, mon père avait raison : les forces de l'ordre sont un système. Elles sont là pour venir en aide aux victimes, coincer les coupables et favoriser la carrière des gradés. Témoins, informateurs : nous ne sommes que de la piétaille, des détails sans importance inévitablement broyés par l'immense machinerie bureaucratique. Je pouvais rester toute la journée à côté de mon téléphone à attendre un appel qui ne viendrait jamais. Ou alors je pouvais retrouver Dori Petracelli par mes propres moyens.

Mon bureau était enseveli sous un monceau d'échantillons de tissus, de croquis de rideaux et de devis, situation qui n'avait rien d'exceptionnel dans un appartement plus chaleureux que vaste. Je pris tout ce fatras à pleins bras et le transférai sur un tas d'une hauteur inquiétante et dangereusement bancal sur la table basse. Je voyais désormais mon objectif : mon ordinateur portable. Je l'allumai et me mis au travail.

Premier arrêt : le site Internet du Centre national pour les enfants disparus et exploités. J'y fus accueillie par les photos de trois jeunes enfants portés disparus au cours de la semaine précédente. Un garçon, deux filles. Seattle, Chicago, Saint Louis. Rien que des villes où j'avais vécu.

Je me demande parfois si c'est ça qui a fini par avoir raison de ma mère. On avait beau fuir, on finissait toujours par fuir encore. Si on regarde dans le détail, il n'y a pas d'endroit sûr où élever un enfant. Le crime est universel, il y a des délinquants sexuels fichés dans tout le pays. Je le sais ; je consulte les bases de données.

Le Centre national pour les enfants disparus et exploités possède son propre moteur de recherche. Je sélectionnai : *sexe féminin*, *Massachusetts* et : *disparue dans les 25 dernières années*. Je cliquai sur les flèches pour lancer la recherche, puis attendis en me rongeant l'ongle du pouce.

Bella sortit de la kitchenette après avoir bâfré son dîner. Elle me jeta un regard de reproche. *Courir*, disaient ses yeux. *Sortir. Prendre une laisse. Jouer.*

Bella était un berger australien de race. Sept ans, un corps athlétique haut sur pattes, blanc avec des taches brunes et bleues. Comme beaucoup de bergers australiens, elle avait un œil bleu et l'autre marron, ce qui lui donnait un air perpétuellement interrogateur dont elle aimait se servir à son avantage.

« Un instant », lui répondis-je.

Elle m'adressa un gémissement plaintif et, constatant son inefficacité, s'affala par terre, d'une humeur de chien. J'avais reçu Bella d'une cliente en guise de paiement quatre ans plus tôt. Bella venait de massacrer ses escarpins Jimmy Choo préférés et la dame en avait assez de la nervosité de la chienne. C'est sûr, les bergers australiens ne font pas de bons chiens d'appartement. Il faut les occuper sinon ils s'attirent des ennuis.

Mais Bella et moi nous entendions bien. Principalement parce que j'aimais courir et que, même si elle n'était plus toute jeune, Bella avalait ses dix kilomètres comme un rien.

Il allait falloir la sortir sans tarder ou alors je risquais de perdre un de mes superbes coussins ou bien un rouleau de tissu que j'adorais. Bella savait toujours se faire comprendre.

La recherche était terminée. Mon écran fut envahi par une colonne déroulante de visages radieux, heureux. Photos de classe, agrandissements de l'album de famille. Les enfants disparus ont toujours l'air heureux sur les photos. L'idée étant de vous faire le plus mal possible.

Résultat de la recherche : quinze.

Je pris la souris et descendis lentement la colonne. *Anna, Gisela, Jennifer, Janeeka, Sandy, Katherine, Katie…*

Il m'était pénible de regarder ces photos. Malgré mes doutes sur mon père, je me demandais toujours si j'aurais pu devenir l'une d'elles. Si nous n'étions pas partis, s'il n'avait pas été à ce point obsédé.

Je songeai à nouveau au médaillon. D'où venait-il ? Et pourquoi, oh pourquoi, l'avais-je donné à Dori ?

Son nom ne figurait pas dans la liste. Je m'autorisai à pousser un soupir. Bella dressa une oreille, flairant une baisse de tension, une chance de reprendre nos petites habitudes du soir.

Mais c'est alors que je remarquai les dates : toutes ces affaires étaient postérieures à 1997. Même si la recherche n'était pas bornée dans le temps, la base de données ne devait pas remonter au-delà de cette date. Je me rongeai à nouveau l'ongle du pouce en réfléchissant aux options qui s'offraient à moi.

Je pouvais appeler la hotline, mais cela risquait de provoquer trop de questions. Je préférais l'anonymat des recherches sur Internet. L'anonymat apparent, du moins, car Dieu sait que la prolifération des logiciels espions signifiait probablement que Big Brother, ou en tout cas une grosse machine du marketing, épiait le moindre de mes gestes.

Je connaissais un autre site à essayer. Je n'y allais pas aussi souvent. Il me rendait triste.

Je tapai sur mon moteur de recherche : www.doe-network.org. Et en deux secondes, j'y fus.

Le réseau Doe s'occupe principalement des vieilles affaires de disparition ; il essaie de rapprocher le squelette humain retrouvé dans un lieu donné d'une disparition éventuellement signalée dans une autre circonscription. Sa devise : « Il n'est jamais trop tard pour résoudre un mystère. »

L'idée me donna le frisson tandis que d'une main je tenais l'ampoule qui contenait les cendres de ma mère et que de l'autre je tapais dans les critères de recherche : *Massachusetts*.

La première réponse me fit un choc. Trois photos du même garçon, d'abord à dix ans, puis, vieilli artificiellement, à vingt et trente-cinq ans. Il avait disparu en 1965 et était présumé mort. Un instant, il jouait dans le jardin et le suivant, il n'était plus là.

Un pédophile incarcéré dans le Connecticut prétendait l'avoir violé et assassiné, mais il ne se souvenait pas de l'endroit où il avait enterré le corps. L'affaire n'était donc pas close et les parents cherchaient maintenant les restes de leur fils avec la même fièvre qu'ils avaient mise, quarante ans plus tôt, à chercher leur enfant.

Je me demandais ce que ça faisait aux parents de devoir regarder ces photos artificiellement vieillies. D'entrevoir celui que leur fils aurait pu devenir, si la maman n'était pas rentrée répondre au téléphone ou si le papa n'était pas passé sous la voiture avec son chariot pour faire la vidange...

Bats-toi, m'avait toujours dit mon père. Dans soixante-quatorze pour cent des cas, les enfants kidnappés qui sont assassinés le sont dans les trois premières heures. Survis à ces trois heures. Ne laisse aucune chance à ce salaud.

Je pleurais. Je ne sais pas pourquoi. Je ne connaissais pas ce petit garçon. Il était très probablement mort depuis plus de quarante ans. Mais je comprenais sa terreur. Je l'avais ressentie chaque fois que mon père se lançait dans un de ses sermons ou de ses exercices d'entraînement. Se battre ? Quand on est un gamin de vingt-cinq kilos face à un homme de cent, que peut-on faire qui change vraiment la donne ? Mon père se berçait peut-être d'illusions, mais quant à moi j'ai toujours été réaliste.

Si vous êtes un enfant et qu'on veut vous faire du mal, le plus probable est qu'on vous retrouvera mort.

Je passai à l'affaire suivante : 1967. Je ne regardais plus que les dates maintenant ; je ne voulais pas voir les photos. Il me fallut encore cinq clics. Et puis : 12 novembre 1982.

J'avais Dori Petracelli sous les yeux. Je regardais sa photo, vieillie artificiellement jusqu'à l'âge de trente ans. Je lisais le récit de ce qui était arrivé à ma meilleure amie.

Puis j'allai à la salle de bains et vomis jusqu'à avoir des haut-le-cœur à vide.

Ensuite, vingt, quarante, cinquante minutes plus tard, je n'avais plus la notion du temps, je pris la laisse dans une main, le Taser dans l'autre. Bella dansait à mes pieds, manquant de me renverser dans sa hâte de descendre.

J'attachai la laisse à son collier. Et nous courûmes. Encore, encore et encore.

Le temps de rentrer à la maison, une bonne heure et demie plus tard, je me croyais remise. Je me sentais insensible, détachée même. J'avais encore les valises familiales. J'allais tout de suite commencer à faire mes bagages.

C'est alors que je mis les infos à la télé.

Bobby arriva chez lui peu après vingt et une heures, un homme en mission : il avait une quarantaine de minutes pour se doucher, manger, s'enfiler un Coca et retourner à Roxbury. Malheureusement, le parking de South Boston n'était pas de cet avis. Il décrivit un circuit de huit pâtés de maisons autour de son immeuble avant de s'énerver et de se garer sur le trottoir. Il vivait dangereusement, car les policiers municipaux se feraient un malin plaisir de coller une prune à un agent d'État.

Bonne surprise : une de ses locataires, Mme Higgins, avait déposé une assiette de biscuits à son intention. « J'ai vu les nouvelles. Gardez la forme », disait son petit mot.

Bobby ne voyait rien à y redire et il commença donc son dîner par un gâteau au citron. Et encore trois autres en triant la pile de courrier éparpillé au sol ; il prit les enveloppes importantes qui contenaient des factures, des chèques de loyer, et laissa le reste.

Encore un gâteau au citron pour la route ; mâchant sans plus même sentir le goût, il parcourut le long couloir étroit qui menait à sa chambre au fond de l'appartement. Il déboutonna sa chemise d'une main, vida ses poches de pantalon de l'autre. Puis il ôta sa chemise d'un haussement d'épaules, enleva son pantalon à coups de pied et entra dans la petite salle de bains carrelée de bleu en chaussettes beiges et slip blanc. Il ouvrit la douche à fond. Un des meilleurs souvenirs qui lui restaient encore de l'unité spéciale : la longue douche chaude en rentrant à la maison.

Il demeura un temps infini sous le jet bouillant. Il inhalait la vapeur, la laissait pénétrer ses pores, dans l'espoir, comme toujours, qu'elle emporterait l'horreur avec elle.

Son cerveau était un maelström d'images enfiévrées. Ces six petites filles, le visage momifié contre les sacs-poubelle en plastique transparent. De vieilles photographies de Catherine à douze ans, le visage blême creusé par la faim, les yeux transformés en d'immenses pupilles noires par un mois passé seule dans le noir.

Et, bien sûr, l'autre image qu'il avait été obligé de voir, qu'il verrait probablement jusqu'à la fin de ses jours : l'expression du visage du mari de Catherine, Jimmy Gagnon, juste avant que la balle sortie du fusil de Bobby ne lui fracasse le crâne.

Deux ans après, Bobby rêvait toujours de la fusillade quatre ou cinq nuits par semaine. Il supposait qu'un jour ça passerait à trois fois par semaine. Puis deux. Puis peut-être, s'il avait de la chance, à trois ou quatre fois par mois.

Il s'était fait aider, bien sûr. Il voyait encore son ancien lieutenant, qui lui tenait lieu de conseiller. Il avait même participé à une ou deux réunions avec des policiers impliqués dans des incidents graves. Mais, pour autant qu'il pouvait le dire, rien de tout cela n'avait servi à grand-chose. Tuer un homme vous change, c'est aussi simple que ça.

Il faut encore se lever tous les matins et enfiler son pantalon une jambe après l'autre, comme tout le monde.

Et il y a les bons jours, et les mauvais, et puis il y a tous ces autres jours qui ne sont ni franchement bons ni franchement mauvais. Juste la vie. Juste faire son boulot. Peut-être que D.D. avait raison. Peut-être qu'il y avait deux Bobby Dodge : celui d'avant et celui d'après la fusillade. Peut-être que ces choses-là se passent comme ça, inévitablement.

Bobby laissa couler l'eau jusqu'à ce qu'elle devienne froide. S'essuyant, il jeta un œil à sa montre. Il lui restait toute une minute pour dîner. Au menu, poulet au micro-ondes.

Il mit deux blancs de poulet Tyson au four et retourna dans la salle de bains embuée pour attaquer son visage au rasoir.

94

Après quoi, officiellement cinq minutes en retard, il enfila à la hâte des vêtements propres, ouvrit une cannette de Coca, mit les deux blancs de poulet brûlants sur une assiette en carton et commit sa première erreur grave : il s'assit.

Trois minutes plus tard, il était endormi sur le canapé ; le poulet tombait par terre, l'assiette en carton se froissait sur ses genoux. Des choses qui arrivent quand on n'a dormi que quatre heures en deux jours et demi.

Il se réveilla en sursaut, hébété et désorienté, quelque temps plus tard. Ses mains se tendirent devant lui. Il cherchait son fusil. Bon Dieu, il lui fallait son fusil ! Jimmy Gagnon approchait, essayait de l'agripper de ses mains squelettiques.

Bobby bondit de son canapé avant que l'image ne soit totalement balayée de son esprit. Il se retrouva debout au milieu de son appartement à braquer une assiette en carton graisseuse vers sa télé. Son cœur tonnait dans sa poitrine.

Rêve d'angoisse.

Il compta jusqu'à dix, puis lentement, à rebours, jusqu'à un. Il répéta ce rituel trois fois avant que son pouls ne revienne peu à peu à la normale.

Il posa l'assiette écrasée. Ramassa les deux blancs de poulet. Son estomac grondait. Il décida que c'était assez propre par terre et mangea avec les doigts.

La première fois que Bobby avait rencontré Catherine Gagnon, c'était en tant que tireur d'élite appelé sur les lieux d'une prise d'otage conjugale – on signalait un mari armé qui tenait femme et enfant en joue. Bobby avait pris position face au domicile des Gagnon et il évaluait la situation à travers la lunette de son fusil quand il avait repéré Jimmy, debout au pied du lit, en train d'agiter un pistolet et de hurler avec tant de violence que Bobby voyait ses tendons saillir sur son cou. Puis Catherine entra dans son champ de vision, son fils de quatre ans serré contre elle. Elle avait les mains sur les oreilles de Nathan, son visage tourné vers lui, comme si elle essayait de le protéger du pire.

La situation n'avait fait que s'aggraver. Jimmy avait arraché son enfant à l'étreinte de Catherine. Il avait envoyé le gamin à l'autre bout de la pièce, loin de ce qui allait arriver ensuite. Puis il avait pointé l'arme vers la tête de sa femme.

Bobby avait lu sur les lèvres de Catherine dans le monde agrandi de sa lunette Leupold :

« *Et après, Jimmy ? Que reste-t-il ?* »

Jimmy avait brusquement souri et, grâce à ce sourire, Bobby avait su exactement ce qui allait se passer après.

Le doigt de Jimmy Gagnon s'était raidi sur la détente. Et à cinquante mètres de là, depuis la chambre d'un voisin plongée dans le noir, Bobby Dodge l'avait descendu.

Après cet épisode, il ne faisait aucun doute que Bobby avait commis quelques erreurs. Il s'était mis à boire, pour commencer. Ensuite il avait rencontré Catherine en personne, dans un musée de la région. Sans doute son geste le plus autodestructeur. Catherine Gagnon était belle, elle était sexy, elle était la veuve reconnaissante d'un mari violent à qui Bobby venait de donner une mort prématurée.

Il avait eu une liaison avec elle. Pas physiquement, comme D.D. et la plupart des gens le croyaient. Mais émotionnellement, ce qui était peut-être pire et qui expliquait pourquoi il ne s'était jamais donné la peine de contredire les suppositions de quiconque. Il avait franchi la ligne rouge. Il avait eu des sentiments pour Cat et, quand les gens autour d'elle avaient commencé à mourir dans des circonstances atroces, il avait craint pour sa vie.

Non sans raison, a posteriori.

Encore à ce jour, D.D. prétendait que Catherine Gagnon était une des femmes les plus dangereuses qui aient jamais vécu à Boston, une femme qui, selon toute probabilité (même s'il manquait des preuves solides), avait monté un scénario pour faire descendre son propre mari. Et, encore à ce jour, chaque fois que Bobby pensait à elle, il voyait avant tout une mère tentant désespérément de protéger son petit garçon.

On peut être à la fois noble et sans cœur. Plein d'abnégation et centré sur soi. Aimer réellement. Et tuer de sang-froid.

D.D. avait ce luxe de haïr Catherine. Bobby ne la comprenait que trop bien.

Il jeta l'assiette en carton, écrasa la cannette de Coca, la lança dans la poubelle des recyclables. Il était en train de prendre ses clés de voiture, de se préparer psychologiquement à ce qui allait sans doute être une note de parking des plus salées, quand son téléphone sonna.

Il regarda qui appelait, puis l'heure. Vingt-trois heures quinze. Il comprit ce qui s'était passé avant même de décrocher.

« Catherine, dit-il calmement.

– Pourquoi tu ne m'as rien dit ? » explosa-t-elle, hystérique.

Apprenant ainsi à Bobby que les médias avaient fini par découvrir la vérité.

9

« Bon, les enfants, dit sèchement D.D. Warren en faisant circuler les derniers rapports. Nous avons environ… », elle regarda sa montre, « … sept heures et vingt-sept minutes pour limiter les dégâts. Les grands manitous là-haut sont tous d'accord pour qu'on fasse notre première conférence de presse à huit heures tapantes. Alors, au nom du ciel, donnez-moi des avancées à communiquer ou bien on aura tous l'air de cons. »

Bobby, qui essayait de se faufiler discrètement dans la salle de réunion, entendit la fin de sa phrase juste au moment où D.D., levant les yeux, repérait son entrée tardive. Elle lui jeta un regard mauvais, l'air encore plus épuisée et à cran que la dernière fois qu'il l'avait vue. Si lui avait pu dormir six heures en deux jours et demi, elle avait réussi à prendre environ trois heures de sommeil. Et puis elle semblait tendue. Il parcourut la pièce du regard et repéra le commissaire divisionnaire, grand patron de la Crime, assis dans un coin. C'était donc ça.

« Trop aimable de vous joindre à nous, capitaine Dodge, dit-elle d'une voix gouailleuse pour la galerie. Je croyais que vous avaliez un dîner en vitesse, pas que vous alliez passer six heures au hammam. »

Il présenta la meilleure excuse qu'un flic puisse offrir : « J'ai apporté des gâteaux au citron. »

Il posa ce qui restait des merveilles faites maison de Mme Higgins au milieu de la table. Les autres enquêteurs se jetèrent dessus. Manger des pâtisseries est cent fois plus gratifiant qu'asticoter un flic de la police d'État.

« Bon, comme je disais, reprit D.D. en distribuant des tapes sur les mains jusqu'à pouvoir elle-même attraper un gâteau, il nous faut du nouveau. Jerry ? »

Le commandant McGahagin, à la tête de l'équipe de trois hommes chargée de dresser la liste des fillettes disparues, leva les yeux de la table. Avec une certaine précipitation, il épousseta le sucre en poudre de son rapport, mais ses doigts, après deux jours sous perfusion de caféine, tremblaient si fort qu'il rata trois fois son unique feuille de papier. Il se résolut à lire le mémo là où il se trouvait sur la table.

« Nous avons douze affaires de disparitions de mineures non résolues entre 65 et 83 ; six entre 97 et 2005 ; et, évidemment, un intervalle de quatorze ans entre les deux périodes, cracha-t-il d'une traite en clignant furieusement des yeux. Si par hasard quelqu'un avait du temps libre, j'aurais bien besoin de deux personnes de plus pour nous aider à éplucher les listes. Évidemment, il nous faut aussi le rapport de l'anthropologue judiciaire pour croiser les données. Et puis il faut se poser la question de savoir si les corps viennent tous du Massachusetts ou s'il faut étendre les recherches à toute la Nouvelle-Angleterre : Rhode Island, Connecticut, New Hampshire, Vermont, Maine. Sacrément difficile, vous voyez, sans le profil des victimes ; je ne sais même pas si on travaille dans la bonne direction, c'est tout ce que j'ai à dire. »

D.D. le regarda. « Bon sang, Jerry. Lève le pied une heure sur le café, tu veux ? Au rythme où tu vas, il va te falloir une transfusion sanguine.

– Je ne peux pas, dit-il avec un rictus. Ça va me filer mal au crâne.

– Tu arrives quand même à entendre, avec ce bourdonnement dans les oreilles ?

– Hein ?

– Ben dis donc. » D.D. soupira, regarda le reste de la tablée. « Bon, Jerry a raison sur un point : difficile de savoir si l'enquête avance sans le rapport d'autopsie. J'ai parlé avec Christie Callahan il y a deux heures. La mauvaise nouvelle, c'est qu'on va sans doute devoir attendre au moins deux semaines. »

Les enquêteurs grommelèrent. D.D. leva une main. « Je sais, je sais. Vous croyez que vous êtes débordés ? Elle est encore plus dans la merde que nous. Elle a six corps momifiés qui doivent tous être analysés correctement et elle n'a même pas de brillante (je dirais même charmante) équipe pour l'aider. Naturellement, elle fait aussi ça dans les règles. Ce qui signifie que les corps ont d'abord dû être fumigés, à la recherche d'empreintes. Ensuite il a fallu les envoyer au centre hospitalier de Boston pour des radios et ils sont seulement en train de revenir à son labo.

» Apparemment, ce type de momification est un phénomène très particulier. Il se produit de manière naturelle dans les tourbières en Europe et on en a

relevé quelques cas en Floride. Mais c'est une première en Nouvelle-Angleterre, ce qui signifie que
Christie apprend sur le tas. Elle estime qu'il lui faudra trois ou quatre jours pour chaque momie. Comme
il y en a six, faites le calcul.

– Est-ce qu'elle peut nous communiquer les résultats un par un, chaque fois qu'elle a fini avec un
cadavre ? » demanda le capitaine Sinkus. C'était lui
le jeune papa, ce qui expliquait sans doute l'état de
ses vêtements.

« Elle y réfléchit. Le protocole archéologique, ou
une connerie de ce genre, voudrait qu'on traite les
corps comme un ensemble. Si on les prend séparément, il se peut qu'on ne voie pas ce qu'indique le
groupe considéré comme un tout.

– Hein ? demanda le capitaine Sinkus.

– Je vais la travailler au corps », répondit D.D.

Elle passa au capitaine Rock, chargé des appels au
standard des Crime Stoppers : « Dis-nous la vérité :
quelqu'un a avoué ?

– Seulement une petite cinquantaine d'individus. La
mauvaise nouvelle, c'est que la plupart ont récemment
arrêté les médocs. » Rock prit un volumineux tas de
papiers et commença à le faire circuler. Rock était
dans la police de Boston pratiquement depuis toujours.
Même Bobby avait entendu parler du légendaire talent
du vieil enquêteur qui, du crime abject A, était capable
de foncer droit à l'anodine pièce à conviction B, puis
à l'odieux criminel C. Mais ce soir, sa voix de stentor
avait l'air forcée. Ses cheveux noirs coupés à la ton-
deuse semblaient parsemés de nouvelles mèches grises
et des cernes s'étaient creusés sous ses yeux. Dans la

mesure où l'état de santé de sa mère se dégradait rapidement, participer à une enquête de grande ampleur était forcément difficile. Malgré tout, il arrivait à faire les choses.

« Vous n'avez que la première page à regarder de près, expliqua-t-il. Les comptes rendus détaillés ne sont là que pour ceux d'entre vous qui auraient du temps à tuer. »

Ce qui leur tira quelques rires fatigués.

« Bon, on reçoit en moyenne un appel toutes les deux-trois minutes, mais c'était avant que les médias pètent un câble ce soir. Un peu dommage, cette fuite », dit-il en regardant D.D. comme pour appeler un commentaire.

Elle se contenta de secouer la tête. « Je ne sais pas comment c'est arrivé, Tony. Je n'ai ni le temps ni l'énergie de m'en préoccuper. Sincèrement, je suis épatée qu'on ait tenu aussi longtemps. »

Rock haussa les épaules avec philosophie. Cinquante-six heures de confidentialité, c'était un petit miracle. « Bon, avant la fuite, c'était relativement facile d'éliminer les tarés. Il suffisait de leur demander s'ils avaient enterré les corps ensemble ou séparément. Quand ils se lançaient dans des descriptions détaillées de la tombe, on pouvait allègrement les rayer de notre liste. Donc, oui, beaucoup d'appels, mais c'était assez tranquille. Je ne sais pas si vous m'entendrez dire la même chose demain.

– Des pistes intéressantes ? s'enquit D.D.

– Quelques-unes. Un appel d'un type qui prétend avoir été aide-soignant à l'hôpital psychiatrique au milieu des années 70. Il a expliqué qu'un des patients de l'époque était le fils d'une famille très fortunée de Boston. Ils ne voulaient pas qu'on sache que le gamin était là, ils ne venaient jamais le voir. D'après la rumeur, le fils avait fait quelque chose de "déplacé" avec sa petite sœur. La famille avait réglé le problème comme ça. Le patient s'appelait Christopher Eola. On est en train de faire des recherches, mais on n'a trouvé ni adresse actuelle ni permis de conduire à son nom. On essaie de localiser la famille. »

D.D. eut l'air étonnée. « Mieux que ce que j'espérais, dit-elle. Ça nous fait au moins un suspect à brandir devant la presse.

– Vu l'endroit, reprit Rock sur un ton pince-sans-rire, je pensais qu'on aurait une plus longue liste de détraqués à retrouver. En même temps, la nuit ne fait que commencer. »

Il inspira profondément, gratta son début de barbe grise. « Et, comme on peut s'y attendre dans ce type d'affaires, nous avons eu des démarches de familles dont les enfants ont disparu. J'ai une liste. » Il la souleva pour le commandant McGahagin. « Certaines de ces personnes vivent dans d'autres États, donc j'imagine que c'est le début de cette enquête élargie dont tu parlais. Et, dit-il en parcourant la liste de noms communiquée par McGahagin, je vois déjà trois points communs : Atkins, Gomez, Petracelli. »

D.D. ne broncha pas. Bobby trouvait intéressant qu'elle n'ait encore fourni aucune information sur sa conversation avec Annabelle Granger, et notamment le nom de Dori Petracelli. Mais il était vrai que D.D. avait toujours aimé cacher son jeu.

Lui-même avait un peu creusé la piste Dori et il ne fut donc pas surpris de sa présence sur la liste des disparues. C'était sur la date (12 novembre 1982) qu'il continuait à buter.

Le capitaine Rock se rassit. Le capitaine Sinkus prit la parole :

« Alors, euh, j'ai pensé qu'il me faudrait un rapport à distribuer. Mais quand j'ai regardé tout ce que j'avais à donner, c'était cinquante pages de noms et je me suis dit, zut, personne ici n'a le temps de lire cinquante pages de noms, alors j'ai laissé tomber.

– Dieu soit loué, dit quelqu'un.

– C'est pas dommage », commenta un autre enquêteur.

Le commissaire divisionnaire se racla la gorge dans son coin. Ils se turent immédiatement.

Sinkus haussa les épaules. « Voilà, ma mission consiste à dresser une première liste de personnes à interroger. À savoir, entrepreneurs, riverains, anciens employés de l'asile et délinquants connus du quartier, le tout sur trente ans. Une liste ? C'est un annuaire, oui. Je ne suis pas en train de dire qu'on ne peut pas le faire, ajouta-t-il avec un regard furtif vers le commissaire divisionnaire. Je dis seulement qu'il faudrait multiplier par quatre les effectifs de la police municipale pour attaquer ce mastodonte. C'est simple, si on n'a pas plus d'informations pour limiter le champ des suspects, une chronologie précise, par exemple, je ne crois pas que ce soit faisable. Sincèrement, c'est bien un domaine dans lequel on a besoin du rapport d'autopsie.

– Eh bien, on ne l'a pas, rétorqua D.D., alors encore un petit effort.

– Je savais que tu dirais ça », marmonna Sinkus en soupirant. Il enfonça ses mains dans ses poches. « Alors j'ai eu une idée.

– Accouche.

– J'ai rendez-vous demain pour interroger George Robbards, l'ancien secrétaire du commissariat de Mattapan. Tous les procès-verbaux de 72 à 98 lui sont passés entre les mains. Je me suis dit que si quelqu'un en connaissait un rayon sur le quartier (et se souvenait sans doute bien de quoi ou de qui les flics parlaient entre eux, même s'ils n'avaient pas assez d'éléments pour ouvrir un dossier), ce serait lui. »

D.D. elle-même en était muette de stupeur. « Eh bien, mon vieux, en voilà une idée de génie. »

Il sourit d'un air penaud, les mains toujours dans les poches. « Honnêtement, elle vient de ma femme. C'est l'avantage d'avoir un nouveau-né : ces temps-ci, ma femme est toujours réveillée quand je rentre, alors, tant qu'à faire, on discute. Elle s'est souvenue qu'un jour j'avais dit que les secrétaires sont la vraie mémoire des commissariats. Nous, on ne fait tous que passer. Eux, ils ne bougent pas. »

C'était vrai. Les policiers restent trois, quatre ans dans un même commissariat. Les secrétaires en revanche peuvent y travailler pendant des décennies.

« Bien, reprit D.D. avec entrain, ça me plaît. C'est le genre d'idées qu'il nous faut. En fait, je vais même te pardonner ta présente absence de rapport à condition que tu fasses passer une transcription de l'entretien de demain à la seconde où elle sera prête. J'ai entendu dire du bien de Robbards. Et dans la mesure où la présence de six cadavres au même endroit suppose un individu qui ait sévi dans le coin pendant des années, ouais, ça me plairait de savoir ce qu'en pense Robbards. Intéressant. »

D.D. rassembla ses exemplaires des rapports. Les tassa en une pile bien nette.

« Bon, les enfants. Voilà où on en est : on mène cette enquête à la mitrailleuse, c'est-à-dire qu'on arrose la zone de balles en espérant à toute force atteindre quelque chose. Je sais que c'est fatigant, c'est compliqué, c'est pénible, mais c'est pour ça qu'on nous paye royalement. Maintenant il nous reste… – dit-elle en jetant un nouveau coup d'œil à sa montre – … sept heures et quelques. Alors c'est parti, faites-moi une brillante découverte et au rapport à sept heures. Le premier qui me donne quelque chose d'utilisable pour le point presse rentre dormir chez lui. »

Elle commença à s'écarter de la table, se leva à moitié de son siège. Mais au dernier moment, elle se ravisa et les regarda plus gravement.

« Nous avons tous vu ces fillettes, dit-elle sur un ton bourru. Ce qui leur est arrivé… » Elle secoua la tête, incapable de continuer, et autour de la table les hommes détournèrent les yeux, mal à l'aise. Les enquêteurs de la brigade criminelle voient beaucoup d'horreurs, mais les affaires qui concernent des enfants touchent toujours un point sensible.

D.D. s'éclaircit la voix. « Je veux qu'elles rentrent chez elles. Ça fait trente ans. C'est trop long. C'est… trop triste pour chacun de nous. Alors on le fait, d'accord ? Je sais qu'on est tous fatigués, on est tous stressés. Mais il faut qu'on avance. On va y arriver. On va rendre ces gamines à leur famille. Et ensuite on va poursuivre le salopard qui a fait ça jusqu'au bout du monde et lui démonter la gueule. Ça vous va ? J'en étais sûre. »

D.D. s'écarta de la table, gagna la porte à grandes enjambées.

Une minute entière s'écoula dans le silence. Puis, un à un, les enquêteurs retournèrent au travail.

10

Bobby trouva D.D. dans son bureau. Penchée sur son ordinateur, elle parcourait une liste de noms, un crayon à la main. Elle faisait défiler la liste tellement vite que Bobby se demandait sincèrement si elle pouvait lire quoi que ce soit. Elle voulait peut-être seulement avoir l'air occupée, au cas où quelqu'un, lui par exemple, passerait par là.

« Quoi ? demanda-t-elle.

– J'ai eu un coup de fil. »

Elle interrompit sa lecture, se redressa, le regarda. « Je croyais que tu n'étais pas mon larbin.

– Je croyais que tu étais mon amie.

– Oh, Bobby. Quel con. »

L'insulte le fit sourire. « Je n'avais jamais réalisé jusqu'à maintenant à quel point tu me manquais. Je peux entrer, ou il faut que je revienne avec des roses ?

– Je m'en fous des roses, dit-elle. Je veux toujours un bon sandwich au rosbif. » Mais sa voix avait perdu de son tranchant. Elle désigna le siège vide en face d'elle. Prenant cela comme une invitation, il s'affala dans le fauteuil de direction à haut dossier. D.D. s'éloigna de l'ordinateur. Elle avait vraiment une mine de déterrée, des cernes violets sous les yeux, les ongles rongés jusqu'au sang. Quand elle se verrait à la télé, ça la foutrait en rogne.

« J'ai le bon souvenir de Catherine ? demanda-t-elle, goguenarde.

— Elle ne l'a pas dit comme ça, mais je suis sûr que pendant toute notre conversation elle n'a pas cessé de penser à sa passion pour la police de Boston.

— Alors, qu'est-ce qu'elle a dit ?

— Une seconde. »

Étonnement. « Une seconde ?

— J'ai d'autres choses à te raconter d'abord. Allez, D.D., laisse-moi respirer. Avec les horaires qu'on fait, des préliminaires ne seraient pas de trop. »

Les coins de la bouche de D.D. se contractèrent en un sourire inattendu. Un instant, Bobby se surprit à repenser au bon vieux temps – en particulier le domaine dans lequel ils s'entendaient bien… Il se ressaisit, se redressa rapidement, feuilleta son carnet à spirale.

« J'ai, euh… fait des recherches sur Russell Granger. Commencé à vérifier l'histoire d'Annabelle. »

Le sourire de D.D. s'effaça. Elle soupira, se pencha en avant pour poser ses coudes sur ses genoux. Retour au boulot. « Est-ce que ça va me plaire ? Plus important : est-ce que je vais pouvoir m'en servir pour la conférence de presse ?

— Possible. Donc : Russell Granger a porté plainte en août 82, une des trois plaintes qu'il allait déposer avant le mois d'octobre. La première pour violation de domicile. Granger avait entendu du bruit dans son jardin au milieu de la nuit. Il est sorti lui-même, a juré qu'il avait entendu quelqu'un s'enfuir. Quand il a vérifié le lendemain matin, il a vu des empreintes de pas boueuses dans tout le périmètre. Des agents y sont allés, ont pris note de son histoire, mais il n'y avait pas grand-chose à faire : pas de vrai délit, pas de signalement de l'individu. Plainte classée, "Rappelez-nous s'il y a quoi que ce soit, monsieur Granger", et voilà tout.

» La deuxième plainte, le 8 septembre, concernait un voyeur. C'est encore M. Granger qui a appelé, mais pour le compte de sa voisine âgée, Geraldine Watts, qui jurait avoir vu un jeune homme "rôder" autour de la maison des Granger et regarder par une fenêtre. Deux agents en tenue furent à nouveau dépêchés, Stan Jezukawicz et Dan Davis, plus connus sous le petit nom de Stan & Dan. Ils ont interrogé Mme Watts, qui a fourni une description d'un individu blanc, entre un mètre soixante-quinze et un mètre quatre-vingt-cinq, cheveux sombres, allure "négligée", jean et tee-shirt gris. Elle n'a jamais pu voir son visage. Au moment où elle décrochait son téléphone pour appeler M. Granger, le type a détalé dans la rue.

– Où habitait Mme Watts ?

– En face de chez les Granger. Le truc, c'est que la fenêtre devant laquelle "rôdait" l'inconnu était celle de la fille des Granger, Annabelle, sept ans. À ce moment-là, d'après Stan & Dan, M. Granger s'est mis dans tous ses états. Il s'est avéré qu'au cours des derniers mois, des petits "cadeaux" s'étaient matérialisés devant sa porte. Une fois un cheval en plastique, une fois une balle rebondissante jaune, une fois une bille bleue. Des trucs de gosse, tu vois. M. Granger et sa femme avaient pensé qu'un des gamins du quartier avait le béguin pour Annabelle, qu'elle avait un admirateur secret.

– Oh, merde, dit D.D. Le médaillon. Emballé dans une BD de Snoopy, c'est bien ce qu'a dit Annabelle ?

– Ouais. Stan & Dan comprennent sans qu'on leur fasse de dessin et, avec Granger à leurs basques, commencent à faire le tour du voisinage. Plein de gamins, mais aucun ne comprend ce dont M. Granger veut parler. Il s'énerve, convaincu que le voyeur est bel et bien l'admirateur secret, ce qui signifie qu'un adulte épie sa fille. Il exige une protection policière immédiate, toutes sortes de choses. Stan & Dan le raisonnent. Toujours pas de délit, tu vois ? Et peut-être qu'en réalité l'admirateur secret est un camarade de classe d'Annabelle. Ils promettent de vérifier.

» Stan & Dan s'en vont, rédigent leur rapport. Il est transmis pour info à un enquêteur, mais une fois encore, où est le délit ? Stan & Dan sont consciencieux, pour être juste : ils poursuivent l'enquête à l'école et obtiennent que le directeur parle aux camarades de classe d'Annabelle. Malheureusement, ces "interrogatoires" ne débouchent sur aucune piste – si l'"admirateur secret" est dans la classe d'Annabelle, le gosse est trop intimidé pour avouer.

» L'information est versée au dossier. Et l'affaire languit. Que faire ? Il est noté que M. Granger a encore appelé plusieurs fois pour exiger des réponses, mais personne n'avait grand-chose à lui dire. Qu'il ouvre l'œil, qu'il les rappelle s'il y avait le moindre problème, etc.

» Dix-neuf octobre, vingt-trois heures zéro cinq, M. Granger appelle le central de police en demandant une assistance immédiate. Il y a un intrus chez lui. Le central envoie quatre véhicules dans le quartier.

Stan & Dan entendent ça à la radio et rappliquent à fond de train, inquiets pour la famille.

» J'imagine que c'est un peu l'état de crise quand ils arrivent. Granger est sur le pas de sa porte, en pyjama, en train de brandir une batte de base-ball. Il manque de se faire descendre par les premiers intervenants avant que Stan & Dan ne tirent l'affaire au clair. Dan note dans son rapport que Granger n'a pas l'air trop en forme ces derniers temps. À cran, hypertendu. Apparemment, il ne dort pas beaucoup ; depuis le dernier incident, il a veillé presque toutes les nuits pour "monter la garde".

» Il apparaît également que M. Granger a légèrement menti. Pressé de questions, il avoue que personne n'est vraiment entré dans sa maison. En fait, il a une nouvelle fois entendu du bruit dehors. Mais comme il a pensé que la police ne prendrait pas ça suffisamment au sérieux, il a "enjolivé" son histoire. La plupart des agents n'apprécient pas trop, mais une fois encore, Stan & Dan se sentent une obligation. Ils font le tour du jardin, cherchent des traces suspectes. Ils remarquent que le paysage a un peu changé : M. Granger a arraché les buissons près de sa maison, abattu deux arbres. Le jardin est pratiquement rasé maintenant, il n'y a pas beaucoup d'endroits où se cacher. Ils pensent tous les deux que c'est un peu de la paranoïa, jusqu'au moment où ils arrivent à la fenêtre d'Annabelle : le bois sous le châssis est profondément entaillé. Des marques d'outil récentes, le genre que ferait un pied-de-biche. Quelqu'un avait essayé de la forcer.

– Mais Annabelle va bien ? intervint D.D. avec étonnement.

– Parfaitement bien. Elle ne dort plus dans sa chambre, en fait. M. Granger et sa femme avaient déjà pris la décision de la transférer dans leur chambre après l'histoire du voyeur. Lors de ces trois incidents, la gamine n'a rien entendu. Quant à la femme, je ne sais pas. Les agents ne l'ont jamais interrogée. Apparemment, c'était M. Granger qui tenait le crachoir. Mme Granger était toujours dans la maison avec Annabelle. »

D.D. leva les yeux au ciel. Il lisait dans ses pensées : enquête bâclée. Il aurait fallu interroger les deux époux, séparément, et la gamine de sept ans aussi. Mais vingt-cinq ans après, que pouvait-on y faire ?

« Vu les traces d'outils, continua Bobby, Stan & Dan mènent une enquête au porte-à-porte dans le quartier. Quand ils arrivent chez Mme Watts, la dame qui avait signalé le voyeur, elle paraît très agitée. On apprend qu'elle ne dort pas bien ces temps-ci : les souris font trop de bruit dans le grenier.

– Les *souris* ?

– C'est bien aussi ce que pensent Stan & Dan. Ils montent quatre à quatre. Et dans le grenier, ils découvrent un "squat" : un sac de couchage usagé, une lampe de poche, un ouvre-boîtes, des bouteilles d'eau et, écoute ça, un seau en plastique vide de quinze litres qui a de toute évidence servi de latrines.

– Par pitié, dis-moi que ce seau en plastique se trouve parmi les pièces à conviction.

– Tu rêves. Ils ont quand même essayé de relever les empreintes, note bien, donc on en aurait un double dans le dossier, sauf qu'il n'y avait pas d'empreintes.

– Seigneur Jésus. Est-ce qu'il y a *un* truc qui s'est passé correctement dans cette enquête ?

– Non. Ça a été la merde de bout en bout. Évidemment, Mme Watts est hystérique maintenant : on dirait bien que quelqu'un a habité dans son grenier. Mais ce n'est rien comparé à Russell Granger, qui exige pratiquement qu'on déploie la garde nationale rien que pour les protéger, lui et sa famille. Ça ne s'arrange pas quand les enquêteurs commencent à inspecter le "squat" et découvrent toute une pile de polaroïds : Annabelle sur le chemin de l'école ; Annabelle dans la cour de récré ; Annabelle qui joue à la marelle avec sa meilleure amie, Dori Petracelli… »

D.D. ferma les yeux. « Okay, abrège. »

Bobby haussa les épaules. « La police ne pouvait rien faire. On n'avait aucune description du type et, pour ce qui était d'Annabelle, il n'y avait pas de délit. On est en 82, avant les lois antipédophiles. Ils retournent à l'école d'Annabelle, interrogent les chauffeurs de car, les gardiens, les instituteurs, tous ceux qui sont entrés en contact avec Annabelle et ont donc pu "s'attacher" à elle. Ils analysent la scène chez Mme Watts. Le premier examen des indices ne fournit pas d'empreintes, ne donne pas grand-chose d'ailleurs. Les enquêteurs se plient en quatre pour retrouver un clochard pédophile qui aime épier les petites filles et vivre dans les greniers des vieilles dames. Ils vont dans les établissements psychiatriques, les soupes populaires, font le tour d'horizon classique des pervers. Tout reposait sur la connaissance du terrain à l'époque, mais ça ne les mène nulle part.

» Pendant ce temps-là, Granger pète les plombs. Accuse les flics de s'en foutre. Accuse les voisins d'héberger sciemment des pervers. Accuse le procureur d'être l'unique responsable du futur meurtre de leur fille de sept ans. Et un jour, les flics se pointent chez les Granger pour suivre le dossier, mais il n'y a plus personne. Une semaine plus tard, le procureur reçoit un coup de fil de M. Granger qui lui annonce que, puisque l'État du Massachussetts s'est refusé à protéger sa fille, il a déménagé. Il raccroche avant que quiconque puisse lui poser des questions et voilà. Le commissariat renforce les patrouilles dans le secteur pendant une ou deux semaines, mais plus rien n'est vu ni signalé. Et l'affaire meurt de sa belle mort, comme ça arrive dans ces cas-là.

– Attends une seconde. Mais où est encore passée cette foutue liste ? Okay, d'après ce qu'on a appris aujourd'hui, Dori Petracelli a disparu le 12 novembre, à peine quelques semaines après tous ces incidents. Ça n'a fait tiquer personne ?

– Dori n'a pas disparu de chez elle. Elle s'est volatilisée pendant une visite chez ses grands-parents à Lawrence. Autre circonscription, autres circonstances. Il semble que le commissariat de Lawrence ait demandé copie du rapport de police sur l'inconnu de Geraldine Watts, mais ça n'a rien donné. Rappelle-toi : pas d'empreintes, pas de signalement précis dans le dossier. Je pense que Lawrence a dû jeter un rapide coup d'œil aux incidents chez les Granger et que, quand ils ont vu qu'il n'y avait rien de solide sur quoi s'appuyer, ils se sont concentrés sur leur propre affaire. »

116

D.D. se cala dans son fauteuil. « Merde. Tu penses qu'Annabelle était la vraie cible et Dori le lot de consolation.

– Quelque chose de ce genre.

– Et en quoi ça nous avance ?

– On a appris quelques trucs en vingt-cinq ans. Écoute. » Bobby s'adossa dans son siège, les mains derrière la tête. « Je ne veux pas critiquer Stan & Dan. J'ai lu tout leur rapport et ils ont consacré plus de temps à M. Granger que beaucoup d'autres ne l'auraient fait. Mais je crois que ce qui leur a manqué, c'est qu'ils n'étaient pas chasseurs. Quand ils sont montés dans ce grenier, ils ont vu un squat. Une fois que c'était baptisé comme ça, tout le monde voyait aussi un squat et cette idée, associée à la description d'un type "négligé", a lancé tous les enquêteurs sur une piste donnée. C'est une des raisons pour lesquelles cette affaire ne semblait pas solidement rattachée à celle de Dori Petracelli. D'après les témoignages, le ravisseur de Dori conduisait une camionnette blanche. Or personne n'imaginait que le voyeur de la rue d'Annabelle pouvait posséder un véhicule, disposer de ce genre de moyens.

– Ils cherchaient un sans-abri, un déséquilibré.

– Exactement. Mais quand je regarde la scène du grenier, je ne vois pas un clochard en quête d'un abri. Du point de vue du tireur embusqué, c'est un affût. Imagine le poste d'observation : troisième étage, pile en face de la cible. Le type a un toit au-dessus de la tête, un sac de couchage pour le confort, de quoi manger en cas de petite faim et un seau pour ses besoins naturels. C'est idéal. Chasser consiste essentiellement à attendre. Ce type avait parfaitement monté son coup pour attendre très longtemps.

– Préméditation, souffla D.D.

– Calcul, précisa Bobby. Intelligent. Ce type, notre voyeur, n'en était pas à son premier coup.

– Peut-être à son sixième ?

– Oui, acquiesça doucement Bobby. Peut-être. Je te fiche mon billet qu'Annabelle était la cible d'un pédophile chevronné qui avait probablement déjà enlevé au moins une petite fille. Et si son père ne s'était pas montré un tel emmerdeur paranoïaque, ce serait le cadavre d'Annabelle, là-bas dans cette fosse, pas celui de Dori Petracelli. Annabelle Granger est partie. Dori n'a pas eu cette chance. »

D.D. se passa la main sur le visage. « On est sûr que c'était bien en 82 ? Absolument, positivement aucune possibilité que tous les enquêteurs jusqu'au dernier se soient trompés de date ?

– C'était en 82.

– Et tu es certain – absolument, positivement certain – que Richard Umbrio était déjà incarcéré à Walpole à cette époque ?

– Ouais. La date figure aussi sur plusieurs rapports. Le voyeur n'était pas Umbrio, D.D. Même pas besoin de comparer les dates. Regarde le mode opératoire. Umbrio était un prédateur opportuniste, il saisissait l'occasion : Hé, mignonne, tu n'aurais pas vu mon chien perdu ? Là, c'est beaucoup plus élaboré, presque ritualisé. On a affaire à une tout autre espèce de cinglé.

– Mais l'utilisation d'une cavité souterraine ! bondit D.D. La ressemblance physique entre Annabelle

118

Granger et Catherine Gagnon. Tu ne vas pas me dire que c'est une pure coïncidence.

– Il y a d'autres possibilités. À commencer par l'imitation. En août 82, le procès d'Umbrio est terminé depuis longtemps, les circonstances de l'enlèvement rendues publiques. Ça a peut-être "inspiré" quelqu'un.

– Mais les photos des victimes, en particulier des enfants, ne sont pas publiées, répliqua D.D. Alors, encore une fois, comment expliquer la ressemblance physique entre Annabelle et Catherine ?

– Les photos ne sont pas publiées pendant le procès, mais le signalement de Catherine a certainement été diffusé quand elle a été portée disparue. Et ces recherches ont duré quatre semaines.

– Huh-huh. » D.D. se mordilla la lèvre inférieure, considéra cette information.

Bobby décroisa les mains. « Umbrio n'était pas un bavard. Il n'a jamais donné à la police aucun renseignement sur ce qu'il avait fait, même après avoir été découvert. Alors il faut bien envisager l'hypothèse qu'il ait pu faire d'autres victimes. Et/ou qu'il se soit fait aider.

– Un complice qui n'aurait pas été identifié ?

– Oui. Umbrio avait à peine vingt ans quand il a été condamné, c'était presque encore lui-même un gamin. Quelquefois, deux jeunes mal dans leur peau...

– Klebold et Harris à Columbine.

– Ça arrive. Pour finir, je me pose la question des compagnons de cellule et des correspondants de prison. Les pédophiles semblent avoir un don pour tisser des réseaux. Songe seulement à tous les "groupes Internet" et réseaux internationaux d'"esclavagisme sexuel" découverts ces dernières années. Plus que les autres meurtriers psychopathes, les pédophiles aiment papoter. Or Umbrio est allé en prison avec une réputation de délinquant assez brillant, à défaut d'être créatif. Peut-être que quelqu'un est allé le chercher là-bas.

– Bien, de mieux en mieux, cette histoire, dit D.D. en lui lançant un regard noir. Je croyais que tu avais quelque chose pour ma conférence de presse. Tu veux me dire ce que je peux raconter aux journalistes ? »

Bobby l'arrêta d'un signe de la main. « Dernier élément à prendre en compte ; ce n'est pas scientifique, mais on ne peut pas l'écarter : l'instinct policier. Tu l'as senti dès que tu es entrée dans la cavité. Moi aussi. Il y a forcément un lien entre l'affaire Catherine Gagnon et ce qui s'est passé à Mattapan. Je ne peux pas le toucher, je ne peux pas le saisir ni le goûter, mais je sais que c'est vrai, et toi aussi. C'est pour ça que le coup de fil de Catherine a tellement d'importance. »

D.D. tendit soudain l'oreille. Elle semblait presque folle d'espoir. « Catherine revient dans le Massachusetts ? Elle va nous parler ? Elle va enfin nous laisser l'arrêter pour avoir organisé l'assassinat de son mari !

– Hum, pas tout à fait. À la question de son retour dans le Massachusetts, elle répond que ce n'est pas dans l'ordre du possible, comme on dit. C'est nous qui allons la voir.

– Ben voyons, deux enquêteurs dans un avion pour l'Arizona. Les patrons vont adorer.

– Oh, mais oui, dit-il en jouant du sourcil. Quand tu auras expliqué à la presse que tu as déjà fait une avan-

120

cée majeure dans l'enquête et que tu interrogeras bientôt non pas un mais deux témoins potentiels. » Bobby se leva et se dirigea vers la porte. C'était le moment de s'éclipser en douceur. Malheureusement, il ne fut pas tout à fait assez rapide.

« Comment ça, deux témoins ? le rappela D.D. Catherine Gagnon est toute seule.

– Oh, je ne t'ai pas dit ? Je parlais de Granger. En contrepartie de sa coopération, Catherine exige de rencontrer Annabelle. »

11

Bobby eut de la chance à la résidence du North End : un des habitants sortait au moment où il montait le perron. L'homme, la trentaine, vit le pantalon kaki de Bobby, sa chemise, sa veste sport en tweed bleu, et lui tint poliment la porte. Bobby gravit les marches en courant, attrapa la lourde porte d'entrée et le remercia d'un signe de la main. Bien pratiques, ces cadres urbains : ils font automatiquement confiance aux gens habillés comme eux.

Bobby survola les noms sur les boîtes aux lettres jusqu'à trouver celui qui l'intéressait. Dernier étage d'un immeuble sans ascenseur. Forcément. Mais bon, grimper cet escalier étroit était sans doute ce qui se rapprocherait le plus d'une vraie séance de sport pendant cette enquête. Il se lança, songeant au bon vieux temps où il faisait partie d'une unité d'élite qui savait soigner ses entrées. Ils étaient capables de ramper dans la fumée, de tomber d'un hélicoptère, de crapahuter dans les marécages. On ne voyait que la cible devant soi. On n'entendait que le grognement du coéquipier à ses côtés.

Vers le troisième étage, il fut rattrapé par le manque de sommeil. Sa foulée ralentit. Il commença à être essoufflé. Au quatrième, il dut s'essuyer le front. Il était vraiment temps qu'il aille traîner ses fesses à la salle de sport.

Au cinquième, il repéra la porte de l'appartement et s'épargna donc l'humiliation d'un évanouissement. Il s'arrêta sur la dernière marche, reprit son souffle. Quand il s'engagea finalement dans le couloir, il entendit un chien gémir d'excitation de l'autre côté de la porte avant même qu'il ait frappé. Il toqua à petits coups discrets. Le chien se jeta aussi sec sur la porte, en grognant et en grattant tout ce qu'il savait.

Une voix féminine à l'intérieur : « Bella, couché ! Bella, arrête ça. Oh, bon Dieu ! »

La porte ne s'ouvrit pas comme par magie. Il n'avait pas pensé que ce serait le cas. Au lieu de cela, il entendit la paupière métallique d'un vieux judas se relever avec un raclement. L'accueil de la femme fut presque aussi chaleureux et amical que celui du chien.

« Oh merde ! dit Annabelle Granger.

– Capitaine Bobby Dodge, répondit-il poliment. J'ai quelques questions à vous poser dans le cadre de l'enquête…

– Mais qu'est-ce que vous foutez là ? Je ne vous ai pas donné mon adresse !

– Ben, je suis enquêteur. »

Cette réponse ne lui valut qu'un silence. Il montra finalement le numéro de téléphone d'Annabelle. « Annuaire inversé. J'ai rentré votre numéro et, boum, j'ai obtenu un nom et une adresse. C'est beau, la technologie, non ?

– Je n'arrive pas à croire que vous ne m'avez rien dit pour la fosse, dit-elle de l'autre côté de la porte.

Comment est-ce que vous avez pu rester en face de moi à me soutirer des informations sans relâche tout en me cachant ce genre de détail ? Surtout quand vous avez compris qu'une de ces fillettes était peut-être ma meilleure amie.

– Je vois que vous avez regardé les infos.

– Moi et tout Boston avec. Pauvre tache. »

Bobby écarta les mains. Il avait du mal à négocier avec une épaisse porte en bois, mais il faisait de son mieux. « Écoutez, on a tous le même objectif. On veut savoir ce qui est arrivé à votre amie et découvrir le fils de pute qui a fait ça. Ceci posé, vous croyez que je peux entrer ?

– Non.

– Comme vous voulez. » Il prit son dictaphone dans la poche de sa veste, un carnet à spirale, son stylo. « Alors…

– Mais qu'est-ce qui vous prend ?

– Je pose mes questions.

– Dans une cage d'escalier ? Qu'est devenu le respect de la vie privée ?

– Qu'est devenue l'hospitalité ? répondit-il en haussant les épaules. C'est vous qui fixez les règles, je ne fais que les suivre.

– Oh, bon Dieu. » Deux claquements secs de verrous. Le grincement d'une chaînette de sécurité détachée avec mauvaise humeur. Troisième claquement plus retentissant près du sol. Annabelle Granger ne plaisantait pas avec la sécurité de son appartement. Bobby était curieux de voir comment une professionnelle des rideaux avait réussi à se ménager un intérieur chaleureux malgré les barreaux de fer qui gardaient certainement ses fenêtres.

Elle ouvrit la porte d'un seul coup. Un éclair blanc, et un chien haut sur pattes se jeta sur les genoux de Bobby avec des aboiements stridents. Annabelle ne fit pas un geste pour contenir l'animal. Elle se contenta d'observer Bobby, les yeux mi-clos, comme s'il s'agissait du test suprême.

Bobby tendit une main. Le chien ne l'arracha pas à coups de crocs. Au lieu de cela, il se mit à tourner autour de ses jambes. Bobby essaya de le suivre et eut immédiatement le tournis.

« Chien de berger ?

– Ouais.

– Border colley ?

– Ils sont noir et blanc.

– Berger australien. »

Elle acquiesça.

« Un nom ?

– Bella.

– Elle va arrêter d'aboyer, un jour ? »

Simple haussement d'épaules. « Vous êtes déjà sourd ?

– Presque.

– Alors bientôt. »

Il entra avec précaution dans l'appartement. Bella, appuyée contre ses mollets, l'aidait hardiment. Lorsqu'il fut à l'intérieur, Annabelle referma la porte. Elle recommença à actionner le double verrou, la chaînette, le verrou de sol. S'arrêtant enfin de tournicoter, Bella s'immobilisa devant lui pour aboyer. Jolie chienne, décida-t-il. De belles dents, bien acérées.

Le dernier verrou se referma dans un claquement et, comme si on avait actionné un interrupteur, Bella se tut. Un dernier soupir et elle trottina vers le petit coin-salon en se faufilant entre les piles de tissu avant de se laisser tomber sur un coussin pour chien à moitié enseveli. Au dernier moment, elle jeta un regard vers Bobby, comme pour lui dire qu'elle le tenait toujours à l'œil, puis elle soupira, posa la tête sur ses pattes et s'endormit.

« Bonne chienne, murmura Bobby, impressionné.

– Pas vraiment, dit Annabelle, mais on est faites l'une pour l'autre. Aucune de nous n'aime les visites surprises.

– Je suis plutôt du genre solitaire, moi aussi. » Bobby s'enfonça dans l'appartement et fit de son mieux pour appréhender les lieux tant qu'il en avait l'occasion. Premières impressions : un petit séjour encombré qui conduisait à une petite chambre encombrée. La cuisine faisait à peu près la taille de sa penderie, strictement utilitaire, avec des placards blancs basiques et des plans de travail bon marché en Formica. Le séjour, légèrement plus grand, était doté d'une causeuse en velours vert, d'une énorme bergère et d'une petite table en bois qui faisait aussi office d'espace de travail. Les murs étaient peints en jaune d'or soutenu. Deux énormes fenêtres de deux mètres cinquante de haut étaient agrémentées de stores festonnés à motifs de tournesols.

Comme tout le mobilier, elles disparaissaient derrière des monceaux de tissu. Rouges, verts, bleus, or, à fleurs, à rayures, à carreaux, pastel. Soie, coton, lin, chenille. Bobby n'y connaissait pas grand-chose, mais il avait l'impression que tous les tissus possibles et imaginables se trouvaient quelque part dans cette pièce.

Et les cordons et les garnitures aussi, se dit-il en passant derrière le bar de la cuisine pour découvrir l'envers orné de kyrielles de pompons.

« Douillet », commenta-t-il, puis en montrant les fenêtres : « Très lumineux, aussi. Ça doit être utile dans votre métier.

– Qu'est-ce que vous voulez ?

– Puisque vous en parlez, un verre d'eau ne serait pas de refus. »

Annabelle prit un air pincé, mais s'approcha de l'évier, ouvrit brutalement le robinet.

Elle était habillée décontracté ce matin. Un jogging taille basse noir, un haut gris à manches longues dont l'ourlet s'arrêtait juste au-dessus de la taille. Ses cheveux bruns étaient vaguement ramenés en queue-de-cheval, le visage dénué de maquillage. Une fois encore, il fut frappé par la ressemblance avec Catherine, et pourtant il n'arrivait pas à imaginer deux femmes plus différentes.

Catherine était un cadeau soigneusement emballé, une femme qui affûtait sciemment son sex-appeal et le brandissait comme une arme. Annabelle, quant à elle, était une publicité ambulante pour la mode urbaine. Quand elle lui flanqua le verre d'eau à moitié plein dans la main, il pensa moins au sexe qu'au fait qu'elle pourrait bien essayer de lui botter le cul. Elle croisa les bras sur sa poitrine et il comprit enfin.

« Boxe, dit-il.

– Je vous demande pardon ?

– Vous faites de la boxe. » Il pencha la tête sur le côté. « Au gymnase de Tony ? »

Elle ricana. « Comme si je voulais m'entraîner avec une bande de décérébrés qui carburent à la testostérone. Chez Lee. D'ailleurs il est spécialisé dans le kick-boxing.

– Et c'est bien ? »

Elle regarda sa montre. « Je vais vous dire : si vous n'avez pas posé vos questions dans le quart d'heure qui vient, vous aurez l'occasion de le découvrir.

– Vous êtes aussi irritable avec tous les flics ou bien ça m'est réservé ? »

Elle le regarda, glaciale. Il soupira et décida d'entrer dans le vif du sujet. La fille de Russell Granger avait apparemment hérité de son grand amour des forces de l'ordre. Bobby reposa le verre d'eau, ouvrit son calepin d'un coup sec.

« Bon, j'ai appris quelques trucs sur ce qui s'est passé à l'automne 82. » Il leva les yeux, s'attendant à déceler une lueur d'intérêt dans le regard d'Annabelle, un léger assouplissement de la posture. Rien. « Il s'avère qu'un type – un individu non identifié, le sujet X, comme on dit dans le jargon policier – s'est intéressé à vous. Il a commencé par laisser de petits cadeaux devant votre maison. On l'a surpris dans votre jardin la nuit. Il a été jusqu'à essayer de rentrer par effraction dans votre chambre.

» Votre père a appelé la police à plusieurs reprises. La troisième fois, ils ont découvert que l'individu s'était caché dans le grenier de la voisine d'en face, d'où il vous avait apparemment épiée. On a retrouvé des piles de polaroïds, des notes sur votre emploi du

128

temps, des trucs de ce genre. Ça vous rappelle quelque chose ?

– Non. » Le ton était encore agressif, mais elle avait décroisé les bras, semblait moins sûre d'elle. « Qu'a fait la police ?

– Rien. En 82, épier une fillette de sept ans n'était pas un délit. Tordu, oui. Criminel, non.

– C'est absurde !

– C'est aussi ce qu'a pensé votre père apparemment, parce que dans les semaines qui ont suivi ce dernier épisode, votre famille a disparu. Et quelques semaines après, dit-il en baissant la voix, Dori Petracelli était enlevée dans le jardin de ses grands-parents à Lawrence et on ne l'a plus jamais revue. Vous êtes sûre que vous n'étiez pas au courant ?

– J'ai cherché sur Internet, répondit-elle sèchement. Hier soir. Je me suis dit que vous n'alliez pas m'aider. Les enquêteurs répondent à leurs propres questions, pas à celles des autres. Alors j'ai cherché par moi-même. »

Il attendit. Cela ne prit pas longtemps.

« Vous avez vu la photo pour l'avis de recherche, vous savez, le portrait affiché dans toute la ville ? »

Il fit non de la tête.

« Venez là. » Elle passa rapidement à côté de lui en le frôlant pour gagner le séjour. Il aperçut un petit portable enseveli sous de la paperasse. Elle balaya les papiers par terre, ouvrit l'ordinateur et l'écran s'anima. Quelques clics sur Internet et la photo d'avis de recherche de Dori Petracelli envahit l'écran. Il ne comprenait toujours pas. Il fallut qu'Annabelle lui montre.

« Regardez, autour du cou. C'est le médaillon. Elle porte mon collier. »

Bobby plissa les yeux, se pencha davantage. La photo était floue, en noir et blanc, mais à bien y regarder… Il soupira. S'il avait jamais eu des doutes, ça y répondait.

« D'après la légende du site Internet, expliqua posément Annabelle, cette photo a été prise une semaine avant la disparition de Dori. C'était la plus récente, vous voyez. » Sa voix changea, monta dans les aigus. « Je parie qu'il aimait ça. Je parie que ça l'excitait. De voir tous ces reportages qui diffusaient sa photo, qui montraient ce médaillon, imploraient qu'on la rende saine et sauve. Les "sujets X" aiment suivre leur propre affaire, non ? Ils aiment voir à quel point ils ont été malins. Salaud. »

Elle se détourna de Bobby, fit quelques pas saccadés dans la pièce.

Bobby se redressa plus lentement, sans quitter son visage des yeux. « De quoi vous souvenez-vous, Annabelle…

— Ne m'appelez pas comme ça ! Vous ne pouvez pas vous servir des vrais noms. Je me fais appeler Tanya. Appelez-moi Tanya.

— Pourquoi ? Ça fait vingt-cinq ans. Qu'avez-vous encore à craindre ?

— Comment je le saurais ? Je m'étais habituée à l'idée que mon père était le jouet de sa paranoïa. C'est vous maintenant qui me dites que ses craintes étaient fondées. Que voulez-vous que je fasse de ça ? Un type m'a épiée sans que j'en aie jamais la moindre idée. Ensuite je suis partie et il… il a enlevé ma meilleure amie et il… »

Elle s'arrêta, incapable de poursuivre. Sa main était durement appuyée contre sa bouche, l'autre bras sur son ventre comme pour se protéger. Sur son coussin, Bella leva les yeux, remua la queue et gémit.

« Désolée, ma belle, murmura Annabelle. Désolée. »

Bobby lui laissa une minute. Elle se reprit. Elle releva le menton, redressa les épaules. Il ne comprenait toujours pas le père ; en fait, il se posait beaucoup de questions à son sujet. Mais selon toute apparence, Russell Granger avait réussi l'éducation de sa fille. Vingt-cinq ans après, la demoiselle était solide.

Alors la sonnette de l'appartement retentit et elle sursauta.

« Mais qu'est-ce que…, commença-t-elle nerveusement. Je ne reçois pas beaucoup de… » Elle s'approcha rapidement du bow-window qui donnait sur la rue pour voir qui sonnait chez elle. Gagné par sa nervosité, Bobby avait déjà une main dans sa veste, les doigts sur la crosse de son pistolet. Puis, aussi vite qu'il avait commencé, l'incident fut clos. Annabelle regarda dehors, repéra le camion UPS et sourit avec embarras en se détendant, soulagée.

« Bella, appela-t-elle, c'est ton petit copain. »

Elle commença à s'activer sur les verrous pendant que Bella donnait des coups de patte frénétiques sur le bois.

« Petit copain ? demanda Bobby.

– Le livreur d'UPS, Ben. Bella et lui s'adorent. Je commande, il livre, elle reçoit des biscuits. Je sais que les chiens ne distinguent pas les couleurs, mais même si Bella était capable de voir l'arc-en-ciel, sa couleur préférée serait encore le marron. »

Annabelle avait enfin déverrouillé la porte. Elle l'ouvrit et faillit être fauchée par sa chienne.

« Je reviens tout de suite », dit-elle à Bobby par-dessus son épaule avant de disparaître dans les escaliers à la suite de Bella.

L'interruption donna quelques instants à Bobby pour rassembler ses idées. Et enrichir ses réflexions. Il commençait à avoir un aperçu assez précis de la vie qu'Annabelle menait actuellement. Isolée. Soucieuse de sa sécurité. Coupée du monde. Elle faisait ses achats par correspondance ou sur Internet. Sa meilleure amie était une chienne. Ce qui se rapprochait le plus d'un contact humain : signer le bon de sa livraison quotidienne auprès de l'employé d'UPS.

Peut-être que son père en avait un peu trop fait.

Bella revint, tout essoufflée, l'air satisfaite. Annabelle fut un poil plus lente à remonter les escaliers. Elle passa la porte en se déhanchant avec un colis à peu près aussi grand que son bureau. Bobby voulut l'aider, mais elle le repoussa et largua la boîte sur le sol de la cuisine.

« Du tissu, expliqua-t-elle, la mine contrite, en donnant un coup de pied dans le gros paquet. Les risques du métier, j'imagine.

– Pour un client ou "juste comme ça" ?

– Les deux, avoua-t-elle. Ça commence toujours par une commande pour un client et avant même de m'en apercevoir, j'ai rajouté deux rouleaux de "juste comme ça". Entre nous, heureusement que je n'habite pas un appartement plus grand, parce que sinon… »

Il acquiesça et la regarda s'approcher de l'évier et se servir un verre d'eau. Elle semblait à nouveau maîtresse d'elle-même. Descendre chercher la livraison lui avait donné l'occasion de reformer ses défenses. Maintenant ou jamais, décida-t-il.

« Été 82, dit-il. Vous avez sept ans, votre meilleure amie est Dori Petracelli et vous vivez avec vos parents à Arlington. Qu'est-ce que ça vous évoque ? »

Elle haussa les épaules. « Rien. Tout. J'étais une gamine. Je me souviens de trucs de gamin. La piscine de YMCA. Nos jeux de marelle dans l'allée. Je ne sais pas. C'était l'été. Je me souviens surtout de m'être amusée.

– Les cadeaux ?

– Une balle rebondissante. Je l'avais trouvée sur le pas de la porte, dans une petite boîte enveloppée dans la BD du dimanche. Elle était jaune et rebondissait très haut. Je l'adorais.

– Est-ce que votre père a dit quelque chose ? Il l'a prise ?

– Non. Je l'ai perdue sous la terrasse.

– D'autres cadeaux ?

– Une bille. Bleue. Trouvée de la même manière, perdue de la même manière.

– Mais le médaillon…

– Le médaillon a mis mon père en colère, concéda-t-elle. Ça, je m'en souviens. Mais il me semble que je n'ai jamais su pourquoi. Je pensais qu'il faisait des histoires, pas qu'il me protégeait.

– D'après les rapports, suite au deuxième incident, vos parents vous ont mise dans leur chambre pour dormir la nuit. Ça vous dit quelque chose ? »

Elle fronça les sourcils, l'air réellement perplexe. « Il y avait un problème avec ma chambre, dit-elle bientôt en se frottant le front. On devait la repeindre ? Mon père allait réparer… quelque chose ? Je ne me souviens plus vraiment. Juste qu'il y avait un problème, il fallait faire quelque chose. Alors j'ai dormi un petit moment par terre dans leur chambre. Mon père a dit qu'on faisait un peu de camping familial. Il a même peint des étoiles au plafond. J'ai trouvé ça vraiment chouette.

– Est-ce qu'il vous est arrivé de vous sentir menacée, Annabelle ? Comme si quelqu'un vous épiait ? Ou bien est-ce qu'un inconnu vous a abordée ? Pour vous proposer du chewing-gum ou un bonbon ? Vous demander de monter dans sa voiture ? Ou bien peut-être que le père d'une de vos camarades de classe vous mettait mal à l'aise ? Un professeur qui vous serrait de trop près…

– Non, répondit-elle immédiatement avec assurance. Et je crois que je m'en souviendrais. Évidemment, c'était avant les cours d'autodéfense de mon père, alors si quelqu'un m'avait accostée… Je ne sais pas. Peut-être que j'aurais pris le bonbon. Peut-être que je serais montée dans la voiture. 82, c'était la bonne année, vous savez. » Elle se frotta brusquement les avant-bras, puis ajouta d'une voix plus neutre : « Avant que tout parte en vrille. »

Bobby l'observa un instant, attendant de voir si elle en dirait plus. Mais elle semblait avoir fini, à court de souvenirs. Il n'arrivait pas à décider s'il la croyait ou non. Les enfants sont étonnamment perspicaces. Et pourtant, elle s'était retrouvée au beau milieu d'un psychodrame de quartier, des policiers en tenue étaient venus trois fois chez elle en l'espace de deux mois, sans que jamais elle ne se doute de rien ? Encore une fois, compliments au papa, qui s'était donné tout ce mal pour protéger sa petite fille ? Ou l'indice de quelque chose de plus grave ?

Il attendit qu'elle lève finalement les yeux. La question suivante était la plus importante. Il voulait avoir toute son attention.

« Annabelle, demanda-t-il alors. Pourquoi avez-vous quitté la Floride ?

– Je ne sais pas.

– Et Saint Louis et Nashville et Kansas City ?

– Je ne sais pas, je ne sais pas, je ne sais pas. » Elle leva les mains, encore une fois impuissante. « Vous croyez que je n'ai pas posé ces questions ? Vous croyez que je ne me suis pas interrogée ? À chaque fois que nous déménagions, je passais un nombre de nuits incalculable à essayer de comprendre quelle erreur j'avais commise. Ce que je pouvais bien avoir fait de si mal. Ou quelle menace je n'avais pas vue. Je n'ai jamais compris. Je n'ai *jamais* compris. Quand j'ai eu seize ans, j'ai décidé que mon père était tout simplement parano. Certains pères regardent trop le football. Le mien avait un faible pour les transactions en liquide et les pseudos.

– Vous croyez qu'il était fou ?

– Vous croyez que les gens équilibrés déracinent leur famille tous les ans pour lui donner une nouvelle identité ? »

Il comprenait ce qu'elle voulait dire. Seulement il n'était pas certain de la conclusion à en tirer. « Vous êtes vraiment sûre que vous n'avez pas de photos de votre enfance qui traînent quelque part ? Un album, des photos de votre ancienne maison, des voisins, des camarades de classe ? Ça aiderait.

– Nous avons laissé tout ça à la maison. Je ne sais pas ce que c'est devenu ensuite. »

Bobby fronça les sourcils, eut une idée, griffonna une note. « Et du côté de la famille ? Des grands-parents, des oncles et tantes ? Quelqu'un qui aurait lui-même ces photos de famille et qui serait content de vous savoir de retour ? »

Elle secoua la tête, toujours en évitant son regard. « Pas de famille ; c'est en partie pour ça que c'était si facile de partir. Mon père était orphelin, pur produit de la Milton Hershey School en Pennsylvanie. Il leur était reconnaissant, d'ailleurs, parce qu'ils lui ont mis le pied à l'étrier pour ses études. Quant à ma mère, ses parents sont morts peu de temps après ma naissance. Un accident de voiture, quelque chose comme ça. Ma mère ne parlait pas beaucoup d'eux. Je crois qu'ils lui manquaient encore.

» Vous savez quoi, dit-elle en relevant brusquement la tête. Il y a quand même quelqu'un qui aurait des photos : Mme Petracelli. Dori et moi vivions dans la même rue, fréquentions la même école, allions aux mêmes barbecues entre voisins. Il se pourrait même qu'elle ait des photos de ma famille. Je n'y avais jamais pensé. Elle a peut-être une photo de ma mère.

– Bon, bonne idée. »

Elle demanda, d'une voix hésitante : « Vous... vous leur avez dit ?

– À qui ?

– Aux Petracelli. Vous leur avez signalé que vous aviez retrouvé Dori ? C'est une nouvelle atroce, mais ces choses-là sont tellement perverses qu'ils seront contents, j'imagine.

– Oui, murmura-t-il. Ces choses-là sont tellement perverses... Mais non, on ne leur a pas encore dit. On attendra d'avoir la preuve de son identité. Ou, plus probablement, on finira par les contacter pour avoir un échantillon d'ADN à des fins de comparaison. » Il la regarda un moment et prit tout à coup une décision pour laquelle D.D. l'étranglerait peut-être plus tard. « Vous voulez une information confidentielle ? Les corps sont momifiés. Une chose que les journalistes n'ont pas encore réussi à savoir. Moyennant quoi, ça va prendre un moment avant que nous en sachions davantage sur l'un ou l'autre.

– Je veux voir.

– Quoi ?

– La tombe. L'endroit où vous avez trouvé Dori. Je veux y aller.

– Oh, que non, répondit-il immédiatement. Les scènes de crime sont réservées aux professionnels. On n'organise pas de visites guidées. Les avocats, les juges, *D.D.* n'apprécieraient pas ce genre de chose. »

Elle fit encore le coup du menton relevé. « Je ne suis pas n'importe qui, je suis un témoin potentiel.

– Qui, de son propre aveu, n'a jamais rien vu.

– Peut-être que j'ai simplement oublié. Aller sur place pourrait provoquer un déclic.

– Annabelle, il ne faut pas que vous alliez voir une scène de crime. Rendez service à votre amie et gardez d'elle le souvenir d'une joyeuse petite camarade de sept ans. C'est ce que vous pouvez faire de mieux. »

Il referma son calepin, le rangea dans son blouson et finit son verre d'eau avant de le poser dans l'évier.

« Il y a bien quelque chose, dit-il tout à coup, comme si l'idée venait de lui traverser l'esprit.

– Quoi ?

– Enfin, je ne suis pas sûr. Bon, Dori Petracelli a disparu en 82 ; tout le monde est sûr de la date. Mais ce qui est intriguant, c'est que son enlèvement ressemble à une autre affaire qui remonte à 1980. Un certain Richard Umbrio avait kidnappé une fillette de douze ans et, écoutez-moi bien, il l'avait enfermée dans une fosse. Il l'aurait sans doute aussi tuée si des chasseurs n'étaient pas tombés par hasard sur l'entrée et ne l'avaient pas libérée.

– Elle a survécu ? Elle est encore vivante ? » demanda Annabelle avec animation.

Il acquiesça, enfonça les mains dans les poches de son pantalon. « Catherine a témoigné contre Umbrio, l'a envoyé en prison. C'est ça qui est très bizarre, voyez-vous : Umbrio était en prison en 1982 et pourtant…

– Les affaires semblent liées, finit-elle à sa place.

– Exactement. » Il la regarda de bas en haut. « Vous êtes sûre que vous n'avez jamais rencontré Catherine ?

– Je ne crois pas.

– Soit dit en passant, elle non plus ne croit pas vous avoir rencontrée. Pourtant…

– Elle ressemble à quoi ?

– Oh, à peu près votre taille. Cheveux bruns, yeux bruns. Pas très différente, en fait, maintenant que j'y pense. »

Elle cilla, mal à l'aise devant cette nouvelle. Il décida que c'était le moment.

« Dites, qu'est-ce que vous diriez de la rencontrer en personne ? En face à face. Peut-être que si on vous mettait toutes les deux dans la même pièce… Je ne sais pas, ça pourrait débloquer quelque chose. »

Il sut à quel instant précis elle comprit qu'il l'avait manipulée, parce que son corps se figea totalement. Son visage se ferma, les yeux mi-clos. Il attendit une explosion, encore des insultes, peut-être même de la violence physique. Au lieu de cela, elle resta immobile, intouchable dans son silence.

« Tu n'es pas obligée d'aimer le système, murmura-t-elle. Mais il faut le comprendre. Alors tu pourras toujours survivre. » Elle darda ses yeux brun foncé sur lui, soutint son regard. « Où habite Catherine ?

– En Arizona.

– On y va ou elle vient ici ?

– Pour diverses raisons, il serait préférable que nous y allions.

– Quand ?

– Qu'est-ce que vous diriez de demain ?

– Bien. Ça nous laisse amplement le temps.

– Pour ?

– Pour que vous m'emmeniez sur la scène de crime. Donnant-donnant. C'est bien comme ça qu'on dit, enquêteur ? »

Elle l'avait eu, en beauté. Il acquiesça, reconnaissant sa défaite. Cela n'adoucit pourtant pas la ligne rigide des épaules d'Annabelle, l'angle buté de son menton. Il comprit, trop tard, que sa dissimulation l'avait peinée. Que, pendant un moment, ils avaient discuté presque comme des gens normaux, qu'elle l'avait peut-être même apprécié.

Il pensa qu'il devait dire quelque chose ; mais sans trouver quoi. Le travail d'enquête implique souvent de mentir et cela n'avait aucun sens de s'excuser pour une chose qu'il ferait encore si nécessaire.

Il se dirigea vers la porte. Bella s'était levée de son coussin. Elle lui lécha la main pendant qu'Annabelle déverrouillait la forteresse. La porte s'ouvrit. Annabelle fixait sur lui un regard interrogateur.

« Vous avez peur ? demanda-t-il soudain en désignant les verrous.

– La chance sourit aux esprits bien préparés, murmurat-elle.

– Ça ne répond pas à ma question. »

Elle garda un instant le silence. « Parfois.

– Vous habitez en ville. Ce n'est pas idiot, les verrous. »

Elle l'observa encore un instant. « Pour quelle raison me demandez-vous tout le temps pourquoi ma famille s'est enfuie si souvent ?

– Je crois que vous le savez.

– Parce que les criminels ne s'arrêtent pas comme par magie. Un type ne passe pas des années à suivre et enlever six fillettes pour décider du jour au lendemain de se trouver un nouveau hobby. Vous croyez que mon père savait quelque chose. Vous croyez qu'il avait une raison de nous garder constamment sur les routes.

– Ce n'est pas idiot, les verrous », répéta-t-il.

Elle se contenta de sourire, stoïque cette fois-ci, et, pour une raison ou une autre, il en fut triste. « Quelle heure ? » demanda-t-elle.

Il regarda sa montre, songea au coup de fil qu'il allait devoir passer à D.D., au savon qu'il allait recevoir. « Je viens vous chercher à deux heures. »

Elle acquiesça.

Il sortit, s'engagea dans les escaliers tandis que, au-dessus de lui, les verrous se refermaient dans une nouvelle rafale.

12

Je n'étais jamais montée dans une voiture de police.
Je ne savais pas trop à quoi m'attendre. Des sièges en
plastique dur ? Une odeur fétide de vomi et d'urine ?
Comme lors de mon passage au commissariat de Boston, la réalité fut en deçà de mes attentes. La Crown
Vic bleu foncé ressemblait à n'importe quelle quatre-
portes. L'intérieur était tout aussi banal. Sièges recou-
verts d'un tissu bleu uni. Moquette bleu marine. Le
tableau de bord avait une radio bidirectionnelle et
quelques interrupteurs à bascule supplémentaires, mais
ça s'arrêtait là.

Le véhicule semblait avoir été nettoyé récemment :
sol aspiré de frais, atmosphère parfumée au Fébrèze.
Une petite attention pour moi ? Je ne savais pas si
j'étais censée remercier.

Je m'attachai sur le siège passager. J'étais nerveuse,
mes mains tremblaient. Je dus m'y reprendre à trois
fois pour enclencher la languette métallique. Le capitaine Dodge n'essaya pas de m'aider et ne fit aucun
commentaire. Je lui en fus plus reconnaissante que de
la propreté désodorisée de la voiture.

Depuis son départ, j'avais passé le temps en
essayant de terminer une cantonnière compliquée pour

une cliente de Back Bay. Mais en fait j'avais surtout tenu le tissu de soie moirée sous l'aiguille de ma machine à coudre, le pied à côté de la pédale, les yeux rivés sur la télé. Il était facile de trouver des reportages sur l'affaire de Mattapan : toutes les grandes chaînes d'info la couvraient en continu. Peu, malheureusement, avaient quoi que ce soit de nouveau à dire.

On avait confirmation que six corps avaient été découverts dans une cavité souterraine située dans le parc de l'ancien asile psychiatrique. On pensait que les corps étaient ceux de fillettes et qu'ils se trouvaient sans doute dans la cavité depuis un moment. À l'heure actuelle, la police suivait plusieurs pistes d'investigation. (Est-ce que c'était ça que j'étais ? Une piste d'investigation ?) À partir de là, les reportages se lançaient rapidement dans les spéculations les plus folles. Pas un mot du médaillon. Ni de Dori. Ni de Richard Umbrio.

J'avais abandonné ma couture pour chercher Umbrio sur Internet. J'avais trouvé, sous le titre FUSILLADE MORTELLE À BACK BAY, un article qui racontait comment Catherine Gagnon, rescapée d'une fusillade policière nocturne, avait déjà connu la tragédie puisque, dans son enfance, elle avait été détenue en captivité par Richard Umbrio, pédophile avéré, et délivrée par des chasseurs peu avant Thanksgiving.

L'histoire d'Umbrio, cependant, n'était qu'un encadré. L'article principal expliquait comment Jimmy Gagnon, mari de Catherine et fils unique d'un riche juge de Boston, avait été descendu par un tireur d'élite au cours d'une prise d'otage tragique. Le policier qui lui avait donné la mort : Robert G. Dodge.

143

Des poursuites avaient été engagées contre l'officier Bobby Dodge par le père de la victime, le juge Gagnon, qui prétendait qu'il avait comploté avec Catherine Gagnon pour assassiner son mari.

Bon, voilà un petit détail dont ni le capitaine Dodge ni le commandant Warren n'avait jugé bon de m'informer.

Au cas où je ne serais pas encore assez choquée, je trouvai ensuite un autre article, daté de quelques jours plus tard : BAIN DE SANG DANS UNE SUITE D'HÔTEL… Trois personnes étaient mortes et une quatrième se trouvait dans un état critique après qu'un détenu récemment remis en liberté conditionnelle, Richard Umbrio, avait pris d'assaut un grand hôtel dans le centre-ville de Boston. Umbrio avait tué deux personnes, dont une à mains nues, avant d'être abattu par Catherine Gagnon avec l'aide d'un officier de la police d'État du Massachusetts, Robert G. Dodge.

De plus en plus intéressant.

Assise à côté du capitaine Dodge, je ne disais pas un mot. Au contraire, je gardais précieusement de côté mes petites pépites de vérité. Bobby s'était servi de mon passé. À mon tour d'en savoir un peu sur lui.

Je le regardai à la dérobée, assis à côté de moi. Il conduisait la main droite posée avec décontraction sur le volant, le coude gauche en appui sur la portière. Travailler dans la police l'avait de toute évidence immunisé contre la circulation de Boston. Il zigzaguait dans les petites rues étroites et contournait les voitures garées en triple file comme un pilote de stock-car pendant son tour de chauffe. À ce rythme-là, on serait à Mattapan en moins de quinze minutes.

J'ignorais si je serais prête d'ici là.

Je me détournai, regardai par la fenêtre. Si le silence ne le gênait pas, moi non plus.

Je ne savais pas pourquoi je tenais tant à aller voir la scène de crime. Mais j'y tenais. J'avais lu le récit des derniers jours de Dori. J'avais regardé mon médaillon, qu'elle portait si fièrement autour du cou. Et alors mon cerveau s'était rempli de trop de questions, du genre de celles que ses parents se posaient sans doute toutes les nuits depuis vingt-cinq ans.

Avait-elle appelé au secours quand on l'avait enlevée dans le jardin devant la maison de ses grands-parents et balancée dans une camionnette blanche ? Avait-elle lutté contre son ravisseur ? Avait-elle essayé d'ouvrir les portes et découvert le véritable inconvénient de la sécurité enfant ?

L'homme lui avait-il parlé ? L'avait-il interrogée sur le médaillon ? Accusée de l'avoir volé à son amie ? L'avait-elle supplié de le reprendre ? Lui avait-elle demandé, quand il avait commencé, d'arrêter s'il vous plaît et d'enlever plutôt Annabelle Granger ?

Sincèrement, je n'avais pas pensé à Dori Petracelli en vingt-cinq ans. C'était mortifiant, abominable, de penser à présent qu'elle était morte à ma place.

La voiture ralentit. Je clignai rapidement des paupières, honteuse de m'apercevoir que j'avais les yeux pleins de larmes. Aussi vite que possible, je m'essuyai le visage du dos de la main.

Le capitaine Dodge se rangea sur le côté. Je ne reconnaissais pas les lieux. Je voyais une rue de vieux immeubles de trois étages, dont la plupart auraient eu besoin d'un ravalement, voire d'un peu de vrai gazon dans leur jardin. Le quartier semblait vétuste, miteux. Je ne comprenais pas.

« Voilà ce qui se passe, dit Dodge en se tournant vers moi. Le site n'a que deux entrées. Nous, la police, les avons fort intelligemment bouclées par un cordon de sécurité pour préserver la scène de crime. Malheureusement, les médias campent devant ces deux entrées et attendent désespérément n'importe quel commentaire ou image à passer dans le journal. J'imagine que vous ne voulez pas passer dans le journal. »

L'idée me terrifia au point de me laisser sans voix.

« Bon, d'accord, c'est bien ce que je pensais. Alors, ce n'est pas très glamour, mais ça fera l'affaire. » Il désigna la banquette arrière, où j'aperçus une couverture pliée, à peu près de la même teinte que le tissu des sièges. « Vous vous allongez ; je vous cache sous la couverture. Avec un peu de chance, on traversera les hordes en furie tellement vite que tout le monde n'y verra que du feu. Une fois qu'on sera dans le parc, vous pourrez vous rasseoir. L'aviation civile a accepté de restreindre l'espace aérien, donc plus personne n'a le droit de faire mumuse avec son hélico. »

Il ouvrit sa portière, descendit. Dans un état second, je passai sur la banquette arrière, m'allongeai, les genoux repliés, les bras serrés sur la poitrine. Il déplia la couverture avec un claquement sec et la posa sur moi. Encore quelques ajustements pour recouvrir mes pieds, cacher le haut de ma tête.

« Ça va ? » demanda le capitaine Dodge.

J'acquiesçai. La portière arrière claqua. Je l'entendis faire le tour, se rasseoir au volant, démarrer la voiture.

Je ne pouvais plus rien voir. Seulement entendre le bruit de l'asphalte qui ronflait sous les pneus. Seulement sentir le mélange nauséabond de gaz d'échappement et de désodorisant.

Je fermai les yeux très fort et, à cet instant, je sus. Je ressentis exactement ce que Dori avait ressenti, jetée dans un véhicule inconnu, dissimulée à la vue des gens. Je compris comment elle avait dû se recroqueviller toujours davantage, fermer les yeux, souhaiter que son propre corps disparaisse. Je savais qu'elle avait murmuré le Notre-Père parce que c'était ce que nous disions le soir quand je dormais chez elle. Et je savais qu'elle avait pleuré en pensant à sa maman, qui sentait toujours bon la lavande quand elle nous donnait notre baiser du soir.

Sous la couverture, je me couvris le visage avec mes mains. Je pleurai, sans faire le moindre bruit, parce c'est comme ça qu'on apprend à pleurer quand on passe sa vie en cavale.

La voiture ralentit à nouveau. La vitre s'abaissa. J'entendis le capitaine Dodge se présenter, tendre sa plaque. Puis, en bruit de fond, un grondement de voix qui criaient pour attirer l'attention, poser une question, réclamer un commentaire.

La vitre remonta. La voiture redémarra et le moteur rétrograda lorsque la voiture gravit péniblement une côte.

« Plus moyen de reculer », dit le capitaine Dodge.

Sous la couverture, je m'essuyai à nouveau le visage.

Pour Dori, me dis-je, *pour Dori*.

Mais surtout, je pensais à mon père et à la haine que j'avais pour lui.

Dodge dut m'ouvrir pour que je puisse descendre. Finalement, les portières arrière des voitures de police ont tout de même une légère différence avec celles des voitures ordinaires : elles ne s'ouvrent que de l'extérieur. Tandis qu'il m'aidait, Dodge, le visage impénétrable, fixait de ses yeux gris mi-clos un point juste au-dessus de mon épaule droite. Je suivis son regard jusqu'à une deuxième voiture, déjà garée sous l'abri squelettique d'un immense chêne. Le commandant Warren se tenait à côté, voûtée dans son blouson en cuir couleur caramel, l'air aussi contrariée que dans mon souvenir.

« Elle est responsable de l'enquête, murmura le capitaine Dodge pour mes seules oreilles. Difficile de visiter la scène de crime sans sa permission. Ne vous inquiétez pas, c'est seulement après moi qu'elle en a. Vous faites juste une cible facile. »

Vexée d'être qualifiée de cible, je me redressai, bombai le torse, bien campée sur mes pieds. Dodge eut un signe de tête approbateur et je me demandai immédiatement si cela n'avait pas été son but. L'idée me déstabilisa davantage que l'air perpétuellement revêche du commandant Warren.

Dodge s'approcha d'elle. Je suivis dans son sillage, les bras croisés pour me réchauffer. L'après-midi était gris et froid. La saison où les feuillages s'embrasent, de loin la plus belle en Nouvelle-Angleterre, avait connu son apogée deux semaines plus tôt. À présent, les rouges éclatants, les oranges lumineux et les jaunes joyeux avaient fait place à des bruns boueux et à des gris mornes. Il flottait dans l'air une odeur d'humidité et de moisi. Je reniflai à nouveau, sentis un léger relent de décomposition.

J'avais trouvé sur Internet des informations sur le site de l'hôpital psychiatrique. Je savais qu'il avait été fondé sous le nom d'Asile pour aliénés de Boston en 1839, avant de devenir l'Hôpital public de Boston en 1908. À l'origine, l'établissement accueillait quelques centaines de patients et fonctionnait davantage comme une ferme en autarcie que comme un modèle pour *Vol au-dessus d'un nid de coucou*.

Mais en 1950, le nombre de patients avait grossi jusqu'à dépasser les trois mille et l'établissement s'était vu adjoindre deux pavillons de haute sécurité et une immense clôture en fer forgé. L'endroit n'était plus aussi tranquille. La désinstitutionnalisation psychiatrique avait finalement provoqué la fermeture de l'hôpital en 1980, au grand soulagement du voisinage.

Je m'attendais à ressentir un frisson d'épouvante en pénétrant dans l'enceinte, je pensais que mes bras se couvriraient peut-être de chair de poule quand je percevrais la présence persistante du mal. J'aurais devant moi un édifice à l'allure sinistre et fantastique, comme cet hôpital psychiatrique désaffecté qui domine encore la I-95 à Danvers, et j'apercevrais – juste un instant – un visage pâle et hagard posté derrière une vitre brisée.

En réalité, de là où j'étais, je ne voyais pas du tout les deux bâtiments encore debout. Au lieu de cela, j'avais devant moi un bosquet d'arbrisseaux enchevêtrés, surmonté d'un énorme chêne centenaire. Le commandant Warren prit un petit sentier entre les arbustes et nous arrivâmes dans une plaine de carex desséchés qui renvoyaient des reflets d'or et d'argent sous les ondulations du vent. La vue était ravissante, on se serait cru en randonnée en pleine nature plutôt qu'à proximité d'une scène de crime.

Le sol se raffermit. Une clairière apparut à notre droite. Je vis ce qui semblait être une sorte de décharge. Warren s'arrêta net et désigna le monceau de débris envahi par la végétation.

« Le botaniste a commencé à mettre son nez là-dedans, expliqua-t-elle à Dodge. Il a trouvé les restes d'une étagère métallique comme celle que nous avons vue dans la cavité. Apparemment, l'hôpital en avait beaucoup de ce modèle. J'ai un agent qui passe les archives photos en revue.

– Tu penses que le matériel venait de l'hôpital lui-même ?

– Je ne sais pas, mais les sacs plastique transparents… À ce qu'il paraît, ils étaient couramment employés dans les établissements publics pendant les années 70. »

Le commandant Warren reprit son chemin et le capitaine Dodge lui emboîta le pas. Je fermai la marche, cherchant à comprendre leur dialogue.

Soudain, nous franchîmes un autre bosquet, débouchâmes dans une clairière et un auvent bleu vif se dressa devant moi.

Pour la première fois, je m'arrêtai. Est-ce que c'était mon imagination ou bien était-ce plus silencieux ici ? Pas de pépiements d'oiseaux, pas de bruissements de feuilles ni de cris d'écureuils. Je ne sentais plus la brise. Tout semblait figé, suspendu.

Le commandant Warren marchait devant, avec des mouvements décidés. Elle n'avait pas envie d'être là, réalisai-je alors. Et cela commença à me perturber. Quel genre de scène de crime fiche les jetons même aux flics ?

Sous l'auvent bleu se trouvaient deux grands bacs en plastique. Warren en ôta les couvercles gris et révéla des combinaisons blanches en tissu fin semblable à du papier. Je reconnus les combinaisons en Tyvek que j'avais vues dans toutes les émissions relatant des affaires réelles sur Court TV.

« Même si techniquement les scientifiques ont déjà fait les relevés, on veut que la scène reste aussi intacte que possible, m'expliqua-t-elle en me tendant une combinaison, puis une autre au capitaine Dodge. Dans ce genre de situation… on ne sait jamais quels nouveaux experts pourraient apporter quelque chose, alors il faut se tenir prêt. »

Elle enfila prestement sa propre combinaison. Je n'arrivais pas à trouver où étaient les bras et où étaient les jambes. Il fallut que le capitaine Dodge m'aide. Ils passèrent aux couvre-chaussures, puis aux charlottes. Le temps que je comprenne tout, ils m'attendaient depuis des lustres et j'étais rouge comme une pivoine.

Warren nous conduisit vers le fond de l'auvent. Elle s'arrêta au bord d'un trou dans le sol. Je ne voyais rien ; le fond était plongé dans l'obscurité la plus complète.

Elle se tourna vers moi, me jaugea tranquillement de ses yeux bleus.

« Vous comprenez que vous ne pourrez pas parler de ce que vous verrez en bas, me dit-elle sèchement.

Vous ne pourrez pas en parler à votre voisine, à votre collègue, à votre coiffeur. C'est strictement top secret.

– Oui.

– Vous n'êtes pas autorisée à prendre de photos, à tracer des plans.

– Je sais.

– Par ailleurs, du fait que vous visitez cette scène, vous pourrez être amenée à témoigner au cours du procès. Votre nom apparaît désormais sur le registre de la scène de crime, ce qui vous expose à être interrogée à la fois par l'accusation et par la défense.

– D'accord », répondis-je, même si je n'y avais pas vraiment songé. Procès ? Interrogatoire ? Je décidai de m'en inquiéter plus tard.

« Et, en échange de cette "visite guidée", vous acceptez de nous accompagner en Arizona demain matin. Vous rencontrerez Catherine Gagnon. Vous répondrez à nos questions dans toute la mesure de vos possibilités.

– Oui, je suis d'accord », répondis-je, avec brusquerie maintenant. Mon impatience et ma nervosité grandissaient à mesure que nous restions là.

Le commandant Warren sortit une lampe torche. « Je passe la première, dit-elle. J'allumerai les lampes. Quand vous verrez ça, vous saurez que c'est à vous de descendre. »

Elle me lança un dernier coup d'œil évaluateur. Je lui rendis la pareille, même si je savais que mon regard n'était pas aussi imperturbable que le sien. Je m'étais trompée sur le commandant Warren : si nous nous étions affrontées sur un ring d'entraînement, jamais je ne l'aurais envoyée au tapis. J'avais beau être plus jeune, plus rapide, plus forte physiquement, elle, c'était une dure. Jusqu'à la moelle, une dure capable de descendre volontairement dans un charnier plongé dans le noir.

Mon père l'aurait adorée.

Le sommet de son crâne disparut en bas. Un instant plus tard, une lueur pâle jaillit du trou.

« Dernière chance », murmura le capitaine Dodge à mon oreille.

J'attrapai le haut de l'échelle. Et ne m'autorisai plus à penser.

13

Je fus d'abord frappée par la température. Il faisait plus chaud en sous-sol qu'à la surface. Les parois de terre protégeaient du vent et isolaient du froid de l'arrière-saison.

Deuxième constatation : je pouvais me tenir debout. En fait, je pouvais balancer les bras, marcher devant, sur le côté, derrière. Je m'étais attendue à être voûtée, oppressée. Au lieu de cela, la cavité était carrément spacieuse, même lorsque le capitaine Dodge nous eut rejointes dans la pénombre.

Mes yeux s'accoutumèrent, débrouillèrent le patchwork d'ombres noires et de projecteurs lumineux. Je m'approchai d'une paroi, en touchai la surface légèrement rainurée, sentis la terre compacte.

« Je ne comprends pas, dis-je enfin, jamais un homme seul n'aurait pu creuser un trou aussi grand à la main. Il faut un tractopelle, un gros engin. Comment une chose pareille peut-elle se produire sans que personne ne le remarque ? »

Le commandant Warren me surprit en étant la première à répondre : « On pense que ça faisait partie d'un autre chantier à l'origine. Peut-être une rigole pour l'évacuation ou juste une fosse où on venait chercher du remblai pour un autre endroit. À la fin des années quarante, début des années cinquante, les bâtiments poussaient comme des champignons pour suivre l'augmentation du nombre de patients. On trouve des fondations à moitié finies, des décharges de matériel, plein de trucs dans toute la propriété.

– Donc cette fosse a eu une existence officielle à une époque ?

– Peut-être, répondit-elle en haussant les épaules. Il ne reste plus grand-monde à qui poser la question ; ça remonte à cinquante ans. »

Je levai la main, tâtai le plafond en bois, avançai, touchai les poteaux. « Mais il a fait tout ça ? Il l'a converti, pour ainsi dire ?

– C'est notre hypothèse.

– Ça a dû lui prendre du temps. »

Personne ne me contredit.

« De l'argent, continuai-je en réfléchissant à voix haute. Du bois, des clous, un marteau. Des efforts. Est-ce qu'un des patients de l'hôpital aurait vraiment été aussi organisé, aurait eu la possibilité de sortir et de rentrer comme ça dans le parc ? »

D.D. haussa à nouveau les épaules. « Tout ce qui se trouve ici aurait pu être récupéré sur les dépotoirs des chantiers dans la propriété. Jusqu'à présent, j'y ai vu tout et n'importe quoi, de la poussière de ciment jusqu'à des tuiles ou des châssis de fenêtre. »

Je fis la grimace. « Pas de fenêtres ici.

– Non, pas pour ce qu'il avait en tête. »

Je réprimai un frisson, m'approchai du mur du fond. « Quand pensez-vous qu'il a commencé ?

– Je ne sais pas. Il y avait une trentaine d'années de végétation sur le contreplaqué, donc ça nous ramène aux années 70. L'hôpital était moribond à cette époque-là et l'endroit plus abandonné qu'autre chose. Ça se tient.

– Et il a opéré pendant combien de temps ?

– Je ne sais pas.

– Mais il devait connaître le coin, insistai-je. Il avait dû être patient à l'hôpital ou peut-être même y travailler. Je veux dire, pour avoir découvert cet endroit, pour savoir où récupérer son matériel. Pour ne pas avoir peur de revenir plein de fois.

– Au stade où nous en sommes, tout est possible. » Mais son ton indiquait qu'elle était sceptique. J'eus l'impression qu'elle était focalisée sur le fait que le parc était à l'abandon, de sorte que n'importe qui pouvait s'être promené sur les quatre-vingts hectares du site.

L'idée me coupa un peu l'herbe sous le pied. Je relevai le menton, m'entêtant dans mon rôle d'enquêtrice amateur.

« Vous avez dit qu'il y avait du matériel ? lançai-je.

– Étagère en métal, chaise en métal, seau en plastique.

– Pas de couchage ?

– Pas que nous ayons trouvé.

– Lanternes, réchaud ?

– Non, mais deux crochets au plafond, qui ont pu être utilisés pour accrocher des lampes.

– Pourquoi vous dites ça ?

– Parce qu'il avait placé les crochets devant les étagères métalliques où il stockait les corps. »

Je vacillai, tendis un bras pour m'appuyer contre le mur de terre froid, mais retins brusquement ma main. « Pardon ? »

L'expression de D.D. était devenue dure, son regard inquisiteur. « C'est à vous de me dire. C'est vous qui prétendez être le témoin. Que voyez-vous ici ?

– Rien.

– Le terrain, le parc... quelque chose qui vous soit familier ?

– Non, répondis-je faiblement. Je ne suis jamais venue ici. J'imagine, dis-je, tandis que ma main retournait sur le mur, que mes doigts le touchaient avec hésitation, j'imagine que ce n'est pas le genre de chose qu'on oublie.

– Non, j'imagine que non », confirma-t-elle sévèrement.

Elle s'approcha, se plaça à côté de moi. Elle posa sa main à côté de la mienne, les doigts écartés, la paume à plat contre la terre froide comme pour démontrer qu'elle pouvait affronter cette tombe mieux que moi. « À l'endroit exact où nous sommes, il y avait deux longues étagères métalliques. Il s'en servait pour le stockage. C'est là qu'il mettait les corps. Un par sac-poubelle, trois par étage. Deux petites rangées bien nettes. »

Mes doigts se crispèrent, mes ongles s'enfoncèrent dans le sol à vif et je sentis la terre dure et compacte pénétrer sous mes ongles. Et à cet instant, je jure que je l'ai perçu : le mal profondément enraciné, un froid puissant, mordant. Je battis précipitamment en retraite, avec de petits mouvements circulaires des pieds, tandis que je fouillais le sol du regard, cherchant des signes de... quoi ? De lutte ? De sang ? L'endroit où un monstre avait violé ma meilleure amie ? Lui avait arraché les ongles ? Lui avait attaché des tenailles aux tétons avant de l'égorger ?

J'avais lu trop d'articles, passé trop de temps à écouter les leçons de mon père. Pourquoi lire *Bonsoir lune* à son enfant quand on peut lui lire *Monstres du vingt et unième siècle* ?

J'allais vomir, mais ce n'était pas possible. Mes pensées s'affolaient, s'emballaient. Je me souvenais de ma petite camarade de sept ans. Je revoyais toutes les photos de scènes de crime que mon père avait pu me montrer.

« Qu'est-ce qu'il a fait ? m'entendis-je demander. Combien de temps ont-elles été gardées en vie ? Comment les a-t-il tuées ? Est-ce qu'elles se connaissaient ? Est-ce qu'elles ont dû rester ici, entourées de cadavres dans le noir ?

» Éteignez les lumières ! réclamai-je d'une voix maintenant incontrôlée, incohérente. Éteignez ces putains de lumières ! Je veux savoir ce qu'il leur a fait ! Je veux savoir ce qu'elles ont *ressenti* ! »

Le capitaine Dodge m'attrapa les mains. Il pressa mes paumes l'une contre l'autre, apaisa mes mouvements convulsifs, rapprocha mes mains de ma poitrine. Il ne dit rien, se contenta de rester là, à me regarder calmement avec ces yeux gris jusqu'au moment où, d'un coup sec, je sentis quelque chose se briser en moi. Mes épaules s'affaissèrent, mes bras se relâchèrent. Mon hystérie s'évacua et je me retrouvai toute molle, vidée, à repenser à Dori et à ce dernier été où nous ne savions ni l'une ni l'autre à quel point nous avions la belle vie.

Son parfum de glace à l'eau préféré était raisin. Pour moi, c'était soda. Nous mettions ces parfums de côté dans les assortiments que nos mères achetaient et nous les échangions chaque samedi.

Nous faisions la course dans la rue pour voir laquelle allait le plus vite à cloche-pied. Un jour, je suis tombée et je me suis écorché le menton. Dori est revenue en arrière pour voir si j'allais bien et pendant qu'elle se baissait, je me suis relevée d'un bond et j'ai passé la ligne d'arrivée en sautillant rien que pour pouvoir dire que j'avais gagné. Elle ne m'a pas adressé la parole de toute la journée, mais j'ai tout de même refusé de m'excuser parce que, déjà à l'époque, la victoire comptait plus pour moi que son air meurtri.

Tous les dimanches, sa famille allait à la messe. Je voulais y aller avec eux parce que Dori était toujours tellement mignonne dans sa robe du dimanche, blanche avec un ourlet bleu clair, mais mon père me disait que l'église était pour les ignorants. J'allais donc chez Dori le dimanche après-midi et elle me répétait les histoires qu'elle avait entendues ce matin-là, celle de Moïse sauvé des eaux, celle de Noé et de son arche, celle de la miraculeuse naissance de Jésus dans une crèche. Et je récitais une petite prière avec elle, même si ça me donnait mauvaise conscience. J'aimais l'expression de son visage quand elle priait, le sourire serein qui se posait sur ses lèvres.

Je me demandai si elle avait prié dans cette fosse. Je me demandai si elle avait prié pour vivre ou pour que Dieu ait pitié d'elle et l'emporte. J'eus envie de prier. J'eus envie de tomber à genoux et de supplier Dieu de soulager un peu cette énorme pression dans ma poitrine ; j'avais l'impression qu'un poing était entré en moi pour me broyer le cœur ; j'ignorais qu'on pouvait survivre à tant de souffrance, ce qui m'amenait simplement à me demander comment ses parents avaient pu traverser toutes ces années.

Est-ce que l'existence se résumait à ça en fin de compte ? Des petites filles contraintes de choisir entre une vie à fuir les ombres et une mort prématurée seule dans les ténèbres ? Quelle sorte de monstre est capable d'une chose pareille ? Pourquoi Dori n'avait-elle pas pu s'échapper ?

Je fus heureuse en cet instant que mes parents soient morts. Qu'ils n'aient pas eu à savoir ce qui était arrivé à Dori ou ce que la décision de mon père avait eu comme conséquence pour la meilleure amie de sa fille.

Mais tout de suite après, j'eus un sentiment trouble. Encore une ombre qui dansait dans les recoins de mon esprit…

Il était au courant. J'ignorais comment je le savais, mais je le savais. Mon père avait su ce qui était arrivé à Dori, et cette idée me mit plus mal à l'aise encore que les quatre murs qui se refermaient sur moi.

C'en était trop. Mes mains vinrent se poser sur mon front.

« Il faudra attendre les rapports de l'anthropologue judiciaire pour en savoir plus sur les victimes », déclarait le commandant Warren.

Je hochai simplement la tête.

« Disons simplement que nous cherchons un individu très méthodique, extrêmement intelligent et dépravé. »

Autre bref hochement de tête.

« Naturellement, tous les souvenirs que vous pourriez avoir de cette période (en particulier de l'individu qui surveillait votre maison) seraient très précieux.

– J'aimerais remonter maintenant », répondis-je.

Personne ne protesta. Le capitaine Dodge ouvrit la voie. Une fois en haut, il me tendit une main. Je refusai, sortis toute seule. Le vent avait forci, il agitait bruyamment les feuilles à l'agonie. Je tournai la tête vers son souffle cinglant. Puis je fermai le poing ; je sentis sous mes ongles les débris sinistres de la tombe de ma meilleure amie.

14

Lorsque nous retournâmes aux voitures, un agent de patrouille nous attendait. Il prit le commandant Warren à part et lui parla à voix basse.

« Tu l'as vu combien de fois ? demanda-t-elle brusquement.

– Trois ou quatre.

– Qui prétend-il être ?

– Il dit qu'il était employé ici. Qu'il sait quelque chose. Mais il ne veut parler qu'au responsable de l'enquête. »

Warren regarda par-dessus la tête de l'agent, vers l'endroit où le capitaine Dodge et moi nous trouvions. « On a une minute ? » demanda-t-elle en s'adressant manifestement à Bobby et non à moi.

Il me regarda. Je haussai les épaules. « Je peux attendre dans la voiture. »

C'était la bonne réponse, apparemment. Warren se tourna vers l'agent de patrouille. « Amène-le. Puisqu'il a tellement envie de parler, écoutons ce qu'il a à dire. »

Je retournai dans la Crown Vic ; ça m'était égal. Je voulais être à l'abri du vent, à l'abri des images et des odeurs. Je ne pensais plus à une randonnée en pleine nature ; on aurait dû raser tout ça à coups de bulldozers.

Je m'avachis sur le siège passager et me dérobai docilement aux regards. Mais dès que le capitaine Dodge eut rejoint le commandant Warren, j'entrouvris la vitre.

L'agent de patrouille fut de retour au bout de quelques minutes. Il ramenait un monsieur d'un certain âge avec une épaisse tignasse blanche et une démarche étonnamment vigoureuse.

« Je m'appelle Charles, annonça-t-il d'une voix de stentor en serrant la main de Warren, puis de Dodge. Charlie Marvin. J'ai travaillé à l'hôpital pendant mes études. Merci de me recevoir. Vous êtes le responsable de l'enquête ? » demanda-t-il en se tournant vers le capitaine Dodge, qui fit un bref signe de tête sur le côté. Charlie suivit son mouvement vers le commandant Warren. « Oups, gronda-t-il, mais avec un sourire si épanoui que c'était difficile de ne pas l'apprécier. Ne faites pas attention, dit-il à Warren. Je ne suis pas sexiste ; juste un vieux schnock. »

Elle éclata de rire. Je ne l'avais jamais entendue rire. Ça la rendait presque humaine.

« Ravie de vous rencontrer, monsieur Marvin.

– Charlie, Charlie. "M. Marvin", ça me fait penser à mon père, paix à son âme.

– Que pouvons-nous faire pour vous, Charlie ?

– J'ai entendu parler des tombes, les six petites filles découvertes ici. Je dois dire que ça m'a sacrément remué. J'ai passé presque dix ans ici, d'abord comme aide-soignant, "AS", et ensuite en proposant mes services d'aumônier le soir et le week-end. J'ai bien failli y laisser ma peau une demi-douzaine de fois. Mais dans mon souvenir, c'était quand même le bon vieux temps. Ça me tracasse de penser que des petites filles aient pu mourir pendant que j'étais ici. Ça me tracasse beaucoup. »

Charlie regarda Warren et Dodge, l'air d'attendre quelque chose, mais ni l'un ni l'autre ne dit rien. Je connaissais désormais leur méthode : ils aimaient aussi jouer sur les silences avec moi.

« Bon, continua Charlie avec entrain. Je suis peut-être un vieux schnock qui ne se souvient pas la plupart du temps de ce qu'il a mangé le matin, mais mes souvenirs de cette époque-là sont clairs comme de l'eau de roche. Je me suis permis de prendre quelques notes. Sur certains patients et, hum… » Il s'éclaircit la voix, sembla un instant nerveux. « Et sur un certain membre du personnel. Je ne sais pas si ça vous aidera, mais je voulais faire quelque chose. »

Dodge passa une main dans sa poche de poitrine et en sortit un carnet de notes. Charlie prit cela comme un encouragement et déplia vivement une feuille de calepin qu'il tenait serrée dans son poing. Ses doigts tremblaient légèrement, mais sa voix restait forte.

« Vous savez beaucoup de choses sur le fonctionnement de l'hôpital ? demanda-t-il aux deux enquêteurs.

— Non, répondit le capitaine Dodge. En tout cas, pas autant qu'on voudrait.

— Nous avions mille huit cents patients quand j'ai commencé. Nous les accueillions à partir de seize ans, de toutes les races, des deux sexes, de tous les milieux. Certains étaient amenés par leur famille, beaucoup par la police. La partie est du complexe était consacrée aux malades chroniques ; l'ouest, où nous nous trouvons, aux courts séjours. J'ai commencé aux admissions. Un an plus tard, j'ai été promu garde-malade et muté au bâtiment I, unité I-4, haute sécurité pour hommes.

» Nous étions un bon établissement. En sous-effectif (il y avait beaucoup de nuits où j'étais seul avec quarante patients), mais on y arrivait. Jamais de camisoles de force, d'attaches ou de maltraitances physiques. Si on avait un problème, on avait le droit de faire une clé de bras ou un nelson pour maîtriser le patient jusqu'à l'arrivée des renforts, et à ce moment-là, un collègue AS lui administrait en général un sédatif.

» Les AS étaient surtout chargés des soins quotidiens, faire en sorte que les patients soient calmes, propres, en bonne santé. On leur donnait les médicaments prescrits par les médecins. J'ai reçu une petite formation pour faire des injections en IM – en intramusculaire. Vous savez, planter une seringue pleine d'amobarbital dans la cuisse d'un gars. C'est sûr qu'on avait parfois des sueurs froides – ça m'a demandé pas mal d'efforts rien que pour rester en vie. Mais la plupart des gars, même en pavillon de sécurité, avaient simplement besoin qu'on les traite comme des êtres humains. On leur parlait. On gardait un ton calme et raisonnable. On faisait comme si on s'attendait à ce qu'eux-mêmes soient calmes et raisonnables. Vous seriez surpris du nombre de fois où ça marchait.

– Mais pas toujours, l'encouragea le commandant Warren.

– Non, pas toujours. La première fois, dit-il en levant un doigt, j'ai failli y laisser la vie – Paul Nicholas. Près de cent soixante-dix kilos de schizophrénie paranoïde. Il passait le plus clair de son temps en chambre d'isolement – des chambres spéciales qui n'avaient qu'une fenêtre à barreaux et un lourd matelas en cuir pour dormir. Le cabanon, on disait à l'époque. Mais un soir, quand je suis arrivé pour prendre mon service, on l'avait laissé sortir. Mon surveillant, Alan Woodward, jurait que Paulie allait bien.

» Les premières heures, pas un bruit. Minuit arrive, j'étais descendu au bureau du rez-de-chaussée pour bosser un peu mes cours, et tout à coup j'entends un grand ramdam à l'étage, comme un train de marchandises qui dévalerait le couloir. Je décroche le téléphone (c'était le signal pour appeler à l'aide) et je monte en quatrième vitesse.

» Et voilà mon Paulie, en plein milieu de la salle de jour, qui m'attend. À la seconde où il me voit, il prend son élan pour me sauter dessus. Je me pousse sur le côté, Paul atterrit sur le canapé et il aplatit complètement le machin. Et puis d'un coup, le voilà qui attrape des chaises pour me les lancer à la tête. Je cours derrière une table de ping-pong. Il me poursuit et on se met à tourner, tourner, comme dans un vieux dessin animé de Tom et Jerry. Sauf que Paulie se lasse de ce petit jeu. Il s'arrête de courir. Il commence à démantibuler la table de ping-pong. À mains nues.

» Vous croyez que j'exagère ; mais non. Le gars était une boule de rage et de testostérone. Il a commencé par la garniture métallique, il l'a arrachée et s'est à nouveau attaqué à la table elle-même, morceau par morceau. À ce moment-là, je comprends que je suis mort ; la table de ping-pong n'est pas immense et Paul avance vite. Miracle, je lève les yeux et je vois deux de mes collègues se pointer enfin à la porte.

» "Attrapez-le, que je crie. Il nous faut de l'amobarbital !"

» Sauf qu'ils ouvrent des yeux grands comme des soucoupes. Ils restent à la porte, ils regardent Paulie s'en donner à cœur joie et, si vous me pardonnez l'expression, madame, ils font dans leur froc. Hé, que je crie encore. Allez-y, les mecs !

» L'un d'eux fait un bruit comme s'il s'étouffait. Ça suffit pour que Paulie se retourne. À la minute où il le fait, je saute sur la table, sur son dos, et je lui fais une clé de bras. Paul commence à rugir, il essaie de me foutre par terre. Mes collègues se réveillent enfin et ils m'aident à le maîtriser. Il a encore fallu un gramme d'amobarbital et deux heures pour calmer Paulie. Inutile de vous dire qu'il est resté un moment à l'isolement après ça. Donc ça vous fait un nom : Paulie Nicholas ! »

Charlie regarda les deux enquêteurs en attendant une réaction. Le capitaine Dodge écrivit docilement le nom, mais le commandant Warren n'avait pas l'air satisfaite.

« Vous avez dit que ce patient, Paul "Paulie" Nicholas, était gardé à l'isolement ?

– Oui, madame.

– Et quand il n'était pas enfermé, je parie qu'on lui administrait d'assez fortes doses de médicaments.

– Oh oui, madame. Avec des types comme lui, on n'avait pas le choix.

– Bon alors, Charlie, je comprends que Nicholas était une menace pour vous et pour le reste du personnel. Mais vu la discipline à laquelle il était soumis, il me semble peu probable qu'on l'ait un jour laissé se promener dans le parc.

– Oh non. Paul était sous haute sécurité. Ça voulait dire enfermement permanent, vingt-quatre heures sur vingt-quatre. Ces patients-là ne se "promenaient" pas tout seuls. »

Le commandant Warren acquiesça. « La personne que nous recherchons, Charlie, devait avoir accès au parc. Facilement. Est-ce que certains patients étaient autorisés à sortir ou bien est-ce que, par définition, cela veut dire que nous devons nous concentrer sur le personnel ? »

Charlie s'arrêta, réfléchit, regarda sa liste. « Eh bien, je ne voulais pas commencer par ça, mais il y a eu un incident…

– Oui ? l'encouragea Warren.

– En 70, dit Charlie. Vous voyez, il y avait une raison pour laquelle l'infirmière en chef, Jill Cochran, nous appréciait, nous les étudiants. Nous étions costauds, c'est sûr, et c'était bien utile. Mais aussi… nous étions jeunes, optimistes. On ne se contentait pas de s'occuper des patients, on s'intéressait vraiment à eux. En ce qui me concerne, je savais déjà que je voulais être pasteur. Un hôpital psychiatrique est un bon endroit pour commencer si on veut venir en aide aux âmes tourmentées. J'ai appris par expérience à quel point dire le bon mot au bon moment peut tout changer pour quelqu'un. Mais je dois dire que c'est un endroit où personne ne devrait traîner ses guêtres trop longtemps, même pas le personnel.

» Les plus anciens, les AS qui avaient de la "bouteille" et qui étaient là depuis des décennies… eh bien, certains devenaient encore plus timbrés que leurs patients. Eux aussi, ils étaient comme enfermés, ils oubliaient à quoi ressemblait la vie à l'extérieur des murs de l'hôpital. Quand j'ai débuté à la réception, il y avait un patient avec un bandage immonde à la jambe. Le premier soir, j'ai demandé au garde-malade ce que c'était que ce bandage. Il n'en avait aucune idée. Il n'avait même pas remarqué que le patient avait un bandage à la jambe. Alors je rentre dans la chambre du patient, je lui demande si je peux regarder sa jambe. À la seconde où j'enlève le bandage, un jet de pus traverse la pièce. Et là, sous mes yeux, des asticots dégoulinent de la plaie.

» Il s'est avéré que le pauvre gars avait eu une ulcération à la jambe deux mois plus tôt. Le médecin avait fait un bandage. Plus personne n'avait contrôlé. Pas un seul AS. Ils avaient regardé le patient pendant des mois sans jamais le *voir*.

» Bon, ça déjà, ce n'était pas terrible. De la négligence. Mais parfois ça tournait encore un peu plus mal. »

Charlie s'interrompit, l'air à nouveau gêné. Warren comme Dodge l'écoutaient avidement à présent. De là où j'étais, affalée dans la voiture de Dodge, je sentais les deux enquêteurs suspendus aux lèvres de Charlie. En tout cas, moi je l'étais.

L'ancien pasteur prit une profonde inspiration. « Donc un soir, je reçois un appel de l'infirmière du pavillon des femmes. Keri Stracke. Elle me demande si untel est de garde. Je réponds que oui. Elle me demande où il est. Bon, je fais un petit tour du bâtiment I, mais je ne le trouve pas. Je lui réponds qu'il est sorti, peut-être parti dîner. S'ensuit un long silence.

Keri me dit, d'une voix très bizarre, qu'il faut que je vienne tout de suite.

» "Bon, je suis tout seul ici. Je ne peux pas quitter le bâtiment I comme ça." J'essaie de lui expliquer, mais elle me répète, avec cette petite voix étrange, que je n'ai pas le choix. C'est *tout de suite* ! Que puis-je faire ? Je suis vraiment inquiet maintenant. J'y vais. Keri m'attend à la porte et sans un mot elle m'emmène à l'étage. Elle s'arrête devant la porte d'une patiente. Je regarde par la vitre et je vois mon collègue, au lit avec la patiente. Dix-sept ans, très mignonne, et catatonique. Jamais de toute ma vie je n'ai eu à ce point envie de faire du mal à un autre être humain.

– Comment avez-vous procédé ? demanda posément le capitaine Dodge.

– J'ai ouvert la porte. Dès qu'il a entendu du bruit, Adam a levé la tête. J'ai vu sur son visage qu'il savait que c'était fini. Il est descendu de la fille, a remonté sa braguette et il est sorti de la pièce. Je l'ai raccompagné jusqu'au bâtiment I, au bureau, et là j'ai appelé notre surveillant. Adam a été renvoyé sur-le-champ, ça va de soi. En dépit des histoires de maltraitances hospitalières qui peuvent circuler, ce genre de comportement n'a jamais été admis. Adam était cuit ; et il le savait bien.

– Son nom de famille ? demanda Dodge.

– Schmidt, répondit Charlie dans un soupir.

– Une plainte a été déposée ? » demanda le commandant Warren sur un ton plus incisif.

Charlie secoua la tête. « Non, la direction a préféré rester discrète. »

Warren parut dubitative. « Vous savez ce qu'est devenu Adam ?

– Pas vraiment. Mais… » Encore cette hésitation. « Je l'ai revu plusieurs fois. Dans le parc. Deux fois de loin, mais j'étais relativement sûr que c'était lui. La troisième fois, je l'ai rattrapé et je lui ai demandé ce qu'il foutait là. Il m'a répondu qu'il avait eu un peu de paperasse à faire. Étant donné qu'il était pratiquement dix heures du soir, ça ne m'a pas paru très convaincant. Le lendemain, je me suis renseigné auprès de Jill Cochran. Elle n'était au courant de rien. Nous avons surveillé de près les patientes pendant un moment. Personne n'en parlait, mais nous étions sur nos gardes. Je n'ai plus jamais revu Adam, mais la propriété est grande. »

Dodge tiqua. « Vous faisiez des rondes dans le parc, vous essayiez de mieux sécuriser les lieux ?

– On fermait le portail à clé la nuit, il y avait du personnel vingt-quatre heures sur vingt-quatre. Mais… aux petites heures de la nuit, les AS comme moi ne se promenaient pas franchement dans le parc. Il fallait s'occuper des patients, on restait dans nos bureaux. Il se peut que quelqu'un ait fait des allées et venues sans que nous ayons rien vu. C'était déjà arrivé, vous savez.

– Déjà arrivé ? reprit immédiatement Warren.

– On a eu un meurtre dans le parc, une infirmière, au milieu des années 70. D'après ce que je sais, un des AS a aperçu le corps au petit matin en regardant par la fenêtre du bâtiment des admissions. Ingrid, Inga… Inge. Inge Lovell, je crois qu'elle s'appelait. Elle avait été violée et battue à mort. Une tragédie terrible, terrible. On a appelé la police, mais il n'y avait aucun témoin – aucun des autres employés n'avait rien vu. »

Warren hochait la tête à présent ; le récit de Charlie avait apparemment fait resurgir son propre souvenir de l'événement. « Il n'y a jamais eu aucune arrestation, dit-elle.

– D'après la rumeur, c'était un patient qui avait fait le coup, continua Charlie. En fait, la plupart des gens pensaient que c'était Christopher Eola. Je n'en serais pas étonné. Eola a été admis à une époque où je n'étais plus AS. Mais je l'ai croisé une ou deux fois, quand je passais le dimanche. Effrayant personnage, ce M. Eola. Une sorte de folie froide. »

Dodge feuilletait son calepin. « Eola, Eola, Eola.

– La hotline », murmura Warren.

Tous deux redoublèrent d'attention.

« Que pouvez-vous nous dire sur lui ? » demanda Warren à Charlie.

Charlie pencha la tête sur le côté. « Vous voulez juste les faits ou la version avec des ragots ?

– On aimerait la totale, répondit Warren.

– Eola nous est arrivé quand il était jeune homme. Interné par ses parents, à ce qu'on m'a dit. Ils l'ont largué et sont retournés au galop dans leur belle maison, pour ne plus jamais revenir. Le bruit courait qu'Eola avait eu des relations déplacées avec sa jeune sœur. Ses parents les ont surpris ensemble et ç'a été fini. Bye-bye, Christopher.

» Eola était beau garçon. Cheveux châtains, yeux bleu vif. Pas immense. Peut-être un mètre quatre-vingts, mais élancé, raffiné. Peut-être même un brin efféminé, ce qui explique que la plupart des AS ne l'ont pas tout de suite considéré comme une menace.

» Il était aussi intelligent. Très sociable. On aurait pu penser que quelqu'un qui avait reçu son éducation privilégiée garderait ses distances. Au contraire, il aimait traîner dans la salle de jour, faire de la musique pour les autres patients, organiser des séances de lecture. Plus important, il roulait les cigarettes – je sais qu'on regarde tout ça d'un mauvais œil aujourd'hui, mais à l'époque, tout le monde fumait, les médecins, les infirmiers, les patients. D'ailleurs, une des meilleures façons de s'assurer la coopération d'un patient, c'était de lui donner une cigarette. Ça marchait comme ça, c'est tout.

» Bref, on fumait surtout du tabac à rouler et certains patients dont les capacités motrices étaient diminuées par différents médicaments avaient bien du mal à se rouler leurs cigarettes. Alors Christopher les aidait. C'était ce qu'il était en train de faire la première fois que je l'ai vu. Il était assis dans le solarium, à rouler gaiement des cigarettes pour des patients qui faisaient la queue. C'est drôle, mais au premier regard qu'il m'a lancé, j'ai su que je ne l'aimais pas. J'ai su qu'il était dangereux. C'était ses yeux. Des yeux de requin.

– Que faisait-il ? le coupa Dodge. Pourquoi était-il considéré comme une telle menace ?

– Il avait compris le système. »

Je redoublai d'attention. C'était plus fort que moi. Assise dans la voiture, l'oreille collée à la fenêtre entrouverte, j'avais une impression de déjà-vu, l'impression d'entendre mon père, l'impression qu'un mystérieux Christopher Eola avait un jour reçu les mêmes leçons que moi. J'en eus le frisson.

« Le système ? demandait Dodge.

– Les horaires, le roulement des équipes, les pauses-dîner. Et, plus important, les médicaments. Personne n'a fait le rapprochement jusqu'au meurtre de la pauvre Inge. Mais quand la direction a commencé à poser des questions, on s'est aperçu que certains AS s'étaient endormis pendant leur garde. Sauf que ce n'était pas un gars ni une fois. C'était tout le monde, tout le temps. Ça, ça a fichu l'infirmière-chef en pétard. Alors une nuit, Jill a fait une inspection surprise aux admissions. Elle a trouvé Eola dans le bureau, en train de mettre quelque chose dans le repas que l'AS s'était apporté. Il a levé les yeux, il l'a vue et, d'un seul coup, il a souri.

» Dès qu'elle a vu ce regard, Jill a su qu'elle était morte. Elle a attrapé la porte et l'a refermée violemment pour piéger Eola à l'intérieur. Eola a essayé de parlementer avec elle. Il disait que sa réaction était excessive, jurait qu'il pouvait tout expliquer. Jill a campé sur ses positions. Et d'un seul coup d'un seul, Eola s'est jeté sur la porte en grognant comme un animal. Un costaud aurait probablement réussi à l'enfoncer, mais, comme je disais, Eola, c'était tout dans la tête, rien dans les biscoteaux. Jill a gardé Eola prisonnier pendant un quart d'heure, jusqu'à ce qu'un autre employé arrive et qu'ils préparent de l'amobarbital.

» Par la suite, on a découvert qu'Eola volait des capsules de Largactil aux autres patients et qu'il mélangeait la poudre au repas des AS. Il encourageait diverses disputes entre les patients, créait de l'agitation au premier. Quand l'AS se précipitait à l'étage pour s'occuper du problème, il se faufilait dans le bureau et faisait ses petites affaires. Naturellement, il n'a jamais rien avoué. Chaque fois qu'on lui posait une question, il se contentait de sourire. »

Warren et Dodge échangeaient à nouveau des regards. « On dirait qu'Eola a eu plein d'occasions de se promener dans le parc.

– J'imagine.

– Et c'était en quelle année ?

– Eola a été admis en 74.

– À quel âge ?

– Je crois qu'il avait vingt ans à l'époque.

– Et qu'est-il devenu ?

– Il a fini par se faire prendre.

– À faire quoi ?

– À organiser une mutinerie chez les patients. À un moment donné, il s'était procuré un des matelas en cuir d'une chambre d'isolement. Ensuite, il a recruté les patients les plus "dans le coup" pour faire du tapage. Quand l'AS s'est présenté en haut des escaliers, les patients l'ont chargé avec le matelas et l'ont mis K.-O. Seulement, Eola avait commis une petite erreur d'appréciation. Nous avions un autre patient à ce moment-là – Rob George. Ancien champion des poids lourds. Il avait passé ses deux premières années d'hospitalisation en état de catatonie. Mais juste trois jours plus tôt, il avait marché tout seul jusqu'à la salle de jour. L'AS de garde l'avait remis au lit sans incident, mais l'avait retrouvé assis une heure plus tard. Manifestement, il était en train de se rétablir.

» Eh bien, le soir de la mutinerie d'Eola, toute l'unité était surexcitée. Et apparemment, ça a tiré notre champion de boxe de son lit. Rob est arrivé au milieu de la salle de jour. Il a regardé l'AS inconscient au sol. Puis il a regardé Christopher, qui lui faisait un sourire jusqu'aux oreilles.

» "Bonne nouvelle, mon ami", a commencé Eola.

» Et M. George a lancé son poing et assommé Christopher. Un bon crochet du gauche. Après quoi il est retourné se coucher. À ce moment-là, un des patients est descendu au bureau et a décroché le téléphone. Sans Eola, personne ne savait quoi faire.

» Les AS sont arrivés, ont tout remis en ordre. Le lendemain, Rob s'est réveillé et a réclamé sa mère. Six semaines plus tard, on le laissait sortir. D'après lui, il n'avait strictement aucun souvenir de cette soirée. Mais les médecins m'ont expliqué que lorsqu'un patient sort d'un état catatonique, ses premiers mouvements sont le plus souvent de l'ordre du réflexe, une sorte de mémoire musculaire. Comme de s'asseoir. Ou de marcher. Ou, j'imagine, quand on est un ancien champion de boxe, un bon crochet du gauche.

– Et qu'est-il arrivé à Christopher ?

– Ses petits camarades l'ont balancé et, vu ses antécédents, l'administration avait de quoi le transférer à Bridgewater, qui s'occupe des psychopathes. Je n'en ai plus jamais entendu parler. Mais c'est comme ça, à Bridgewater. Ici, dit Charlie en montrant le sol à ses pieds, c'était un établissement de soins. Bridgewater… quand on y entre, plus personne ne s'attend à vous revoir. »

Le commandant Warren haussa un sourcil. « Charmant.

– C'était comme ça, répondit Charlie, fataliste.

– Mais il a pu être relâché, supposa Dodge. À la fin des années 70, le nombre de patients diminuait partout, n'est-ce pas ? La désinstitutionnalisation n'a pas seulement provoqué la fermeture de l'hôpital de Boston, elle a touché tout le monde.

– C'est vrai, c'est vrai. Une honte, si vous voulez mon avis. Vous savez pourquoi je suis resté ici ? demanda-t-il en penchant la tête sur le côté. Pourquoi j'y ai travaillé quatre ans, pourquoi j'ai été bénévole pendant six ans après ça ? Je vous ai raconté les trucs qui font peur, les histoires que les gens ont *envie* d'entendre sur un asile psychiatrique. Mais la vérité, c'est que c'était un bon hôpital. On avait des patients comme Rob George, qui, avec le traitement adéquat, sortaient d'une catatonie et rentraient chez eux auprès de leur famille. Le deuxième qui a failli me tuer, c'était un gamin des rues, Benji. Il était mignon, une belle gueule d'Italien, mais sauvage comme pas deux. Interné par la police. La première semaine, il est resté dans une chambre d'isolement, nu comme un ver. Il avait repeint le mur et son corps avec ses excréments. On ne lui voyait plus que le blanc des yeux qui luisait dans le noir.

» Un jour, pendant que je m'occupais de lui, il m'a sauté sur le dos et il a bien failli m'étrangler avant qu'un autre AS me dégage. Eh bien, vous savez quoi ? Il s'est révélé un bon gamin en fin de compte. Une régression, les médecins appellent ça. Un quelconque traumatisme l'avait ramené à environ deux ans d'âge mental ; il refusait de parler, d'aller sur les toilettes ou de s'habiller. Mais quand on a commencé à le traiter comme un enfant de deux ans, on s'est tous très bien entendus. Je venais le dimanche, je lui lisais des livres pour enfants, on chantait des comptines idiotes. Avec un peu de temps, de soins et de gentillesse, Benji a grandi à nouveau, sous nos yeux. Il a commencé à porter des vêtements, à se servir des toilettes, à manger avec des couverts, à dire "s'il vous plaît" et "merci". Deux ans plus tard, il allait si bien qu'un membre du conseil d'administration l'a fait inscrire dans le meilleur lycée de Boston. Il allait en cours la journée et dormait dans sa chambre ici la nuit. On le retrouvait en train d'étudier au milieu du bordel complet dans la salle de jour.

» Pour finir, Benji a décroché son diplôme, trouvé du boulot et pris un appartement. Rien de tout ça ne serait arrivé sans cet hôpital, dit Charlie en secouant tristement la tête. Les gens s'imaginent que la fermeture d'un asile est un signe de progrès. Trois mille personnes étaient soignées ici. Vous croyez vraiment que tout ça a disparu ? La maladie mentale est juste allée se cacher dans les foyers pour sans-abri et les parcs de la ville. Loin des yeux, loin du cœur des contribuables. C'est vraiment une honte. »

Charlie soupira, secoua à nouveau la tête. Un autre moment s'écoula. Il se redressa, tendit son papier. « J'ai dessiné un plan de l'ancien établissement, expliqua-t-il au commandant Warren. Ce que ça donnait avant qu'ils commencent à démolir. Je ne sais pas si ça aidera pour votre enquête, mais j'ai cru comprendre que la tombe remonte à un moment. Si c'est le cas, j'ai pensé que vous aimeriez peut-être remettre la scène dans son contexte d'origine. »

Warren prit le papier, jeta un œil au croquis. « C'est parfait, Charlie, très utile. Et je vous remercie d'avoir pris le temps de nous parler. Vous êtes un vrai monsieur. »

Dodge nota ses coordonnées. L'entretien semblait toucher à sa fin.

À la dernière minute, alors que l'agent raccompagnait Charlie à la voiture de patrouille, le vieil homme regarda par hasard dans ma direction. Pendant que je cherchais à écouter leur conversation, je m'étais redressée au point que mon visage se trouvait devant la fenêtre, une oreille tendue vers la fente.

En m'apercevant, Charlie sembla un peu interloqué.

« Excusez-moi, mademoiselle, m'interpella-t-il, on ne se serait pas rencontrés quelque part ? »

Immédiatement, le capitaine Dodge s'interposa. « Juste une autre personne qui nous assiste dans l'enquête », murmura-t-il en montrant la voiture de patrouille à l'ancien pasteur. Charlie se détourna. Je me tapis, remontai rapidement la vitre. Je ne reconnaissais pas Charlie Marvin. Alors pourquoi croyait-il me connaître ?

La voiture de patrouille s'éloigna.

Mais mon cœur continua à battre trop fort dans ma poitrine.

15

Ils restèrent tous deux silencieux pendant le trajet de retour jusqu'à North End : Annabelle regardait par la fenêtre en faisant aller et venir le pendentif en verre sur sa chaîne ; Bobby regardait par le pare-brise en tambourinant des doigts sur le volant.

Il pensa qu'il fallait dire quelque chose. Il essaya plusieurs phrases dans sa tête : *Ne vous inquiétez pas. Ça paraîtra moins grave demain matin. La vie continue.*

On aurait dit ces conneries dont on l'avait abreuvé après la fusillade et il n'ouvrit donc pas la bouche. La vérité, c'était qu'Annabelle avait vraiment une vie de merde, et il avait le sentiment que ça n'allait pas s'arranger. En particulier quand elle se retrouverait face à Catherine Gagnon.

Il avait commencé à parler d'Annabelle à Catherine par simple curiosité ; Annabelle affirmait ne pas connaître Catherine, qu'en pensait Catherine ? Il s'avéra que celle-ci était tout aussi ignorante de l'existence d'Annabelle qu'Annabelle de la sienne.

Et pourtant ces deux femmes avaient été la cible de prédateurs manifestant une prédilection pour les cavités souterraines. Ces deux femmes se ressemblaient beaucoup physiquement. Et elles avaient toutes les deux habité dans la banlieue de Boston au début des années quatre-vingt.

Bobby continuait à croire qu'il y avait un lien, forcément.

La hiérarchie était apparemment du même avis puisqu'elle avait donné le feu vert à l'expédition en Arizona. L'idée, c'était que si on mettait Catherine et Annabelle en présence, il allait nécessairement en sortir quelque chose. Le lien entre elles. Le dénominateur commun. L'éblouissante révélation qui fournirait la clé de toute l'affaire, donnerait aux policiers de Boston des allures de héros et permettrait à tout le monde de retrouver le sommeil.

Dans un premier temps, l'idée lui avait semblé gagnante à tous les coups. Maintenant il en était moins sûr. Trop de questions se bousculaient dans sa tête. Pourquoi la famille d'Annabelle avait-elle continué à fuir même après avoir quitté le Massachusetts ? Comment Annabelle était-elle devenue une cible à Arlington si le criminel vivait à l'hôpital psychiatrique de Mattapan ? Et pourquoi un ancien bénévole de l'asile de fous, Charlie Marvin, semblait-il lui aussi reconnaître Annabelle alors que, d'après elle, elle n'avait jamais mis les pieds dans l'enceinte de l'hôpital ?

Bobby poussa un soupir, se frotta la nuque. Il se demanda quand il commencerait à avoir quelques réponses au lieu d'une liste de questions toujours plus longue. Il se demanda comment faire tenir l'équivalent d'une douzaine d'heures de conversation téléphonique dans les deux heures et quelques qui lui restaient avant la prochaine réunion de la cellule de crise.

Il se demanda, une fois de plus, s'il devrait dire quelque chose de rassurant à la femme éteinte assise à ses côtés.

Pas encore de réponses. Il continua à conduire, les mains sur le volant.

La nuit était tombée, la ville s'animait doucement avec la fin du jour. La 93 s'écoulait devant eux, long ruban de feux stop rutilants qui serpentait vers un îlot de gratte-ciel étincelants. On disait que le paysage urbain de Boston était particulièrement beau la nuit. Bobby avait vécu toute sa vie dans cette ville et passé toute sa carrière à la sillonner en voiture. Franchement, il ne voyait pas. Un grand immeuble reste un grand immeuble. À cette heure de la journée, il avait surtout envie d'être chez lui.

« Vous avez déjà perdu un proche ? demanda tout à coup Annabelle. Quelqu'un de votre famille, un ami ? »

Pris au dépourvu par la question d'Annabelle après ce long silence, il répondit franchement : « Ma mère et mon frère. Il y a longtemps.

– Oh, je suis désolée… Je ne voulais pas… C'est triste.

– Non, non, non, ils sont encore en vie. Ce n'est pas ce que vous croyez. Ma mère nous a quittés quand j'avais six ou sept ans. Mon frère a tenu le coup encore environ huit ans avant d'en faire autant.

– Ils sont partis comme ça ?

– Mon père avait un problème d'alcool.

– Oh. »

Bobby haussa les épaules avec philosophie. « À cette époque-là, on avait à peu près le choix entre prendre ses jambes à son cou ou creuser sa tombe. Il faut accorder ça à ma mère et à mon frère : ils n'avaient pas l'instinct suicidaire.

– Mais vous êtes resté.

– J'étais trop jeune, dit-il d'une voix neutre. Je n'avais pas les jambes assez longues. »

Elle cligna des yeux, sembla troublée. « Et votre père maintenant ?

– Il ne boit plus depuis une dizaine d'années. Ça n'a pas été tous les jours facile, mais il garde le cap.

– C'est génial.

– Je suis fier de lui. » Il regarda pour la première fois dans sa direction, croisa son regard, le soutint pendant la fraction de seconde que lui permettait la conduite. Il ne savait pas très bien pourquoi, mais il lui paraissait important que ce soit dit : « Moi non plus, je ne m'en sors pas trop bien avec l'alcool. Je comprends combien mon père doit se battre.

– Oh », dit-elle à nouveau.

Il approuva. *Oh* résumait parfaitement sa vie ces derniers temps. Il avait tué un homme, eu une liaison avec la veuve de la victime, compris qu'il était alcoolique, affronté un tueur en série et foutu en l'air sa carrière de policier, le tout en l'espace de deux ans. *Oh* était à peu près le seul résumé possible.

« Est-ce que votre famille vous manque encore ? demanda Annabelle. Est-ce que vous pensez tout le temps à eux ? Sincèrement, je n'avais pas pensé à Dori depuis vingt-cinq ans. Et maintenant je me demande si je vais un jour arriver à me la sortir de la tête.

– Je ne pense plus à eux comme avant. Il peut se passer des semaines, voire un mois ou deux, sans que je pense du tout à eux. Et puis à un moment, il se produit un truc (comme la victoire des Red Sox en World Series, vous voyez) et je me surprends à penser : Que fait George en ce moment ? Est-ce qu'il est en train d'applaudir dans un quelconque bar en Floride, est-ce qu'il est fou de joie pour l'équipe de sa ville ? Ou bien est-ce que, quand il nous a quittés, il a aussi quitté les Red Sox ? Peut-être qu'il n'en a plus que pour les Marvins maintenant. Je ne sais pas.

» Et alors ça me turlupine pendant quelques jours. Je me retrouve à me regarder dans le miroir en me demandant si George a ces rides autour des yeux que je commence à avoir. Ou si c'est un bon gros représentant en assurances avec du bide et un double menton. Il avait dix-huit ans la dernière fois que je l'ai vu. Je n'arrive même pas à me le représenter comme un homme. Ça me fait mal au cœur, parfois. Ça me donne l'impression qu'il est mort.

– Vous l'appelez ?

– J'ai laissé des messages.

– Il ne vous a pas rappelé ? demanda-t-elle, sceptique.

– Pas jusqu'à maintenant.

– Et votre mère ?

– Pareil.

– Pourquoi ? Ça n'a pas de sens. Ce n'est pas de votre faute si votre père buvait. Pourquoi est-ce qu'ils vous le reprochent ? »

Il ne put s'empêcher de sourire. « Vous êtes gentille.

– Non, je ne suis pas gentille », répondit-elle en se renfrognant.

Il n'en sourit que plus largement. Mais ensuite, il soupira. C'était bizarre, mais pas désagréable, de par-

184

ler de sa famille. Il pensait de plus en plus souvent à eux depuis la fusillade. Et il avait laissé plus de messages.

« Et donc j'ai été voir un psy il y a quelques années, dit-il. Ordre de l'administration. J'avais été impliqué dans un événement traumatique…

– Vous avez tué Jimmy Gagnon, dit Annabelle d'un ton neutre.

– Je vois que vous vous êtes baladée sur Internet.

– Vous couchiez avec Catherine Gagnon ?

– Je vois que vous avez discuté avec D.D.

– Alors vous avez *vraiment* eu une liaison avec elle ? » Annabelle semblait réellement surprise. Elle avait juste été à la pêche aux informations, apparemment, et il avait eu la bêtise de mordre à l'hameçon.

« Je n'ai jamais ne serait-ce qu'embrassé Catherine Gagnon, dit-il fermement.

– Mais les poursuites…

– Ont finalement été abandonnées.

– Seulement après la fusillade dans l'hôtel…

– Abandonnées, ça veut bien dire ce que ça veut dire.

– Il est évident que le commandant Warren la déteste.

– D.D. la détestera toujours.

– Vous couchez avec D.D. ?

– Donc, reprit-il d'une voix forte, j'ai fait mon boulot et j'ai tué un homme armé qui tenait sa femme et son gamin en joue. Et l'administration m'a envoyé voir un psy. Eh bien, vous savez ce qu'on dit, comme quoi les psys veulent seulement parler de votre mère ?

C'est vrai. Cette femme n'a fait que me poser des questions sur ma mère.

– D'accord, dit Annabelle, parlons un peu de votre mère.

– C'est ça, une confession à la fois. C'était intéressant. Plus ma mère et mon frère restaient loin de nous, plus, à un certain niveau, j'avais intériorisé le fait que j'étais responsable de la situation. Mais la psy a mis le doigt sur certaines choses. Ma mère, mon frère et moi avions vécu ensemble une période assez traumatisante de notre vie. Je me sentais coupable du fait qu'ils avaient dû fuir. Peut-être qu'eux se sentaient coupables de m'avoir abandonné. »

Annabelle acquiesça, fit à nouveau cliqueter son collier. « Ça paraît assez logique. Alors, qu'est-ce que vous êtes censé faire ?

– Que Dieu me donne la force de changer ce que je peux changer, le courage d'accepter ce que je dois accepter et la sagesse de faire la différence. Ma mère et mon frère font partie de ces choses que je ne peux pas changer, alors il faut que j'accepte. » Leur sortie approchait. Il mit le clignotant, manœuvra pour déboîter.

Elle le regarda avec incrédulité. « Et la fusillade ? Comment est-ce que vous êtes censé gérer ça ?

– Dormir huit heures par jour, manger équilibré, boire beaucoup d'eau et faire du sport en quantité raisonnable.

– Et ça marche ?

– Je ne sais pas. Le premier soir, je suis allé dans un bar et j'ai bu jusqu'à pratiquement rouler sous la table. Disons que je suis encore en chantier. »

186

Elle sourit enfin. « Moi aussi, souffla-t-elle. Moi aussi. »

Elle ne parla plus jusqu'à ce qu'il se gare au pied de son immeuble. Quand elle reprit la parole, il n'y avait plus cette tension dans sa voix. Elle semblait seulement fatiguée. Sa main se posa sur la poignée.

« On part quand demain matin ? demanda-t-elle.

– Je passe vous chercher à dix heures.

– Très bien.

– Prenez des affaires pour une nuit. On s'occupe des détails pratiques. Et, oh, Annabelle : pour embarquer dans l'avion, il vous faudra une pièce d'identité avec photo valide.

– Pas de problème. »

Il parut étonné, mais n'insista pas. « Ça ne sera pas si terrible, s'entendit-il lui dire. Ne soyez pas dupe de ce qui a été publié dans la presse. Catherine est une femme, comme n'importe quelle autre. Et on va simplement discuter.

– Oui, j'imagine. » Annabelle ouvrit la portière, descendit sur le trottoir. Mais au dernier moment, elle se retourna vers lui.

« Au début, dit-elle doucement, quand j'ai lu dans le journal qu'on me déclarait morte, ça m'a soulagée. Si j'étais morte, je pouvais me détendre. Si j'étais morte, je n'avais plus à m'inquiéter d'être pourchassée par un mystérieux croque-mitaine. Ça m'a un peu donné le vertige. »

Elle s'interrompit, prit une grande inspiration et le regarda dans les yeux. « Mais ça ne marche pas comme ça, n'est-ce pas ? Vous, le commandant Warren et moi ne sommes pas les seuls à savoir que ce n'était pas mon cadavre dans cette tombe. L'assassin de Dori aussi sait qu'il a enlevé ma meilleure amie à ma place. Il sait que je suis toujours en vie.

– Annabelle, ça fait vingt-cinq ans...

– Je ne suis plus une petite fille sans défense, conclut-elle.

– Non, vous ne l'êtes plus. Et puis nous ne savons pas si le criminel est encore en activité. La cavité était à l'abandon. Cela signifie qu'il a pu être incarcéré pour un autre crime ou, tenez, peut-être qu'il a rendu service à tout le monde en passant l'arme à gauche. Nous ne savons pas encore. Nous ne savons pas.

– Peut-être qu'il n'a pas arrêté. Peut-être qu'il a changé d'endroit. Ma famille n'a pas arrêté de fuir. Peut-être parce que quelqu'un n'a pas arrêté de nous pourchasser. »

Bobby n'avait pas de réponse à cette question. À ce stade, tout était possible.

Annabelle ferma la portière. Il descendit la vitre pour pouvoir contrôler la situation pendant qu'elle introduisait ses clés dans les serrures. Peut-être qu'il devenait un peu parano lui aussi, parce qu'il fouillait sans arrêt la rue du regard, vérifiant chaque ombre, s'assurant que rien ne bougeait.

La porte extérieure s'ouvrit. Annabelle se retourna, fit un signe de la main, entra dans le sas illuminé. Il la vit tirer fermement la lourde porte derrière elle.

16

Bobby était encore une fois en retard à la réunion de la cellule de crise. Pas de pâtisseries, cette fois-ci, mais ses collègues étaient trop occupés à écouter le capitaine Sinkus pour s'en soucier. Comme promis, Sinkus avait rencontré George Robbards, secrétaire du troisième district, qui avait travaillé à Mattapan de 72 à 98. Apparemment, Robbards avait beaucoup à dire sur le suspect du jour, Christopher Eola.

« Le corps de l'infirmière Inge Lovell a été retrouvé bâillonné avec une taie d'oreiller qui venait de la lingerie de l'hôpital. Le rapport du légiste indique qu'elle avait été violentée avant sa mort par strangulation manuelle. L'enquête s'est concentrée dans un premier temps sur un ancien petit ami de Inge (ils avaient rompu depuis peu) et quelques membres importants du personnel de l'hôpital. Ils partaient du principe qu'un patient n'aurait jamais pu disparaître aussi longtemps sans que personne s'en aperçoive. D'autant que les suspects logiques du côté des patients auraient été ceux du pavillon de haute sécurité, or, d'après le directeur, la plupart étaient trop drogués pour mener à bien une opération aussi élaborée.

» Le petit copain a rapidement été mis hors de cause – il avait un alibi pour l'heure en question. Trois employés masculins ont été interrogés, mais la seule chose qu'ils ont bien voulu dire, c'est le nom de Christopher Eola. Apparemment, chaque fois qu'on interrogeait un membre du personnel sur les patients, il finissait par dire : "Oh, nos gars n'auraient pas pu faire une chose pareille, enfin… sauf Eola."

» Le chargé d'enquête était Moss Williams. Il a personnellement interrogé M. Eola à quatre reprises. Plus tard, il a dit à Robbards qu'au bout de cinq minutes de conversation, il savait qu'Eola avait fait le coup. Il ne savait pas comment, il ne savait pas s'ils pourraient le prouver, mais il a dit qu'il n'y avait aucun doute dans son esprit : Eola avait tué Inge Lovell. Il aurait misé sa carrière là-dessus.

» Malheureusement, tout ça ne les menait pas très loin. Ils n'ont jamais réussi à monter un dossier. Personne n'avait rien vu, Eola n'avouait rien et ils n'avaient aucune preuve matérielle. Williams en a été réduit à conseiller au personnel de tenir la bride beaucoup plus serrée à Eola.

» Peu de temps après, Eola a mené une sorte de mutinerie de patients au bâtiment I, ce qui lui a finalement valu d'être transféré à Bridgewater. Williams ne l'a su qu'environ un an plus tard et ça l'a fichu en rogne. D'après Robbards, Williams pensait qu'ils auraient pu utiliser le transfert à Bridgewater comme monnaie d'échange. Peut-être conclure une sorte de marché avec Eola, pour que la famille Lovell puisse au moins tourner la page. Mais pas question. Apparemment, l'hôpital psychiatrique de Boston préférait régler ses problèmes dans son coin – et en toute discrétion. »

Sinkus s'éclaircit la voix et reposa son rapport en attendant les réactions. La plupart de ses collègues dans la pièce le regardaient avec perplexité.

« Je ne comprends pas », dit McGahagin. Il semblait avoir renoncé au café pour aujourd'hui (sa voix avait perdu ses accents hypercaféinés), mais il avait encore le teint blafard d'un homme qui passe trop de temps sous les néons. « On pense vraiment que c'est un des patients de l'hôpital qui a fait ça ? Je reconnais que jeter un œil aux tarés du coin n'est pas aberrant. Mais tu l'as dit toi-même, les patients qui avaient des antécédents violents étaient censés être enfermés. Et même si l'un d'eux s'était échappé, comment aurait-il pu sortir du parc pour enlever non pas une, mais six filles ? Et ensuite revenir. Et préparer une fosse, et y passer du temps. Sans que personne s'aperçoive de rien ?

– Peut-être qu'il n'était plus un patient, répondit Sinkus. Robbards avait un autre point intéressant à signaler. Au début des années 80, il a remarqué l'apparition d'un phénomène inquiétant : des disparitions d'animaux de compagnie. Beaucoup, beaucoup de disparitions. Bon, en banlieue, quand Félix et Médor disparaissent, on se demande si des coyotes n'ont pas fait une incursion en ville. Mais personne ne croit que des prédateurs à quatre pattes sévissent dans le quartier de Mattapan. Pas même sur un site de cinquante hectares.

– À quoi tu penses ? le pressa D.D.

– On sait tous que certains tueurs commencent par s'en prendre aux animaux. Et Robbards a toujours été

191

frappé par le fait que les animaux du quartier sont brusquement devenus des proies pile l'année où l'hôpital a définitivement fermé. Ça donne à réfléchir. Après la fermeture, où sont allés tous les patients traités à l'hôpital psychiatrique ? Est-ce qu'ils étaient tous devenus sains d'esprit comme par enchantement ?

» Plus ça va, plus je pense que nous cherchons un *ancien* patient de l'hôpital psychiatrique. Et si on s'intéresse aux anciens patients, alors Eola doit figurer tout en haut de la liste. Au dire de tout le monde, il est futé, ingénieux et il a déjà réussi à tuer Inge Lovell impunément.

– D'accord, dit D.D. en écartant les mains. Tu m'as convaincue. Et alors, où est M. Eola en ce moment ?

– Je ne sais pas. J'ai laissé un message à la directrice de l'hôpital de Bridgewater il y a une heure. J'attends qu'elle me rappelle. »

D.D. réfléchit à la question. « Va la voir en personne. Ce n'est pas la première fois que j'entends parler d'Eola aujourd'hui. »

D.D. se lança dans un bref résumé de la conversation que Bobby et elle avaient eue avec Charlie Marvin. Elle évoqua les craintes du pasteur au sujet d'Eola, de même que d'un ancien employé, Adam Schmidt. Puis, après une très profonde inspiration, D.D. signala l'apparition d'Annabelle Granger.

La cellule de crise passa d'un silence abasourdi au tumulte en moins de dix secondes.

« Holà ! Holà, holà, holà ! s'exclama McGahagin, dont la voix râpeuse arriva finalement à fendre le brouhaha. Tu veux dire qu'on a un témoin ?

– Hum, le mot est un peu fort. Bobby ? » D.D. se tourna habilement vers lui, le regard parfaitement posé, comme si elle n'était pas en train de lui refiler un bâton merdeux. Il la remercia par un de ces sourires crispés dont il avait le secret, puis résuma tant bien que mal trois jours d'activités occultes en trois points essentiels qu'il portait à l'attention de la cellule de crise.

Primo, Annabelle Granger était encore en vie et la dépouille retrouvée avec le médaillon à son nom était selon toute probabilité celle de son amie d'enfance, Dori Petracelli.

Deuzio, ceci permettait de dater plus précisément les faits de l'automne 82, époque à laquelle on avait la preuve qu'un individu non identifié de sexe masculin avait épié Annabelle, sept ans, puis avait peut-être enlevé Dori à sa place lorsque la famille Granger s'était enfuie en Floride.

Tertio, il y avait un petit détail fortement déconcertant, troublant, agaçant : il se trouvait qu'Annabelle Granger était le portrait craché d'une autre jeune fille, Catherine Gagnon, qui avait été kidnappée et détenue dans une fosse souterraine en 1980, soit deux ans avant la disparition de Dori Petracelli. Mais comme le ravisseur de Catherine, Richard Umbrio, était enfermé depuis son arrestation, il ne pouvait pas être impliqué dans le cas d'Annabelle.

Bobby s'arrêta. Ses collègues le regardaient, éberlués.

« Ouais, dit-il avec entrain. C'est aussi à peu près ce que je pense. »

Le capitaine Tony Rock fut le premier à prendre la parole. « Putain de merde », déclara-t-il. Il avait plus

mauvaise mine ce soir que la veille. Les heures sup'
ou la maladie de sa mère ?

« Encore une fine observation. »

McGahagin se tourna vers D.D. « Tu avais l'intention de nous le dire un jour ? »

Un point pour McGahagin.

« Vu son impact plutôt déroutant sur notre enquête,
il m'a semblé important de commencer par confirmer
l'histoire d'Annabelle, répondit D.D. sans se démonter. Elle-même ne pouvait nous fournir aucune preuve
écrite. Le capitaine Dodge a donc passé les vingt-
quatre dernières heures à vérifier ses informations.
Maintenant je suis prête à la croire. Malheureusement,
je ne sais toujours pas ce que tout ça veut dire.

– On peut préciser le profil du suspect, intervint
Sinkus. On cherche clairement un prédateur qui a une
approche méthodique et ritualisée. Il ne se contente
pas d'enlever ses victimes – il commence par les épier.

– Il pourrait avoir un lien quelconque avec Richard
Umbrio, pensa tout haut un autre enquêteur. On peut
interroger Umbrio ?

– Mort, indiqua Bobby sans entrer dans les détails.

– Mais vous avez dit qu'il a fait un séjour en prison.

– À Walpole.

– Alors peut-être qu'ils ont encore ses effets personnels. Sa correspondance, par exemple ?

– Ça vaut le coup d'essayer.

– Et Catherine Gagnon ? Un lien entre elle et Annabelle Granger ?

– Pas à notre connaissance, répondit Bobby. Mais
nous avons organisé une entrevue entre les deux

femmes demain après-midi. Peut-être que quand elles se verront en chair et en os… »

Plusieurs membres de la cellule de crise le dévisageaient à présent. Les enquêteurs ont une impitoyable mémoire des détails, du fait par exemple que deux ans auparavant l'agent Dodge avait été mêlé à une fusillade mortelle impliquant un dénommé Jimmy Gagnon. Le nom de famille n'était certainement pas une coïncidence.

Mais ils ne posèrent pas de question et lui ne dit rien.

« Charlie Marvin a aperçu Annabelle quand nous étions à l'hôpital psychiatrique, reprit D.D. Il a dit qu'il avait l'impression de la connaître. Je l'ai rattrapé après le départ d'Annabelle pour essayer d'obtenir des précisions. Peut-être qu'il l'avait vue, elle ou quelqu'un qui lui ressemblait, à Mattapan. Mais il est resté vague. Il avait juste pensé un instant qu'il l'avait déjà rencontrée quelque part, une de ces impressions fugitives. J'ignore si ça cache quelque chose de plus important. Annabelle n'était encore qu'une enfant quand l'hôpital a fermé ses portes, donc un lien réel entre elle et cet endroit…

– Est peu probable, compléta Sinkus.

– Oui, il me semble. »

Le silence retomba dans la salle.

« Bon, qu'est-ce qu'on fait ? demanda McGahagin pour essayer de conclure la réunion.

– On cherche Christopher Eola, proposa le capitaine Sinkus.

– On finit notre rapport sur les fillettes disparues, ajouta D.D. avec un regard appuyé en direction de

McGahagin. Et, continua-t-elle d'une voix plus conciliante, plus songeuse, on se concentre sur la période 80-82. Nous savons que l'hôpital psychiatrique a fermé en 1980. Nous savons, grâce au capitaine Sinkus, que des animaux ont alors commencé à disparaître à Mattapan – ce qui est un petit détail intéressant. Nous savons aussi qu'au moins un criminel, Richard Umbrio, avait eu l'idée d'emprisonner une enfant dans une fosse souterraine. Et nous savons qu'à l'automne 82, un homme épiait une fillette à Arlington et que sa meilleure amie a disparu peu de temps après à quarante kilomètres de là à Lawrence. Nous avons quelques raisons de penser que tous ces événements sont liés, ne serait-ce que par leur proximité dans le temps, alors il faut qu'on trouve.

» Sinkus, tu te mets sur Christopher Eola : après son départ de l'hôpital psychiatrique, où est-il allé, qu'a-t-il fait ? Où est-il en ce moment ? McGahagin, ton équipe peut finir la liste exhaustive des disparues. Je veux que vous vous concentriez sur tous les noms du début des années 80, que vous fassiez un résumé des éléments de chaque dossier, que vous commenciez à chercher tous les liens possibles – et j'ai bien dit *tous* les liens possibles – entre les disparues. Combien de noms vous avez ?

– Treize.

– D'accord, commencez à creuser. Voyez si vous pouvez trouver un lien entre ces filles et Mattapan, Christopher Eola, Richard Umbrio ou Annabelle Granger. Je veux savoir si certaines familles se souviennent que leur fille avait reçu des cadeaux anonymes avant de disparaître, qu'un voyeur avait été signalé dans le quartier, ce genre de choses. Partons du principe que le cas d'Annabelle nous donne un mode opératoire et voyons si certaines des autres affaires répondent à ce schéma.

» Quant au dossier Catherine Gagnon, Bobby et moi allons en Arizona demain pour la rencontrer en personne. Ce qui laisse à Bobby exactement, dit-elle en consultant sa montre, douze heures pour découvrir tous les liens pertinents entre Richard, Catherine et Annabelle. C'est bon, tout le monde, au boulot. »

D.D. se leva de son fauteuil. Avec un temps de retard, les autres en firent autant.

Bobby suivit D.D. hors de la salle. Il ne parla pas avant qu'ils soient dans l'intimité relative de son bureau.

« Sympa, l'embuscade, commenta-t-il.

– Tu t'en es bien sorti. » D.D. n'avait jamais été du genre à s'excuser. Même en cet instant, elle semblait surtout impatiente. « Quoi ?

– J'ai commencé à réfléchir à un truc ce soir.

– Tant mieux pour toi. Bobby, je suis fatiguée, j'ai faim et je vendrais mon âme pour une douche. Au lieu de ça, je suis à cinq minutes d'un rendez-vous avec le commissaire divisionnaire et il s'agit de le convaincre qu'on a bien avancé dans l'enquête alors que, franchement, je crois qu'on y voit encore moins clair aujourd'hui qu'hier. Alors épargne-moi les préliminaires. Je suis complètement claquée. »

Il mima quelque chose avec ses doigts : le plus petit violon du monde qui lui jouait une sérénade compatissante.

Elle se laissa tomber dans son fauteuil et le regarda avec irritation. « Quoi ?

– D'après Annabelle Granger, toute sa famille a filé en plein après-midi avec juste cinq valises. Alors qu'est devenue la maison ? »

D.D. le regarda avec perplexité. « Je ne sais pas. Qu'est devenue la maison ?

– Tout juste. J'ai passé deux heures à éplucher les journaux de la fin 82 jusqu'à 83. Imagine ça : toute une maison, entièrement meublée, abandonnée en pleine ville du jour au lendemain. On pourrait croire que quelqu'un l'aurait remarqué. Mais je n'ai pas trouvé la moindre trace dans la presse ou les rapports de police.

– À quoi tu penses ?

– Je pense que la maison n'a pas été abandonnée. Je pense que quelqu'un, peut-être Russell Granger, est revenu régler ces détails. »

D.D. manifesta un regain d'intérêt. « Pour que personne ne le remarque, il aura fallu qu'il le fasse assez vite, dit-elle d'un air songeur.

– Ouais, dans les premières semaines, j'imagine.

– C'est-à-dire à peu près au moment de la disparition de Dori Petracelli.

– Ça colle plus ou moins.

– Tu as vérifié les garde-meubles, le registre des transactions immobilières ?

– Jusqu'à présent, ni garde-meubles ni transaction immobilière au nom de Russell Granger.

– Alors à qui appartenait la maison d'Annabelle à Arlington ?

– D'après le cadastre, Gregory Badington.

– Qui est Gregory Badington ?

198

– Aucune idée, dit Bobby en haussant les épaules. Décédé, d'après les fichiers. Je cherche à identifier le plus proche parent. »

D.D. fit la tête. « Comme ça, Russell n'était pas propriétaire de la maison. Peut-être locataire. Pour autant, tu as raison. Les meubles, les vêtements, les objets. Il a bien fallu que quelqu'un s'occupe de tout ça d'une manière ou d'une autre. » D.D. prit un crayon, fit rebondir la gomme sur son bureau. « Tu as un numéro de Sécu pour M. Granger ? Un permis de conduire ?

– Je cherche dans le registre des conducteurs. J'ai laissé un message à son ancien employeur, le MIT.

– Tu me tiens au courant.

– Encore une chose. Il faudrait que ça avance de ton côté…

– À savoir ?

– Ce serait vraiment bien de connaître l'ordre des victimes. Comme tu l'as dit, on commence à se faire une idée plus précise de la chronologie. Je pense qu'il faudrait replacer chacune de ces six filles dans cette chronologie. Je crois que ça change tout de savoir si Dori Petracelli était la première… ou la dernière. »

D.D. acquiesça, pensive. « Je vais appeler Christie. Mais c'est sans garantie. Elle ne peut pas aller plus vite que la musique et l'information que tu veux suppose par définition qu'elle ait analysé les six corps.

– Oui, j'avais saisi.

– Tu creuses la piste Russell Granger ?

– Ouais.

– On a besoin d'autre chose pour demain ?

– J'ai dit à Annabelle que je passerais la prendre à dix heures.

– Ah, une journée avec Catherine Gagnon, murmura D.D. Dieu m'en donne la force.

– Tu laisseras ton coup-de-poing américain à la maison ? » demanda-t-il avec humour.

Elle ne lui décocha qu'un pauvre sourire. « Voyons, Bobby, il faut bien s'amuser *un peu*… »

17

Bella et moi sommes allées courir. Hanover Street, puis virage à droite et zigzags dans une myriade de petites rues jusqu'à déboucher dans l'artère d'Atlantic Avenue. Nous avons accéléré le rythme, pénétré en trombe dans le parc Christopher Columbus, avalé la petite volée de marches, filé sous le long treillage voûté avant de redescendre à grandes foulées de l'autre côté, de traverser la rue et d'entrer dans Faneuil Hall. Ma respiration devenait saccadée. Bella tirait la langue.

Mais nous courions toujours. Comme si je pouvais être assez rapide pour échapper au passé. Assez forte pour affronter mes peurs. Comme si, par un simple effort de volonté, je pouvais arrêter de penser à la tombe de Dori.

Nous sommes arrivées au Government Center, puis nous avons fait une boucle pour regagner North End, esquivé des taxis imprudents, passé les groupes de sans-abri couchés pour la nuit, puis finalement regagné Hanover Street. Là, nous avons enfin ralenti, à bout de souffle, et nous sommes rentrées clopin-clopant à l'appartement. Une fois à l'intérieur, Bella a bu un bol d'eau entier, s'est effondrée sur son coussin et a fermé les yeux avec un soupir de contentement.

J'ai pris une douche d'une demi-heure, enfilé mon pyjama et je me suis allongée sur mon lit, les yeux grands ouverts. La nuit allait être longue.

J'ai rêvé de mon père pour la première fois depuis des lustres. Pas un rêve d'angoisse. Pas même un mauvais rêve, où lui apparaîtrait comme une sorte de géant tout-puissant et moi comme une minuscule petite chose qui lui criait de me laisser tranquille.

Au lieu de cela, c'était une scène de mon vingt et unième anniversaire. Mon père m'avait invitée à dîner chez Giacomo. Nous étions arrivés à cinq heures pile parce que ce restaurant, le plus populaire du quartier, ne pouvait accueillir que quelques personnes et ne prenait jamais de réservations ; le vendredi ou le samedi soir, la file d'attente pour avoir une table dépassait le coin de la rue.

Mais c'est un mardi, tranquille. Mon père, d'humeur démonstrative, nous avait commandé un verre de chianti chacun. Nous ne buvions beaucoup ni l'un ni l'autre et nous sirotions donc lentement notre vin en trempant d'épaisses tranches de pain fait maison dans de l'huile d'olive pimentée.

Puis mon père, à brûle-pourpoint : « Tu sais quoi, tout ça fait que ça en valait la peine. De te voir tellement belle, une vraie jeune femme. C'est tout ce qu'un parent souhaite pour son enfant, chérie. L'élever, la protéger, voir l'adulte qu'il a toujours su qu'elle deviendrait. Ta mère serait fière. »

Je ne répondis rien. J'avais la gorge nouée. Alors je pris encore un peu de vin. Trempai encore du pain. Nous ne disions rien et c'était suffisant.

Dix-huit mois plus tard, mon père descendait du trottoir et croisait la route d'un taxi qui slalomait ; l'impact lui fracassa le visage au point que j'identifiai sa dépouille grâce à l'ampoule pleine de cendres qu'il avait encore au cou.

Je respectai ses volontés, fis incinérer son corps et mêlai ses cendres à celles de ma mère dans mon pendentif. Puis j'emportai l'urne sur les quais par une nuit sans lune et dispersai le reste de ses cendres au vent.

Après toutes ces années, l'ensemble des biens de mon père sur cette terre tenaient encore dans cinq petites valises. Son seul objet personnel : une boîte contenant quatorze portraits au fusain de ma mère.

Je rangeai son appartement en un après-midi. Résiliai l'eau, l'électricité, rédigeai les quelques derniers chèques. Lorsque je refermai pour la dernière fois la porte de son appartement derrière moi, je compris enfin : j'étais libre, et cette liberté se payerait d'une solitude perpétuelle.

Bella grimpa dans le lit avec moi vers trois heures. Je crois que j'avais pleuré. Elle me lécha les joues et tourna environ trois fois sur elle-même avant de se laisser tomber en tas à côté de moi. Je me recroquevillai autour d'elle et passai le reste de la nuit la joue sur le sommet de sa tête, les doigts accrochés dans sa fourrure.

Six heures du matin : Bella voulait son petit déjeuner, il fallait que je fasse pipi. J'avais encore les idées en vrac, des cernes noirs sous les yeux. J'aurais dû finir ma commande en cours, envoyer la facture et préparer mon sac pour l'Arizona.

Au lieu de cela, je pensais à la journée qui m'attendait. À la rencontre avec Catherine Gagnon, dont tout le monde s'accordait à dire que je ne la connaissais pas. Et pourtant les flics étaient prêts à aller jusqu'à Phoenix pour nous voir ensemble.

Les inconnus inconnus. Ma vie semblait en être peuplée.

Puis, pendant que je me brossais les dents, les rouages de mon cerveau se mirent enfin en marche.

Il me restait quatre heures avant le départ pour l'Arizona et je savais ce que j'avais à faire.

Mme Petracelli ouvrit la porte et parut sortir tout droit de ma mémoire. Vingt-cinq ans après, sa silhouette était toujours impeccable, ses cheveux bruns ramenés en un chignon classique sur la nuque. Elle portait un pantalon de laine foncé, un pull en cachemire couleur crème. Avec son maquillage soigné et son vernis rouge, elle était exactement comme dans mon souvenir : l'épouse italienne raffinée, fière jusqu'au bout des ongles de sa maison, de sa famille et de son apparence.

Mais tandis que je me tenais de l'autre côté de la porte-moustiquaire, elle tira sur un fil décousu au bas de son pull et je vis ses doigts trembler.

« Entrez, entrez, dit-elle joyeusement. Oh, mon Dieu, Annabelle, je n'en ai pas cru mes oreilles quand vous avez appelé. Ça me fait tellement plaisir de vous revoir. Quelle belle jeune femme vous êtes devenue. Oh, vous êtes le portrait craché de votre mère ! »

204

Elle me fit signe d'entrer d'un mouvement des mains et de la tête vers une cuisine jaune où une table ronde nous attendait avec des tasses de café fumant et un cake tranché. Mais je sentais une gaieté forcée derrière ses propos, un léger tremblement dans son sourire. Je me demandai si elle pouvait regarder les amies d'enfance de Dori sans voir ce qu'elle avait perdu.

Ce matin, j'avais cherché Walter et Lana Petracelli dans les annuaires en ligne sur Internet. Ils avaient quitté le quartier d'Arlington pour s'installer dans un petit cottage à Waltham. La course en taxi m'avait coûté les yeux de la tête, mais je pensais que ça en vaudrait la peine.

« Merci d'avoir accepté de me recevoir au pied levé, dis-je.

– Mais non, mais non. Nous avons toujours le temps pour les vieux amis. Crème, sucre ? Voudriez-vous une tranche de cake à la banane ? Je l'ai fait hier soir. »

Je pris de la crème, du sucre et une tranche de cake à la banane. J'étais contente que les Petracelli aient déménagé. Le simple fait de me retrouver dans la même pièce que Mme Petracelli me donnait une terrible impression de déjà-vu. Si je leur avais rendu visite dans leur ancienne cuisine, dans leur ancienne maison, je ne l'aurais pas supporté.

« Vos parents ? demanda Mme Petracelli avec entrain en s'asseyant en face de moi et en prenant son café, qu'elle buvait noir.

– Ils sont morts, répondis-je tout bas. Il y a plusieurs années, ajoutai-je précipitamment, comme si cela faisait une différence.

– Je suis désolée, Annabelle, dit Mme Petracelli, et je la crus.

– M. Petracelli ?

– Encore au lit, à vrai dire. Ah, c'est la rançon de la vieillesse. Mais nous sommes encore bien actifs. D'ailleurs, j'ai une réunion à neuf heures pour la fondation, donc j'ai peur de ne pas pouvoir rester trop longtemps.

– La fondation ?

– La fondation Dori-Petracelli. Nous finançons des analyses génétiques dans certaines affaires de disparition, en particulier des affaires très anciennes pour lesquelles la police n'a pas les moyens ou la volonté politique de payer pour tous les tests qui existent aujourd'hui. Vous seriez surprise du nombre de squelettes qui restent tout simplement aux oubliettes dans des morgues ou Dieu sait où, parce que leur dossier a été classé avant l'avènement des tests ADN. C'est dans ce genre d'affaires que les nouvelles techniques pourraient être le plus efficaces, et pourtant ce sont précisément ces victimes-là qu'on néglige. C'est un cercle vicieux : les victimes ont souvent besoin qu'un avocat fasse pression pour que l'enquête avance, mais, en l'absence d'identité, aucune famille ne peut plaider pour la victime. La fondation s'efforce de faire changer ça.

– C'est formidable.

– J'ai pleuré pendant deux ans après la disparition de Dori, dit sobrement Mme Petracelli. Après ça, je me suis mise très, très en colère. À tout prendre, j'ai trouvé la colère plus utile. »

Elle prit sa tasse, avala une gorgée de café. Après un instant, j'en fis autant.

« Je n'ai appris que récemment ce qui était arrivé à Dori, soufflai-je. Son enlèvement, sa disparition. Sincèrement, je… je n'en avais pas la moindre idée.

– Bien sûr que non. Vous n'étiez qu'une enfant quand c'est arrivé, et vous aviez certainement vos propres difficultés pour vous adapter à votre nouvelle vie.

– Vous étiez au courant de notre départ ?

– Eh bien, ma belle, quand les camions des déménageurs sont arrivés pour vider votre maison, ça nous a mis la puce à l'oreille, figurez-vous. Dori était effondrée. Je vais être franche : nous étions très surpris. En tant que… bons amis de la famille, nous nous attendions sincèrement à être prévenus plus tôt. Mais c'était une période complètement folle pour vos parents. Aujourd'hui je comprends mieux que jamais leur désir de vous protéger.

– Que vous ont-ils dit ? »

Mme Petracelli releva la tête, parut fouiller dans sa mémoire des jours anciens. « Votre père est passé un après-midi. Il a expliqué qu'avec tout ce qui se passait, il avait décidé d'éloigner la famille quelques jours. Je comprenais, bien sûr, et je m'inquiétais de savoir comment vous alliez. Il a répondu que vous teniez bien le choc, mais qu'il pensait que ce serait bien de partir un peu en vacances pour que tout le monde se change les idées.

» La première semaine, je n'y ai pas beaucoup pensé. J'étais trop occupée à distraire Dori, un peu maussade à cause de votre absence. Et puis un soir le téléphone a sonné et c'était à nouveau votre père : il disait que nous n'allions jamais le croire, mais qu'on lui avait offert un très beau poste et qu'il avait décidé d'accepter. Vous n'alliez donc pas revenir, en fin de compte. En fait, il était en train de s'organiser pour qu'une entreprise de déménagement emballe tout et l'envoie à votre nouvelle adresse. Il pensait que ce serait mieux comme ça.

» Nous étions effondrés. Walter et moi aimions beaucoup voir vos parents, sans compter que vous et Dori étiez si proches. J'avoue que ma première idée a simplement été de me demander comment j'allais annoncer la nouvelle à Dori. Plus tard, ça m'a un peu énervée. Je trouvais… J'aurais voulu que vos parents reviennent une dernière fois pour que Dori et vous puissiez au moins vous dire au revoir convenablement. Et puis je n'étais pas idiote : votre père était resté très vague au téléphone, nous ne savions même pas dans quelle ville vous vous étiez installés. Même si je comprenais qu'il avait parfaitement le droit de protéger sa vie privée, j'étais blessée. Nous étions amis, tout de même. De bons amis, je croyais. Je ne sais pas… c'était un automne tellement, tellement étrange. »

Elle me regarda, la tête penchée sur le côté, et posa la question suivante avec une surprenante douceur :

« Annabelle, vous vous souvenez de ce qui s'était passé avant que votre famille ne déménage ? Vous vous souvenez que la police est venue chez vous ?

– En partie. Je me rappelle avoir trouvé des petits cadeaux devant la porte. Je me rappelle qu'ils mettaient mon père en colère. »

Mme Petracelli hocha la tête. « Je ne savais pas quoi penser à l'époque. Je ne suis même pas certaine que je croyais complètement à ces histoires de voyeur, au début. Pourquoi un adulte voudrait-il regarder dans la chambre d'une petite fille ? Nous étions tous incroyablement innocents à l'époque. Seul votre père semblait conscient du danger. Évidemment, quand nous avons appris qu'un inconnu s'était caché dans le grenier de Mme Watts, nous avons été horrifiés. Ce genre de chose n'était pas censé arriver dans notre quartier.

» M. Petracelli et moi avons commencé à envisager de déménager, surtout après le départ de votre famille. C'était ça que nous faisions, cette semaine-là. Nous avions envoyé Dori en week-end chez mes parents pour pouvoir visiter des maisons. Nous revenions tout juste d'un rendez-vous avec un agent immobilier quand le téléphone a sonné. C'était ma mère. Elle voulait savoir si nous savions où était Dori. "Comment ça ? ai-je répondu. Dori est chez toi." Alors il y a eu ce long, long silence. Et ensuite j'ai entendu ma mère fondre en larmes. »

Mme Petracelli reposa sa tasse de café. Elle m'adressa un petit sourire contrit, s'essuya avec gêne le coin des yeux. « Ça ne devient pas plus facile avec le temps. On se le dit, mais non. Il y a deux moments de ma vie que je porterai en moi jusqu'au jour de ma mort : celui où ma fille est née et celui où j'ai reçu un coup de fil m'annonçant sa disparition. Parfois je négocie avec Dieu : je Lui donnerai tous mes souvenirs heureux si seulement Il accepte de gommer les souvenirs douloureux. Évidemment, ça ne marche pas comme ça. Je dois faire avec tout le bazar, que je le veuille ou non. Tenez, dit-elle d'une voix à nouveau alerte, reprenez un morceau de cake à la banane. »

Je repris un morceau. Nous agissions toutes les deux comme des automates, suivant les rituels de la bonne société pour tenir à distance l'horreur de notre conversation.

« Est-ce qu'il y avait des pistes ? demandai-je. Pour Dori ? » Entre mon pouce et mon index, j'extirpai une noix du cake, la posai à côté de ma soucoupe sur la table.

« Un des voisins a signalé avoir vu une camionnette blanche dans les parages. Dans son souvenir, le conducteur était un jeune homme aux cheveux bruns coupés court, en tee-shirt blanc. Le voisin a pensé que c'était peut-être un entrepreneur qui travaillait dans le quartier. Mais personne ne s'est jamais présenté. Et depuis toutes ces années, aucune piste n'a débouché sur quoi que ce soit. »

Je me forçai à la regarder dans les yeux. « Madame Petracelli, mon père savait-il que Dori avait disparu ?

– Je… Eh bien, je ne sais pas. Je ne lui ai jamais dit, en tout cas. Je n'ai plus jamais reparlé à votre père après ce dernier coup de fil. Ça me paraît bizarre, maintenant que j'y repense. Mais avec tout ce qui s'était passé pendant ce mois de novembre, nous ne pensions plus vraiment à vous et à votre famille ; nous étions trop occupés à essayer de sauver la nôtre. Cela dit, la disparition de Dori est passée aux actualités. Les tout premiers jours en particulier, quand les bénévoles affluaient et que la police organisait des battues jour et nuit. Je ne sais pas si vos parents ont vu ça. Pourquoi cette question ?

– Je ne sais pas.

– Annabelle ? »

Je ne pouvais plus la regarder. Je n'étais pas venue pour dire ça. Je ne voulais pas le dire. J'étais censée être là en reconnaissance, obtenir de Mme Petracelli des informations sur la disparition de Dori, me préparer à la bataille à venir. Mais assise dans cette joyeuse cuisine jaune, j'en étais maintenant incapable. Je savais que quand Mme Petracelli me regardait, elle voyait sa fille, la petite fille qui n'avait jamais eu la chance de grandir. Et je savais que quand je la regardais, je voyais ma mère, la femme qui n'avait jamais eu la chance de vieillir. Nous avions toutes les deux tant perdu.

« J'ai donné le médaillon à Dori, laissai-je échapper. C'était un des cadeaux. Une des choses qu'il avait laissées pour moi. Mon père m'avait dit de le jeter. Mais je n'arrivais pas à m'y résoudre. Alors je l'ai donné à Dori. »

Mme Petracelli ne répondit pas tout de suite. Elle repoussa sa chaise, se leva, commença à débarrasser la table.

« Annabelle, vous croyez que ma fille a été assassinée à cause d'un stupide médaillon ?

– Peut-être. »

Elle prit ma tasse à café, puis la sienne. Elle les posa précautionneusement, comme si elles étaient très fragiles, dans l'évier. Lorsqu'elle revint, elle se pencha, mit une main sur mon épaule et m'enveloppa dans un doux parfum de lavande.

« Vous n'avez pas tué ma fille, Annabelle. Vous étiez sa meilleure amie. Vous lui procuriez une joie infinie. La vérité, c'est qu'aucun de nous ne décide du temps qui lui est donné sur cette terre. Nous pouvons seulement choisir la vie que nous menons pendant ce temps. Dori a connu une existence pleine d'amour, de beauté et de joie. J'y pense chaque matin à mon réveil et chaque soir avant de me coucher. Ma fille a eu sept années d'amour. C'est un don plus grand que ce que d'autres auront jamais. Et vous en faisiez partie, Annabelle. Je vous en remercie.

– Je suis désolée, dis-je.

– Chut…

– Vous êtes tellement courageuse…

– Je fais avec les cartes que la vie m'a données, répondit Mme Petracelli. Le courage n'a rien à y voir. Annabelle, ça me fait plaisir de discuter avec vous. Ce n'est pas souvent que je peux parler avec quelqu'un qui a connu Dori. Elle a disparu si jeune et c'était il y a si longtemps… Mais c'est l'heure, ma belle. J'ai ma réunion.

– Bien sûr, bien sûr. » Je repoussai ma chaise avec retard, suivis Mme Petracelli qui me raccompagnait à la porte. Au milieu du séjour, je levai les yeux et aperçus M. Petracelli descendant les escaliers, vêtu d'un pantalon de coutil foncé, d'une chemise à carreaux bleus et d'un cardigan bleu foncé. Il me jeta un regard, fit brusquement volte-face et remonta les escaliers, une tasse à café vide au bout des doigts.

Je regardai Mme Petracelli, lus la douleur de son mensonge à propos de son mari inscrite sur les rides de son visage. Je ne dis pas un mot et lui serrai simplement la main.

À la porte, toutefois, une dernière idée me vint : « Madame Petracelli, demandai-je, vous croyez que vous pourriez me donner une photo ? »

18

L'aéroport international de Phoenix était une marée humaine en bermuda blanc, grand chapeau de paille et tongs rouges. Nous nous frayions un chemin entre les familles, les hommes d'affaires en déplacement et les groupes de jeunes, traînant nos sacs de voyage dans un aérogare interminable. Je gardais de l'Arizona le souvenir des couleurs vives du Sud-Ouest, des poupées dansantes vertes à l'effigie de Kokopelli, des pots en terre cuite rouge.

Apparemment, personne n'en avait avisé les concepteurs de l'aéroport. Ce terminal, en tout cas, était décoré dans des teintes de gris moroses. Descendre par les escalators était encore plus déprimant : des murs en ciment sombre donnaient à l'ensemble des allures de donjon.

Rien de tout cela ne me remontait le moral. *Tire-toi*, pensai-je en permanence. *Tire-toi tant que tu le peux encore*.

Je venais à peine de regagner mon appartement après ma visite aux Petracelli quand le capitaine Dodge était arrivé. Je lui demandai d'attendre en bas pendant que je jetais des affaires à la va-vite dans mon nécessaire de voyage. Puis je lui annonçai qu'il allait falloir déposer Bella chez le véto en allant à l'aéroport. Il ne sembla pas contrarié, attrapa mon sac, ouvrit la porte arrière de la voiture pour ma chienne enthousiaste.

« Appelez-moi donc Bobby », dit-il sur le chemin du vétérinaire. Nous déposâmes Bella (qui me lança un dernier regard désespéré avant que l'assistant ne l'emmène) et continuâmes notre route.

À l'aéroport, D.D. attendait au terminal avec son air sombre habituel.

« Annabelle, me salua-t-elle sèchement.

– D.D. », répliquai-je. Cette familiarité ne la fit pas ciller.

Apparemment, nous étions une grande famille. Jusqu'à ce que nous soyons dans l'avion. D.D. ouvrit alors sa sacoche, étala toute une collection de dossiers et se mit au travail. Bobby ne valait pas mieux : il avait ses propres dossiers, un crayon, et en plus il avait tendance à marmonner.

Je lus *People* de la première à la dernière page, puis étudiai le catalogue des produits pour chiens en vente à bord. Peut-être que si je lui achetais sa fontaine à eau rien qu'à elle, Bella me pardonnerait de l'avoir laissée en pension.

J'essayais surtout de m'occuper.

C'était mon premier vol. Mon père n'était pas partisan de l'avion. « Trop cher », disait-il. *Trop dangereux*, pensait-il en réalité. Prendre l'avion supposait d'acheter des billets, or les billets laissent une trace. Il s'en remettait donc à de vieilles guimbardes payées en liquide. À chaque fois qu'on quittait une ville, on s'arrêtait en route dans un quelconque centre de démolition. Adieu, la voiture familiale. Salut, le nouveau tas de rouille.

Inutile de préciser que certaines de ces voitures se montrèrent plus fiables que d'autres. Mon père devint expert en réparation de freins, remplacement de radiateur et rafistolage de fenêtres, portières et autres pare-chocs. Je m'étonnais maintenant de ne m'être jamais demandé comment un mathématicien surdiplômé était devenu si doué de ses mains. Nécessité est mère d'invention ? Ou bien peut-être que je préférais fermer les yeux sur tout ce que je ne voulais pas savoir.

Par exemple, si un camion de déménagement avait vidé notre ancienne maison, comment se faisait-il que je n'aie jamais revu aucun des meubles de mon enfance ?

Nous avions enfin rejoint la sortie de l'aérogare. Les épaisses portes en verre fumé s'écartèrent. Nous entrâmes dans la chaleur enveloppante. Immédiatement, un homme en uniforme de chauffeur s'avança vers nous, muni d'une pancarte blanche au nom de Bobby.

« Qu'est-ce que c'est ? » demanda D.D. en lui barrant le chemin.

L'homme s'arrêta. « Capitaine Dodge ? Commandant Warren ? Si vous voulez bien me suivre. » Il montra derrière lui une limousine noire racée, garée de l'autre côté, le long du terre-plein central.

« Qui a organisé ça ? demanda D.D. sur le même ton sec.

– Mme Catherine Gagnon, naturellement. Puis-je vous aider avec votre bagage ?

– Non. Certainement pas. Impossible. » D.D. se retourna vers Bobby et déclara avec une véhémence à peine voilée : « Le règlement du service stipule explicitement que les agents n'ont pas à accepter de dons en nature ou de services gratuits. Il s'agit de toute évidence d'un service.

– Je ne suis pas policier, tentai-je.

– Vous, dit-elle catégoriquement, vous êtes avec nous. »

Elle reprit son chemin. Bobby lui emboîta le pas. Ne voyant pas quoi faire d'autre, je lançai un dernier regard d'excuse au chauffeur perplexe et me mis à leur remorque.

Nous dûmes attendre un taxi vingt minutes. Assez longtemps pour que la sueur s'accumule sous mes aisselles et dégouline le long de ma colonne vertébrale. Assez longtemps pour que je me rappelle que ma famille, originaire de la Nouvelle-Angleterre, n'avait tenu que neuf mois à Phoenix avant de partir sous des cieux plus cléments.

Une fois dans le taxi, D.D. donna une adresse à Scottsdale. Je commençais à reconstituer le puzzle. Ancienne résidente de Back Bay, habitait désormais à Scottsdale, avait tendance à envoyer des limousines : Catherine Gagnon était riche.

Je me demandai si elle n'aurait pas besoin de rideaux et dus plaquer ma main sur ma bouche pour étouffer un rire nerveux. Je ne tenais plus si bien le choc. La faute à la chaleur, à mes compagnons, au trop-plein sensoriel de mon premier voyage en avion. Je sentais la tension nouer mon estomac. Le tremblement grandissant de ma main.

Tout le monde voulait que je rencontre cette femme, mais personne ne m'expliquait vraiment pourquoi.

J'avais déjà dit que je n'avais jamais entendu parler de Catherine Gagnon. Et pourtant la municipalité de Boston était prête à payer pour que deux enquêteurs et une civile fassent huit mille kilomètres en avion aller-retour et passent la nuit à Phoenix. Que savaient Bobby et D.D. que j'ignorais ? Et si j'étais si maligne que ça, pourquoi est-ce que j'avais déjà l'impression d'être un pion aux mains de la police de Boston ?

J'appuyai mon front contre la vitre chaude. J'avais cruellement envie d'un verre d'eau. Lorsque je relevai les yeux, Bobby m'observait avec une expression indéchiffrable. Je me détournai.

Le taxi prit un virage à gauche. Serpenta entre des collines poussiéreuses aux reflets mauves. Nous passâmes devant d'immenses saguaros, des chaparrals argentés, des cactus tonneaux à bout rouge. Ma mère et moi avions été tellement intriguées à notre arrivée. Mais nous ne nous étions jamais adaptées. Le paysage nous donnait toujours l'impression d'être chez quelqu'un d'autre. Nous étions trop habituées aux montagnes coiffées de neige, aux forêts denses et verdoyantes, aux falaises de granite gris. Nous n'avions jamais su quoi faire de cette beauté terrible, étrangère.

Le taxi arriva à un long mur de stuc blanc. Un portail noir en fer forgé apparut à notre droite. Le taxi ralentit, tourna vers le portail et trouva un interphone encastré dans le mur extérieur.

« Dites que le commandant D.D. Warren est là », ordonna D.D.

Le chauffeur s'exécuta. Le portail aux volutes élaborées s'écarta et nous entrâmes dans une contrée merveilleusement verte et ombragée. Je vis un hectare de gazon entretenu à la perfection, bordé de feuillus. Nous suivîmes l'avenue sinueuse jusqu'à une allée circulaire où une fontaine carrelée bouillonnait au milieu d'un tapis de fleurs. Le tout formant un écrin idéal pour l'immense maison de style mission espagnole qui se déployait devant nous.

À gauche : d'imposantes fenêtres encadrées de poutres noires en acajou, fixées dans d'épais murs en pisé. À droite : la même chose, sauf que ce côté comprenait également un atrium sous verrière et ce que je devinais être une piscine intérieure.

« Doux Jésus », murmurai-je ; à ma grande honte, j'étais vraiment curieuse de savoir si cette mystérieuse Mme Gagnon pouvait avoir besoin de rideaux. La taille et l'ampleur de ces fenêtres. Le défi. L'argent…

« On peut acheter de belles choses en Arizona avec les dollars de Back Bay », constata Bobby avec désinvolture.

D.D. observait tout cela d'un air crispé.

Elle paya le chauffeur, demanda un reçu. Nous remontâmes péniblement la longue allée sinueuse jusqu'à une double porte massive en noyer sombre. Bobby prit les devants et frappa. D.D. et moi étions serrées derrière lui, agrippées à nos bagages comme des invités gênés.

« Combien vous croyez que ça coûte d'arroser ce gazon ? glissai-je. Je parie qu'elle dépense plus tous les mois pour sa brigade de jardiniers que moi pour mon loyer. Elle s'est remariée ? »

Le vantail droit s'ouvrit. Nous nous trouvâmes face à une matrone hispano-américaine aux cheveux gris argenté, à la silhouette trapue et aux goûts vestimentaires ternes.

« Commandant Warren, capitaine Dodge, señorita Nelson ? Entrez, je vous en prie. La señora Gagnon va vous recevoir dans la bibliothèque. »

Elle prit nos bagages, nous demanda si nous souhaitions des rafraîchissements après notre long voyage. Tous en pilotage automatique, nous lui abandonnâmes nos affaires, lui assurâmes que nous n'avions besoin de rien et quittâmes le vestibule voûté à sa suite pour entrer dans la maison.

Nous parcourûmes un large couloir crème dont les murs étaient incrustés à intervalles réguliers de quatre carreaux mexicains. Des poutres sombres soutenaient un plafond de trois mètres cinquante de haut. Le parquet sous nos pieds était lui aussi formé de lattes épaisses.

Nous passâmes un atrium, une piscine intérieure, une belle collection d'antiquités. L'extérieur de la maison le disait, mais l'intérieur le proclamait : Catherine Gagnon n'avait pas de problèmes d'argent.

Juste au moment où je me demandais quelle était la longueur maximale d'un couloir, la gouvernante tourna à gauche et s'arrêta devant deux lourdes portes en noyer. La bibliothèque, supposai-je.

Elle frappa à la porte.

« Entrez », répondit une voix étouffée.

Les portes s'écartèrent et j'aperçus pour la première fois la fameuse Catherine Gagnon.

19

Catherine se tenait devant une rangée de fenêtres inondées de soleil. Le lumineux contre-jour masquait ses traits et ne révélait qu'une silhouette élancée aux longs cheveux noirs. Je remarquai ses bras fins, croisés sur son ventre. Des hanches saillantes, visibles sous les pans d'un long jupon. Des épaules rondes laissées découvertes par une chemise cache-cœur chocolat sans manches, nouée à la taille.

Je jetai un coup d'œil à Bobby. Il semblait regarder partout sauf vers Catherine. Elle au contraire n'arrivait pas à détacher ses yeux de lui, et ses doigts caressaient son avant-bras nu comme si elle les sentait déjà s'écarter sur le torse de Bobby. La tension était palpable dans la pièce et personne n'avait encore dit un mot.

« Catherine, la salua enfin Bobby, s'arrêtant à bonne distance. Merci de nous recevoir.

– Ce qui est dit est dit. » Le regard de Catherine se posa un instant sur moi, mais sans s'attarder. « J'espère que vous avez fait bon vol.

– Pas à se plaindre. Comment va Nathan ?

– Très bien, merci. Il fréquente une excellente école privée. J'ai beaucoup d'espoirs pour lui. » Elle souriait à présent, avec une expression entendue, pendant que

Bobby continuait à se tenir en retrait et qu'elle continuait à se caresser le bras. Elle se tourna finalement vers D.D.

« Commandant Warren, dit-elle d'une voix soudain refroidie de 10 degrés.

– Longtemps qu'on ne s'était pas vues, commenta D.D.

– Et pourtant pas encore assez longtemps. »

Son regard revint sur moi, ne serait-ce que pour bien marquer son dédain envers D.D. Cette fois-ci, elle m'observa avec attention, et ses yeux m'examinèrent du sommet du crâne jusqu'à la plante des pieds et retour. Je restai digne sous son regard scrutateur, mais j'avais une conscience aiguë de mon haut en coton bon marché, de mon jean effiloché, de mon fourre-tout miteux. Il me fallait déjà deux boulots rien que pour payer mon loyer. Le coiffeur, la manucure, les vêtements chics : des luxes destinés à une oisive comme elle, pas à une trimeuse comme moi.

Son visage me restait impénétrable, mais je surpris un petit frisson dans son dos. Je compris soudain que cette entrevue lui coûtait autant qu'à moi.

Elle se tourna vivement vers la table en bois sombre qui dominait la pièce. « On y va ? » Elle désigna les fauteuils en cuir, puis un monsieur grisonnant d'un certain âge, dont je m'avisai alors de la présence. « Capitaine Dodge, commandant Warren, je vous présente mon avocat, Andrew Carson, à qui j'ai demandé de se joindre à nous.

– Vous vous sentez coupable ? demanda D.D. sur un ton badin.

– Seulement catholique », répondit Catherine en souriant.

Elle prit un siège. Je choisis le siège en face d'elle. Quelque chose dans sa manière de rejeter ses cheveux en arrière juste avant de s'asseoir, avec un petit air de défi, me donna une fugitive impression de déjà-vu. C'est alors que je compris : elle me ressemblait vraiment.

Bobby sortit un dictaphone, le posa au milieu de la table. Catherine jeta un regard vers son avocat, mais celui-ci ne protesta pas, donc elle s'abstint. D.D. se mettait aussi en ordre de bataille, disposant des piles de papiers autour d'elle comme une petite forteresse. Catherine et moi étions les seules à ne rien faire. Nous trônions simplement, invitées d'honneur de cette étrange petite réunion.

Bobby mit le dictaphone en marche. Annonça la date, le lieu et le nom des personnes présentes. Il s'interrompit à mon nom ; après avoir commencé à dire « Annabelle », il se reprit à temps pour corriger : « Tanya Nelson ». Je lui fus reconnaissante de sa discrétion.

Ils commencèrent par les préliminaires. Catherine Gagnon confirma qu'elle avait autrefois vécu à Boston, à telle et telle adresse. En 1980, alors qu'elle rentrait de l'école, un véhicule s'était arrêté à sa hauteur et un homme l'avait hélée par la fenêtre : « *Hé, mignonne. Tu peux m'aider une seconde ? Je cherche un chien perdu.* »

Elle raconta l'enlèvement qui avait suivi, son sauvetage et finalement le procès de son ravisseur, Richard Umbrio, en mai 1981. Elle parlait d'une voix blanche, presque lasse, et déroulait rapidement cette suite d'événements, en femme qui avait raconté son histoire à maintes reprises.

« Et après la fin du procès en 81, avez-vous eu l'occasion de revoir M. Umbrio ? » demanda D.D.

L'avocat, Carson, leva immédiatement une main. « Ne répondez pas.

– Monsieur Carson…

– Mme Gagnon a aimablement accepté de répondre aux questions portant sur son enlèvement d'octobre à novembre 1980, expliqua l'homme de loi. La question de savoir si elle a revu M. Umbrio après 1980 n'entre donc pas dans le cadre de votre entrevue. »

D.D. sembla fortement contrariée. Catherine se contenta de sourire.

« Lorsque vous étiez avec M. Umbrio, *en octobre et novembre 1980*, ajouta D.D. en insistant, vous a-t-il jamais parlé d'autres crimes, enlèvements ou agressions sur d'autres victimes ? »

Catherine fit non de la tête, puis ajouta avec un temps de retard, pour le dictaphone : « Non. »

« Avez-vous jamais été à l'hôpital psychiatrique de Boston ? »

Carson leva à nouveau la main. « Madame Gagnon, avez-vous été à l'hôpital psychiatrique de Boston *à l'automne 1980* ?

– Je n'ai jamais entendu parler de l'hôpital psychiatrique de Boston, avant ou après 1980, concéda de bonne grâce Catherine.

– Et M. Umbrio ? insista D.D.

– Si oui, il ne m'en a évidemment pas dit un mot, sinon j'en aurais entendu parler, n'est-ce pas ?

– Avait-il des amis, des confidents ? Umbrio a-t-il jamais évoqué quelqu'un dont il aurait été proche ou peut-être amené un "invité" dans la fosse ?

– Je vous en prie, Richard Umbrio était une version adolescente de Big Lurch. Il était trop imposant, trop froid et tout simplement trop effrayant même à dix-neuf ans. Des amis ? Il n'avait pas d'amis. Pourquoi croyez-vous qu'il m'ait gardée en vie aussi long-temps ? »

La question lui valut des réactions un peu abasourdies. Catherine écarta les mains et nous regarda tous comme si nous étions des idiots. « Quoi ? Vous croyez que je n'ai jamais compris qu'il allait me tuer ? Je peux vous dire avec certitude qu'il essayait de me tuer tous les deux jours. Il mettait ses gros doigts moites autour de ma gorge et serrait comme s'il était en train de tordre le cou à un poulet. Et il aimait me regarder droit dans les yeux pendant qu'il faisait ça. Mais ensuite, au dernier moment, il me lâchait. Par gen-tillesse ? Par compassion ? Je ne pense pas. Pas lui.

» Il n'était tout simplement pas encore prêt à ce que je meure. J'étais la petite copine idéale. Je ne protes-tais jamais, je faisais toujours ce qu'on me disait. Jamais il n'aurait eu cette chance dans la vraie vie. »

Elle haussa les épaules ; sa voix monocorde ne ren-dait ses paroles que plus cinglantes.

« Il vous étranglait ? insista D.D. À mains nues ? Vous en êtes certaine ?

– Absolument.

– Il n'a jamais apporté un couteau, ne s'est jamais servi de liens, n'a jamais joué avec un garrot ?

– Non.

– Vous avez dit qu'il vous attachait. Corde, menottes, autre chose ?

– Corde.

– Une seule sorte de corde, différentes sortes de corde ? Des nœuds préférés ?

– Je ne sais pas. Une corde. Il en avait tout un rouleau. Épaisse, peut-être deux centimètres de diamètre. Blanche. Sale. Solide. Il plantait des pieux dans le sol et ensuite il m'attachait les membres aux pieux. Je dois avouer que sur le coup je n'ai pas fait attention aux nœuds, dit-elle d'une voix toujours lointaine.

– Est-ce qu'il lui est arrivé d'apporter des sacs-poubelle sur les lieux ?

– Des sacs-poubelle ? Comment ça ? Comme un sac Albal ?

– Comme n'importe quelle sorte de sac-poubelle. »

Catherine secoua la tête. « Richard avait une prédilection pour les sacs plastique d'épicerie. Ils contenaient du matériel et/ou de la nourriture. Vous auriez été fiers de lui, c'était un campeur consciencieux, il remportait tout ce qu'il apportait. Un vrai boy-scout, celui-là.

– Madame Gagnon, savez-vous pourquoi M. Umbrio vous a enlevée ?

– Oui. »

D.D. eut un instant de flottement, comme si elle ne s'était pas attendue à cette réponse, bien qu'elle eût elle-même posé la question. « Vraiment ?

– Oui. Je portais une jupe en velours avec des chaussettes remontées jusqu'aux genoux. Il s'est avéré que Richard était un fétichiste des écolières catholiques. Au premier regard, il a décidé que j'étais la bonne. Il n'y avait personne d'autre dans les parages, alors c'est tombé sur moi. »

D.D. et Bobby échangèrent un regard. Bobby prenait frénétiquement des notes pendant que D.D. posait les questions. Ils passaient en revue les détails de l'agression subie par Catherine pour les comparer aux victimes découvertes à l'hôpital psychiatrique, soupçonnais-je. Mais cela leur déplaisait. Ils regardèrent tous deux Catherine.

« Catherine, demanda posément D.D., aviez-vous déjà rencontré Richard avant cet après-midi-là ?

– Non.

– Vous avait-il par hasard repérée ? Expliqué qu'il vous avait déjà suivie pendant votre retour de l'école ou qu'il vous avait observée dans la cour de récré, ce genre de choses ?

– Non.

– Donc, cet après-midi-là, quand sa voiture a tourné dans la rue, c'était la première fois que Richard et vous vous rencontriez ?

– Comme je vous l'ai dit, c'est tombé sur moi. »

La perplexité de D.D. redoubla. « Quand vous êtes montée dans sa voiture, que s'est-il passé ?

– La portière était bloquée, verrouillée, je ne sais pas. Elle ne s'ouvrait pas.

– Est-ce que vous avez crié, vous vous êtes débattue ?

– Je ne me souviens pas.

– Vous ne vous souvenez pas ?

– Non. Je me souviens d'être montée dans sa voiture. Je me souviens d'avoir été peu à peu… déconcertée, mal à l'aise. Je crois que j'ai essayé la poignée et ensuite… je ne me souviens pas. Les policiers et les psys m'ont posé cette question pendant des années. Je ne me souviens toujours pas. J'imagine que j'ai dû crier. J'imagine que j'ai dû me débattre. Mais peut-être que je n'ai rien fait. Peut-être que mon amnésie est une façon de dissimuler ma honte. » La commissure de ses lèvres se releva légèrement, mais ce sourire forcé n'arriva jamais jusqu'à ses yeux.

« Alors de quoi vous souvenez-vous ? » demanda D.D. d'une voix plus douce à présent. Ceci parut redonner un peu de nerf à Catherine.

« De m'être réveillée dans le noir.

– Il était là ?

– Prêt pour les réjouissances.

– Dans la fosse ?

– Ouais.

– Donc il avait déjà préparé la fosse avant de vous repérer et de décider de passer à l'acte ? »

Bobby et D.D. échangèrent à nouveau ce regard.

Cette fois-ci, Bobby prit la parole : « D'après ce que vous avez dit, Umbrio vous a enlevée sur un coup de tête, à cause de votre tenue. Alors comment aurait-il pu être à ce point préparé ? »

Catherine le regarda. « La fosse n'était pas nouvelle. Il l'avait trouvée un jour en explorant les bois. Il s'en était fait une sorte de cachette secrète, où il pouvait stocker ses magazines de baise et échapper à ses parents. Ou évidemment détenir son esclave sexuelle personnelle.

» Quant à savoir si *moi*, je crois qu'il m'a enlevée sur un coup de tête, la réponse est non. Il *disait* ça, mais je ne l'ai jamais cru. Il avait une corde, du matériel pour me bâillonner, me bander les yeux. Quel individu normal laisse traîner ce genre de choses dans sa voiture ? Richard était un fan du bondage. Tous ses foutus magazines porno étaient du genre *Attache cette salope* ou *Donne-lui une bonne fessée*. C'est vous, les spécialistes, c'est à vous de me dire, mais j'imagine que l'idée d'avoir une petite minette bien à lui pour la violer mûrissait dans son esprit depuis un moment. Physiquement, il était de taille à faire ce qu'il voulait. Et il avait l'endroit idéal. Tout ce qui lui manquait, c'était une partenaire non consentante. Alors un après-midi d'octobre, il est sorti faire son shopping.

– Shopping : le mot est de vous ou de lui ? demanda D.D. avec mordant.

– C'est important ?

– Oui. »

Catherine eut l'air étonné. « Je ne m'en souviens pas.

– Catherine, reprit Bobby, s'attirant un regard contrarié de D.D. qui avait clairement l'intention de mener la danse, quelle était à votre avis l'*expérience* d'Umbrio quand il vous a enlevée ? Est-ce que vous étiez la première, la troisième, la douzième ?

– Ceci suppose de spéculer, intervint Carson.

– Je comprends. »

Bobby ne quittait pas Catherine des yeux. Les mains sur la table, elle contractait et pliait les doigts en réfléchissant à sa question.

« Sexuellement, vous voulez dire ? Est-ce qu'il était puceau ?

– Oui. »

Elle ne répondit pas tout de suite. « J'avais douze ans, dit-elle finalement. Je n'avais pas moi-même assez d'expérience pour juger de ce genre de choses. Cependant...

– Cependant, la relança Bobby lorsqu'elle s'interrompit.

– A posteriori, avec mon regard de femme ? Au début, il était trop pressé. Il jouissait avant même de m'avoir pénétrée et ensuite il s'énervait et me filait une raclée pour masquer son embarras. Ça s'est produit souvent dans les tout premiers jours. Il arrivait avec des projets très élaborés sur ce qu'il allait faire, mais il était tellement surexcité qu'il éjaculait avant même qu'on ait fait quoi que ce soit. Mais avec le temps, il s'est calmé. Il est devenu moins impatient, mais plus créatif. » Ses lèvres se tordirent. « Il a appris la cruauté.

» Alors, si vous me posez la question, a posteriori, avec mon regard de femme, je dirais qu'il était *inexpérimenté* au début. En tout cas, ses fantasmes sont devenus plus complexes et plus exigeants avec le temps, si ça peut être une indication. »

Son regard s'abattit soudain sur moi. « Vous le connaissiez ?

– Qui ? demandai-je, légèrement décontenancée d'être ainsi au centre de tous les regards.

– Richard. Que pensiez-vous de lui ?

– Je n'ai pas... je ne suis pas... je ne le connaissais pas. »

Elle eut l'air surprise, se tourna à nouveau vers Bobby. « Je croyais que tu avais dit que c'était une rescapée.

229

– C'en est une. Elle a survécu après avoir été traquée par un individu blanc non identifié au début des années quatre-vingt. De qui s'agissait-il ? Était-ce Umbrio, par exemple ? C'est ce que nous essayons maintenant de déterminer. »

Elle me regarda de nouveau avec étonnement, clairement sceptique. « Et vous vous fondez sur quoi, la ressemblance que vous voyez entre elle et moi ? Franchement, je ne trouve pas qu'on se ressemble *tant que ça*. » Elle rejeta sa lumineuse crinière noire en arrière, s'arrangeant pour faire pointer ses seins dans le même mouvement. Cela soulignait, me dis-je, ce qu'elle considérait comme nos principales différences.

« Vous aviez déjà rencontré Tanya ? demanda D.D. à Catherine pour nous remettre sur les rails. Est-ce qu'elle vous rappelle quelque chose ?

– Bien sûr que non. »

D.D. se tourna vers moi. « Je ne l'ai jamais rencontrée non plus, confirmai-je. Mais faites le calcul. À l'automne 1980, j'avais cinq ans. Quelle est la probabilité que je me souvienne d'une fille de douze ans ? »

Je me retournai à mon tour vers Catherine. « Vous habitiez à Arlington ?

– Waltham.

– Vous alliez à la messe ?

– Presque jamais.

– Vous rendiez visite à des amis ou à de la famille à Arlington ?

– Ça ne m'a pas laissé de souvenirs.

– Et vos parents, que faisaient-ils ?

– Ma mère était femme au foyer. Mon père était réparateur en électroménager chez Maytag, répondit-elle.

– Donc il se déplaçait.

– Pas en centre-ville. Son secteur couvrait la grande banlieue. Et les vôtres ?

– Mon père était mathématicien, au MIT, indiquai-je.

– Rien à voir, dit Catherine, perplexe mais plus curieuse maintenant. Bref, je doute que nos chemins se soient croisés en 1980, du moins pas dans des circonstances mémorables.

– Et d'autres membres de la famille ? intervint Bobby. Étant donné la… hum… ressemblance physique. »

Catherine se contenta de hausser les épaules. « D.D. et toi accordez trop d'importance à cela. Nous avons juste toutes les deux un petit air italien. Il doit y avoir des centaines d'autres femmes à Boston qui pourraient en dire autant. »

Tout le monde me regarda. Je n'avais rien à ajouter. Franchement, j'étais d'accord avec elle. Je ne trouvais pas qu'on se ressemblait tant que ça. Elle était beaucoup trop maigre, pour commencer. Et j'avais de plus jolies jambes.

La réunion tournait court. D.D. avait l'air renfrogné et perplexe. Bobby ne quittait pas le dictaphone des yeux. Quoi qu'ils soient venus chercher, ils ne l'obtenaient pas. Le mode opératoire, songeai-je. Ils essayaient de comparer Richard Umbrio à mon voyeur ; sauf que, d'après Catherine, Umbrio l'avait enlevée simplement parce que l'occasion s'était présentée, alors que celui qui m'avait laissé des petits cadeaux…

Les victimes avaient beau se ressembler, les crimes en eux-mêmes étaient différents.

Aucune nouvelle question ne se présentant, Catherine posa ses mains sur la table comme pour s'en éloigner.

« Un instant, intervint brusquement Bobby.

– Quoi ?

– Réfléchis bien, Catherine : es-tu certaine à cent pour cent que celui qui t'a enlevée était bien Richard Umbrio ?

– Je te demande pardon !

– Tu étais jeune, prise au piège, traumatisée et l'essentiel du temps que tu as passé avec lui, c'était enfermée dans le noir…

– Madame Gagnon…, commença nerveusement l'avocat, mais Catherine n'avait pas besoin de son appui.

– Vingt-huit jours, Bobby. Pendant vingt-huit jours, Umbrio a été le seul être à peupler mon univers. Si je mangeais, c'était parce qu'il m'apportait de la nourriture. Si je buvais, c'était parce qu'il daignait me donner de l'eau. Il s'asseyait à côté de moi, il s'allongeait sur moi. Il me baisait en me tenant la tête entre ses grosses mains et en me hurlant de ne pas me détourner.

» Aujourd'hui encore, je me rappelle son visage derrière la vitre de la voiture. Je le revois dans un halo de lumière chaque fois qu'il se présentait à l'entrée de ma prison et que je savais que j'allais enfin être nourrie. Je me souviens de lui à la lueur de la lanterne, endormi comme un bébé, le poignet attaché au mien pour que je ne puisse pas m'enfuir.

» Il n'y a aucun doute dans mon esprit sur le fait que Richard Umbrio m'a kidnappée il y a vingt-sept ans. Et il n'y a aucun doute dans mon esprit sur le fait que, chaque jour qui passe, je suis heureuse de lui avoir enfoncé le canon du pistolet dans la bouche et fait sauter la cervelle. »

Carson, l'avocat, écarquilla les yeux en entendant la fin de la phrase de sa cliente. Mais Bobby, avec un simple hochement de tête, tendit la main vers le dictaphone et l'arrêta.

« Très bien, Cat, dit-il posément. Alors dis-nous un peu : si Richard Umbrio est allé en prison en 81, qui donc a pu creuser une fosse souterraine encore plus grande sur le site d'un ancien asile psychiatrique ? Qui a enlevé six autres fillettes et les a mises sous terre ?

– Je ne sais pas. Et franchement, je me sens un peu insultée que vous pensiez que oui.

– Nous sommes obligés de te poser la question, Cat. On ne trouvera jamais personne d'autre qui ait été aussi proche d'Umbrio. »

Cela la mit manifestement hors d'elle. Cette fois-ci, elle s'écarta pour de bon de la table, se leva. « Je crois que nous avons terminé.

– Tu étais seule avec lui dans le couloir, continua Bobby sans lâcher le morceau. Il t'a parlé dans la suite d'hôtel. Est-ce qu'il a évoqué un ami ? Un correspondant ? Quelqu'un qu'il aurait rencontré pendant son séjour en prison ?

– Il a décrit la manière exacte dont il allait me tuer !

– Et Nathan ? Umbrio l'a enlevé en premier, peut-être que pendant qu'ils étaient seuls…

– Laisse mon fils en dehors de ça !

– Six mortes, Catherine. Six fillettes qui n'ont jamais réussi à sortir du noir.

– Va te faire foutre !

– Il faut qu'on sache. Il faut que tu nous dises. Si Umbrio avait un ami, un complice, un mentor, on doit le savoir. »

Catherine avait le souffle court à présent, les yeux rivés sur ceux de Bobby. Un instant, je me demandai ce qu'elle allait faire. Hurler ? Le gifler ?

Elle posa les mains sur le bord de la table. Elle se pencha en avant jusqu'à se trouver pratiquement nez à nez avec Bobby.

« Richard Umbrio n'avait *rien* à voir avec votre crime. Il était en prison. Et même si c'était un salopard dangereux, c'était aussi, fort heureusement pour vous, un solitaire. Il n'avait pas d'amis. Pas de complices. Une fois pour toutes, nous avons terminé. Si vous avez d'autres questions, transmettez-les à mon avocat. Carson. »

Docile, Carson s'empressa de sortir des cartes de visite.

Catherine se redressa. « Maintenant, si vous voulez bien nous excuser, Annabelle – ou Tanya, ou je ne sais quoi – et moi avons des choses à faire.

– Ah bon ? demandai-je bêtement.

– Attends une seconde…, commença Bobby.

– Pas question », renchérit D.D. en se levant.

Ce fut la véhémence même de leur réaction, le sentiment de possession qu'elle suggérait, qui me poussa à suivre Catherine.

« Ne vous inquiétez pas, mes chéris, lança notre hôtesse à Bobby et D.D. par-dessus son épaule. Je la ramène avant minuit. » Elle referma les portes de la bibliothèque derrière nous et s'engagea dans le couloir.

« On va où ? demandai-je en m'efforçant de la suivre.

– Oh, mon chou, c'est évident : je vous emmène faire du shopping. »

20

Le grand magasin préféré de Catherine quand elle voulait se remonter le moral était le Nordstrom. Le chauffeur de sa limousine nous déposa devant. Catherine l'informa gaiement qu'elle le rappellerait quand elle aurait besoin de lui. Il partit faire ce que font les chauffeurs de limousine entre deux convocations de leur patronne. Je suivis Catherine dans le magasin.

Elle commença par suggérer que nous mangions. Comme mon estomac grondait de manière audible, je ne protestai pas.

Il était plus de six heures et la cafétéria du Nordstrom était bondée. Je fis la queue pour acheter un sandwich au poulet grillé et pesto sur focaccia. Catherine commanda une tasse de thé.

Elle jeta un coup d'œil à mon énorme sandwich, avec son accompagnement de chips de patates douces. Elle haussa un sourcil, puis recommença à boire son thé vert à petites gorgées. Je mangeai tout le sandwich, le paquet de chips et retournai, par pure malice, chercher un morceau de gâteau à la carotte.

« Alors, que pensez-vous du capitaine Dodge ? me demanda-t-elle lorsque j'eus mangé la moitié du gâteau et que je fus selon toute vraisemblance trop shootée au sucre pour remarquer le léger soupçon de nostalgie qui teintait maintenant sa voix.

Je haussai les épaules. « En tant que flic ou quoi ?

– Ou quoi, répondit-elle en souriant.

– Si je le trouvais tout nu dans mon lit, je ne le jetterais pas dehors à coups de pied.

– C'est arrivé ?

– Notre relation n'est pas exactement de cette nature. » Cependant l'image de Bobby, nu, mettait plus de temps que je ne l'aurais pensé à s'effacer de mon esprit. « En revanche, lui et D.D…

– Ça n'arrivera pas, dit tout de suite Catherine. Du sexe, peut-être, mais une liaison ? Elle est beaucoup trop ambitieuse pour lui. Je doute qu'elle se contente de moins qu'un procureur féru de politique, ou peut-être un patron de la Crime. Et *là*, ce serait intéressant.

– Vous ne vous appréciez pas beaucoup, toutes les deux. »

À son tour de hausser les épaules. « Je fais cet effet-là aux femmes. Peut-être parce que je couche avec leurs maris. Mais bon, s'ils ne couchaient pas avec moi, ils se feraient leurs secrétaires, alors, tant qu'à être plaquée, autant être plaquée pour une femme dans mon genre plutôt que pour une blonde décolorée et chaussée n'importe comment.

– Je n'avais jamais vu les choses sous cet angle.

– Peu le font. » Catherine reposa son thé. Elle dessina un motif au hasard sur la table avec son ongle verni de rouge. Lorsqu'elle reprit la parole, ce fut à voix basse, avec encore cette pointe de vulnérabilité.

« À une époque, dit-elle doucement, j'ai proposé à Bobby de venir en Arizona avec moi. Je lui ai tout offert, mon corps, ma maison, une vie de luxe et d'oisiveté. Il m'a repoussée. Vous le saviez ?

– C'était avant ou après qu'il avait descendu votre mari ? » demandai-je.

Elle sourit, sembla amusée que je sois au courant de ce petit détail. « Après. Vous avez été briefée par D.D., hein ? Elle est obsédée par l'idée que j'ai piégé Bobby pour qu'il tue mon mari. Je crois qu'elle lit trop de romans policiers. Vous avez déjà entendu parler du rasoir d'Occam : l'explication la plus simple est toujours la meilleure ? »

Je fis non de la tête.

« Eh bien, pour dire les choses simplement, Jimmy me flanquait des raclées, Bobby a pris la bonne décision ce soir-là et maintenant je vis heureuse pour toujours, comme vous pouvez le constater. »

Sa voix tremblait légèrement sur le dernier mot. Elle sembla s'en apercevoir, prit sa tasse et but une autre gorgée. Je gardai le silence un moment, me contentant d'observer en face de moi cette femme qui se présentait comme une publicité ambulante pour le sexe, mais dont j'étais maintenant quasi sûre qu'elle n'avait rien ressenti en près de vingt-sept ans.

Était-ce le sort auquel j'avais échappé de peu quand mon père avait décidé de fuir ? Et dans ce cas, pourquoi n'en étais-je pas plus soulagée ? Parce que j'étais surtout triste. D'une tristesse profonde et douloureuse. Le monde était cruel. Des adultes s'attaquaient à des petits enfants. Les gens trahissaient ceux qu'ils aimaient. Ce qui était fait ne pouvait plus jamais être défait. C'était comme ça.

Comme si elle lisait dans mes pensées, Catherine

releva la tête. Elle me regarda dans les yeux : « Qu'est-ce que vous faites là, Annabelle ?

– Je ne sais pas.

– Richard n'est pas votre voyeur. Quand vous aviez sept ans, il avait déjà été condamné à la prison à vie. D'ailleurs, les fantasmes de Richard supposaient intimidation et domination physique. Il n'était pas assez subtil pour traquer sa victime.

– Vous n'aviez que douze ans. Ce n'était pas de votre faute. »

Étrangement, elle me sourit. « Vous croyez que je ne le sais pas ?

– Et vous en avez réchappé. »

Elle éclata alors de rire, un grand rire de gorge qui attira le regard de plusieurs autres clients. « Vous croyez que j'en ai réchappé ? Oh, Annabelle, vous êtes vraiment un *trésor*. Voyons, si vous avez vous-même été une cible à sept ans, il doit vous en rester quelque chose.

– Il se trouve que je suis championne de kick-boxing, m'entendis-je répondre avec raideur. Mon père prenait ma sécurité très au sérieux ; il m'a appris l'autodéfense, des rudiments de criminologie, quand m'enfuir, quand résister et comment faire la différence. J'ai grandi sous plus d'une douzaine de pseudonymes, dans une douzaine de villes différentes. Croyez-moi, je sais qu'on ne plaisante pas avec ça.

– C'est votre père qui vous a appris tout ça ? s'étonna-t-elle.

– Oui.

– Le professeur du MIT ?

– Celui-là même.

– Et comment en savait-il autant sur la criminologie ou l'autodéfense ?

– Nécessité est mère d'invention, répondis-je avec un haussement d'épaules. C'est bien ce qu'on dit ? »

Catherine me regarda avec perplexité. « Attendez un peu, dit-elle quand elle sentit que j'étais à nouveau en train de me crisper. Je ne cherche pas à me moquer de vous. Je veux comprendre. Quand tout cela est arrivé, votre père…

– A embarqué ma famille. On a fait nos valises en plein après-midi, chargé la voiture et disparu.

– Non !

– Si.

– Avec de faux noms et tout ?

– Absolument. C'est le seul moyen d'être en sécurité. Ce qui me rappelle que vous êtes censée m'appeler Tanya. »

Elle balaya mon pseudonyme d'un revers de la main, manifestement indifférente. « Et votre père a retrouvé un poste à l'université de Floride ?

– Impossible. Pas sans CV, et c'est rarement fourni avec les faux papiers. Il a fait taxi.

– *Vraiment ?* Et votre mère ?

– Quand on est mère au foyer, on le reste, j'imagine.

– Mais elle n'a pas protesté ? Elle n'a pas essayé de l'empêcher ? Vos deux parents ont fait cela pour vous ? »

Je ne comprenais plus très bien maintenant. « Oui, bien sûr. Qu'y avait-il d'autre à faire ? »

Catherine s'adossa à sa chaise. Elle prit son thé. Sa main s'était mise à trembler et un peu de liquide se répandit. Elle reposa la tasse en porcelaine.

« Mes parents ne parlaient jamais de ce qui était arrivé, dit-elle tout à coup. Un jour, j'avais disparu. Un autre, j'étais rentrée à la maison. Nous ne parlions jamais de l'entre-deux. C'était comme si ces vingt-huit jours n'avaient été qu'une petite anomalie dans le continuum de l'espace-temps et qu'il valait mieux les oublier. Nous sommes restés dans la même maison. Je suis retournée à la même école. Et mes parents ont repris leur vie exactement comme avant.

» Je ne leur ai jamais pardonné ça. Je ne leur ai jamais pardonné d'avoir pu continuer à vivre, à agir, à respirer, quand tout en moi me faisait si mal que j'avais envie de démolir la maison pierre après pierre. J'avais envie de m'arracher les yeux. Tellement envie de hurler que je n'arrivais pas à émettre le moindre son.

» Je détestais cette maison, Annabelle. Je détestais mes parents qui ne m'avaient pas sauvée. Je détestais le quartier où je vivais. Et je détestais tous les petits enfants de mon école qui étaient rentrés chez eux sans problème le 22 octobre sans essayer d'aider un inconnu à retrouver un chien perdu.

» Et ils chuchotaient, vous voyez. Ils se racontaient des histoires sur moi dans la cour de récréation, échangeaient des clins d'œil et des coups de coude dans les vestiaires. Et je ne disais jamais rien parce que tout ce qu'ils chuchotaient était vrai. Devenir une victime est un voyage sans retour, Annabelle. C'est ce que vous êtes à présent, et personne ne vous laissera jamais revenir en arrière.

– Ce n'est pas vrai, protestai-je. Regardez-vous : vous n'êtes ni faible ni sans défense. Quand Umbrio est sorti de prison, vous ne vous êtes pas roulée en boule.

Vous l'avez descendu, bon sang, et il fallait du cran. Vous avez relevé le défi. Vous avez gagné, Catherine.

» Ce n'est pas comme moi. Rien que de l'entraînement et jamais d'épreuve. J'ai passé toute ma vie à fuir et je ne sais même pas de qui je suis censée avoir peur. "Ne jamais faire confiance à personne", c'était la devise de mon père. "Ce n'est pas parce qu'on est parano qu'on n'a pas d'ennemis." Je ne sais pas. Peut-être qu'il n'avait pas tout à fait tort. Apparemment, c'est toujours le charmant petit mari qui assassine sauvagement son épouse, le chef scout bien poli qui est secrètement tueur en série, le collègue tranquille qui fait un jour un carton avec une kalachnikov. Merde, je me méfie même du facteur.

– Oh, moi aussi, renchérit immédiatement Catherine, et des employés des services publics, des ouvriers de maintenance et des représentants des services clients. La somme d'informations à laquelle ces gens-là ont accès est proprement effroyable.

– Exactement !

– J'ai créé une société-écran, dit-elle comme si c'était tout naturel. J'ai tout mis au nom de la société et, abracadabra, j'ai cessé d'exister sur le papier. C'est la seule façon d'être en sécurité. Je peux demander à Carson de regarder ça pour vous.

– Merci, mais je ne possède pas exactement ce genre d'actifs…

– Absurde, c'est une question de sécurité, pas d'argent. Faites-moi confiance sur ce coup-là. Je vais demander à Carson de s'occuper de vous. Il faut penser à l'avenir, Annabelle. Le vrai secret de la sécurité, c'est de toujours garder un coup d'avance. »

J'acquiesçai, mais ses mots me désarmèrent instantanément. Un coup d'avance ? Sur quoi ? Qu'est-ce que l'avenir réservait réellement à quelqu'un comme moi ? J'avais appris pendant vingt-cinq ans à faire tenir toute ma vie dans quelques valises. À mentir. À me méfier. À ne m'engager avec personne. Même à Boston, je ne connaissais que vaguement mes collègues du Starbucks et j'étais à peine plus qu'une domestique aux yeux de la plupart de mes clientes aisées. J'allais à la messe, mais je m'asseyais toujours au fond. Je n'avais pas envie qu'on me pose trop de questions ; je ne voulais pas mentir à un homme de Dieu.

Et mon entreprise, que se passerait-il si elle prenait vraiment son essor, si j'essayais d'embaucher des employés ? Ma fausse pièce d'identité tiendrait-elle la route sous le regard scrutateur des chambres de commerce, des services d'aiguillage ? Je me disais en permanence que j'étais optimiste. Que je contrôlais la situation, que j'avais un rêve. Je ne serais pas la marionnette de mon père ! Mais la vérité, c'était que, semaine après semaine, je suivais le même petit train-train clandestin. Mon entreprise ne se développait pas. Je ne me faisais pas d'amis, je n'avais pas de petit copain sérieux.

Jamais je ne tomberais amoureuse. Jamais je n'aurais de famille. Vingt-cinq ans après avoir commencé à fuir, mes parents étaient morts, j'étais seule au monde et encore terrifiée.

Je compris alors Catherine Gagnon. Elle avait raison : elle n'était jamais sortie de cette fosse souterraine. Tout comme je n'avais jamais cessé de vivre comme une cible.

« Il faut que je passe aux toilettes, marmonnai-je. Je vous en prie, je n'en ai que pour une minute. »

Elle haussa les épaules. « Je vais me repoudrer le nez. »

Elle me suivit dans les toilettes pour dames et s'installa devant un miroir doré. J'entrai dans une des cabines et appuyai mon front contre la porte métallique froide en cherchant à retrouver mon calme, à rassembler mes idées.

Qu'avait toujours dit mon père ? Que j'étais forte, rapide et que j'avais un instinct de battante.

Qu'en savait-il ? Malgré toutes ses combines, il n'avait pas su éviter un taxi fou.

Je serrai les paupières, pensai plutôt à ma mère. À la façon dont elle m'avait caressé les cheveux. À l'expression de son visage cet après-midi d'automne à Arlington, quand elle m'avait dit qu'elle m'aimait, qu'elle m'aimerait toujours.

De ma poche, je sortis la photo que Mme Petracelli m'avait donnée. Prise pendant un barbecue dans le jardin des Petracelli. J'étais assise à la table de pique-nique à côté de Dori. Nous adressions un grand sourire à l'appareil photo, chacune une glace à l'eau à la main. Ma mère se tenait sur le côté, levant un margarita vers l'appareil tout en nous souriant avec indulgence. Mon père, à l'arrière-plan, s'occupait du gril. Lui aussi avait remarqué l'appareil photo, peut-être entendu Mme Petracelli dire « Cheese », et il s'était retourné avec un grand sourire radieux.

L'odeur des hamburgers sur le gril, de l'herbe fraîchement coupée, des épis de maïs en train de rôtir. Le bruit de l'arrosage des voisins et des autres petits enfants qui jouaient dans le jardin d'à côté.

Je sentis la nostalgie me prendre à la gorge, les larmes me brûler les yeux. Et je compris pourquoi je n'étais jamais allée de l'avant : parce que j'avais surtout envie de revenir en arrière. Aux derniers jours de l'été. À ces ultimes semaines où le monde semblait encore un endroit sûr.

Je m'essuyai les yeux. Tirai la chasse d'eau. Me ressaisis. Qu'y avait-il d'autre à faire ?

Je m'avançai vers le lavabo et posai soigneusement la photo sur le côté pour qu'elle ne soit pas mouillée pendant que je me lavais les mains. Catherine s'approcha, regarda mon reflet dans le miroir. Elle avait retouché son rouge à lèvres, brossé ses longs cheveux noirs.

Côte à côte, on aurait vraiment dit des sœurs. Sauf qu'elle était la version glamour, destinée à vivre parmi les stars, tandis que moi, j'allais de toute évidence devenir la mémère à chats qui vivait seule en bas de la rue.

Elle baissa les yeux, aperçut la photo. « C'est votre famille ? »

J'acquiesçai et la sentis, plus que je ne la vis, se raidir.

« Vous aviez dit que votre père était mathématicien, dit-elle sèchement.

– C'est vrai.

– Ne mentez pas, Annabelle. Je l'ai rencontré. Deux fois, en fait. Franchement, vous auriez pu me dire qu'il travaillait pour le FBI. »

21

Nous avons violé le couvre-feu. Catherine ne m'a ramenée qu'à minuit vingt-trois à l'hôtel où Bobby et D.D. avaient pris des chambres. Je sortis en titubant de la limousine, fis au revoir à ma toute nouvelle meilleure amie et m'avançai résolument vers le hall. Je me doutais que Bobby ou D.D. serait en train de monter la garde. C'était Bobby.

Il jeta un coup d'œil à mon allure échevelée et proféra une évidence : « Vous être ivre.

– C'était juste un verre de champagne, protestai-je. On a porté un toast.

– À quoi ?

– Oh, vous auriez dû être là. » Nous avions porté un toast aux mensonges et aux hommes qui les disent et cela n'avait pas nécessité un verre de champagne, mais trois. J'étais complètement pétée, le genre je-vais-me-réveiller-avec-mal-aux-cheveux. Catherine s'était juste alanguie suffisamment pour sourire jusqu'aux oreilles en me montrant des photos de son fils. Elle avait un fils magnifique. Je voulais avoir un fils un jour. Et une fille, une précieuse petite fille que je protégerais très, très bien.

Et j'avais envie de sexe. Apparemment, le champagne me faisait l'effet d'un aphrodisiaque.

« Vous aimez les barbecues ? » demandai-je à Bobby avant de m'entendre fredonner : *« If you like piña colada, or getting caught in the rain… »*

Bobby ouvrit de grands yeux. « On n'aurait jamais dû vous laisser seule avec elle ! »

J'exécutai une petite danse dans le hall. Pas facile de coordonner mes pieds avec mon cerveau. Mais je trouvais que je ne m'en sortais pas trop mal. Sur le ring, j'avais toujours été admirée pour mon jeu de jambes. Peut-être que j'allais me mettre à la danse de salon. C'était la dernière mode. Peut-être que ça me ferait du bien. Une activité gracieuse, fluide, sensuelle. Plutôt que de traîner dans des gymnases où des hommes en sueur se démolissent à coups de poing, vous voyez.

Ouais, dès le lendemain matin, j'allais tourner une nouvelle page. J'allais reprendre mon nom. Annabelle Granger serrerait la main au premier venu. Allez donc, je balancerais mon numéro de Sécu sur Internet, et toutes mes coordonnées bancaires en prime. Qu'est-ce que je risquais, au pire ?

Bobby avait de belles épaules. Pas trop gonflées ; je n'ai jamais aimé ça chez un homme. Les épaules de Bobby étaient compactes, bien dessinées. Il portait un polo ample et c'était drôle de voir les ondulations de ses pectoraux sous le tissu en coton. J'aimais sa façon de bouger, tendu, souple. Comme une panthère.

« Vous, dit-il, vous avez besoin d'eau et d'aspirine.

– Vous allez vous occuper de moi, capitaine ? » Je m'approchai à petits pas. Il recula de même.

« Ah, Seigneur », marmonna-t-il.

Je levai un sourire vers lui. « Il y a une piscine dans l'hôtel ? On pourrait aller prendre un bain de minuit ! »

Je crus l'entendre littéralement s'étrangler.

« J'appelle D.D., dit-il en filant droit vers le téléphone de la réception.

– Oh, ne me gâchez pas mon plaisir maintenant, suppliai-je. D'ailleurs, vous allez être content de connaître ma nouvelle. »

Cela l'arrêta net. « Quelle nouvelle ?

– Des secrets, murmurai-je. Des secrets de famille bien noirs et bien cachés. »

Mais je n'eus pas l'occasion de les dire. Juste à ce moment-là, tous ces milliers de minuscules petites bulles de champagne me montèrent finalement au cerveau et je perdis connaissance.

D.D. n'avait pas le sens de l'humour. Je m'en doutais déjà avant, mais là, j'en étais sûre. Bobby porta/traîna ma triste carcasse jusqu'à la chambre de D.D. Pas de mise au lit romantique pour la précieuse petite Annabelle. Il me largua sur le canapé de D.D., qui m'arrosa avec un verre d'eau glacée.

Je me redressai d'un seul coup, crachotant tout ce que je savais, puis me précipitai aux toilettes pour vomir.

Lorsque je ressortis, d'un pas encore mal assuré, D.D. m'accueillit avec une poignée d'aspirine et une cannette de V8 épicé.

« Ne le vomissez pas, m'avertit-elle. Ça sort du minibar et ça coûte une fortune à l'administration. »

Le V8 cher n'était pas meilleur que le V8 normal. Je m'efforçai de ne pas être malade.

« Asseyez-vous. Parlez. » D.D. semblait encore furieuse.

Je réalisai à ce moment-là qu'elle était encore tout habillée, alors qu'on allait sur une heure du matin. Son ordinateur portable était allumé sur le bureau et son mobile clignotait frénétiquement pour lui signaler qu'elle avait de nouveaux messages.

Apparemment, mademoiselle D.D. ne faisait pas ses nuits ces derniers temps et ça la transformait en garce mal lunée.

J'essayai la position assise. La nausée empira. Je décidai de marcher.

Plus tard, en y repensant, je regretterais fortement d'avoir bu ce champagne. Pas parce qu'il m'avait rendue malade, mais parce qu'il m'avait fait baisser ma garde. Il m'avait délié la langue, alors qu'une Annabelle sobre se serait davantage méfiée.

« Mon père était agent secret du FBI », lâchai-je.

D.D. tiqua, plissa les yeux, tiqua encore. « Qu'est-ce que c'est que cette histoire ?

– Mon père. Il faisait partie du FBI. Catherine le connaissait. Hé, arrêtez de faire ça !

– Arrêter de faire quoi ? demanda Bobby.

– D'échanger des regards. C'est très agaçant. Pas du tout aussi rigolo que vous semblez le penser tous les deux. »

Ce qui me valut deux mimiques étonnées.

« Catherine a rencontré votre père ? demanda Bobby avec scepticisme.

– Il est allé dans sa chambre d'hôpital pendant sa convalescence après son sauvetage. » J'avais la poitrine gonflée d'orgueil. Ou de gaz. « Il est allé la voir deux fois !

– Votre père a questionné Catherine ?

– Oui. Je vous l'ai dit, il était agent du FBI. Et c'est ce que font les agents du FBI : ils interrogent les victimes. »

D.D. soupira, se frotta le front, soupira à nouveau. « Je vais faire du café, dit-elle soudain. Annabelle, il y a du boulot pour vous dessoûler.

– Je ne mens pas ! Demandez à Catherine ! Elle vous le dira. Il est venu deux fois dans sa chambre.

– À l'hôpital », dit Bobby.

Je hochai la tête, mais ce mouvement inconsidéré faillit me faire vomir à nouveau. « Il a dit qu'il était agent spécial du FBI et il lui a posé toutes sortes de questions sur son agression. »

Au milieu de la pièce, D.D. se figea, s'en aperçut, se remit en marche. « Toutes sortes de questions ? demanda-t-elle. Quel genre de questions ?

– Oh, vous savez, des questions d'agent du FBI. Qui l'avait enlevée, à quoi il ressemblait, quel genre de voiture il conduisait. Où le crim' l'avait emmenée.

– Le crim' ?

– Oui, oui, le crim'. Et puis toutes les questions que vous avez posées. Où, quel genre d'objets, combien de temps elle avait passé dans la fosse. Qu'avait dit Umbrio, y avait-il d'autres victimes, comment était-elle sortie, etc. »

Le café était en train de passer, le riche parfum de caféine envahissait la pièce.

« Il est allé voir Catherine deux fois ? demanda Bobby.

– C'est ce qu'elle a dit.

– Il lui a montré une pièce d'identité ?

– Je ne sais pas.

– Est-ce qu'il y avait quelqu'un d'autre avec lui ? Un autre membre de la police ? Un coéquipier ?

– Elle n'a mentionné personne d'autre, dis-je en posant une main sur le bras musclé de Bobby. Mais je crois que les coéquipiers ne sont qu'un mythe créé par la télé, lui expliquai-je avec bienveillance. Le vrai FBI ne fait pas ce genre de choses.

– En revanche, il a des agents secrets, railla-t-il.

– Mais oui.

– Qui vivent toujours chez eux avec leur famille ? »

À l'autre bout de la pièce, D.D. lui faisait frénétiquement signe de se taire. Cela, plus que tout le reste, me mit la puce à l'oreille. D'un seul coup, j'entendis le ridicule de mes affirmations. D'un seul coup, la véritable conclusion à tirer de ce qu'avait dit Catherine m'apparut et je sentis mon estomac se soulever, le sol se dérober sous mes pieds. Sauf que je ne pouvais plus vomir. Je ne pouvais pas m'évanouir. J'avais déjà joué mes meilleures cartes dans la catégorie « déni sous emprise de l'alcool ». Je n'avais plus de tour de passe-passe dans mon sac.

« Ils ont bien des agents secrets, non ? m'entendis-je demander. Enfin, ils pourraient… »

Ma main était encore sur le bras de Bobby. Il la prit et me raccompagna jusqu'au canapé. Je m'y laissai tomber lourdement. Ne bougeai plus.

Il s'assit en face de moi, au bord du lit. D.D. m'apporta une tasse de café.

« Votre père vous a-t-il jamais dit qu'il était agent du FBI ? » demanda doucement Bobby.

J'aspirai du café noir brûlant, secouai la tête.

« L'avez-vous jamais entendu dire à quelqu'un d'autre qu'il était agent du FBI ? »

Nouvelle dénégation, nouvelle gorgée amère.

« Il va de soi que nous allons appeler leur bureau à Boston pour demander, dit Bobby avec gentillesse.

– Mais...

– C'est le FBI, Annabelle, pas la CIA. Et puis aucun agent du FBI qui se respecte n'appellerait les secours pour quelque chose d'aussi bête qu'un voyeur. Primo, il s'en occuperait lui-même. Deuzio, s'il sentait qu'il y a vraiment danger pour lui ou pour sa famille, il appellerait ses copains pour se couvrir. Votre père a été interrogé trois fois par la police locale et jamais il n'a dit être agent du FBI. C'était un élément du puzzle trop important pour qu'il le passe sous silence. Ça... ça n'a pas de sens.

– Mais pourquoi aurait-il dit à Catherine qu'il était du FBI ? » Je m'interrompis. Compris enfin l'explication logique qu'ils avaient vue d'emblée : parce que mon père voulait des informations sur l'enlèvement de Catherine. Des informations personnelles, de première main, et que c'était suffisamment important à ses yeux pour se faire passer pour un agent fédéral, non pas une, mais deux fois.

En novembre 1980, mon père était déjà obsédé par les agressions sur des jeunes filles. Sauf que, en théorie du moins, personne n'avait encore commencé à m'épier.

Du café déborda de ma tasse, me brûla la main. Je saisis cette excuse pour battre une nouvelle fois en retraite dans la salle de bains, où je fis couler de l'eau froide en regardant mon reflet dans le miroir. J'avais un teint de cendre. De la sueur perlait sur mon front.

J'avais encore envie de vomir. Je n'aurais pas cette veine.

Je me passai de l'eau froide sur le visage. Encore et encore.

Lorsque je retournai dans la chambre, je redonnai à mon visage une apparence présentable dont aucun de nous n'était dupe.

« Je vais aller dans ma chambre maintenant, dis-je simplement.

– Je vous raccompagne, dit Bobby.

– J'aimerais être seule. »

Bobby et D.D. échangèrent un regard gêné. Pensaient-ils que j'allais prendre la tangente ? Et alors je compris : évidemment qu'ils le pensaient. C'était mon « mode opératoire », non ? La madone des identités multiples, la fille de l'air.

Sauf que, sincèrement, ça n'avait jamais été moi. C'était mon père.

Le mensonge comme seconde nature.

À chaque fois qu'on déménageait, on commettait tellement d'erreurs, ma mère et moi. On se trompait de noms, de ville, on oubliait des détails essentiels. Mais mon père, jamais. Il était toujours lisse, plein d'aisance et de maîtrise. Pourquoi ne m'étais-je jamais demandé comment il avait appris à mentir aussi bien ?

Comment il avait appris à vivre en cavale ? Comment il avait appris à s'adapter et à se réinventer aussi facilement ?

Mon père m'avait toujours conseillé de ne faire confiance à personne. Peut-être que ça valait aussi pour lui.

Bobby et D.D. n'avaient toujours pas dit un mot. Je ne pouvais plus attendre. Je tournai les talons et me dirigeai vers la porte.

Ils ne m'arrêtèrent pas, même quand la porte se referma derrière moi et me laissa seule dans le couloir.

L'espace d'un instant, j'y songeai.

Enfuis-toi. Ça n'a rien de si compliqué. Mets simplement un pied devant l'autre et *pars*.

Mais je ne m'enfuis pas. Je marchai. Lentement, très prudemment, pas à pas, jusqu'à la chambre qu'on m'avait donnée.

Je m'y allongeai tout habillée sur le médiocre lit d'hôtel. Je fixai le plafond blanc. Et comptai les heures jusqu'à l'aube en m'accrochant à l'ampoule qui contenait les cendres de mes parents et en priant désespérément pour avoir la force d'affronter les jours à venir.

22

Le réveil de Bobby se déclencha à cinq heures. Trouvant la chose désagréable, il appuya sur le bouton d'arrêt momentané. Cela lui donna deux minutes supplémentaires, puis ce fut son téléphone qui sonna. D.D., évidemment.

« Est-ce que ça t'arrive de dormir ? demanda-t-il.

– Tu te prends pour ma mère, connard ?

– Là, tu vois, c'est pour ça que tu as besoin de te reposer.

– Bobby, il nous reste trois heures avant de partir pour l'aéroport. Ramène ton cul. »

Présentée comme ça, la perspective ne le motivait pas tellement. Moyennant quoi, il se doucha, se rasa, prépara son sac et se servit une tasse de café noir fumant. Le temps de rejoindre la chambre de D.D., elle paraissait à deux doigts de l'explosion.

Il crut qu'elle allait se lancer dans une nouvelle diatribe. Mais au dernier moment, elle sembla se rendre compte de son erreur et lui tint la porte ouverte.

On aurait dit que sa chambre d'hôtel avait été dévastée par un ouragan. Papiers épars, café renversé, restes de nourriture sur un plateau de service d'étage. Quelles qu'aient été ses activités depuis la dernière fois que Bobby l'avait vue, elles ne lui avaient laissé aucun repos.

« J'ai déjà parlé au gérant de l'hôtel, lança-t-elle sans préambule. Il a promis de nous prévenir immédiatement si Annabelle essaie de rendre sa chambre. »

Bobby la regarda. « Parce que si Annabelle décide de mettre les bouts, elle aura naturellement le bon goût de commencer par rendre sa chambre en bonne et due forme.

– Oh, mon Dieu…

– D.D., assieds-toi. Souffle un coup. Seigneur, encore un peu et tu vas danser la conga avec les Looney Tunes. » Il secoua la tête, exaspéré. Elle lui jeta un regard noir.

Elle portait les mêmes vêtements que la veille, mais tout chiffonnés et sentant la sueur d'une journée. Son teint était cireux ; ses cheveux blonds, frisottés ; ses yeux bleus, injectés de sang.

« D.D., essaya-t-il encore, tu ne peux pas continuer comme ça. Au premier regard, le commissaire divisionnaire reprendra les commandes et t'enverra voir ailleurs. Il ne suffit pas de gérer l'épuisement des troupes. Il faut aussi gérer le tien.

– Ne le prends pas sur ce ton-là avec moi…

– Regarde-toi dans le miroir, D.D.

– Tu ne vas pas me faire la leçon sous prétexte que je fais mon boulot…

– Regarde-toi dans le miroir, D.D.

– Tu apprendras que je fais partie de ces gens qui n'ont pas besoin de beaucoup de sommeil. »

Il la prit par les épaules et la fit pivoter avec autorité vers le miroir accroché au mur.

« Putain de merde ! s'exclama-t-elle.

– Je ne te le fais pas dire. »

Elle tâta sa tignasse enchevêtrée. « C'est l'humidité.

– On est en Arizona.

– Un nouveau soin capillaire ?

– D.D., tu as besoin de dormir. Sans parler de prendre une douche et deux semaines de vacances à Tahiti. Mais dans l'immédiat, essaie un bain. »

Elle plissa le nez. Finit par soupirer, se voûta.

« Il y a tellement de pièces dans ce puzzle, dit-elle d'une voix lasse. Et aucune ne colle avec les autres.

– Je sais.

– Christopher Eola, Richard Umbrio, le père d'Annabelle. La tête me tourne. »

Bobby prit la chaise du bureau, s'assit, noua ses mains derrière sa tête. « Bon, alors, discutons-en. Novembre 1980…

– Umbrio enlève une jeune fille et la planque dans une cavité souterraine qu'il a comme par hasard découverte dans les bois. » D.D. se laissa tomber au bord du lit, se pencha en avant et planta ses coudes sur ses genoux.

« Nous pensons que c'est son premier méfait, accompli tout seul, posa Bobby.

– Conformément à son profil de solitaire doté d'une sociabilité anormalement basse.

– Sa victime est prise au hasard, au gré des circonstances.

– Parce qu'elle a les goûts vestimentaires attendus, corrigea D.D.

– Mais aussi parce qu'elle est seule et qu'elle mord à l'hameçon. L'élément à retenir, c'est l'absence de préméditation. Ce qui fait déjà une différence essentielle entre Umbrio et l'inconnu qui pourchassait Annabelle Granger.

– Catherine soutient mordicus qu'Umbrio préférait s'y prendre à mains nues, continua D.D. d'une voix hésitante. Je n'en suis pas sûre, mais il m'a semblé que les victimes avaient quelque chose autour du cou, à l'intérieur des sacs plastique. Une sorte de lien.

– Il les avait attachées de manière particulièrement fantaisiste, reconnut Bobby.

– Donc encore une différence.

– On suppose.

– Umbrio n'a kidnappé qu'une seule victime.

– L'inconnu de l'hôpital psychiatrique en a enlevé six. Mais peut-être une à la fois, donc toujours pas de certitudes de ce côté-là.

– Ouais. » D.D. acquiesçait lentement. Elle semblait remise de sa crise, elle y voyait plus clair. « Et puis, bien sûr, nous avons ce joli scoop au sujet du père d'Annabelle.

– Oh ouais. Il y a ça.

– Le père d'Annabelle nous ramène à notre première théorie : quelqu'un, inspiré par le crime d'Umbrio, avait eu l'idée de le reproduire à l'hôpital psychiatrique de Boston. On supposait que cet "émule" aurait essayé d'entrer en contact avec Umbrio en prison, peut-être en personne ou bien par courrier. Mais se faire passer pour un agent du FBI et cuisiner Catherine à l'hôpital, ça fait aussi bien l'affaire.

– Oui, ça marche, convint Bobby d'un air sombre.

– Que donnent les recherches sur Russell Granger ? »

Bobby fit la grimace. « Toujours pas trouvé de permis de conduire ni de numéro de Sécu. J'ai essayé plusieurs bases de données, plusieurs orthographes. J'ai essayé Leslie Ann Granger, la mère d'Annabelle. Zéro, nada, que dalle.

– Autrement dit, Russell Granger est un pseudo.

– Tu en sais autant que moi. J'ai réussi à joindre une directrice du personnel au MIT juste avant qu'on quitte Boston. D'après elle, il n'y a aucune trace d'un Russell Granger dans les fichiers des RH. Elle essaie de retrouver l'ancien directeur du département de mathématiques dans les années quatre-vingt pour vérifier. Avec un peu de chance, je pourrai lui parler à la minute où on rentrera.

– Et leur vie en cavale ? demanda D.D. À chaque fois que la famille d'Annabelle prenait ses cliques et ses claques, il devait bien y avoir une raison. Tu as retrouvé les villes, interrogé la police locale ? »

Bobby lui lança un regard. « Sûr, patronne, c'est typiquement le genre de coups de fil que je passe quand j'ai du temps libre. Tu sais, entre deux et quatre heures du mat'.

– Hé, si ce boulot devient trop dur pour toi…

– Oh, ta gueule, D.D. »

Elle lui sourit. Rares étaient ceux qui se sentaient en position de lui dire de fermer sa gueule ces temps-ci. Il supposa que cela faisait partie de son charme.

Mais elle reprit son sérieux. « Bobby, c'était quoi déjà, le pseudo du père d'Annabelle à Boston ? »

Il la regarda, déconcerté. « Russell Granger. Je croyais que c'était tout l'objet de cette conversation.

– Pas en 1982, Bobby. Plus tard, quand Annabelle et lui sont revenus à Boston. Elle est devenue Tanya Nelson, donc lui est devenu…

– M. Nelson ? » plaisanta Bobby. Il feuilleta son carnet à spirale. La première fois qu'ils avaient interrogé Annabelle au central de police, elle avait fourni une liste sommaire des villes, des pseudonymes et des dates. Il retrouva la page dans ses notes, la parcourut du regard, recommença deux fois. « Je… je n'ai pas Boston dans ma liste. Annabelle n'a pas parlé de leur retour. »

D.D. s'étonna. « Intéressante omission, tu ne trouves pas ?

– Il y a beaucoup de villes et de pseudos, répliqua-t-il en montrant la page pour qu'elle se rende compte par elle-même. Nous-mêmes venons seulement de nous apercevoir qu'on avait laissé échapper cette information. »

D.D. semblait encore sceptique. « Trouve le pseudo de Boston, monsieur l'enquêteur. Fais des recherches dessus. Peut-être que Russell Granger a réussi à faire profil bas au début des années quatre-vingt, mais que lorsqu'il est revenu pour la deuxième fois dans les parages…

– Ouais, je vois. Un jour, quelqu'un, quelque part, l'a reconnu.

– Exactement. Dernière chose : pas un mot à Annabelle.

– Je n'ai rien dit.

– Je veux la jouer prudent. Si Russell Granger est la clé de tout ça, notre seul lien avec lui est Annabelle. Ce qui signifie qu'on va avoir besoin de sa

coopération si on veut arriver à quoi que ce soit. »
D.D. s'interrompit. « Et il faut qu'on reparle à Catherine.

– Il faut que *je* reparle à Catherine, tu veux dire. Ne
le prends pas mal, mais comme tu l'as fait remarquer,
le temps est compté et il vous faudrait une demi-journée
à toutes les deux rien que pour épuiser votre agressivité. Il nous reste environ deux heures, dit-il en regardant sa montre, ce qui signifie que Catherine est pour
moi et que toi, tu surveilles la petite Annabelle. » Il
regarda la chambre. « Tu pourrais peut-être la mettre
à faire le ménage.

– Très drôle.

– Promets-moi que tu vas prendre une douche.

– Encore plus drôle.

– Mettre des vêtements propres ? »

Il se levait. Elle lui donna une claque sur le bras. Ça
lui fit un mal de chien ; il en conclut qu'elle allait
mieux.

« Rendez-vous à l'aéroport, dit-il par-dessus son
épaule.

– Je meurs d'impatience. »

Il fallut dix minutes à Bobby pour attraper son sac,
quitter sa chambre et héler un taxi. Le soleil se levait
à peine, donnant au ciel une teinte rose peu naturelle,
zébrée de mauve. Il n'allait pas être embêté par la
circulation.

Il doutait que Catherine soit debout à cette heure-là.
Cela pouvait jouer en sa faveur ou le contraire. Il se
demanda si elle faisait toujours des cauchemars. Et si
oui, ses rêves étaient-ils hantés par Richard Umbrio ?
Ou par son défunt mari ?

Il fallut s'y reprendre à deux fois pour qu'une voix réponde à l'interphone à l'extérieur du portail sophistiqué. Le chauffeur de taxi ouvrit de grands yeux en entrant dans la propriété, mais ne dit pas un mot.

« Vous pouvez m'attendre ? » demanda Bobby en lui montrant sa plaque.

Ceci eut plutôt pour effet d'inquiéter davantage l'Hispano-Américain voûté.

« C'est d'accord, vous pouvez laisser tourner le compteur, lui assura Bobby. À la seconde où ce rendez-vous sera terminé, il faudra que je file à l'aéroport. Ce serait bien qu'un taxi soit déjà là à m'attendre. »

Le chauffeur accepta à contrecœur et Bobby, satisfait, hocha la tête. Il voulait que le taxi soit visible depuis la maison – subtil rappel qu'il ne faisait que passer.

La gouvernante ouvrit la porte. Elle ne laissa paraître aucune surprise de le voir et lui dit simplement que la señora le rejoindrait bientôt. Désirait-il boire quelque chose ?

Bobby déclina, puis la suivit dans l'atrium, où elle lui montra une petite table d'extérieur ornée d'un superbe paon en mosaïque et sur laquelle était disposé un service à café en argent.

Il prit un siège, se servit une tasse de café et s'efforça de ne pas regarder sa montre. Il se demanda combien de temps Catherine allait le faire attendre. Pour se faire désirer ou pour le punir ? Avec elle, on ne savait jamais trop.

La réponse fut : un quart d'heure.

Lorsqu'elle fit enfin son apparition, elle portait un peignoir en satin bleu roi, ceinturé à la taille. Le long tissu ondulait au rythme de ses mouvements tandis qu'elle s'approchait de lui, et sa couleur profonde mettait en valeur ses cheveux noirs brillants. Un sourire jouait avec les coins de sa bouche. Il reconnut immédiatement son allure.

La première fois que Bobby avait rencontré Catherine après la fusillade, c'était au musée Isabelle-Stewart-Gardner. Elle se tenait devant un tableau de Whistler, *Lapis Lazuli*, qui représentait une femme nue alanguie sur des flots opulents de tissu oriental bleu. Catherine avait fait une remarque sur les courbes sensuelles du tableau, l'érotisme de la pose.

À l'époque, elle avait choisi ce tableau pour le troubler, tout comme maintenant elle avait choisi ce peignoir.

Et il avait beau savoir à quoi s'en tenir, il sentit son ventre se contracter.

Elle s'approcha de lui, s'arrêta devant la table. Ne s'assit pas.

« Je vous manque, capitaine ?

– On m'a dit que le café était bon. »

Le sourire de Catherine s'épanouit. « Toujours à jouer les inaccessibles.

– Et toujours aussi fine mouche, reconnut-il. Comment va Nathan, ce matin ? »

Une ombre passa dans le regard de Catherine. « La nuit a été difficile. Je crois qu'il n'ira pas à l'école aujourd'hui.

– Des cauchemars ?

– Ça arrive. Il voit un bon psy maintenant. Et puis il a son chien. Qui aurait pensé que le propre chiot de Richard Umbrio pourrait l'aider autant ? Mais ce chien l'apaise, souvent mieux que je ne peux le faire. Je crois qu'il fait des progrès.

– Et toi ? »

Elle lui lança un regard espiègle. « Je suis beaucoup trop vieille pour confier à un parfait étranger comment je me sens réellement. » Elle prit enfin une chaise, s'assit avec grâce. Il lui versa une tasse de café dans une porcelaine fine comme du papier. Elle l'accepta sans un mot.

Pendant quelques instants, l'un et l'autre burent leur café en silence.

« Tu es là à cause d'Annabelle, dit enfin Catherine. Parce que j'ai reconnu son père.

– Ça nous a fait comme un choc, admit-il. Tu peux m'en parler ?

– Qu'y a-t-il à dire ? J'étais à l'hôpital. Il est venu dans ma chambre. Il m'a posé des questions.

– Il t'a donné un nom ?

– Non, il a juste dit qu'il était agent spécial au FBI. »

Bobby eut l'air étonné, mais elle reposa sa tasse de café, on ne peut plus sérieuse à présent.

« Je me souviens de lui uniquement parce qu'il n'arrêtait pas de me contredire. J'étais à l'hôpital, heureuse que tout le monde soit enfin parti au lieu de me poser toutes sortes de questions ridicules. *Comment tu te sens, Catherine ? De quoi as-tu besoin ? Est-ce qu'on peut t'apporter quelque chose ?* Franchement, j'étais affamée, déshydratée et à moitié dingue à force d'avoir été violée. Ce dont j'avais besoin, c'était que tout le monde me foute la paix.

» Et alors cet homme est entré, en costume et cravate sombres. Pas très grand, mais assez séduisant. Il m'a montré sa plaque et s'est présenté : "Agent spécial, FBI." Juste comme ça. Avec autorité. Je me souviens d'avoir été impressionnée. Le ton était ferme, sévère. Comme on s'y attend de la part d'un agent du FBI.

– Qu'est-ce qu'il a fait, Catherine ? »

Elle haussa les épaules. « Il m'a posé des questions. Des questions de policier. De quoi je me souvenais à propos du véhicule – couleur, marque, modèle, immatriculation, intérieur ? Est-ce que je pouvais décrire le conducteur ? Taille, poids, couleur de peau, âge, origine ethnique. Qu'avait-il dit, qu'avait-il fait ? Où m'avait-il emmenée, comment y étions-nous allés, etc. Ensuite il m'a montré un croquis.

– Un croquis ?

– Oui, un dessin au crayon. En noir et blanc. Bien détaillé, comme ce que ferait un dessinateur de la police, j'imaginais. J'avais beaucoup d'espoir parce que personne n'avait encore essayé d'identifier mon agresseur. Mais le croquis ne représentait pas Umbrio. »

Bobby cligna plusieurs fois des yeux. « Le croquis ne représentait *pas* Richard Umbrio ?

– Non, l'homme sur le dessin était plus petit, le bas du visage plus raffiné. Quand j'ai dit ça à M. l'Agent Spécial, il ne l'a pas trop bien pris.

– Comment ça ?

– Eh bien, il a commencé à me contredire. Peut-être que je ne me souvenais pas très bien, il faisait sombre, j'étais sous terre. Franchement, il commençait à m'énerver. Mais à ce moment-là, la porte s'est ouverte, une infirmière est entrée et il est parti.

– M. l'Agent Spécial est parti, juste comme ça ?

– Oui. Il a refermé son calepin et a quitté la scène côté jardin.

– L'infirmière a dit quelque chose ?

– Pas que je me souvienne. »

Bobby fronça les sourcils, essaya d'assembler les pièces du puzzle. « M. l'Agent Spécial a laissé un nom, des coordonnées, une carte de visite ?

– Non.

– Est-ce que tu as parlé de sa visite à quelqu'un ? La police, tes parents ? »

Catherine secoua la tête. « Tout le monde me posait des questions. Un policier de plus ou de moins dans la chambre…

– Mais il est revenu ?

– Le jour de ma sortie. Il y avait une infirmière dans la chambre cette fois, elle prenait ma tension. La porte s'est ouverte, il est apparu. Même allure que la fois d'avant. Costume sombre, chemise blanche, cravate sombre. Peut-être le même costume, maintenant que j'y pense.

» Cette fois-ci, il a montré sa plaque à l'infirmière et expliqué que nous avions besoin de rester seuls une minute. Elle s'est empressée de sortir. Il s'est approché de mon lit, a sorti son calepin. Il a repassé toutes les questions en revue. Il parlait d'une voix plus douce cette fois-ci, mais je l'aimais moins. Tout le monde me demandait tout et ne m'informait de rien. Et puis, évidemment, il a ressorti le croquis.

– Le même ?

– Exactement le même. Sauf que cette fois-ci, il l'a retouché, sous mes yeux. Il a épaissi la chevelure, ajouté des ombres sur les joues. "Et comme ça ?" demandait-il. Je faisais non et il bidouillait un autre élément.

– Attends une minute, l'interrompit Bobby. Tu veux dire que le premier croquis était quelque chose qu'il avait fait lui-même ? Pas un croquis officiel de la police ?

– Au début, j'avais *supposé* que c'était l'œuvre d'un dessinateur de la police, mais vu comment M. l'Agent Spécial s'en donnait à cœur joie, j'imagine que non. Ses retouches s'intégraient parfaitement à la première image. Qui aurait cru que les agents du FBI étaient aussi doués ? dit Catherine en haussant les épaules.

– Donc il a retouché le dessin sous tes yeux.

– Oui, mais ça n'a rien changé. L'homme du dessin n'était pas Umbrio et on pouvait trafiquer les cheveux autant qu'on voulait, ça n'y changerait rien. C'est ce que j'ai dit à M. l'Agent Spécial, qui ne l'a pas trop bien pris. Il soutenait que je me trompais. Peut-être que la personne du dessin avait pris du poids, portait une perruque. »

Catherine releva un coin de sa bouche avec dédain. « Franchement, j'avais douze ans. Qu'est-ce que j'y connaissais aux déguisements ? M. l'Agent Spécial m'avait posé une question, je lui avais donné ma réponse. Dès qu'il a commencé à me contredire, il m'a énervée.

– Alors, qu'est-ce qui s'est passé ? relança Bobby.

– Je lui ai demandé de partir.

– Il l'a fait ? »

Catherine hésita, prit sa tasse de café, la tint devant ses lèvres. « Pendant un moment... pendant un moment, j'ai cru qu'il n'allait pas le faire. Et je me souviens que, rien qu'un instant, j'ai commencé à me sentir mal à l'aise. À ce moment-là, l'aide-soignante est entrée et M. l'Agent Spécial a filé. Au revoir et bon débarras, comme on dit. » Catherine souffla sur la fumée de son café et prit finalement une gorgée.

« Tu l'as revu ?

– Non.

– Tu as parlé de ses visites à quelqu'un ?

– Quelques semaines plus tard, quand la police m'a finalement montré un éventail de photos. J'ai tout de suite reconnu celle de Richard Umbrio, mis le doigt dessus et dit : "Il serait temps que vous m'écoutiez." Les policiers ne semblaient pas comprendre de quoi je parlais. Mais ça ne me surprenait pas. Même une gamine de douze ans peut se rendre compte que les différents services de police ne s'entendent pas franchement bien. »

Bobby répondit à cette remarque par un grognement. « Et quelqu'un d'autre du FBI ? Tu as été interrogée par d'autres agents du FBI ?

– Non.

– Et ça ne t'a pas paru bizarre ? »

Nouveau haussement d'épaules. « Pourquoi ? Je ne manquais pas de policiers qui s'intéressaient à mon affaire. Tous les hommes en uniforme de la terre voulaient entendre jusqu'au moindre détail sordide. Ça vous intéresse, les mecs ? Ça vous excite secrètement ? Vous restez seuls dans votre bureau pour vous branler en relisant les récits de viols ? »

Bobby ne répondit pas. Catherine avait des raisons d'être en colère. Il ne pouvait rien y faire après toutes ces années. Elle n'y pouvait pas grand-chose non plus.

Après un instant, le regard de Catherine s'adoucit. Elle recommença à boire son café.

« C'était un imposteur ? demanda-t-elle tout à coup.

– Le père d'Annabelle ?

– C'est pour ça que tu es là, non ? Parce qu'il mentait ?

– C'est ce que j'aimerais déterminer.

– Il l'a emmenée. Ça doit vouloir dire quelque chose. Quand sa fille a été menacée, il l'a protégée. À mon avis, il était autre chose que mathématicien.

– Possible. »

Elle ne fut pas dupe une seconde. « S'il ne faisait pas vraiment partie du FBI, pourquoi venir dans ma chambre d'hôpital, pourquoi me poser toutes ces questions à la con ? explosa-t-elle. Pourquoi me montrer sans arrêt ce croquis ?

– Je ne sais pas.

– Tu ne sais pas ou tu ne veux pas me dire ? » demanda-t-elle avec amertume. Elle soupira et eut l'air tout simplement déprimée.

« Tu as une maison magnifique, dit-il finalement. L'Arizona semble te réussir.

– Oh, l'argent.

– Je suis content de savoir que ça se passe bien avec Nathan.

– C'est l'amour de ma vie », dit-elle farouchement, et Bobby la crut. Il savait mieux que personne jusqu'où elle avait été prête à aller pour protéger son enfant. C'était pour cela que leur relation resterait toujours strictement professionnelle.

« Merci pour le café, dit-il.

– Tu pars déjà ? » Elle eut un sourire de regret, mais il savait qu'elle n'était pas surprise.

« Le taxi m'attend. »

Il crut qu'elle allait résister un peu, protester au moins. Au lieu de cela, elle quitta la table sans un murmure et le raccompagna à la porte. Il fut tenté de se sentir insulté, mais cela n'aurait été juste ni pour l'un ni pour l'autre.

À la dernière minute, dans le vestibule, alors que s'approchaient les larges portes en noyer, elle lui toucha le bras ; la sensation du bout de ses doigts sur sa peau nue lui fit un choc. « Tu vas l'aider ?

– Annabelle ? demanda-t-il, troublé. C'est mon boulot.

– Elle est jolie », murmura Catherine.

Il ne répondit rien.

« Je le pense, Bobby, elle est vraiment jolie. Quand elle sourit, ses yeux sourient aussi. Quand elle parle de tissus, surtout, elle est comme grisée. Je me demande… »

Catherine s'interrompit. Ils savaient tous les deux ce qu'elle voulait dire. Elle se demandait à quoi sa vie aurait pu ressembler si une Chevrolet bleue n'avait pas tourné dans cette rue, si un jeune homme ne lui avait pas demandé de l'aider à retrouver un chien perdu, si une fillette de douze ans ne s'était pas perdue dans une fosse infiniment sombre.

Bobby lui prit la main, pressa ses doigts entre les siens.

« Tu es jolie à mes yeux », lui dit-il tout bas.

Il l'embrassa une fois, sur la joue. Et s'en alla.

23

Annabelle était à l'aéroport. Assise à quatre fauteuils de D.D., les bras autour de ses genoux repliés, elle observait l'activité sur le tarmac par la baie vitrée. Elle leva les yeux un instant lorsque Bobby arriva, puis reprit son observation consciencieuse de quiconque n'était pas un policier chargé de son affaire. Il reçut le message et ne la dérangea pas.

D.D. l'accueillit d'un salut de la main. Ses boucles blondes étaient humides, ses vêtements propres. Il considéra cela comme un bon signe tandis qu'elle parlait avec animation sur son téléphone portable et lâchait une telle bordée d'injures qu'une mère voyageant avec un jeune enfant se leva pour s'éloigner ostensiblement.

Bobby se dirigea vers le Starbucks. Son estomac se rebellait à l'idée de prendre encore du café. Il acheta trois bouteilles d'eau et des yaourts, puis rentra à la ruche. D.D., toujours pendue au téléphone, plissa le nez en voyant le yaourt (elle espérait probablement un chausson aux amandes), mais lui fit signe de laisser la collation sur son siège. Puis il s'approcha d'Annabelle qui, si c'était possible, se recroquevilla encore davantage sur son siège.

Il lui tendit l'en-cas. Comme elle l'acceptait à contrecœur, il prit le siège à côté d'elle et tira du sac deux cuillères en plastique.

« Comment vous vous sentez ? »

Elle fit la grimace.

« Encore besoin d'aspirine ?

— Besoin d'une nouvelle tête.

— Ouais, je connais.

— Oh, ça va », dit-elle, mais elle se pencha un peu vers lui pour décoller la pellicule en aluminium du yaourt. Le pendentif qu'elle portait en permanence se mit à se balancer. Il regarda l'ampoule jusqu'à ce qu'Annabelle lève finalement les yeux et rougisse en remarquant la direction de son regard. Ses doigts se refermèrent avec gêne sur l'ampoule en verre et la rentrèrent dans sa chemise.

« C'est qui ? demanda-t-il, s'étant finalement avisé que le contenu ressemblait à des cendres.

— Ma mère et mon père », marmonna-t-elle, de toute évidence peu désireuse d'en parler.

Il creusa donc le sujet, évidemment : « Qu'est-ce que vous avez fait du reste de leurs cendres ?

— Je les ai dispersées. Inutile de les enterrer sous de faux noms. Trop irrespectueux pour les autres morts, je trouve.

— Comment s'appelait votre mère quand elle est morte ? »

Elle le regarda, décontenancée. « Pourquoi ?

— Parce que je parie que de tous les noms qu'elle a portés pendant toutes ces années, il y en a deux dont vous vous souvenez : celui d'Arlington et celui du jour où elle est morte. »

Lentement, Annabelle acquiesça. « Ma mère a vécu sous le nom de Leslie Ann Granger, mais elle est morte sous celui de Stella L. Carter. J'ai toujours ces noms en mémoire. Toujours.

– Et votre père ?

– Russell Walt Granger. Michael W. Nelson.

– J'aime bien ce pendentif, dit-il.

– C'est morbide.

– C'est sentimental. »

Elle soupira. « Bon flic aujourd'hui, capitaine ? J'en déduis que D.D. va vraiment me pourrir la vie pendant le vol. »

Il eut un grand sourire. « Vous savez, on forme une équipe, Annabelle. On essaie tous de découvrir la vérité. Je pensais que vous seriez la première à vouloir la connaître.

– Ne me traitez pas comme une enfant, Bobby. Pour vous, il s'agit d'un exercice de logique. Pour moi, il s'agit de ma vie.

– De quoi avez-vous tellement peur, Annabelle ?

– De tout », répondit-elle tout net. Elle prit son yaourt, se détourna et se remit à observer les avions.

« Le dernier pseudo connu du père était Michael W. Nelson », annonça Bobby trois minutes plus tard en retournant auprès de D.D.

D.D. observa derrière lui Annabelle, qui regardait ailleurs, sourde à leur conversation.

« Excellent travail, enquêteur.

– J'ai un don », dit Bobby en feignant de ne pas se sentir comme le dernier des salauds.

Leur avion prit son altitude de croisière. De l'autre côté du couloir, Annabelle inclina son siège, s'endormit. Assise à côté de Bobby, D.D. se tourna vers lui, les yeux brillants.

« On a retrouvé Christopher Eola, dit-elle avec excitation. Ou plutôt, on a confirmé sa disparition. Écoute ça : Bridgewater l'a relâché en 78.

– Hein ?

– Ouais, un petit génie a omis de déposer plainte contre Eola pour avoir mené une mutinerie de patients pendant qu'il était à l'hôpital psychiatrique de Boston. De sorte que, même si son dossier médical contenait des notes sur les supposés "incidents" et même si le commissariat du quartier l'avait considéré comme un "suspect possible" pour le meurtre d'une jeune femme, il n'avait pas à proprement parler de casier judiciaire. Et quand Bridgewater est devenu surpeuplé, devine à qui on a montré la porte ?

– Oh, merde.

– D'après son dossier, c'était un vrai enfant de chœur à Bridgewater et ils n'ont donc jamais pensé à se renseigner auprès de son précédent établissement. Pour tout dire, Bridgewater est assez fier d'Eola. Ils considèrent son cas comme une vraie réussite. »

Bobby éclata de rire, parce que c'était ça ou tuer quelqu'un. Documents mal classés, administrations incompétentes. Les gens tenaient la police pour responsable de l'augmentation de la criminalité. Ils ne se doutaient guère qu'ils auraient dû s'en prendre à tous les gratte-papier de cette terre. « D'accord, se reprit Bobby. Donc, en 78, Eola rejoint le monde des vivants. Et ensuite ?

– Il se volatilise.

– Sérieusement ?

– Il ne s'est jamais présenté au centre de réadaptation, n'a jamais demandé ses allocations, ne s'est jamais rendu à sa visite de suivi. Un jour il existe, le lendemain il a disparu.

– Il s'est défilé ou bien il a été avalé par le trou noir des foyers pour sans-abri ?

– Tu en sais autant que moi. Mon hypothèse, vu son niveau d'intelligence supposé, c'est qu'il s'est intégré à la société sous une fausse identité. Réfléchis à ça : il avait vécu une existence privilégiée. Quel gosse de riche accepterait de zoner dans les rues ? D'ailleurs, même dans le milieu des sans-abri, les gens finissent par être connus. Ils fréquentent les mêmes soupes populaires, dorment dans les mêmes foyers, se tiennent au même coin de rue jour après jour. Tôt ou tard, quelqu'un comme Charlie Marvin, qui travaille à la fois auprès des malades mentaux et des sans-abri, l'aurait forcément reconnu. Plus personne ne disparaît réellement, même dans les quartiers pauvres de Boston.

– Vrai et faux. Aux dernières nouvelles, on comptait officiellement six mille sans-abri à Boston. Étant donné que même un grand foyer comme Pine Street Inn n'en accueille qu'environ sept cents, il y a beaucoup de gens dont on ne voit jamais le visage.

– Ouais, mais là on parle de quelqu'un qui a réussi à passer inaperçu pendant près de trente ans. Ça fait long, pour rester invisible. Ce qui nous amène aussi

à la possibilité qu'Eola soit tout simplement mort. »
D.D. fit la moue, retourna la question dans sa tête.
« Ce serait trop beau. Les vrais tarés ne meurent
jamais. Tu l'as remarqué aussi ou c'est juste moi ?

– J'ai remarqué, dit Bobby. Sinkus a réussi à localiser la famille d'Eola ?

– Il est allé les voir hier après-midi, dans leur résidence de Back Bay, ajouta-t-elle sur un ton entendu.
Ils n'ont même pas voulu le laisser entrer, tellement
ils étaient contents d'avoir enfin des nouvelles du fils
depuis longtemps disparu.

– Tu as remarqué aussi que les familles les plus
riches sont toujours les plus foireuses ou c'est juste
moi ?

– J'ai remarqué. Tu vois, nos salaires de misère
ont un avantage : on ne sera jamais assez riches pour
que nos familles soient aussi foireuses.

– Exactement.

– Et, ô merveille, les Eola ont déjà rameuté leur
avocat. Ils ne répondront à aucune question sur leur
fils sans assignation ou en l'absence de leur avocat.
Sinkus s'occupe des formalités en ce moment même.
Je te parie ce que tu veux qu'il va arriver à faire venir
tout ce beau monde, avocat surpayé compris, dans
nos bureaux cet après-midi. Quelques tasses de café
brûlé et ils devraient commencer à parler, ne serait-
ce que pour préserver leurs papilles gustatives. »

Elle s'interrompit. « Je pense qu'ils ne savent pas
où est Eola. D'après Sinkus, il était évident qu'ils
n'éprouvaient que du dégoût pour leur fils. Mais
j'aimerais en savoir beaucoup plus sur l'épisode qui
l'a conduit à l'hôpital psychiatrique. Ce serait pas mal

de définir un profil un peu plus solide de M. Eola, pour voir si son mode opératoire de jeunesse colle avec d'autres éléments que nous connaissons. »

D.D. hocha la tête pour elle-même, cherchant déjà dans sa pile de dossiers, les joues rouges, bouillonnante d'énergie. Rien de tel que deux suspects plausibles pour l'exciter comme une puce.

« Bon, dit-elle avec entrain. Comment ça s'est passé avec Catherine ? »

Bobby résuma les grandes lignes : « Catherine affirme avoir parlé deux fois avec Russell Granger. Il s'est présenté comme un agent spécial du FBI (sans donner de nom) et ses questions étaient raccord avec ce que les autres policiers lui demandaient. Détail le plus intéressant : il avait apporté un portrait au crayon de son agresseur présumé.

– Vraiment ? dit D.D., éberluée.

– D'après Catherine, le croquis ne correspondait pas à Richard Umbrio. Le dessin de Granger était celui d'un homme beaucoup plus petit. Lorsqu'elle a essayé d'expliquer ça à Granger, il l'a contredite. Peut-être qu'elle n'avait pas assez bien vu son agresseur. Ou peut-être que si l'homme du dessin portait un déguisement ou avait pris du poids, il correspondrait à la description qu'en faisait Catherine. Ce genre de choses.

– Hein ? » D.D. était toujours éberluée.

Bobby soupira, essaya de croiser les bras derrière sa tête, mais se cogna tout de suite le coude dans le renfoncement du hublot. Il se rappela pourquoi il détestait être coincé dans un minuscule siège d'avion, et encore, il n'était pas si grand que ça.

« Catherine a laissé entendre que Granger s'intéressait essentiellement à son agresseur, pensa Bobby à voix haute. Il voulait une description physique, les intonations, tous les signes particuliers. Ensuite il lui a montré le croquis. Mais tout ça était *peut-être* une couverture. Pour endormir sa méfiance en prétendant avoir un suspect, alors qu'en réalité il cherchait à obtenir d'elle tous les petits détails de son enlèvement et des agissements d'Umbrio. Si c'était sa stratégie, ça a marché, parce que Catherine n'y a vu que du feu.

– Il détourne son attention vers un aspect de l'interrogatoire, le croquis, alors qu'en fait quatrevingt-dix pour cent de ses questions portent sur l'agression, résuma D.D. Un interrogatoire façon passe-passe. »

Bobby sourit. « Il faut lui accorder ça : sa stratégie ressemble à nos méthodes.

– Super, tout juste ce qu'il nous fallait : un salopard de psychopathe intelligent. » D.D. se frotta les tempes. Soupira. Se frotta à nouveau les tempes.

« Catherine n'aurait pas inventé tout ça, par hasard ? Parce qu'elle donne beaucoup de détails sur cet agent du FBI croisé deux fois il y a vingt-sept ans.

– Exact, concéda Bobby. Mais je crois que M. l'Agent Spécial lui a fait forte impression. Le fait qu'il ait apporté le portrait d'un suspect et qu'ensuite il ait soutenu catégoriquement que l'homme du dessin était forcément son ravisseur, alors même qu'elle affirmait le contraire. Sa réaction était inattendue, donc mémorable. Et puis pourquoi est-ce qu'elle nous ferait marcher ?

– Ça t'a fait revenir chez elle, non ? Et puis ça fait d'elle une partie prenante de l'enquête en cours. Elle a une raison de t'appeler et une excuse pour me torturer. Ça lui ressemble. »

Bobby haussa les épaules. Tout ça était fort possible, sauf que... « Je crois qu'elle apprécie vraiment Annabelle.

– Oh, je t'en prie ! Catherine n'a pas d'amis. Des amants, peut-être, mais pas d'amis.

– Je suis bien son ami », répliqua-t-il.

L'air sceptique de D.D. l'informa de ce qu'elle en pensait. Le désaccord était ancien et insoluble ; il revint au problème qui les occupait :

« Je crois qu'elle disait la vérité. Apprendre que celui qu'elle croyait être un agent du FBI arrogant était en fait le père d'Annabelle l'a désarçonnée. Hier après-midi, elle était persuadée qu'il n'y avait aucun lien entre son affaire et celle d'Annabelle. Ce matin, en revanche... »

Tous deux se turent, tournant et retournant le problème dans leur tête.

Bobby prit enfin la parole : « Il y a deux hypothèses. Soit Granger faisait marcher Catherine. Il lui a juste tendu un piège pour apprendre des détails sur son enlèvement sans que personne ne se doute de rien. Soit Granger avait vraiment un suspect en tête. Il a montré un portrait de celui dont il avait des raisons de penser qu'il était son violeur. »

D.D. joua le jeu : « Disons qu'il avait un suspect en tête : pourquoi ne pas appeler la police et donner son nom ?

– Aucune idée.

– Et puis, on est en 1980, non ? Deux ans *avant* que la fille des Granger ait officiellement commencé à recevoir des cadeaux. Alors pourquoi Granger était-il tellement obsédé par les agressions ?

– Un citoyen inquiet ?

– Persuadé que le meilleur moyen de servir la justice était de se faire passer pour le FBI ? Je t'en prie. Les honnêtes gens ne se déguisent pas en policiers.

– Les honnêtes gens figurent généralement dans le fichier des permis de conduire et ont un numéro de Sécurité sociale, renchérit Bobby.

– Ce qui veut dire…

– Que Russell Granger n'était pas très honnête.

– Et qu'il a très bien pu faire des recherches sur les agressions afin de s'en inspirer pour ses propres crimes. Sinkus est aux basques d'Eola, conclut D.D. Je veux que tu te charges de Granger. Déniche les voisins, retrouve cet ancien directeur du département de mathématiques au MIT. Voyons quel genre de vie menait le père d'Annabelle à Arlington. Et puis penche-toi sérieusement sur leur vie en cavale. Tu as les villes, tu as les dates. Ce que je veux savoir, c'est si la famille d'Annabelle fuyait à cause de quelque chose que Russell Granger *redoutait* ou à cause de ce qu'il avait *fait*. On se comprend ? »

Bobby acquiesça. « On devrait interroger Walpole, dit-il. Conviction de Catherine mise à part, il faut qu'on vérifie le dossier carcéral d'Umbrio pour voir s'il y a des traces d'une correspondance, le registre des visiteurs, ce genre de choses. Histoire d'être sûrs qu'il est resté le taré asocial qu'elle a si bien connu.

– Entendu.

– Je… euh, je suis pas mal occupé avec le dossier Granger…

– Ouais, ouais, ouais, je vais mettre quelqu'un d'autre sur le coup.

– Daccodac, dit Bobby.

– Daccodac », répondit D.D.

Satisfaite, elle referma ses dossiers, se renfonça douillettement dans son siège.

« Bonne nuit, Bobby », murmura-t-elle. Trente secondes plus tard, elle était K.-O.

Bobby regarda de l'autre côté de l'allée à l'endroit où Annabelle dormait toujours, le siège incliné, le visage dissimulé derrière ses longs cheveux bruns. Puis il regarda à nouveau D.D., dont la tête dodelinait déjà vers son épaule.

Compliquée, cette affaire, songea-t-il, et il essaya de se reposer un peu.

24

Nous avons trouvé le message sur la voiture de D.D. au deuxième étage du parking de l'aéroport Logan, coincé sous l'essuie-glace droit.

Aucun de nous n'avait ouvert la bouche depuis que nous avions quitté l'avion, traversé le terminal, franchi la passerelle à ciel ouvert et parcouru le labyrinthe de passages piétons couverts qui, en période de travaux, dessinaient comme des galeries dans le parking central. Dehors, il faisait froid et pluvieux. Le temps était au diapason de notre humeur. J'étais préoccupée par mon père, des questions sur mon passé et, ah oui, la nécessité de passer prendre Bella chez le véto, ce qui était toujours compliqué en transport en commun. D.D. et Bobby étaient certainement perdus dans des réflexions policières de haut vol – qui avait un jour kidnappé et assassiné six fillettes par exemple, l'individu en était-il alors à son premier crime et, ah oui, comment coller tout le carnage sur le dos de mon défunt père ?

Ensuite nous avons vu le message. Simple papier blanc. Encre noire épaisse. Écriture manuscrite.

D.D. se décala immédiatement pour me boucher la vue. Mais les deux premières lignes étaient déjà inscrites au fer rouge dans mon esprit :

Rendez le médaillon ou
Une autre fille mourra.

Il y avait encore du texte. En plus petites lettres, plein de mots après cette menace liminaire. Mais je ne pus pas les lire. Des précisions, supposai-je. Sur la manière exacte dont la police devait rendre le médaillon. Ou sur la manière exacte dont une autre fille mourrait. Les deux, peut-être.

« Merde, dit D.D. Ma voiture. Comment il a su… ? »

Elle explora rapidement du regard le vaste espace de béton. À la recherche du messager ? Je la vis lancer des coups d'œil dans les coins et compris qu'elle cherchait d'éventuelles caméras de surveillance, au cas où ils auraient de la chance. J'en cherchai à mon tour. Ç'aurait été trop beau.

Bobby se penchait déjà sur le capot de la voiture pour examiner de près le morceau de papier en prenant soin de ne rien toucher.

« Il faut traiter ça comme une scène de crime, dit-il sur un ton sec, tendu.

– Sans blague.

– On est partis, quoi ? trente, trente et une heures ? Ça laisse un sacré créneau pour déposer ça.

– Je sais », psalmodia D.D., aussi sèchement que lui.

Elle me lança un regard par-dessus son épaule, l'air à nouveau furax.

« Hé, celle-là, vous ne pouvez pas la coller sur le dos de mon père, dis-je.

– Annabelle, dit-elle avec un regard noir, le moment serait bien choisi pour grimper dans un taxi.

– Parfait. Je me demande combien de journalistes je peux trouver en chemin ? Je suis sûre que ça leur plairait beaucoup d'apprendre ça.

– Vous n'oseriez pas…

– Vous allez rendre le médaillon ?

– Primo, ça regarde la police. Deuzio, ça regarde la police…

– Qui a écrit ça ? Est-ce qu'il a signé ? Est-ce qu'il parle de moi ? Je veux lire le message.

– Annabelle, prenez un taxi !

– Impossible !

– Pourquoi ?

– Parce qu'il s'agit de ma vie ! »

D.D. se mordit les lèvres. Elle retourna ostensiblement au message, toujours à sa place sur le pare-brise de sa voiture. Elle n'allait pas me laisser le voir. Elle n'allait pas me mettre au courant. Les forces de l'ordre sont un système. Un système qui se fiche de quelqu'un comme moi.

Les secondes s'écoulèrent. D.D. lisait. Bobby scrutait le visage de D.D. avec une expression impénétrable. Ils étaient dans le jeu. J'étais en dehors, spectatrice.

Même moi, j'ai mes limites. Je renonçai, fis volte-face.

« Attendez ! dit D.D. en lançant un regard à Bobby. Accompagne-la.

– Hé, je n'ai pas besoin d'un baby-sitter. »

D.D. m'ignora et s'adressa à Bobby : « Je gère ça. Tu restes avec elle.

– Il faut qu'on en discute…, dit-il posément.

– On le fera.

– Je ne veux pas que tu fasses quoi que ce soit de précipité.

– Bobby…

– Je suis sérieux, D.D. Tu es peut-être commandant, mais c'est moi l'ancien des forces spéciales. » Il frappa le message du doigt. « Je connais ça. C'est des conneries. Tu ne vas pas faire ce que ça dit. »

D.D. me désigna d'un signe de tête. « Plus tard, murmura-t-elle. Ramène-la chez elle. Je réunis la cellule de crise. On discutera. »

Il fit la tête, le scepticisme se lisait dans son regard. « Plus tard », concéda-t-il à contrecœur en se décollant de la Crown Vic banalisée de D.D. pour se diriger vers moi. Je saisis l'occasion d'entrevoir le reste du message. Je ne revis que ces deux lignes : *Rendez le médaillon ou… Une autre fille mourra.*

Bobby m'attrapa par le bras, m'entraîna. Je me laissai faire, mais seulement jusqu'à ce que nous soyons hors de portée de D.D.

« Qu'est-ce que ça dit ? demandai-je.

– Rien. Probablement juste une manœuvre pour se faire de la pub.

– Le grand public n'est pas au courant pour le médaillon. Les médias n'en ont jamais parlé. »

Apparemment, le grand enquêteur lui-même n'avait pas encore fait le rapprochement. Il ralentit le pas. Se reprit. Continua son chemin. Nous étions arrivés à l'ascenseur. Il appuya sur le bouton d'appel avec plus de force que nécessaire.

« Bobby…

– Montez dans l'ascenseur, Annabelle.

– J'ai le droit de savoir. Ça me concerne.

– Non, Annabelle, ça ne vous concerne pas.

– Mon œil…

– Annabelle, dit-il, alors que les portes de l'ascenseur se refermaient sur nous. Le message ne parle même pas de vous. C'est D.D. qu'il veut. »

Il me conduisit en silence chez le vétérinaire. Bella m'y accueillit avec un enthousiasme débordant. Elle virevolta, sauta, me couvrit le visage de baisers. Je l'enlaçai plus longtemps que je n'en avais l'intention, enfouissant mon visage dans l'épaisse crinière de son cou, heureuse de sa chaleur, de son corps frétillant, de sa joie délirante.

Puis cette traîtresse se détourna et sauta sur Bobby avec la même frénésie. La loyauté n'est pas de ce monde.

Bella se calma quand je la fis monter dans la voiture de Bobby. Elle appréciait comme tous les chiens une bonne balade en voiture et se précipita à la portière pour orner la vitre d'empreintes de truffe. Elle avait déjà laissé une traînée de fins poils blancs sur toute la banquette fraîchement nettoyée. Cela me réconforta.

Arrivé à mon immeuble, Bobby se gara en stationnement interdit et fit le tour jusqu'à la portière passager. J'ouvris moi-même ma portière, histoire de marquer le coup. Il tourna simplement son attention vers Bella, qui, naturellement, sauta de la voiture et se mit à caracoler autour de lui, indifférente à l'averse.

« Toujours un plaisir d'aider une demoiselle », dit-il en lui tapotant la tête.

J'aurais voulu le frapper. Le boxer. Lui lancer des coups de pied et hurler comme si tout était de sa faute. La violence de mes propres pensées me ramena à la réalité. Je me dirigeai, chancelante, vers l'immeuble en préparant mes clés avec des doigts tremblants.

Bella grimpa le perron comme une flèche. Je la suivis plus lentement, essayant de me ressaisir tandis que, comme un automate, j'ouvrais les portes, je vérifiais le courrier, je refermais bien toutes les portes derrière moi. J'avais une sensation nauséeuse dans l'estomac. Une envie puérile de tout arrêter et de pleurer. Ou, mieux encore, de préparer cinq valises.

Mon père s'était fait passer pour un agent du FBI et avait interrogé une jeune victime d'enlèvement deux ans avant que quiconque m'ait jamais suivie. Ma meilleure amie avait été tuée à ma place. Quelqu'un, vingt-cinq ans plus tard, exigeait maintenant la restitution de mon médaillon.

J'avais mal à la tête. Ou peut-être au cœur.

Une fois dans mon appartement, Bobby fit une tournée d'inspection. Ses mouvements fluides auraient dû me réconforter. Au contraire, le besoin qu'il avait de sécuriser mon appartement ne fit qu'accroître mon angoisse lorsque je m'avisai que, à l'époque, c'était exactement ce que mon père aurait fait.

Lorsque Bobby eut fini, il m'adressa un bref signe de tête, me donnant la permission de rentrer dans mon propre domicile, et s'adossa au plan de travail de la cuisine. Il me regarda accomplir les gestes rituels du retour à la maison : poser le courrier, laisser mon sac dans ma chambre, remplir un bol d'eau pour Bella. L'écran digital de mon répondeur annonçait six messages, nombre inhabituel pour mon petit monde tranquille. Instinctivement, je m'en éloignai ; j'écouterais les messages plus tard, quand Bobby ne serait plus là.

« Bon, dit-il.

– Bon, rétorquai-je.

– Des projets pour la soirée ?

– Travail.

– Couture ?

– Starbucks. »

Il tiqua. « Ce soir ?

– Les gens veulent leur kawa tous les jours. Pourquoi ? Je suis assignée à résidence ?

– Au vu des derniers événements, une prudence raisonnable serait tout indiquée », répondit-il posément.

C'en fut trop pour moi. Je relevai le menton et tranchai dans le vif : « Ce n'est pas mon père qui a fait ça. Quoi que vous en pensiez, mon père n'était pas comme ça. Et le message le prouve. On n'a jamais vu les morts laisser de messages.

– Le message ne vous regarde pas, Annabelle. Il regarde la police et il se peut qu'il n'ait aucun rapport avec l'affaire.

– Okay, mon père s'est fait passer pour un agent du FBI et a rendu visite à Catherine après son agression. Peut-être qu'en tant que père, il voulait vérifier par lui-même quel genre de monstre s'attaque à des petites filles. Peut-être qu'en tant qu'universitaire, il lui semblait que c'était la meilleure méthode pour se renseigner. Je sais qu'il y a une explication ! » J'étais sur la défensive, mes théories semblaient grotesques au moment même où je les exposais. Mais c'était plus fort que moi. Après toute une vie à batailler contre mon père, à l'accuser d'être dominateur et manipulateur, je devenais tout à coup sa plus fervente avocate. Que je n'aie pas eu confiance en mon père était une chose. Mais je me serais fait piétiner plutôt que de laisser quelqu'un d'autre s'en prendre à lui.

Bobby semblait réellement réfléchir à ce que j'avais dit. « D'accord, Annabelle. Donnez-moi une explication. Essayez quelque chose pour voir si ça colle. Je suis tout prêt à écouter sans idée préconçue. On n'en est pas à le clouer au pilori.

– Il n'était même pas dans la région quand Dori a disparu, dis-je brusquement. Nous étions déjà en Floride.

– C'est ce que vous croyez, dit-il.

– C'est ce que je sais ! Mon père ne nous a pas quittées une seule fois après notre installation en Floride ! » Le mensonge était sorti tout seul. Je songeai, amèrement, que mon père aurait été fier.

Deux semaines après notre arrivée en Floride, je me réveille en pleine nuit. Je crie. Je veux mon père, je l'appelle désespérément. C'est ma mère qui s'approche. « *Chut, chérie. Chut. Ton père sera bientôt à la maison. Il fallait seulement qu'il rentre régler certains détails. Chut, chérie, tout va bien.* »

Le mensonge comme seconde nature.

La voix monocorde de Bobby me ramena implacablement au présent : « Annabelle, où sont les meubles de votre famille ? Toute votre famille a disparu en plein après-midi. Que sont devenues vos affaires ?

– Un camion de déménagement est venu et a tout emporté.

– Pardon ?

– J'ai parlé à Mme Petracelli…

– Vous avez *quoi* ?

– Je me suis cachée dans un coin et j'ai fermé les yeux, rétorquai-je, ma colère remontant à son maximum. Qu'est-ce que vous croyiez que j'allais faire ? Attendre que vous et D.D. me serviez ma vie sur un plateau d'argent ? Pitié. Vous êtes des flics. Vous n'en avez rien à foutre de moi. »

Il fit un pas. L'expression de son visage n'était plus impassible. Ses yeux avaient pris des reflets gris sombre, orageux. Je songeai que j'aurais dû avoir peur. Au lieu de cela, je me sentais surexcitée. Je voulais résister, me battre, me déchaîner. Tout plutôt que ce sentiment d'impuissance.

« Qu'avez-vous dit à Mme Petracelli ? demanda-t-il.

– Voyons, Bobby, le parodiai-je avec une voix de fausset, vous ne me faites pas confiance ? On n'est pas tous dans la même *équipe* ?

– Qu'est-ce que vous avez dit à Mme Petracelli !

– Je ne lui ai rien dit, abruti ! Qu'est-ce que vous croyez que j'allais faire ? Débarquer chez une femme que je n'ai pas vue depuis vingt-cinq ans et lui annoncer que la police avait retrouvé le corps de sa fille disparue ? Pitié, je ne suis pas cruelle à ce point. » Je fis moi-même un pas vers lui, pointai un doigt sur son torse. Ça me donnait l'impression d'être une dure, alors même que ses yeux prenaient une teinte granite plus sombre.

« Elle m'a dit que des déménageurs étaient venus vider notre maison. Mon père avait sans doute organisé ça par téléphone, il a tout fait mettre au garde-meubles. Peut-être qu'il a pensé que la police finirait par tout démêler. Et qu'on pourrait rentrer chez nous, reprendre là où on en était. Il croyait beaucoup à l'utilité de prévoir l'avenir.

– Annabelle, il n'y a pas de transaction immobilière, pas de garde-meubles, aucune trace d'un dénommé Russell Granger. »

À mon tour d'être prise au dépourvu. « Mais… mais…

– Mais quoi, Annabelle ? Dites-moi ce qui s'est passé à l'automne 82. Donnez-moi quelque chose à croire. »

Je ne pouvais pas. Je ne savais pas… Je ne comprenais pas…

Comment pouvait-il n'y avoir aucune trace de Russell Granger ? Arlington était censé être ma vraie vie. À Arlington, en 82, au moins, j'avais vécu.

Bobby prit mes mains entre les siennes. C'est ainsi que je m'aperçus que je m'étais mise à trembler, à vaciller sur mes jambes. Sur son tapis, Bella émit un gémissement inquiet. Je ne pouvais pas lui répondre, pas lui parler. Je repensais à mon père, à ces chuchotements au milieu de la nuit. À ces choses que je ne voulais pas savoir. À ces vérités qui seraient trop difficiles à supporter.

Oh, mon Dieu, que s'était-il passé à l'automne 82 ? Oh, Dori, qu'avions-nous fait ?

« Annabelle, ordonna doucement Bobby, mettez votre tête entre vos genoux. Inspirez. Vous êtes en hyperventilation. »

Je fis ce qu'il disait, me pliai en deux, regardai mon parquet plein de marques en respirant péniblement. Lorsque je me redressai, les bras de Bobby m'enlacèrent et je tombai tout naturellement dans son étreinte. Je humais son après-rasage, verveine et épices qui me chatouillaient le nez. Je sentais ses bras, chauds et solides autour de mes épaules. J'entendais les battements de son cœur, réguliers et rythmés dans mon oreille. Et je m'accrochais à lui comme une enfant, gênée, bouleversée, consciente qu'il fallait que je me reprenne et pourtant follement avide du refuge de ses bras.

Si Russell Granger n'avait jamais existé, qu'en était-il d'Annabelle ? Et pourquoi, oh, pourquoi avais-je cru que ce déménagement en Floride était le tout premier mensonge de mon père ?

« Chut, murmurait Bobby à mon oreille. Chut… » Ses lèvres effleurèrent le sommet de mes cheveux – un petit baiser inconscient. Cela ne me suffisait pas. Je levai la tête et le trouvai.

Le premier contact fut électrique. Des lèvres douces, des joues râpeuses. L'odeur d'un homme, la pression de ses lèvres contre les miennes. Des sensations que je m'autorisais rarement à connaître. Des besoins que je m'autorisais rarement à ressentir.

J'ouvris la bouche pour attirer sa langue, je voulais le sentir, le toucher, le goûter. J'avais besoin de ça. Je voulais croire en ça. Je voulais tout ressentir sauf la peur tapie dans un recoin de mon esprit.

S'il pouvait seulement me tenir dans ses bras, alors peut-être que ce moment durerait, que le reste s'évanouirait, que je n'aurais pas à avoir peur, que je n'aurais pas à me sentir seule, à entendre ces voix qui enflaient à présent dans un coin de ma tête...

« *Roger, je t'en prie, n'y va pas. Roger, je t'en supplie, ne fais pas ça...* »

L'instant d'après, Bobby me repoussait et je reculai en titubant. Nous battîmes chacun en retraite à un bout de la minuscule cuisine, le souffle court, le regard fuyant. Bella se leva maladroitement de son tapis. Elle se serra contre moi avec inquiétude. Je me penchai et me mis à lisser consciencieusement le pelage autour de sa gueule.

Les minutes s'écoulèrent. J'en profitai pour discipliner mes traits, retrouver mon aplomb. Si Bobby avait fait ne serait-ce qu'un pas vers moi, je l'aurais rejoint. Mais, sitôt que nous aurions eu fini, je me serais éloignée. Je me serais cachée derrière la façade lisse que j'avais perfectionnée au fil des ans.

Et je réalisai une nouvelle fois que ma mère n'avait pas été la seule victime de la guerre qu'avait menée mon père. Il m'avait pris quelque chose, à moi aussi, et je ne savais pas comment le récupérer.

« Et ma mère ? demandai-je tout à coup. Leslie Ann Granger. Peut-être que, pour une raison quelconque, mes parents avaient tout mis à son nom.

– Annabelle, j'ai fait des recherches sur les noms de vos deux parents. Rien.

– Nous existions, insistai-je faiblement en caressant le pelage de Bella, le poids rassurant de sa tête entre mes mains. Nous jouions avec les voisins, nous avions une vie sociale, un rôle dans le quartier. J'allais à l'école, mon père avait un travail, ma mère était à l'association de parents d'élèves. C'est réel, tout ça. Je m'en souviens. Arlington n'était pas le fruit de mon imagination.

– Et avant Arlington ?

– Je… je ne sais pas. Je ne me souviens pas d'un avant.

– Une question à poser aux voisins.

– Oui, j'imagine. »

Il s'était redressé, semblait se ressaisir. « Je ne peux rien vous promettre sur le cours que va prendre cette enquête, dit-il tout à coup. Six cadavres, c'est six cadavres. Nous avons le devoir de poser toutes les questions, de creuser toutes les pistes. Cette affaire vit déjà de sa propre vie.

– Je sais.

– Peut-être que, dans l'immédiat, vous devriez faire profil bas. »

Je ne pus m'empêcher de sourire, mais ce fut un pauvre sourire. « Bobby, je vis sous un nom d'emprunt. Je n'ai pas d'amis, je ne parle jamais à mes voisins et je n'appartiens à aucune association. Ce qui ressemble le plus à une relation durable dans ma vie, c'est le livreur d'UPS. Franchement, si je tombe beaucoup plus bas dans l'échelle sociale, je vais me transformer en amibe.

– Je n'aime pas que vous travailliez le soir », continua Bobby comme si je n'avais rien dit. Ses yeux se plissèrent, son regard passa de moi à Bella, puis revint sur moi. « Ou que vous couriez la nuit. »

Je secouai la tête. Le paroxysme de la crise s'éloignait, je reprenais du poil de la bête. « Je suis une adulte, Bobby. Je ne veux plus me cacher.

– Annabelle…

– Je comprends que vous deviez faire votre boulot, Bobby. Vous pourriez aussi comprendre que je vais faire le mien. »

Clairement, il n'était pas content. Mais il faut lui accorder qu'il arrêta de discuter. Bella eut l'air de percevoir la baisse de tension. Elle s'approcha de Bobby et pressa sans vergogne sa truffe contre la paume de sa main.

« Il faut que j'y aille, dit Bobby, sans bouger pour autant.

– Réunion de la cellule sur le message. »

Il refusa de mordre à l'hameçon ; je suivis donc son exemple et laissai filer. « Il faut aussi que je me prépare pour le boulot, dis-je, en espérant que ma voix ne trahirait pas la fatigue que je ressentais.

– Annabelle…

– Bobby.

– Je ne peux pas. Nous deux. Il y a des règles. Je ne peux pas.

– Je ne vous le demande pas. »

Il se renfrogna soudain. « Je sais, et ça m'énerve. »

Je souris et, cette fois-ci, c'était un sourire plus doux, sincère, un vrai pas en avant pour moi. Je m'approchai de lui. Posai une main sur sa joue. Sentis le début de barbe râpeux d'une fin d'après-midi, la ligne dure de sa mâchoire. Nous n'étions qu'à quelques centimètres l'un de l'autre ; je pouvais sentir la chaleur de son corps, mais rien de plus.

Il ressemblait à une promesse et, l'espace d'un instant, je m'autorisai à croire que de telles choses étaient possibles. Que j'avais bel et bien un avenir. Que la femme qu'Annabelle Granger était devenue avait une chance de bonheur dans la vie.

« Vous aimez les barbecues ? » murmurai-je.

Je sentis ses lèvres s'ourler contre la paume de ma main. « J'étais le roi des hamburgers à une époque.

– Ça vous arrive de rêver à des clôtures de piquets blancs, deux enfants virgule deux, voire un chien blanc totalement allumé ?

– Dans mes rêves, il y a généralement un sous-sol aménagé, une table de billard et un écran plasma.

– Ça marche. » Je retirai ma main, soupirai d'avoir perdu le contact, de la froide réalité qui s'installait entre nous. « On ne sait jamais, dis-je avec désinvolture.

– On ne sait jamais. »

Il descendit les escaliers. La plus affectée fut Bella, qui poussa un gémissement pitoyable lorsque je verrouillai la porte derrière lui.

Mon téléphone sonna. Je décrochai.

Et une voix d'homme murmura : « Annabelle. »

25

Bobby se faufilait dans la circulation de Boston, tous gyrophares allumés, pour rejoindre Roxbury plus au sud. Il avait passé plus de temps que prévu chez Annabelle. Fait plus que prévu chez Annabelle. Merde, il avait bien failli se conduire comme le roi des cons chez Annabelle.

Mais il était à nouveau dans sa voiture, maître de lui-même, et il se réhabituait à la dure et froide réalité. Il était enquêteur. Il travaillait sur une grosse affaire. Et les choses n'allaient pas en s'arrangeant.

Quelqu'un savait pour le médaillon. D'après le message, cette personne ne voulait rencontrer que le commandant D.D. Warren, censée apporter le collier dans l'enceinte déserte de l'hôpital psychiatrique à 3 h 33 du matin.

Désobéir entraînerait des représailles immédiates. Une autre jeune fille mourrait.

La réaction de Bobby à ce message avait été viscérale et marquée par près de dix ans d'entraînement dans une équipe tactique : un vrai merdier.

Quelqu'un jouait avec eux. Mais cela ne voulait pas dire que désobéir n'aurait pas des conséquences réelles.

Il rejoignit Ruggles Street, une main sur le volant, son téléphone portable dans l'autre. Il avait un message du MIT qui donnait les coordonnées d'un certain Paul Schuepp, ancien directeur du département mathématiques. Un autre message d'une agence de location qui s'était occupée de l'ancienne maison d'Annabelle dans Oak Street. Encore des gens à appeler, encore des pistes à suivre. Il fit de son mieux pendant les dix minutes qui lui restaient avant d'arriver au QG.

L'obscurité était tombée, le plafond bas de nuages gris donnait l'impression qu'il était plus tard. Des banlieusards marchaient de part et d'autre de la rue, cachés sous des parapluies ou enveloppés dans des imperméables noirs. Vivre si près du commissariat général les avait rendus sourds aux sirènes et pas un ne prenait la peine de lever les yeux à son passage.

Enfin, droit devant, tout illuminé, le monstre de verre et d'acier du commissariat central s'animait pour une autre longue nuit. Bobby appuya sur la touche Raccrocher de son portable et se prépara à passer aux choses sérieuses : se garer dans Roxbury n'était pas une partie de plaisir. Au premier passage, toutes les places de la rue étaient occupées. Il ne s'engagea pourtant pas dans le parking central – et pas seulement parce que le parking de la police était notoirement propice aux agressions. Comme la plupart des enquêteurs, il voulait être en situation de décoller rapidement en cas d'imprévu. Ce qui impliquait de se garer le plus près possible du bâtiment.

La troisième fois fut la bonne. Un collègue s'en alla et Bobby se casa dans la place laissée vacante.

Il rejoignit le bâtiment en courant, sa pièce d'identité à la main. Six heures sept. D.D. avait sans doute déjà regroupé le reste de l'équipe afin de discuter de la stratégie pour le rendez-vous de 3 h 33. Devaient-ils apporter le vrai médaillon ? Risquer des représailles en donnant un substitut ?

Ils allaient tenter la remise. Bobby n'avait aucun doute là-dessus. L'occasion était trop belle de faire sortir le loup du bois. Qui plus est, D.D. n'avait pas assez de bon sens pour avoir peur.

Bobby franchit la sécurité sans encombre, passa sa pièce d'identité dans le lecteur et s'engagea dans les escaliers, qu'il grimpa quatre à quatre. Il avait besoin de cet exercice. Cela lui permettait d'éliminer l'excès d'adrénaline et la fièvre qu'il ressentait encore d'avoir embrassé une femme qu'il n'aurait jamais dû embrasser.

Ne pas penser à ça. Se donner une mission. Rester concentré.

Il venait de franchir la porte des escaliers et hésitait à dévaler en sprint, dans une course folle contre lui-même, le long couloir qui menait aux services de la criminelle, lorsque la porte juste en face de lui s'ouvrit. D.D. passa une tête dehors.

Il sursauta, gêné. « La cellule se réunit là ? » demanda-t-il, désorienté, en essayant de comprendre pourquoi ils avaient changé d'endroit.

Mais D.D. secouait la tête : « L'équipe se réunit dans une demi-heure. Les parents d'Eola viennent d'arriver. Entre. Ne dis pas un mot. »

Bobby eut l'air étonné. Il entra. Ne dit pas un mot.

Il n'était jamais venu dans cette grande salle de réunion. Beaucoup plus chouette comme piaule que les vulgaires placards des locaux de la criminelle. Au premier coup d'œil, Bobby comprit pourquoi on avait choisi la pièce la plus classe : les Eola n'étaient pas venus seuls, mais avec leurs employés, et les employés de leurs employés, à en juger par l'affluence.

Il lui fallut cinq minutes pour comprendre qui était qui. En face de lui, à sa gauche, un monsieur qui avait entre quatre-vingts et cent ans, un costume gris sombre, des cheveux clairsemés en couronne, la peau fine comme du parchemin et un nez patricien crochu – le père de Christopher Eola, Christopher Senior. À sa droite, une dame frêle couverte de taches de vieillesse en Chanel bleu marine et perles grosses comme des balles de golf – la mère de Christopher Eola, Pauline.

À côté d'elle, un autre vieux monsieur en costume croisé chic, mais avec une chevelure plus fournie et un ventre plus mou, le type même du gros richard, autrement dit l'avocat des Eola, John J. Barron. À sa gauche, un clone plus jeune, plus mince, l'associé plein d'avenir, Robert Anderson. Puis l'avocate potiche, avec toute la panoplie, tailleur strict de chez Brooks Brothers, cheveux bien tirés en arrière et lunettes à monture métallique carrée, la dénommée Helene Niaru. Elle était assise à côté de la dernière de la brochette, une jeune femme d'une beauté saisissante qui prenait beaucoup de notes et n'était jamais désignée par aucun nom : la secrétaire.

Un paquet de dollars de l'heure, songea Bobby, pour un fils dont les Eola étaient censés ne pas avoir entendu parler depuis des décennies.

« Je veux que le compte rendu signale à quel point cette réunion m'indispose, expliquait M. Eola Senior d'une voix chevrotante de vieillard, mais qui gardait les accents impérieux d'un homme accoutumé à ce qu'on lui obéisse dans l'instant. Je trouve prématuré, pour ne pas dire hautement irresponsable, de montrer mon fils du doigt.

– Personne ne montre personne du doigt, tempéra le capitaine Sinkus qui, en tant que chargé de la piste Eola, présidait la réunion. Je peux vous assurer qu'il s'agit d'une enquête de routine. Après la découverte de Mattapan, nous essayons naturellement d'en savoir autant que possible sur tous les patients qui ont résidé à l'hôpital psychiatrique de Boston, y compris, mais ce n'est pas le seul, votre fils. »

Eola Senior leva un fin sourcil gris, encore méfiant. Son épouse, voûtée, renifla et se tamponna les yeux. Apparemment, le simple souvenir de son fils lui avait fait monter les larmes aux yeux.

Bobby se demanda où se trouvait leur fille, celle avec qui Christopher avait prétendument eu une relation « déplacée ». Trente ans plus tard, c'était une femme mûre. N'avait-elle pas un avis sur toute cette affaire ?

L'avocat s'éclaircit la voix. « Mes clients ont naturellement l'intention de coopérer. Nous sommes là, après tout. Il va de soi que ces événements qui remontent à trente ans restent extrêmement douloureux pour tous les intéressés. J'espère que vous saurez en tenir compte.

– Je ne prendrai que ma voix la plus agréable, lui assura Sinkus. On y va ? »

Grognements d'approbation des huiles en présence. Sinkus mit le dictaphone en marche. Ils commencèrent.

« Pour mémoire, monsieur, pouvez-vous confirmer que Christopher Walker Eola est votre fils, né le 16 avril 1954, avec pour numéro de Sécurité sociale… » Sinkus débita le numéro. Eola Senior approuva à contrecœur.

« Et que Christopher Walker Eola vivait avec vous et votre épouse dans votre résidence de Tremont Street en avril 74 ? »

Nouveau grognement affirmatif.

« Où vivait également votre fille, Natalie Jane Eola ? »

Au nom de la fille, les poils se dressèrent, des regards nerveux furent échangés.

« Oui », dit finalement Eola Senior, en crachant littéralement le mot.

Sinkus prit des notes. « D'autres personnes vivaient-elles là ? Membres de la famille, domestiques, invités ? »

Eola Senior se tourna vers sa femme, apparemment en charge du personnel. Pauline arrêta de se tapoter les yeux suffisamment longtemps pour exhumer quatre noms : la cuisinière, la gouvernante, la secrétaire personnelle de Pauline et un chauffeur à plein temps. Elle parlait d'une voix fluette et à peine audible. Son menton restait près de sa poitrine, comme si son corps s'était affaissé sur lui-même. Stade avancé d'ostéoporose, devina Bobby. Même un gros compte en banque ne peut conjurer la vieillesse.

Sinkus rapprocha le dictaphone de Mme Eola. Une fois les préliminaires accomplis, il passa aux choses sérieuses.

« D'après ce que nous avons compris, en 1974, vous, monsieur Christopher Eola, et votre épouse, Mme Pauline Eola, avez fait interner votre fils, Christopher Junior, à l'hôpital psychiatrique de Boston.

– Exact, confirma Eola Senior.

– La date précise, s'il vous plaît ?

– 19 avril 1974. »

Sinkus leva les yeux. « Trois jours après le vingtième anniversaire de Christopher ?

– Nous avions donné une petite fête, intervint soudain Mme Eola. Rien d'extraordinaire. Quelques amis proches. La cuisinière avait fait du canard à l'orange, le plat favori de Christopher. Après cela, nous avons eu du trifle. Christopher adorait le trifle. » Sa voix était pleine de nostalgie et Bobby catalogua Mme Eola comme le maillon faible. M. Eola était plein d'hostilité – contre la police, l'interrogatoire, le déplaisant souvenir de son fils. Mais Mme Eola était mélancolique. Si ce qu'on racontait était vrai, avait-elle été forcée d'incarcérer un enfant pour en protéger un autre ? Et même si vous pensiez que votre enfant était un monstre, vous manquerait-il tout de même, ou du moins l'idée de celui qu'il aurait pu devenir ?

Sinkus se tourna imperceptiblement vers Mme Eola, la situant plus complètement dans l'axe de son corps, sous son regard encourageant. « Ça a dû être une fête très agréable, madame Eola.

– Oh oui. Christopher n'était revenu de ses voyages que depuis quelques mois. Nous voulions faire quelque chose de spécial, pour marquer à la fois son anniversaire et son retour à la maison. J'avais invité ses amis d'école, beaucoup de nos associés. Ça a été une soirée délicieuse.

– Ses voyages, madame Eola ?

– Oh, eh bien, il était allé à l'étranger, bien sûr. Il avait fait une pause après le lycée pour voir le monde, faire les quatre cents coups. Les garçons. On ne doit pas s'attendre à ce qu'ils s'assagissent trop vite. Il faut d'abord qu'ils fassent quelques expériences. » Elle sourit faiblement, comme si elle réalisait à quel point tout cela semblait frivole à présent. Elle reprit plus vivement : « Mais il était revenu vers Noël pour se mettre à ses dossiers de candidature à l'université. Christopher s'intéressait au théâtre. Mais il ne se jugeait pas tout à fait assez doué. Il envisageait plutôt de suivre un cursus en psychologie.

– Après avoir passé plus d'un an sur les routes ? Pouvez-vous être plus précise, madame Eola ? Dans quels pays est-il allé, pour combien de temps ? »

Mme Eola agita la main comme une aile d'oiseau. « Oh, l'Europe. Les endroits classiques. La France, Londres, Vienne, l'Italie. Il s'intéressait à l'Asie, mais cela ne nous semblait pas prudent à l'époque. Vous savez, dit-elle en se penchant vers eux comme en confidence, avec la guerre et tout. »

Ah oui, la guerre du Vietnam, à laquelle Christopher avait commodément échappé. Objecteur de conscience, l'argent de papa, ses aspirations universitaires ? Les possibilités étaient innombrables.

« Il voyageait seul ? Avec des amis ?

– Oh, un peu les deux. » Nouveau geste vague de la main.

Sinkus changea de stratégie. « Auriez-vous des traces écrites de cette époque ? Des cartes postales que Christopher vous aurait envoyées ou même une ligne ou deux que vous auriez rédigées dans votre journal intime…

– Objection…, commença Barron.

– Je ne demande pas le journal, précisa Sinkus en toute hâte. Je cherche juste à me faire une idée plus précise des tribulations planétaires de Christopher. Les dates, les lieux, les gens. Quand vous en aurez l'occasion. »

Ces informations seraient en effet susceptibles de leur fournir une liste d'endroits où Christopher aurait pu aller se cacher après sa sortie de Bridgewater en 78. Pourquoi se planquer dans un hôtel miteux aux États-Unis quand on peut fuir à Paris ?

M. Eola accepta d'un grognement. Sinkus poursuivit :

« Donc, Christopher a fini le lycée, voyagé un peu, puis il est rentré à la maison préparer ses dossiers de candidature à l'université…

– Les universités visées ? » intervint Bobby. Cette question lui attira un regard d'avertissement de la part de Sinkus, mais il passa outre. Il avait ses raisons.

« Oh, les classiques. » Une fois encore, Mme Eola resta évasive. « Harvard, Yale, Princeton. Il voulait rester sur la côte Est, ne pas trop s'éloigner de la maison. Quoique, maintenant que j'y pense, il a aussi postulé au MIT. Bizarre, comme choix. Le MIT pour les beaux-arts ? Enfin, on ne savait jamais avec Christopher. »

Sinkus reprit les rênes de l'interrogatoire : « C'était agréable de l'avoir de nouveau à la maison ?

– Oh oui », répondit Mme Eola avec chaleur. Eola Senior lui lança un regard. Elle se referma comme une huître.

« Écoutez, dit Eola Senior avec impatience. Je sais où vous voulez en venir. Pourquoi ne pas aller droit au but ? Nous avons fait interner notre fils. Nous avons conduit nous-mêmes notre fils unique à l'asile. Quel genre de parents font une chose pareille ?

– Très bien, monsieur Eola. Quel genre de parents font une chose pareille ? »

Eola Senior avait le menton relevé, sa peau semblait avoir été étirée trop finement sur son visage squelettique. « Ce que je vais vous dire ne doit pas sortir de cette pièce. »

Pour la première fois, Sinkus hésita. « Voyons, monsieur Eola…

– Je ne plaisante pas. Éteignez tout de suite ce dictaphone, jeune homme, ou je ne dis plus un mot. »

Sinkus lança un regard vers D.D. Lentement, elle approuva. « Éteins-le. Écoutons ce que M. Eola a à nous dire. »

Sinkus se pencha, éteignit le dictaphone. Comme à un signal, la secrétaire juridique posa son stylo et croisa les mains sur ses genoux.

« Il faut que vous compreniez, commença M. Eola, que ce n'était pas entièrement de sa faute. Cette fille, la Belge. Elle l'a abîmé. Si nous avions compris la situation plus tôt, si nous avions réagi plus vite…

– Quelle situation, monsieur ? En quoi n'avez-vous pas réagi ? » Sinkus parlait d'une voix toujours patiente, respectueuse. Eola allait leur donner ce qu'ils voulaient. En temps voulu. « Une jeune fille au pair. Nous l'avons engagée quand Christopher avait neuf ans et Natalie trois. Nous avions eu une femme remarquable jusque-là, mais elle était partie fonder sa propre famille. Nous sommes retournés à la même agence et ils nous ont recommandé Gabrielle. Étant donné notre précédente expérience, nous n'y avons pas regardé à deux fois. Une jeune fille au pair bien formée devait en valoir une autre.

» Gabrielle était plus jeune que nous ne nous y attendions. Vingt et un ans, tout juste sortie de l'école. Elle avait une personnalité différente – plus portée à la fête, plus… rigolarde. » Il fit la grimace. Manifestement, rigolarde n'était pas un compliment. « Parfois, je la trouvais trop familière avec les enfants. Mais elle était pleine d'énergie, elle avait un goût pour l'aventure qu'ils semblaient apprécier. Christopher, en particulier, était en adoration devant elle.

» Quand il a eu douze ans, il y a eu un incident à son école. Il était fluet pour son âge, d'un tempérament émotif. Certains garçons ont commencé à le… prendre en grippe. Ils le tenaient à l'écart. Le harcelaient. Un jour, les choses sont allées un peu trop loin. Des coups ont été échangés. Christopher n'en est pas sorti vainqueur. »

La bouche d'Eola Senior se tordit de dégoût. Bobby n'arrivait pas à savoir si cet homme était atterré à l'idée de la violence ou par le fait que son fils avait été incapable de l'affronter.

Mme Eola avait recommencé à se tapoter les yeux.

« Naturellement, reprit vivement Eola Senior, les mesures nécessaires furent prises et les agresseurs punis. Mais Christopher… Il s'est replié sur lui-même. Il avait des problèmes de sommeil. Il est devenu… cachottier. À peu près à cette époque, j'ai surpris Gabrielle en train de quitter la chambre de Christopher aux petites heures du jour. Quand je l'ai interrogée, elle a répondu qu'elle l'avait entendu pleurer et qu'elle était venue voir. J'avoue que je n'ai pas poussé plus loin.

» Ce fut notre gouvernante qui parla finalement à ma femme. D'après elle, le lit de la chambre de Gabrielle n'était souvent pas défait pendant de longues périodes. En revanche, les draps de la chambre de Christopher devaient maintenant être changés fréquemment. Ils étaient souvent souillés. Vous devinez le reste. »

Sinkus avait les yeux un peu écarquillés, mais il se reprit. « En fait, monsieur, je vais avoir besoin que vous me disiez le reste. »

Eola Senior poussa un gros soupir. « Très bien. Notre jeune fille au pair avait des relations sexuelles avec notre fils de douze ans. Vous êtes content ? C'est assez clair comme ça ? »

Sinkus ne releva pas. « Quand vous avez fait cette découverte, monsieur Eola…

– Oh, nous l'avons renvoyée. Ensuite une ordonnance d'éloignement a été émise contre elle et elle a été expulsée. Le tout sur le conseil de mes avocats, naturellement.

– Et Christopher ?

– C'était un enfant, répondit Eola Senior avec impatience. Il avait été séduit et abusé par cette idiote belge. Il était effondré, évidemment. Il m'a crié dessus, s'est déchaîné sur sa mère, s'est enfermé dans sa chambre pendant des jours. Il se prenait pour Roméo et nous avions banni sa Juliette. Il avait douze ans, bon sang. Que connaissait-il de la vie ?

– J'ai appelé un médecin, intervint Mme Eola de sa voix fluette. Notre pédiatre. Il m'a dit d'amener Christopher pour un examen. Mais Christopher n'avait aucun problème physique. Gabrielle ne lui avait pas fait de mal, elle avait juste… » Mme Eola eut un petit haussement d'épaules impuissant. « Notre médecin a dit que le temps serait le meilleur remède. Alors nous avons ramené Christopher à la maison et nous avons attendu.

– Et qu'a fait Christopher ?

– Il a boudé, dit Eola Senior avec dédain. Il s'est isolé dans sa chambre, a refusé de nous parler, de dîner avec nous. Ça a duré des semaines. Mais ensuite il a semblé se remettre.

– Il est retourné à l'école, dit Mme Eola. Il prenait ses repas avec nous, faisait ses devoirs. L'épisode semblait l'avoir mûri plutôt qu'autre chose. Il a commencé à porter des costumes, il était d'une politesse exemplaire. Nos amis disaient qu'il était devenu un petit homme du jour au lendemain. Il était charmant, vraiment. Il m'offrait des fleurs, passait un temps infini avec sa petite sœur. Natalie l'idolâtrait, vous savez. Quand il s'était isolé dans sa chambre, je crois que c'est elle qui en avait le plus souffert. Pendant un temps, la maison a semblé très… paisible.

– Pendant un temps », reprit Sinkus.

Mme Eola soupira et se tut ; la nostalgie se lisait à nouveau sur son visage. Eola Senior poursuivit le récit, d'une voix brusque, sans émotion :

« Notre gouvernante a commencé à se plaindre de l'état de la chambre de Christopher. Elle avait beau faire, on aurait dit que le lit puait. Il y avait un pro-

blème avec la chambre, disait-elle. Il y avait un problème avec lui. Elle voulait que je l'autorise à ne plus
faire sa chambre.

» Naturellement, j'ai refusé. Je lui ai dit qu'elle
était ridicule. Trois jours plus tard, j'étais par hasard
à la maison quand je l'ai entendue crier. Je me suis
précipité dans la chambre de Christopher pour la
trouver debout près du matelas relevé. Elle avait
finalement identifié la source de l'odeur : là, entre le
sommier et le matelas, il y avait une demi-douzaine
de cadavres d'écureuils. Christopher les avait…
écorchés. Éviscérés. Décapités.

» Je lui en ai parlé dès son retour de l'école. Il
s'est immédiatement excusé. C'était simplement pour
"s'entraîner", m'a-t-il expliqué. Sa classe de science
devait disséquer une grenouille à la fin du semestre. Il
avait eu peur d'être trop chochotte, de s'évanouir à la vue
du sang. Et il craignait, s'il se montrait faible devant ses
camarades, de redevenir la cible des gros bras. »

Eola Senior haussa les épaules. « Je l'ai cru. Son
raisonnement, ses inquiétudes se tenaient. Mon fils
savait être très convaincant. De lui-même, il a sorti
les carcasses de sa chambre et les a enterrées dans le
jardin. Je considérais que l'incident était clos. Sauf
que…

– Sauf que… ?

– Sauf que ça ne s'est plus jamais vraiment bien
passé à la maison. Maria, notre gouvernante, a commencé à avoir de petits accidents. Elle se retournait
et d'un seul coup il y avait un balai en travers de son
chemin qui la faisait trébucher. Une fois, après avoir
terminé une bouteille d'eau de Javel, elle en a ouvert

une autre, l'a renversée et a immédiatement été suffoquée par les vapeurs. Elle a réussi à sortir juste à temps. Il s'est avéré que quelqu'un avait vidé la nouvelle bouteille de javel pour y mettre de l'ammoniaque. Maria nous a donné son congé peu après. Elle prétendait que notre maison était hantée. Mais je l'ai entendue marmotter dans sa barbe que le fantôme s'appelait Christopher.

– Elle croyait qu'il essayait de lui faire du mal ?

– Elle était convaincue qu'il essayait de la tuer, corrigea brutalement Eola Senior. Peut-être avait-il appris que c'était elle qui avait dénoncé sa relation avec Gabrielle. Peut-être voulait-il se venger. Je ne sais pas vraiment. Christopher était poli. Il était coopératif. Il allait à l'école. Il avait de bonnes notes. Il faisait tout ce qu'on lui demandait. Mais même… » Eola Senior prit une profonde inspiration. « Mais même moi, je n'appréciais plus la compagnie de mon propre fils.

– Que s'est-il passé en avril 74 ? demanda Sinkus avec douceur.

– Christopher est parti, répondit Eola Senior. Et pendant près de deux ans, ce fut comme si un nuage noir s'était éloigné de la maison. Notre fille semblait moins anxieuse. La cuisinière sifflotait dans la cuisine. Nous marchions tous d'un pas plus léger. Et personne ne disait rien, car que pouvions-nous dire ? Nous ne voyions jamais Christopher faire quelque chose de mal. Après l'épisode des écureuils et le départ de Maria, il n'y a plus eu de petits accidents, d'odeurs bizarres ni quoi que ce soit d'un peu douteux. Mais la maisonnée se portait mieux sans Christopher. Elle était plus heureuse.

» Ensuite il est revenu. »

Eola Senior marqua un temps d'arrêt, sa voix s'éteignit doucement. Il avait perdu son ton haché, neutre. Son visage avait pris une certaine expression. Sombre, mauvaise, morose. Bobby se pencha en avant. Il sentait ses abdominaux se contracter, le cuirassant contre ce qui allait venir.

« Natalie fut la première à changer, dit Eola Senior, d'une voix lointaine. Elle est devenue lunatique, renfermée. Elle restait assise en silence pendant de longs moments et d'un seul coup s'emportait pour une broutille. Nous pensions qu'il s'agissait de problèmes d'adaptation. Elle avait quatorze ans, un âge difficile. Et puis, pendant plus d'un an, elle avait eu la maison pour elle toute seule, elle avait été comme fille unique. Peut-être qu'elle acceptait mal le retour de Christopher.

» Lui, de son côté, semblait lui passer ses caprices. Il lui offrait des fleurs, ses bonbons préférés. Il lui donnait des petits noms idiots, inventait des chansonnettes outrancières. Plus elle le repoussait, plus il lui prodiguait d'attentions ; il l'emmenait au cinéma, la présentait avec fierté à ses amis, se proposait pour l'accompagner à l'école. Christopher était devenu un beau jeune homme pendant son absence. Il s'était étoffé, affirmé. Je pense que plus d'une amie de Natalie avait le béguin pour lui, ce dont il tirait bien sûr avantage. Pauline et moi pensions que ses voyages lui avaient peut-être fait du bien. Il se remettait enfin.

» Le lendemain du dîner pour l'anniversaire de Christopher, j'ai reçu un appel d'un client new-yorkais. Il y avait un problème, il fallait qu'on se voie. Pauline a décidé de m'accompagner, nous pourrions peut-être aller au spectacle. Nous ne voulions pas faire manquer l'école à Natalie, mais ce n'était pas un problème. Christopher était là. Nous avons donc laissé Nathalie sous sa responsabilité et nous sommes partis. »

Encore ce temps d'arrêt. Un battement de cœur, une hésitation pendant que M. Eola luttait contre ses souvenirs, cherchait ses mots. Lorsqu'il reprit la parole, ce fut d'une voix rauque et grave, presque inaudible :

« Mon rendez-vous urgent ne se révéla pas si urgent que ça en fin de compte. Et Pauline ne put obtenir de billets pour le spectacle qu'elle voulait voir. Alors nous sommes rentrés. Un jour plus tôt que prévu. Nous n'avons pas pensé à appeler.

» Il était plus de huit heures du soir. Notre maison était plongée dans le noir, les employés de maison partis pour la nuit. Nous les avons trouvés en plein milieu du salon. Christopher était assis dans mon fauteuil en cuir préféré. Nu comme un ver. Ma fille… Natalie… Il la forçait à accomplir… un acte sexuel. Elle sanglotait. Et j'ai entendu mon fils dire, d'une voix que je n'avais jamais entendue : "T'as intérêt à avaler, salope, ou bien la prochaine fois je te la foutrai dans le cul."

» Et alors il a levé les yeux. Il nous a vus là. Et il a juste souri. Ce sourire tellement, tellement froid. "Hé, papa, a-t-il dit. Il faut que je te remercie. Elle est carrément meilleure que Gabrielle." »

Eola Senior s'interrompit à nouveau. Ses yeux trouvèrent un point sur la table en bois poli et s'y accrochèrent. À ses côtés, sa femme s'était effondrée et ses épaules étaient secouées de spasmes tandis qu'elle se balançait d'avant en arrière.

D.D. fut la première à réagir. Elle sortit un paquet de mouchoirs en papier et en tendit un sans mot dire à Mme Eola. La vieille dame le prit, le coinça entre ses mains repliées et recommença à se balancer.

« Merci de nous avoir parlé, dit doucement D.D. Je sais que c'est terrible pour votre famille. Encore quelques questions et je crois qu'on pourra en rester là pour aujourd'hui.

– Quoi ? demanda Eola Senior avec lassitude.

– Pouvez-vous nous donner une description de Gabrielle ? »

En tout cas, ce n'était pas ce à quoi il s'attendait. Il cligna des yeux. « Je ne… je n'avais pas vraiment pensé à elle… Que voulez-vous ?

– Les principales caractéristiques me suffiraient. Taille, poids, couleur des yeux. Allure générale.

– Eh bien… elle faisait environ un mètre soixante-dix. Brune. Les yeux bruns. Mince, mais pas la peau sur les os comme on en voit tellement aujourd'hui. Elle était… robuste, pleine de santé. Genre Catherine Zeta-Jones. »

D.D. hocha la tête, tandis que Bobby faisait probablement le même rapprochement qu'elle : autrement dit, la description générale de Gabrielle pouvait aussi s'appliquer à Annabelle.

Sinkus s'éclaircit la voix et ramena sur lui l'attention générale. Il était temps de conclure, mais l'enquêteur semblait troublé.

« Monsieur Eola, madame Eola, si vous permettez… Quand vous avez surpris Christopher, il vous a accompagnés de son plein gré à l'hôpital psychiatrique ?

– Il n'avait pas le choix.

– Comment ça ?

– Mon argent m'appartient, capitaine Sinkus. Et vous pouvez être certain qu'après cet… incident, je n'allais pas en donner un centime à Christopher. Mais il avait ses propres ressources. Un compte légué en fidéicommis par ses grands-parents. Selon les dispositions de ce legs, il n'avait pas le droit d'y toucher avant ses vingt-huit ans. Et même alors, il aurait besoin de la coopération du curateur. À savoir moi. »

Bobby comprit en même temps que D.D.

« Vous avez menacé de lui couper les vivres. De le priver de son héritage.

– Et comment, cracha Eola Senior. Je lui ai laissé la vie ce soir-là, c'était bien assez généreux.

– Tu l'as frappé, murmura Mme Eola. Tu t'es précipité sur lui. Tu lui as sauté dessus. Tu n'arrêtais pas de le frapper. Et Natalie hurlait, et toi tu hurlais, et ça n'arrêtait pas. Christopher restait assis là. Avec ce terrible sourire, pendant que sa bouche se remplissait de sang. »

Eola Senior ne se donna pas la peine de s'expliquer. « J'ai poursuivi ce gringalet cul nu jusque dans sa chambre, où il s'est enfermé. Et moi… j'ai essayé de réfléchir à ce qu'il fallait faire. Je ne pouvais franchement pas me résoudre à tuer mon fils unique. Et cependant, je ne pouvais pas soumettre ma fille aux regards de la police. J'ai consulté mon avocat, continua-t-il en lançant un regard vers Barron, qui a suggéré une troisième option tout en m'avertissant que, vu l'âge de Christopher, le faire interner de force dans un établissement psychiatrique serait difficile. Il devrait rester de son plein gré ou alors il me faudrait une ordonnance du tribunal, ce qui impliquait d'aller à la police.

» Mon fils est intelligent. Je lui reconnais ça. Et comme je l'ai dit, il aime les bonnes choses de la vie. Je ne l'imagine pas vivre dans la rue et lui non plus. Alors ce matin-là, nous avons passé un accord. Il resterait à l'hôpital psychiatrique de Boston jusqu'à ses vingt-huit ans. À ce moment-là, dans l'hypothèse où il se serait conformé aux termes de notre accord, je libérerais son héritage. On ne crache pas sur trois millions de dollars et Christopher le savait. Il y est allé et nous ne l'avons plus jamais revu.

– Vous n'êtes jamais allés le voir ? explicita Sinkus.

– Mon fils est mort pour nous.

– Vous n'avez jamais pris de nouvelles de ses progrès, même par téléphone ?

– Mon fils est mort pour nous, capitaine.

– Vous n'avez donc pas su qu'il s'était attiré des problèmes à l'hôpital psychiatrique. Qu'il avait atterri à Bridgewater.

– Quand l'hôpital de Boston a annoncé sa fermeture prochaine, j'ai appelé. Le médecin m'a informé que Christopher avait déjà été transféré à Bridgewater. J'ai trouvé ça commode. »

Sinkus fronça les sourcils. « Et au vingt-huitième anniversaire de Christopher ?

– Une lettre est arrivée au cabinet de mon avocat. "Ce qui est dit est dit, était-il écrit. J'ai libéré les fonds."

– Attendez une seconde, intervint brusquement D.D. Christopher a eu vingt-huit ans en avril 1982.

317

Vous êtes en train de me dire qu'il est entré en possession de trois millions de dollars ce jour-là ?

– En fait, il a hérité de trois millions cinq. Les fonds étaient bien gérés.

– Et il a eu accès à ce capital ?

– Il a fait des retraits périodiques au fil des ans.

– *Quoi ?* »

Eola Senior se tourna vers son avocat : « John, si vous voulez bien. »

Barron prit une serviette en cuir, l'ouvrit d'un coup sec. « Il s'agit d'informations confidentielles, messieurs les enquêteurs. Nous espérons que vous les traiterez comme telles. »

Il fit circuler des copies d'une liasse de documents agrafés. Des documents financiers, comprit Bobby en survolant rapidement les pages. Les relevés détaillés du compte de Christopher, avec la date de chacun de ses retraits.

Le regard de Bobby se dirigea droit vers Barron. « Comment prenait-il contact ? Quand Christopher voulait de l'argent, que faisait-il ? Il décrochait son téléphone ?

– Absurde, répondit sèchement Barron. C'est un compte en fidéicommis, pas un distributeur de billets. Il nous fallait une demande écrite, signée et notariée en bonne et due forme, que nous conservions dans le dossier. Continuez à feuilleter, vous trouverez une copie de chacun de ces documents. Vous verrez que Christopher avait une prédilection pour les retraits de cent mille dollars, environ deux à trois fois par an.

– Il écrivait, vous lui faisiez un chèque ? s'interrogeait toujours Bobby en feuilletant rapidement le document.

318

– Il écrivait, on liquidait les fonds, on rééquilibrait le portefeuille et ensuite on lui faisait un chèque, oui.

– Donc il ne venait jamais chercher ces chèques en personne ? Vous avez une adresse postale ? » C'était trop beau pour être vrai. Vraiment trop beau pour être vrai, ainsi qu'il s'en aperçut à la dernière page. « Attendez une minute, vous rédigiez ce chèque à l'ordre d'une banque *suisse* ? »

Barron haussa une épaule. « Comme l'a expliqué Mme Eola, Christopher a passé quelque temps à l'étranger. De toute évidence, il a ouvert un compte en banque pendant qu'il s'y trouvait. »

Bobby eut l'air sceptique. À dix-neuf ans, les gens normaux n'ouvrent pas de compte en Suisse. Même les enfants gâtés de la haute société de Boston. Cela avait tout l'air d'une frappe préventive. Le geste d'un homme qui prévoyait déjà qu'il pourrait avoir besoin de dissimuler des actifs dans un proche avenir, peut-être pour une vie de cavale. Bobby se demanda tout ce que Christopher avait pu faire pendant son « voyage de formation » en Europe.

La réunion touchait maintenant à sa fin. Eola Senior avait tardivement passé un bras autour de son épouse, laquelle séchait son mascara qui avait bavé. Il lui murmura quelque chose à l'oreille. Elle lui adressa un sourire incertain.

« Comment se porte votre fille, madame Eola ? » demanda doucement Bobby.

La femme le prit de court par sa réponse sévère : « Elle est lesbienne, capitaine. Ça vous étonne ? »

Elle se leva. La colère l'avait revigorée. Eola Senior en profita, la fit sortir de la pièce. Les avocats et la secrétaire les suivirent en file indienne, brigade outrageusement surpayée, et se dirigèrent vers les ascenseurs.

Dans le flottement qui suivit, Sinkus fut le premier à prendre la parole.

« Bon, demanda-t-il à D.D., est-ce que ça signifie que je peux aller en Suisse ? »

26

La réunion d'urgence de la cellule de crise commença avec retard car l'interrogatoire des Eola s'était prolongé. Mais comme la majorité des enquêteurs étaient arrivés à l'heure, le temps que Bobby, D.D. et Sinkus fassent leur entrée, les boîtes à pizza étaient vides, les sodas sifflés et il ne restait plus le moindre bretzel.

Bobby lorgna sur l'unique rescapé : un récipient en plastique rempli de piment rouge concassé. Puis il se ravisa.

« Okay, okay, commença D.D. tambour battant. On se rassemble, on écoute. Il y a du nouveau, pour changer, alors au boulot. »

Le capitaine Rock bâilla et essaya de camoufler ce mouvement en disposant ses piles de papiers en éventail. « Il paraît qu'on a reçu un message, dit-il. C'est notre gars ou bien un cinglé qui rêve de célébrité ?

– Rien de certain. On a diffusé le nom d'Annabelle Granger au début, mais aucun renseignement sur le médaillon ou les autres objets personnels. Donc, soit notre auteur anonyme possède des informations confidentielles, soit c'est bien notre homme. »

Cette idée les ragaillardit. Mais la déclaration suivante de D.D. fut accueillie par un ronchonnement collectif : « J'ai des photocopies du message à distribuer. Mais pas tout de suite. Commençons par le commencement : notre débriefing du soir. On fait le point sur ce qu'on sait désormais et ensuite on verra comment cette petite lettre de soutien, dit-elle en agitant le tas de photocopies, s'intègre au puzzle. Sinkus, à toi l'honneur. »

Sinkus n'avait rien contre. En tant qu'officier référent sur le dossier Christopher Eola, il vibrait d'excitation. Il résuma l'interrogatoire avec les parents d'Eola, ce qu'on savait maintenant des activités sexuelles d'Eola, le fait que son ancienne nounou correspondait à une description générale d'Annabelle Granger, une des cibles connues. Plus intéressant encore, Eola avait accès à d'immenses ressources financières. Entre son compte en Suisse et son compte en fidéicommis de plusieurs millions de dollars, il était hautement probable qu'il pouvait conserver un certain train de vie en cavale, rester dans la clandestinité, etc. En fait, pratiquement tout était possible et il allait donc falloir qu'ils restent ouverts à toute éventualité.

Étapes suivantes : passer un coup de fil au Département d'État pour pister le passeport d'Eola ; contacter Interpol au cas où ils auraient Eola dans le collimateur ou bien une affaire impliquant un individu au mode opératoire comparable ; et pour finir, déterminer la procédure à suivre pour retrouver la trace de capitaux transférés depuis un compte en Suisse ou, mieux encore, geler totalement ces avoirs.

– Dites qu'Eola est un terroriste », proposa McGahagin.

Commentaire qui suscita quelques rires.

« Je ne plaisante pas, insista le commandant. Un meurtre importera peu aux yeux du gouvernement suisse – ou de qui que ce soit, d'ailleurs. En revanche, si vous écrivez dans un rapport que vous avez des raisons de penser qu'Eola a enfoui des matériaux radioactifs en plein milieu d'une grande ville, ses capitaux seront gelés, et fissa. Les cadavres sont bien radioactifs, non ? Personne ici ne se souvient de ses cours de science ? »

Ils se regardèrent d'un air ébahi. Apparemment, aucun d'eux ne regardait la chaîne Discovery.

« Eh bien, s'entêta McGahagin, je crois que c'est vrai. Et je vous dis que ça marchera. »

Sinkus haussa les épaules, prit une note. Ce ne serait pas la première fois qu'ils ruseraient pour faire entrer une cheville carrée dans un trou rond. C'était à cela que servaient les lois : à ce que des enquêteurs débrouillards trouvent le moyen de les contourner.

Sinkus était aussi chargé de retrouver Adam Schmidt, l'aide-soignant de l'hôpital psychiatrique qui avait été renvoyé pour avoir couché avec une patiente. Il passa à son cas.

« J'ai enfin localisé Jill Cochran, l'ancienne infirmière en chef, expliqua-t-il. Il paraît que c'est elle qui détient la plupart des dossiers de l'ancien établissement. Elle les répertorie, elle les archive, que sais-je. Elle fait ce qu'on fait avec la paperasse d'un asile d'aliénés. Je la rencontre demain matin pour poursuivre l'enquête sur M. Schmidt.

– Les vérifications de routine sur Schmidt ? s'enquit D.D.

– Rien donné. Alors soit Adam a été un très bon garçon depuis son passage à l'hôpital psychiatrique, soit il a été beaucoup plus malin pour ne pas se faire prendre. Mais mon sixième sens ne me dit rien de ce côté. Eola me plaît mieux. »

D.D. n'eut qu'un regard à lui lancer.

Sinkus leva les mains pour se défendre. « Je sais, je sais, un bon enquêteur creuse toutes les pistes. Je creuse, je creuse. »

Le manque de sommeil avait apparemment rendu Sinkus assez pugnace. Il se rassit. Au tour du capitaine Tony Rock d'être sur la sellette pour rendre compte de l'activité récente au standard des Crime Stoppers.

« Quoi vous dire ? » grommela l'enquêteur d'une voix rocailleuse ; il paraissait épuisé, parlait d'une voix épuisée, et se sentait sans doute aussi frais qu'il en avait l'air. « On reçoit en moyenne trente-cinq appels par heure, dont la plupart se répartissent en trois grandes catégories : légèrement taré, complètement taré et triste à pleurer. Les catégories légèrement et complètement taré correspondent à peu près à ce que vous imaginez : c'est un coup des extraterrestres ; de types en combinaison blanche ; si vous voulez vraiment être en sécurité en ce bas monde, il faut porter du papier d'aluminium sur la tête.

» Les triste à pleurer, eh bien, c'est triste à pleurer. Des parents. Des grands-parents. Des frères et sœurs. Qui ont tous eu une disparition dans leur famille. Hier, on a eu une femme de soixante-quinze ans. Petite sœur disparue en 1942. Elle avait entendu dire qu'on avait retrouvé des squelettes, elle a pensé que c'était peut-être sa chance. Quand je lui ai dit que nous ne pensions pas que les dépouilles étaient aussi anciennes, elle a fondu en larmes. Ça fait soixante-cinq ans qu'elle attend que sa petite sœur rentre à la maison. Elle m'a expliqué qu'elle ne peut pas arrêter maintenant : elle a fait une promesse à ses parents. La vie est vraiment dégueulasse, des fois. »

Rock se pinça l'arête du nez, cligna des yeux, continua : « Bon, j'ai une liste de dix-sept disparues, toutes volatilisées entre 1970 et 1990. Certaines sont du coin. La plus lointaine habitait en Californie. J'ai recueilli autant d'informations que possible auprès des familles à des fins d'identification. Notamment bijoux, vêtements, soins dentaires, os fracturés et/ou jouets préférés – vous savez, au cas où on pourrait faire un quelconque rapprochement avec les "souvenirs personnels" attachés près de chacun des corps. Je passe les infos à Christie Callahan. Sinon c'est tout pour moi. »

Il prit un siège et son corps parut se dégonfler jusqu'au moment où il s'effondra, plutôt qu'il ne s'assit, sur la chaise pliante. Cet homme n'avait pas bonne mine et ils perdirent un instant à l'observer en se demandant qui serait le premier à dire quelque chose.

« Quoi ? aboya-t-il.

– Tu es sûr…, commença D.D.

– Je ne peux pas guérir ma mère, rétorqua Rock. Autant retrouver le connard qui a tué six gamines. »

Personne ne voyait grand-chose à ajouter et ils enchaînèrent donc.

« Bien, reprit vivement D.D., nous avons donc un suspect principal doté d'une intelligence et de moyens financiers au-dessus de la moyenne, un autre suspect, ancien employé, sur lequel il vaut encore la peine de se pencher et une liste de dix-sept disparues grâce au standard des Crime Stoppers. Sans compter qu'il pourrait y avoir un lien avec un enlèvement qui s'est produit deux ans avant la disparition de ces six fillettes. Qui d'autre veut entrer en piste ? Jerry ? »

Le commandant McGahagin avait été chargé de passer au crible les affaires de disparitions de mineures non résolues par la police de Boston au cours des trente dernières années. Son équipe avait dressé une liste de vingt-six cas dans le Massachusetts. Ils élargissaient maintenant la recherche à toute la Nouvelle-Angleterre.

Parcourant la copie du rapport de Tony Rock sur les Crime Stoppers, il repéra cinq points communs entre les deux listes de noms.

« Ce qu'il me faut maintenant, déclara McGahagin d'une voix accablée, c'est un rapport d'autopsie. Si Callahan peut me fournir une description physique des dépouilles, il y a une chance que je puisse faire le rapprochement avec une affaire non résolue. Ensuite on pourrait s'atteler à confirmer l'identité, ce qui nous permettrait en retour de dater la tombe collective. Bing, bang, boum. »

McGahagin regarda D.D. d'un air interrogatif.

Elle lui retourna posément son regard. « Et qu'est-ce que tu attends de moi, Jerry ? Que je te chie six rapports d'autopsie ?

« – Putain, ça fait quatre jours, D.D. Comment ça se fait qu'on ne sache toujours rien des six corps ?

– On appelle ça la momification naturelle, répliqua D.D. avec virulence. Et personne n'avait jamais eu affaire à ça en Nouvelle-Angleterre.

– Alors, avec tout le respect que je dois à Christie, appelez quelqu'un qui connaît.

– Elle l'a fait.

– Hein ? » McGahagin semblait interloqué. Les enquêteurs demandaient des moyens, des experts, des analyses scientifiques à longueur de temps. Ça ne voulait pas dire qu'on les leur accordait en haut lieu. « Christie va avoir du renfort ?

– Demain, à ce qu'on m'a dit. Un crack irlandais spécialisé dans cette connerie et curieux d'en voir un exemple "moderne". Le procureur s'est précipité pour débloquer le budget. Il semblerait que le standard des Crime Stoppers ne soit pas le seul à exploser. Toute la ville inonde le bureau du gouverneur de plaintes hystériques comme quoi un tueur en série se promène en liberté et va assassiner leur gamine. Ce qui me rappelle que le gouverneur voudrait qu'on ait résolu cette affaire, voyons, il y a environ cinq minutes. »

D.D. leva les yeux au ciel. Les autres enquêteurs s'efforcèrent de ricaner un peu.

« Sérieusement, les gars, reprit D.D. Christie se donne du mal. On se donne tous du mal. Elle pense qu'il lui faudra encore une semaine. Alors on peut se tourner les pouces en pleurnichant ou alors, tiens, j'ai une idée, mener une bonne petite enquête de police à l'ancienne. »

Elle reporta son attention sur McGahagin. « Tu dis que tu as une liste de vingt-six disparues dans le Massachusetts ? Vingt-six, ça me paraît beaucoup.

– Comme l'a dit Tony, le monde est dégueulasse.

– Vous en avez fait un graphique ? Est-ce que vous avez repéré, par exemple, une recrudescence autour de certaines dates ?

– Entre 79 et 82, il ne faisait pas bon être une petite fille à Boston.

– À quel point ?

– Neuf cas en quatre ans, tous non résolus.

– Âge de l'échantillon ?

– De zéro à dix-huit ans. »

D.D. le regarda pensivement. « Et si on réduit la fourchette, disons, de cinq à quinze ans ?

– On tombe à sept.

– Les noms ? »

Il les énonça, y compris celui de Dori Petracelli.

« Lieux ?

– Un peu partout. Southie, Lawrence, Salem, Waltham, Woburn, Marlborough, Peabody. Si on part de l'hypothèse que le même individu est responsable de six des sept cas…

– Certes, faisons cette hypothèse.

– Pour commencer, il faut quelqu'un qui dispose d'un véhicule, réfléchit McGahagin. Quelqu'un qui ait ses repères dans l'État, qui s'intègre facilement dans plein d'endroits différents. Peut-être un ouvrier de maintenance, un réparateur. Quelqu'un d'intelligent. D'organisé. De ritualisé dans son approche.

– La chronologie colle pour Eola, commenta Sinkus. Relâché en 78, il n'a rien de mieux à faire…

– Sauf, murmura D.D., que les incidents commencent à se raréfier en 82. Eola n'aurait eu aucune raison de s'arrêter. En théorie, il aurait pu continuer indéfiniment. Ce qui, pour être franche, serait vrai de tous les criminels. Les prédateurs ne décident pas un beau matin de se repentir. Il s'est passé quelque chose. D'autres événements, d'autres influences ont dû intervenir. Ce qui nous amène…, dit-elle en cherchant Bobby du regard, puis le trouvant…, à Russell Granger. »

Bobby soupira, se balança sur sa chaise. Il avait été tellement occupé depuis son retour au central qu'il n'avait pas eu le temps de pisser, sans parler de préparer des notes. Tous les regards étaient maintenant tournés vers lui : les flics municipaux jaugeaient le gibier d'État. Il fit de son mieux avec ce qui surnageait dans son esprit.

« D'après les rapports de police, Russell Granger a signalé pour la première fois un voyeur près de sa maison d'Arlington en août 1982. Ceci a déclenché une suite d'événements qui, deux mois plus tard, l'ont conduit à plier bagage et à disparaître avec sa famille, officiellement pour protéger sa fille de sept ans, Annabelle. Donc, à première vue, on a une cible (Annabelle Granger) et son pauvre papa aux abois. Sauf que…

– Sauf que, appuya D.D.

– Petit un, dit Bobby en comptant sur ses doigts, Catherine Gagnon, kidnappée en 1980, a reconnu une photo de Russell Granger. Mais pour elle, c'était un agent du FBI qui l'avait interrogée deux fois à l'hôpital après son sauvetage. Ça se passait donc en novembre 1980, soit près de deux ans *avant* la plainte contre un voyeur que Russell Granger allait déposer à Arlington. »

Rock avait paru s'assoupir à la table, mais cette information lui fit brusquement relever la tête. « Hein ?

– Je ne te le fais pas dire. Petit deux, pendant ses visites à Catherine, Granger lui a montré un portrait-robot. Catherine a répondu que ce croquis en noir et blanc ne correspondait pas à son agresseur. Granger a voulu insister, il s'est énervé quand elle est restée sur ses positions et a confirmé que ce n'était pas lui. Alors est-ce que le dessin était une tentative de la part de Granger pour détourner l'attention de Catherine ou bien soupçonnait-il réellement quelqu'un d'être son violeur ? J'ai mon opinion. Le commandant a la sienne, dit-il avec un mouvement de tête vers D.D.

» Ce qui nous amène au petit trois : il n'y a aucune trace de Russell Granger. Pas de permis de conduire. Pas de numéro de Sécu. Ni pour lui, ni pour la mère d'Annabelle, Leslie Ann Granger. D'après le cadastre, entre 75 et 86, la maison des Granger dans Oak Street appartenait à un certain Gregory Badington de Philadelphie. J'imagine que les Granger étaient locataires, sauf que Badington est décédé il y a trois ans et que sa femme, qui m'a eu l'air d'avoir cent cinquante ans au téléphone, ne voyait absolument pas de quoi je parlais. Donc, impasse de ce côté-là.

» Hier, j'ai commencé une vérification de routine dans les archives financières et ça ne m'a mené nulle part. J'ai lancé une recherche sur le mobilier des Granger, apparemment mis au garde-meubles. Nada. C'est comme si la famille elle-même n'avait jamais existé. À part, évidemment, les plaintes déposées par Granger.

– Vous croyez que Russell Granger a pris sa propre fille pour cible ? demanda Rock, dérouté. Qu'il a tout inventé ?

– Moi, non. Le commandant Warren, en revanche…

– Ça lui fournissait une couverture parfaite, dit posément D.D. Peut-être qu'en 82, Russell a pensé que la police allait commencer à remarquer la soudaine multiplication des disparitions de petites filles. En se posant lui-même en victime, il croyait éviter d'être considéré comme un suspect. Par ailleurs, ça lui donnait une bonne couverture pour son propre départ en octobre. Réfléchissez à ça. Sept fillettes disparues entre 1979 et 1982, dont l'une personnellement connue de Russell Granger (la meilleure amie de sa fille), et pourtant pas un seul enquêteur n'essaie de le retrouver pour l'interroger. Pourquoi ? Parce qu'il a déjà assis son image de père protecteur. C'est parfait. »

Sinkus paraissait dépité. Il aimait manifestement l'idée que son poulain, Eola, était le coupable, et l'émergence soudaine de Russell Granger comme alternative viable lui fendait le cœur.

« Petit détail, riposta Bobby : Russell Granger est mort. Ce qui signifie que, quoi qu'il ait pu faire au début des années 80, ce n'est pas lui qui a laissé un message sur le pare-brise de D.D.

– Tu es sûr ?

– Tu ne suggères pas réellement…

– Regarde les faits, Bobby, dit D.D. Jusqu'à présent, tu es incapable de prouver que Russell Granger a existé. Alors comment peux-tu être tellement certain qu'il est mort ?

– Oh, pitié…

– Je ne plaisante pas. Tu as un certificat de décès ? Des éléments de recoupement ? Non, tu n'as que le témoignage de sa fille, laquelle prétend que son père a été accidentellement tué par un taxi. Aucun autre document ni indice à l'appui. C'est assez commode, si tu veux mon avis.

– Alors non seulement Russell Granger est un tueur en série, mais en plus sa fille le couvre ? Qui est passé des faits à la fiction, là ?

– Je dis simplement qu'on ne peut pas tirer de conclusions hâtives. Il y a deux choses que je veux savoir, dit D.D. en le regardant froidement : primo, quand Russell Granger est-il entré pour la première fois dans cet État ? Deuzio, pourquoi a-t-il continué à fuir après avoir quitté Arlington ? Donne-moi ces réponses, ensuite on discutera.

– Primo, répondit sèchement Bobby, le MIT vient de me donner le nom de l'ancien patron de Russell. J'espère rencontrer le docteur Schuepp à la première heure demain matin, ce qui devrait me fournir des réponses sur le passé de Russell Granger, y compris sa date d'arrivée dans le Massachusetts. Deuzio, je fais des recherches sur les dates et les villes après le départ de la famille d'Arlington, mais j'ai été trop occupé à te courir après pour arriver à faire autre chose. »

D.D. eut un sourire amer. « À propos de ce message, dit-elle en brandissant le tas de photocopies, parlons un peu du clou de la soirée. »

27

Mon appel mystère se révéla émaner de M. Petracelli. Il ne fut pas plus chaleureux au téléphone qu'il ne l'avait été en chair et en os. Il voulait me rencontrer. Il ne voulait pas que Mme Petracelli le sache. Le plus tôt serait le mieux.

Entendre mon vrai nom au téléphone m'avait secouée. Je ne voulais pas de lui dans mon appartement. Je me sentais déjà suffisamment envahie par le fait qu'il s'était servi du numéro de téléphone que j'avais laissé à Mme Petracelli.

Nous décidâmes finalement de nous rencontrer à Faneuil Hall, à l'extrémité est de Quincy Market, à vingt heures. M. Petracelli maugréa parce qu'il allait devoir prendre sa voiture pour venir en ville, trouver à se garer, mais il finit par accepter. J'avais moi aussi des problèmes à résoudre (comment faire stratégiquement coïncider l'heure de ma pause avec celle du rendez-vous), mais ça me paraissait faisable.

M. Petracelli raccrocha et je me retrouvai seule dans mon appartement, le combiné collé à la poitrine ; j'essayais de me concentrer. J'étais censée être au boulot dans dix-sept minutes. Je n'avais pas nourri Bella, ni changé de vêtements ou défait mon sac.

Lorsque je bougeai enfin, ce fut pour reposer le combiné et appuyer sur le bouton Play de mon répondeur. Premier message : raccroché. Deuxième message : idem. Troisième message : c'était ma cliente du moment qui, à la réflexion, n'aimait pas les cantonnières ; elle venait de voir ces magnifiques nouveaux rideaux chez son amie Tiffany, alors peut-être qu'on pourrait tout recommencer depuis le début, ou bien, si c'était trop compliqué pour moi, elle pouvait passer un coup de fil à la décoratrice intérieure de Tiffany. *Ciao, ciao !*

Je griffonnai une petite note. Puis écoutai trois autres raccrochages.

M. Petracelli, qui répugnait à laisser un message ? Ou quelqu'un d'autre, qui essayait désespérément de me joindre ? D'un seul coup, après des années d'isolement, j'étais populaire. Bonne ou mauvaise nouvelle ? Cela m'inquiétait.

Je mordillai mon ongle de pouce en regardant dehors l'obscurité sombre et pluvieuse. Quelqu'un voulait qu'on lui rende le médaillon. Quelqu'un avait trouvé la voiture du commandant Warren. N'était-ce donc qu'une question de temps avant que ce même quelqu'un me trouve ?

« Bella, déclarai-je brusquement, ça te dirait de venir au travail avec moi ? »

L'idée lui plut énormément. Elle tourna une demi-douzaine de fois sur elle-même, trottina jusqu'à la porte et me regarda d'un air interrogateur. Elle ne fut pas contente d'apprendre que je devais me changer, mais cela lui donna le temps de dîner. Pendant qu'elle engloutissait sa pâtée, j'enfilai un jean usé, une chemise blanche basique et des mocassins noirs Dansko, idéaux pour une longue soirée debout. Et bien sûr, j'attrapai mon Taser tellement pratique (le meilleur allié des femmes) pour le glisser dans mon immense sac à bandoulière.

Bella et moi franchîmes la porte en trombe, ne nous arrêtant que le temps de fermer toutes les serrures derrière moi. En bas, j'hésitai à nouveau, regardai à gauche, à droite. À cette heure-là, la circulation était dense, les gens accomplissaient leur long périple pour rentrer chez eux après le travail. Sur Atlantic Avenue, c'était probablement pare-chocs contre pare-chocs, surtout avec cette pluie.

Mais ma petite rue était tranquille ; seule la lueur des lampadaires se réverbérait sur le trottoir lisse et noir.

Je ramenai la laisse de Bella dans ma main et nous entrâmes dans les ténèbres.

C'était nul de travailler dans un café. Je passais l'essentiel de mes huit heures de boulot à m'efforcer de ne pas engueuler les clients qui buvaient trop de café ou mon chef qui n'en buvait pas assez. Ce soir-là ne fit pas exception.

Vingt heures arrivèrent. Cinq personnes faisaient encore la queue dans le désordre ; ils voulaient un truc au lait écrémé par-ci, un grand moka au lait de soja par-là. Je tirais des shots d'espresso en m'inquiétant pour Bella, attachée tout juste à couvert à l'extérieur des portes vitrées, et pour M. Petracelli, qui m'attendait à l'autre bout d'un Quincy Market encombré de vendeurs de nourriture.

« J'ai besoin d'une pause, rappelai-je à mon manager.

– Il y a des clients », psalmodia-t-il.

Vingt heures quinze. « Il faut que j'aille pisser.

– Apprends à te retenir. »

Vingt heures vingt : une famille d'accros à la caféine prit le café d'assaut et mon manager ne montrait aucun signe de fléchissement. J'en avais assez. J'enlevai prestement mon tablier, le jetai sur le comptoir. « Je vais aux toilettes, dis-je. Si ça ne vous plaît pas, achetez-moi une autre vessie. »

Je sortis en trombe, abandonnant Carl en compagnie de quatre clients abasourdis, dont une petite fille qui demanda tout haut : « Elle va avoir un *accident* ? »

J'époussetai en vitesse le café moulu sur ma chemise, poussai vivement les lourdes portes vitrées et me dirigeai droit vers Bella. Elle se leva, langue pendante, prête à partir.

Elle fut un peu scandalisée lorsque, au lieu d'aller faire un jogging, je l'emmenai simplement à l'autre bout de Quincy Market, où j'espérais que M. Petracelli m'attendait toujours.

Je ne le vis pas tout de suite au milieu de la petite foule qui s'était amassée devant le pub Ned Devine. Comme la pluie avait cessé, les piliers de bistrot étaient de retour. Je commençais à paniquer lorsque quelqu'un me tapota sur l'épaule. Je fis volte-face. Bella se mit à aboyer comme une folle.

M. Petracelli recula à bonne distance. « Oh, oh, oh », dit-il, les mains levées, en regardant mon chien avec inquiétude.

Je me forçai à prendre une grande inspiration, à calmer Bella, maintenant que tout ce monde nous regardait. « Désolée, marmonnai-je, Bella n'aime pas les inconnus. »

M. Petracelli eut un hochement de tête sceptique et ne quitta pas Bella des yeux ; celle-ci s'apaisa enfin, se colla à ma jambe.

La tenue de M. Petracelli était adaptée aux intempéries. Un long trench-coat beige, un parapluie noir au côté, un feutre brun foncé comme couvre-chef. Il me rappela un personnage de film d'espionnage et je me demandai si c'était comme ça qu'il voyait notre entrevue : une sorte d'opération clandestine, entre professionnels.

Je ne me sentais pas très professionnelle à ce moment-là. J'étais surtout contente de la présence de ma chienne.

C'était M. Petracelli qui avait organisé cette rencontre et j'attendis donc qu'il prenne la parole le premier.

Il s'éclaircit la voix. Une fois, deux fois, trois fois. « Désolé, hum, pour hier, dit-il. C'est juste que... quand Lana m'a dit que vous veniez... je n'étais pas encore prêt. » Il s'arrêta, puis, comme je ne disais toujours rien, s'expliqua hâtivement : « Lana a sa fondation, sa cause. Pour moi, c'est différent. Je n'aime pas beaucoup repenser à cette époque. C'est plus facile de faire comme si nous n'avions jamais habité dans Oak Street. Arlington, Dori, nos voisins... c'est presque comme un rêve. Quelque chose de très lointain. Peut-être qu'avec un peu de chance, tout ça n'est arrivé que dans ma tête.

– Je suis désolée », répondis-je sans conviction, essentiellement parce que je ne savais pas quoi dire d'autre. Nous nous étions déplacés maintenant pour nous éloigner de la foule du bar, jusqu'à l'autre coin du grand bâtiment aux colonnes de granite. M. Petracelli se tenait encore à l'écart, gardait toujours Bella à l'œil. Ça m'allait très bien comme ça.

« Lana m'a dit que vous aviez donné le médaillon à Dori, dit-il soudain. Est-ce que c'est vrai ? Est-ce que vous lui avez donné un de vos… cadeaux ? Est-ce que le pervers qui les a laissés pour vous a tué ma fille ? » Sa voix était montée dans les aigus. Je vis alors quelque chose danser dans l'ombre de ses yeux. Une lueur pas tout à fait saine.

« Monsieur Petracelli…

– J'avais dit aux enquêteurs de Lawrence qu'il y avait forcément un lien. Allons, d'abord un voyeur regarde par la fenêtre chez nos voisins, ensuite notre fille de sept ans disparaît. Deux villes différentes, on m'a répondu. Deux modes opératoires. Mêlez-vous de ce qui vous regarde, voilà ce que ça voulait dire. Laissez-nous faire notre boulot, espèce de taré. »

Il s'énervait tout seul.

« J'ai essayé de joindre votre père, je pensais que s'il pouvait au moins parler aux policiers, il les convaincrait. Mais je n'avais pas de numéro de téléphone. Qu'est-ce que vous dites de ça ? Cinq ans d'amitié. De barbecues, de réveillons du nouvel an, à regarder nos filles grandir côte à côte, et un beau jour votre famille s'envole sans se préoccuper une seconde de nous.

» J'en ai voulu à votre père d'être parti. Mais peut-être que j'étais tout bonnement jaloux. Parce que en partant, il avait sauvé sa petite fille. Alors qu'en ne faisant rien, j'avais perdu la mienne. »

Sa voix stridente se brisa, avec une amertume non déguisée. Je ne voyais toujours pas quoi dire.

« Dori me manque, risquai-je finalement.

– Elle vous manque ? répéta-t-il comme un perroquet, et cette lueur mauvaise passa de nouveau dans ses yeux. Je n'ai pas eu de nouvelles de votre famille en vingt-cinq ans. Plutôt bizarre quand quelqu'un vous manque, si vous voulez mon avis. »

Nouveau silence. Je piétinai avec gêne. Je sentais qu'il avait quelque chose d'important à me dire, la vraie raison qui l'avait poussé à sortir par une nuit aussi sombre et pluvieuse, mais qu'il ne savait pas encore comment la formuler.

« Je veux que vous alliez voir la police, dit-il finalement en me regardant par-dessous le bord de son chapeau. Si vous leur racontez votre histoire, surtout le coup du médaillon, ils s'intéresseront de nouveau à l'affaire. Il n'y a pas de prescription en matière de meurtre, vous savez. Et s'ils trouvent de nouvelles pistes… » Sa voix tremblait. Il se raidit, continua :

« J'ai une maladie cardiaque, Annabelle. Quadruple pontage, shunts. J'ai pour ainsi dire plus de plastique que de chair en moi maintenant. La maladie finira par m'avoir. Mon père n'a pas vécu beaucoup plus vieux que cinquante-cinq ans. Mon frère, pareil. Ça m'est égal de mourir. Il y a des jours où, sincèrement, ça me semblerait un soulagement. Mais quand je mourrai… je veux être enterré auprès de ma fille.

Je veux savoir qu'elle est à mes côtés. Qu'elle est enfin rentrée à la maison. Elle n'avait que sept ans. Ma petite fille. Bon sang, elle me manque tellement. »

Et alors il fondit en larmes, d'énormes et profonds sanglots qui arrêtaient les passants ahuris. Je posai les bras sur ses épaules. Il s'accrocha à moi si violemment qu'il faillit me jeter à terre. Mais je me raidis sous son poids, sentis les vagues de son brutal et violent chagrin.

Bella gémissait, piétinait nerveusement, donnait des coups de patte à ma jambe. J'en étais réduite à attendre.

Pour finir, il se redressa, s'essuya le visage, resserra la ceinture de son imperméable, rajusta le bord de son chapeau. Il ne voulait plus me regarder. Je ne m'attendais pas à ce qu'il le fasse.

« Je vais aller voir la police, lui promis-je – engagement qui ne me coûtait rien puisque je l'avais déjà fait. On ne sait jamais. La police scientifique progresse tous les jours ; peut-être qu'ils ont déjà fait une découverte importante.

– Il y a bien cette fosse à Mattapan, marmonnat-il. Six cadavres. Qui sait, on aura peut-être de la chance. » Son visage se contracta. « De la chance ! Vous entendez ça ? Bon sang, ce n'est pas une vie. »

Je ne fis pas de commentaire. Je jetai furtivement un coup d'œil à ma montre. J'étais partie depuis vingt minutes. J'étais probablement déjà renvoyée de toute façon. Alors quelques minutes de plus ou de moins…

« Monsieur Petracelli, est-ce que vous avez vu le voyeur ? »

Il secoua la tête.

« Mais vous croyiez que cet homme existait, n'est-ce pas ? Que quelqu'un vivait dans le grenier de Mme Watts et me surveillait ? »

Il me regarda bizarrement. « Eh bien, je ne pense pas que Mme Watts et votre père auraient inventé un truc pareil. D'ailleurs, la police a retrouvé le matériel de camping de l'individu chez Mme Watts. Ça me paraît bien réel.

– Donc vous n'avez jamais vu cet homme ? De vos propres yeux ? »

Il secoua la tête. « Non, mais deux jours après la découverte des objets dans le grenier de Mme Watts, nous avons eu une réunion de quartier. Votre père a fait circuler un signalement du voyeur avec une liste des "cadeaux" que vous aviez reçus et leur date d'arrivée. Il nous a dit que les policiers ne pouvaient pas faire grand-chose ; tant qu'il ne s'était rien passé de réellement criminel, ils étaient pieds et poings liés. Naturellement, nous étions tous hors de nous, en particulier ceux qui avaient des enfants. Nous avons voté pour organiser une surveillance de voisinage. D'ailleurs, nous venions juste de tenir notre première réunion quand votre père a annoncé que votre famille prenait des petites vacances. Aucun de nous n'a compris que nous n'allions plus jamais vous revoir.

– Est-ce que par hasard vous auriez ces documents ? Le signalement du voyeur que mon père a fait circuler ? Enfin, je sais que ça remonte à longtemps, mais... »

M. Petracelli sourit doucement. « Annabelle, ma mignonne, j'ai une grosse chemise en papier kraft qui contient tous ces documents jusqu'au dernier. Je l'ai prise avec moi chaque fois que nous avons eu rendez-vous avec la police depuis la disparition de ma petite fille, et à chaque rendez-vous, ils l'ont poliment mise de côté. Mais j'ai tout gardé. En mon for intérieur, j'ai toujours su qu'il y avait un lien entre la disparition de Dori et la vôtre. Seulement je ne suis jamais arrivé à convaincre personne d'autre.

– Est-ce que je pourrais en avoir une copie ? dis-je en farfouillant déjà dans mon sac pour trouver une de mes cartes de visite.

« Je ferai de mon mieux.

– Monsieur Petracelli, vous avez dit que vous connaissiez mon père depuis cinq ans. Était-ce vous qui étiez arrivés les premiers dans le quartier ou bien nous ?

– Votre famille est arrivée en 77. Lana et moi avions emménagé quand elle attendait Dori. Nous avons entendu une rumeur comme quoi une famille s'installait avec une fille de l'âge de Dori. Lana venait de sortir les cookies du four quand le camion de déménagement est arrivé. Elle y est allée avec des gâteaux et Dori en remorque. Vous êtes devenues inséparables dès cet après-midi-là. Nous avons reçu vos parents à dîner le deuxième soir et l'affaire était entendue. »

Je lui souris pour encourager d'autres réminiscences. « Oh, vraiment ? Honnêtement, je ne m'en souviens pas. J'imagine que j'étais trop jeune.

– Vous aviez quoi, dix-huit mois, deux ans ? Vous aviez cette super façon de marcher en vous dandinant. Vous vous poursuiviez dans toute la maison en criant à pleins poumons. Lana secouait la tête en disant que c'était un miracle que vous ne tombiez pas plus souvent. » M. Petracelli souriait. Pas étonnant qu'il soit si tourmenté : malgré ce qu'il avait dit, il gardait un souvenir très vif du passé, comme d'une vieille photographie qu'il regarderait souvent.

« D'où arrivait ma famille ? Vous le savez ?

– De Philadelphie. Votre père avait travaillé à l'université de Pennsylvanie, quelque chose comme ça. Je n'ai jamais compris grand-chose à son travail. Même si je dois dire que, pour un professeur, il avait très bon goût en matière de bière. Et puis, il était fan des Celtics, il ne m'en fallait pas plus.

– Je n'ai jamais compris grand-chose non plus à son travail, murmurai-je. Enseigner les maths m'a toujours paru tellement ennuyeux. Je me souviens que je jouais à faire comme s'il était dans le FBI.

– Russell ? dit M. Petracelli en éclatant de rire. Peu probable. Je n'ai jamais vu un homme qui ait une telle hantise des armes à feu. Lors de cette réunion pour monter un comité de surveillance dans le quartier, certains ont envisagé d'acheter des armes pour se protéger. Votre père ne voulait pas en entendre parler. "C'est déjà bien assez grave qu'un individu ait fait entrer la peur chez moi, soutenait-il. En aucun cas je ne le laisserai y faire entrer aussi la violence." Non, votre père était un universitaire libéral jusqu'à la moelle. Les vertus du dialogue, le pacifisme, toutes ces conneries.

– Vous avez acheté une arme ?

– Oui. Je ne me doutais pas que j'aurais dû l'envoyer à Lawrence avec Dori. » Le visage de

M. Petracelli se tordit à nouveau, submergé par l'amertume. Sa respiration se fit plus courte, pénible. Je repensai à son cœur.

« Lana m'a dit que vos parents étaient morts, dit-il tout à coup.

– C'est vrai.

– Quand ? »

Je réfléchis à sa question, me demandai où il voulait en venir. « C'est important ?

– Peut-être.

– Pourquoi ? »

Les lèvres pincées, il me demanda brusquement, sans tenir compte de ma réponse : « Où êtes-vous allés, Annabelle ? Quand votre famille est partie en vacances, vous êtes allés loin ?

– Jusqu'en Floride.

– Et votre père a vraiment trouvé du travail là-bas ? C'est pour ça que vous êtes restés ?

– Il travaillait comme taxi. Ce n'était pas comme être professeur, mais il trouvait qu'il n'avait pas perdu au change, je crois. »

M. Petracelli parut surpris. Que mon père ait été prêt à renoncer à sa carrière universitaire ou qu'il n'ait pas menti en disant qu'il avait trouvé du travail ? Je n'étais pas sûre. Il cligna des yeux. « Désolé, dit-il au bout d'un moment. J'imagine que je deviens paranoïaque avec l'âge. C'est facile, étant donné que je me réveille presque toutes les nuits en hurlant. »

La pluie s'était remise à crépiter. M. Petracelli se détournait déjà pour partir. Je l'arrêtai en posant une main sur son bras. « Pourquoi ces questions sur mon père, monsieur Petracelli ? Qu'avez-vous besoin de savoir ?

– C'est juste que… après la disparition de Dori, un voisin a affirmé avoir vu un homme circuler dans le quartier avec une camionnette blanche et il a même fourni un signalement du type à la police. Lana n'a jamais été d'accord avec moi, bien sûr, mais ma première idée…

– Oui ?

– Cheveux bruns coupés court, visage bronzé, vraiment beau gars. Allons, Annabelle. » Soudain le visage de M. Petracelli changea à nouveau et cette lueur maligne revint dans son regard. « Dites-moi qui c'était. »

Un instant, je restai sans comprendre. Puis, lorsque l'allusion fit mouche, j'essayai d'arracher ma main. Il s'accrocha à mes doigts, ne les lâcha pas. « Ne soyez pas ridicule ! dis-je vivement.

– Ouais, Annabelle, l'homme qui a enlevé ma Dori, il ressemblait trait pour trait à votre cher vieux papa. »

Il me rendit violemment mon bras. Je tombai sur le trottoir mouillé, mes doigts meurtris se posant par réflexe protecteur sur ma poitrine tandis que Bella aboyait tant qu'elle pouvait. Je l'attrapai, essayai de la calmer, de me calmer.

Lorsque je levai à nouveau les yeux, M. Petracelli était parti et seule l'horreur de son accusation flottait encore dans l'air humide et sombre.

28

Carl me renvoya. Je pris bien la nouvelle, si on considère que j'avais besoin de ce boulot pour m'offrir des luxes tels que payer mon loyer. Mais j'étais surtout soulagée de quitter le bruit et l'agitation de Quincy Market, où la nuit était encore ternie par les terribles paroles de M. Petracelli. Même Bella manquait d'entrain ; elle marchait docilement à mes côtés tandis que nous quittions Faneuil Hall pour le territoire familier de Columbus Park.

Ce parc en bordure des quais était petit comparé à d'autres espaces verts de Boston. Mais il offrait une fontaine où les enfants chahutaient et s'arrosaient l'été pendant que les adultes paressaient dans l'herbe ou à l'ombre des longs treillis en bois. Il y avait une aire de jeux, une roseraie et un petit bassin où les sans-abri montaient la garde.

Quelquefois, avant de prendre mon poste chez Starbucks, j'y emmenais Bella pour qu'elle s'ébatte avec ses voisins de North End, dans un groupe de jeu informel pour jeunes chiens. Je restais à l'écart des êtres humains attroupés pendant que les chiens batifolaient.

Trop froid et trop humide pour les enfants à cette heure-là. Trop tard pour les chiens ou les réunions entre voisins. Les sans-abri dormaient sur les bancs. Les noctambules, en raison du temps brumeux, traversaient d'un pas vif pour aller des bistrots de Faneuil Hall aux restaurants de North End. À part ça, le parc était tranquille.

Je me surpris à repenser au message. *Rendez le médaillon ou une autre fille mourra.*

Y avait-il en ce moment une petite fille couchée dans son lit, peut-être avec son chien en peluche préféré et un doudou en coton rose ? Faisait-elle confiance à ses parents pour la protéger ? Croyait-elle que rien ne pouvait lui arriver dans sa propre maison ?

Il traverserait sa pelouse, un lourd pied-de-biche en métal rebondissant contre la cuisse. Il se cacherait quelque part, peut-être derrière un arbre ou un buisson. Ensuite il s'approcherait centimètre par centimètre le long du mur, jusqu'à sa fenêtre.

Il soulèverait le pied-de-biche, s'attaquerait au châssis de la fenêtre…

Je pressai mes mains contre mes yeux, comme si cela devait chasser les images. J'avais l'impression de nager en pleine horreur, suffoquée par cette violence. Vingt-cinq ans après, je ne pouvais toujours pas y échapper.

Je ne voulais pas penser à ce qu'avait dit M. Petracelli. Je ne voulais pas penser à la menace déposée sur le pare-brise de D.D. Le passé appartenait au passé. J'étais une adulte. J'habitais cette ville depuis plus de dix ans. Pourquoi le croque-mitaine réapparaîtrait-il tout à coup en réclamant mon vieux médaillon, en menaçant de faire de nouvelles victimes ? Cela n'avait pas de sens.

M. Petracelli était fou. Un homme amer et dément qui ne s'était jamais remis de la terrible perte de sa fille. Évidemment qu'il accusait mon père. Cela lui épargnait toutes les formes de culpabilité parentale.

Quant aux allégations de Bobby et D.D…

Ils n'avaient jamais rencontré mon père. Ils ne le connaissaient pas comme moi je le connaissais. Cette façon qu'il avait de s'attaquer à un problème tel un pit-bull, de ne plus en démordre. De toute évidence, Catherine détenait une information qu'il voulait. Auquel cas, il avait pu lui paraître logique de se faire passer pour un agent du FBI. Les pères normaux ne font sans doute pas ce genre de choses, mais ils n'embarquent pas non plus leur famille en Floride sous prétexte que la police refuse de convoquer la garde nationale pour chercher un voyeur.

Quant à la brève disparition de mon père peu après notre installation en Floride… Il y avait certainement des détails à régler. Fermer les comptes en banque, mettre les affaires au garde-meubles. Sauf qu'évidemment il aurait pu fermer les comptes avant notre départ. Et qu'apparemment, il avait organisé le déménagement par téléphone…

Je ne voulais pas aller par là. Mon père était obsédé, parano et maniaque.

Ça ne faisait tout de même pas de lui un tueur.

Sauf qu'il ne s'appelait peut-être même pas Russell Granger ?

Mes tempes recommencèrent à battre, prémices d'une migraine du tonnerre qui avait commencé vingt-cinq ans plus tôt et menaçait à présent de ne plus jamais s'arrêter. Je ne savais pas quoi faire. Je voulais juste… j'espérais juste…

« Bonsoir. »

La voix me fit tellement sursauter que je poussai un petit cri, fis volte-face et faillis tomber. Une main puissante me rattrapa par le bras et me rétablit.

Bella aboyait, surexcitée, pendant que je me retournais enfin pour découvrir à mes côtés le vieillard de l'hôpital psychiatrique. Charlie Marvin. Les aboiements de Bella redoublèrent. Loin de s'en inquiéter, Charlie se pencha simplement et lui tendit une main.

« Belle chienne », murmura-t-il en attendant que Bella arrête d'aboyer suffisamment longtemps pour flairer sa main. Elle le renifla encore timidement, puis s'approcha de lui en remuant la queue.

Charlie, apparemment, était un ami des chiens. « Oh, ça, c'est une bonne fille. Hein, que tu es belle ? Regarde-moi ces taches. Tu dois être un berger australien. Pas beaucoup de moutons à garder dans le coin, j'en ai peur. Est-ce que tu te contenterais de taxis ? Qu'est-ce que tu en dis ? Tu m'as l'air d'une rapide. Je parie que tu en attrapes plein. »

Bella parut trouver l'idée excellente. Elle se frotta à nouveau contre Charlie en quémandant mon approbation du regard. Ma chienne lui était totalement acquise.

Il quitta finalement sa posture accroupie et eut un sourire contrit lorsque ses genoux craquèrent et qu'il dut se rattraper à mon bras.

« Désolé, dit-il gaiement. C'est une chose de se baisser. C'en est une autre de se relever.

350

– Qu'est-ce que vous faites là ? » demandai-je d'une voix cassante et ferme.

Les coins de ses yeux bleus se plissèrent. Il semblait trouver mon inquiétude amusante. Il leva les mains en signe de mea culpa. « Vous vous souvenez quand j'ai dit que j'avais l'impression de vous connaître ? »

J'acquiesçai à contrecœur.

« Je n'ai pas arrêté d'y penser, je me suis rappelé où je vous avais vue. Dans ce parc. Vous courez ici avec votre chien. En général un peu plus tôt que ça, mais je vous ai repérée pas mal de fois. Je n'oublie jamais un visage, surtout quand il est joli. » Il baissa les yeux, gratta Bella sous le menton. « Bien sûr que je parle de toi, ma chérie », roucoula-t-il.

Ce fut irrépressible, je souris enfin. Mais je me repris en hâte. « Et qu'est-ce que vous faites dans le parc si souvent ? »

Il eut un signe de tête vers le coin d'Atlantic Avenue. « Je travaille auprès des sans-abri. Ce n'est pas parce qu'on n'a pas de toit sur la tête qu'on n'a pas droit à la parole de Dieu. »

Je ne voyais pas quoi répondre.

« Par ailleurs, dit-il d'une voix lente en basculant sur les talons et en enfonçant ses mains dans ses poches, j'avoue que je vous ai cherchée. »

Je ne dis rien, mais je sentis mon pouls s'accélérer : je passais en alerte rouge.

« Vous n'êtes pas de la police », déclara-t-il.

Pas de réponse.

« Mais ils vous ont emmenée sur la scène de crime, dit-il en penchant la tête sur le côté, le regard insistant. Alors je me suis dis que vous étiez peut-être une autre sorte d'expert. Botaniste, spécialiste des ossements. Je n'y connais rien en fait, je regarde seulement Court TV. Mais je suis assez psychologue et je crois que vous n'êtes pas plus une scientifique qu'une policière. Autrement dit... je pense plutôt à un membre de la famille. D'une de ces pauvres fillettes. Mais vous êtes trop jeune pour être une mère. Alors peut-être une sœur ? C'est ma théorie, en tout cas. Vous connaissiez une de ces filles dont le corps a été découvert et j'en suis très triste. »

Très lentement, j'acquiesçai. Sœur. Il y avait de ça.

Charlie sourit. « Pfiou ! dit-il en faisant mine de s'essuyer le front dans un geste théâtral. Je ne sais pas d'où je sors tout ça, vous savez. Mais bon, la plupart du temps, j'ai raison. C'est un don que le Seigneur m'a accordé. Pour l'instant, je m'en sers pour Son œuvre. Mais dès que j'en aurai terminé avec ce petit boulot, c'est décidé : je me lance dans le poker. Je m'achèterai une Cadillac pour mes vieux jours ! »

Son sourire était trop communicatif. Je me surpris à sourire à mon tour, pendant que Bella caracolait autour de nous, manifestement sous le charme de son nouvel ami.

« D'accord. Disons que je suis une parente. En quoi ça vous intéresse ? »

Charlie reprit immédiatement son sérieux et secoua la tête d'un air sombre. « Je ne trouve pas le sommeil. Je sais que ça peut paraître invraisemblable. Je suis pasteur. Qui mieux que moi peut connaître le

mal dont les hommes sont réellement capables ?
Mais je suis un idéaliste. Chaque fois que j'ai vraiment côtoyé le mal, je l'ai su. J'étais capable de le sentir, de le toucher, de le flairer. Christopher Eola puait le mal.

» Mais pendant toutes ces années passées à l'hôpital psychiatrique, jamais je n'ai soupçonné quoi que ce soit d'aussi terrible qu'une tombe collective. Jamais je n'ai marché dans les rues de Mattapan en imaginant que des jeunes filles étaient arrachées à leur foyer. Jamais je ne me suis promené dans les bois de la propriété en croyant un instant que j'avais entendu une jeune fille crier. Et je me promenais très fréquemment dans ces bois. Comme beaucoup d'entre nous. C'est une des plus belles réserves naturelles de l'État ; nous aurions eu tort de ne pas profiter de ce don de Dieu. Et c'était ce que je ressentais quand je traversais ces prés, quand je contournais ces marécages, quand je me retirais dans la forêt : je me sentais sincèrement, authentiquement, plus près de Dieu. »

Sa voix se brisa. Il releva la tête, me fixa avec des yeux bleus lugubres. « Ça m'a ébranlé jusque dans mon âme, jeune fille. Si je n'ai pas été capable de percevoir le mal dans ce parc, quel genre de pasteur fais-je ? Comment puis-je être le messager de Dieu quand j'ai été si aveugle ? »

Je ne savais pas quoi répondre. Jamais un pasteur ne m'avait posé de question spirituelle. Mais il devint vite clair que Charlie Marvin ne cherchait pas à connaître mon opinion ; il s'était déjà forgé la sienne.

« C'est devenu mon obsession, cette tombe à l'hôpital psychiatrique, les âmes de ces malheureuses. Là où j'ai failli une fois, il est de mon devoir de ne pas faillir à nouveau. J'aimerais entrer en contact avec les familles, mais elles ne sont pas encore identifiées. Sauf vous. Alors me voilà. »

Je fronçai les sourcils, encore hésitante. « Je ne comprends pas. Que voulez-vous ?

– Je ne suis pas là pour exiger, chère enfant. Je suis là pour que vous parliez. D'absolument tout ce qui vous fera plaisir. Allons, asseyons-nous. Il fait froid, il est tard, vous êtes venue dans le parc au lieu d'aller retrouver votre petit lit douillet. Manifestement, quelque chose vous tracasse. »

Charlie désigna un banc qui nous tendait les bras. Je le suivis à reculons ; je n'étais pas du genre à faire causette et pourtant, bizarrement, je n'avais aucune envie que cette rencontre prenne fin. Bella était heureuse. Et j'avais senti en moi quelque chose se déployer au contact de cet homme si chaleureux et débonnaire. Charlie Marvin connaissait ce qu'il y avait de pire en l'humanité. S'il arrivait encore à trouver une raison de sourire, peut-être que je pouvais en faire autant.

« Bien, dit-il gaillardement lorsqu'il arriva au banc et découvrit que je n'avais pas encore pris la tangente. Reprenons depuis le début. Bonsoir, je m'appelle Charlie Marvin, dit-il en me tendant la main. Je suis pasteur et je suis ravi de faire votre connaissance. »

Je jouai le jeu. « Bonsoir. Je m'appelle Annabelle, je confectionne des rideaux sur mesure et je suis également ravie de faire votre connaissance. »

Nous échangeâmes une poignée de main. Je remarquai que Charlie n'avait eu aucune réaction en entendant mon nom, et pourquoi en aurait-il eu ? Mais de mon côté, j'étais tout étourdie d'avoir prononcé mon vrai nom en public après vingt-cinq ans.

Charlie s'assit. Je fis de même. Il était tard, le parc était humide et désert et je décrochai donc la laisse de Bella. Elle me sauta dessus pour m'embrasser avec gratitude et partit courir le long des treillis.

« Si vous me permettez, commença Charlie, vous n'avez pas tout à fait l'accent de Boston.

– Ma famille a souvent déménagé pendant mon enfance. Mais je me considère comme originaire de Boston. Et vous ?

– J'ai grandi à Worcester. Je suis toujours incapable de prononcer les *r*. »

Cela me fit rire. « Donc vous êtes un gars du coin. Une femme, des enfants, des chiens ?

– J'ai eu une femme. Nous avons essayé d'avoir des enfants. Ça n'entrait pas dans les plans de Dieu. Ensuite ma femme a eu un cancer de l'ovaire. Elle est décédée… il y a une bonne douzaine d'années maintenant. Nous avions une petite maison à Rockport. Je l'ai vendue, je suis revenu en ville. Ça m'évite les allers-retours – il se peut que je ne sois plus le meilleur au volant. Le cerveau va bien, mais les mains sont un peu lentes à faire ce qu'on leur demande.

– Et vous travaillez auprès des sans-abri ?

– Oui, mademoiselle. Je donne de mon temps à Pine Street Inn. Je file un coup de main au foyer et à la soupe populaire. Et puis je crois beaucoup au travail de terrain. Les sans-abri n'ont pas toujours le courage de venir à nous, alors il faut aller à eux. »

J'étais réellement curieuse. « Alors vous allez dans des endroits comme ici et puis quoi ? Vous prêchez ? Vous leur donnez de la soupe ? Vous distribuez des brochures ?

– La plupart du temps, j'écoute.

– Vraiment ?

– Vraiment, dit-il en hochant la tête avec énergie. Vous croyez que les sans-abri ne souffrent pas de la solitude ? Bien sûr que si. Même les handicapés mentaux, même les plus démunis éprouvent ce besoin fondamental de relations humaines. Alors je m'assois avec eux. Je les laisse me parler de leur vie. Parfois on ne dit rien du tout. Et c'est tout aussi bien.

– Est-ce que ça marche ? Est-ce que vous avez "sauvé" quelqu'un ?

– Je me suis sauvé moi-même, Annabelle. Ça ne suffit pas ?

– Désolée, je voulais dire… »

Il balaya mon embarras d'un revers de la main. « Je sais ce que vous vouliez dire, ma belle. Je vous fais marcher. »

Je rougis. Cela parut le divertir encore davantage. Mais ensuite il se pencha en avant et dit sur un ton sérieux cette fois-ci :

« Non, je ne peux pas dire que j'ai comme par magie remis quelqu'un sur les rails. Ce qui est bien dommage, quand on sait que la moyenne d'âge des sans-abri est de vingt-quatre ans. » Il vit mon regard surpris et hocha la tête. « Oui, ça calme de penser à ça, hein ? Et près de la moitié de tous les sans-abri présent des troubles mentaux. Pour être franc, ces gens ne sont pas de ceux qui vont repartir du bon pied dans la vie une fois qu'on leur aura donné une douche et un bol de soupe. Ils ont besoin d'aide, ils ont besoin d'accompagnement et puis surtout, à mon humble avis, un passage au moins bref en milieu thérapeutique leur serait profitable. Or ils n'auront rien de tout cela dans un proche avenir.

– Vous êtes quelqu'un de bien, Charlie Marvin. »

Il posa une main sur sa poitrine pour me taquiner. « Oh, ne t'affole pas, petit cœur qui palpites. Je suis trop vieux pour recevoir ce genre de compliment d'une jolie fille. Faites attention ou le fantôme de ma femme reviendra nous châtier tous les deux. Elle a toujours eu un fort tempérament. »

J'éclatai de rire et cela parut le réjouir. Bella revint pour voir où nous en étions. Comme nous n'en étions nulle part, elle se laissa tomber à mes pieds, poussa un profond soupir et posa la tête par terre. Nous restâmes là tous les trois un moment à contempler la lune, à écouter l'eau, à goûter cette quiétude du silence.

Naturellement, ce fut moi qui le brisai :

« Vous savez qui a fait ça ? » demandai-je. Inutile de préciser quoi.

Charlie prit son temps pour répondre. « Je crois savoir qui a fait cette chose horrible, dit-il enfin. C'est-à-dire que lorsque la police aura tout compris, le nom sera celui de quelqu'un que j'ai connu à l'hôpital.

– Vous avez évoqué quelques suspects possibles. Cet Adam Schmidt. Christopher Eola.

– Alors comme ça, vous étiez bien en train d'écouter aux portes.

– Ça me concerne, répondis-je sans me démonter.

– Je ne vous critique pas, mon enfant. » Il fit un clin d'œil. « À votre place, moi aussi, j'aurais écouté.

– Entre les deux, lequel est le plus probable selon vous ?

– Sans rien savoir du crime ?

– Aucun de nous ne sait grand-chose du crime, dis-je en réponse à sa question sous-jacente.

– Christopher Eola, dit-il immédiatement. Il faut être pervers mais calculateur pour kidnapper et assassiner six fillettes. Adam était un pourri, ne vous méprenez pas. Mais il était trop paresseux pour ce genre de crime. Christopher, en revanche… Le défi lui aurait plu.

– Vous savez où il est maintenant ?

– Eh bien…, commença Charlie, avant de s'arrêter.

– Eh bien ? le relançai-je.

– J'y ai encore repensé après ma discussion avec le capitaine Dodge et le commandant Warren…

– Et ?

– Eh bien, plus je pensais à Christopher, plus je me disais que c'était forcément lui. Alors j'ai appelé un copain à moi à Bridgewater. Il n'avait même jamais entendu parler d'Eola – c'est mauvais signe là-bas, si vous voyez ce que je veux dire. Mais il a fait des recherches et comme par hasard, Eola a été relâché en 78. Ce qui signifie que Christopher a été en liberté pendant tout ce temps-là et pourtant aucun de nous n'a entendu parler de lui. Ça m'inquiète.

– Vous ne croyez pas qu'il s'est comme par miracle trouvé du boulot, qu'il s'est intégré à la société, qu'il est devenu un citoyen modèle ? »

Charlie réfléchit à ma question. « Est-ce que vous considérez Ted Bundy comme un citoyen modèle ? Parce que dans ce cas Christopher a peut-être ses chances.

– À ce point-là ?

– Il n'a aucune morale. Aucune compassion pour ses semblables. Pour un type comme lui, le monde entier est un système dont il faut se jouer. Et ce à quoi il aimait jouer par-dessus tout, c'était à se montrer plus malin que les autres pour pouvoir assouvir ses fantasmes, très secrets et très violents. »

Je songeai à ce qu'il venait de dire. « Dans ce cas, comment expliquez-vous qu'il ait réussi à ne pas attirer l'attention de la police en près de trente ans ?

– Je ne sais pas.

– Mais vous devez bien avoir quelques idées. »

Charlie caressa la tête de Bella, réfléchit. « Eola venait de la haute, alors il a peut-être tapé de ce côté-là. Avec un peu d'argent, on peut camoufler beaucoup de grabuge.

– Certes.

– Et il est intelligent, ça aide. Mais surtout je crois qu'il se sert de son apparence.

– Vous avez dit aux enquêteurs qu'il était efféminé.

– Oui, mademoiselle. Il a beau être fort (tout en muscles, celui-là), il paraît (ou paraissait, plutôt, quand je le connaissais) très aristocratique. Pour une raison ou une autre, les gens ne soupçonnent jamais les universitaires cultivés.

– Universitaires ? m'entendis-je répéter.

– Ce n'est pas comme s'il avait vraiment eu un diplôme ou quoi que ce soit. Mais c'était une image qu'il cultivait. Plusieurs de nos infirmières croyaient réellement qu'il avait un doctorat jusqu'à ce qu'on leur apprenne qu'il n'avait même jamais mis les pieds à l'université.

– Quel genre de diplôme il prétendait avoir ? »

Charlie fit la moue. « Oooh, ça remonte à longtemps. Un diplôme d'histoire ? Une maîtrise de beaux-arts ? De lettres, peut-être. Je ne sais plus. Mais il faisait croire à certains qu'il donnait des cours au MIT. Je ne sais pas pourquoi. Personnellement, je l'aurais plutôt vu en ancien d'Harvard. »

Charlie me lança son sourire avenant, mais je ne souriais plus. Quelque chose me travaillait. Trop de coïncidences.

« Vous avez une photo de Christopher ? demandai-je.

– Non, madame.

– Mais il doit y avoir quelque chose dans les archives. Un trombinoscope ? Une photo d'identité ? Quelque chose.

– Je n'en suis pas sûr, à vrai dire. Peut-être que Bridgewater a pris une photo. »

Je hochai lentement la tête. Commençai à taper nerveusement du pied. Si Eola avait été relâché en 78… toujours au ban de sa famille, sans nulle part où aller…

Un type comme lui finirait-il par se retrouver à Arlington ? Par se faire un chez-lui dans le grenier

360

d'une petite vieille ? Et, étant donné qu'il avait de l'argent, serait-il enclin à s'enfuir aussi, si sa cible se volatilisait ? Peut-être que la police de Boston n'avait jamais entendu parler de Christopher Eola pour la même raison qu'elle n'avait jamais entendu parler de moi : parce que nous nous étions tous les deux évanouis dans la nature et que nous avions passé les vingt-cinq années suivantes sur les routes.

Il commençait à se faire tard. Perdue dans mes pensées, je ne m'étais pas aperçue que Charlie était déjà debout, sur le départ. Avec un temps de retard, je me levai et fouillai dans mon sac jusqu'à trouver une de mes cartes.

« Si vous voyez quoi que soit d'autre, lui dis-je, je vous serais reconnaissante de toute l'aide que vous pourrez m'apporter.

– Oh, aucun problème. Tout le plaisir est pour moi. » Il jeta un coup d'œil à ma carte, s'étonna : « Tanya ?

– Mon deuxième prénom. Je m'en sers pour le travail. Une femme n'est jamais trop prudente, vous savez. »

Nous nous serrâmes une dernière fois la main. Charlie se dirigea vers Faneuil Hall. Bella et moi partîmes vers le North End.

Juste à la sortie du parc, alors que je m'apprêtais à traverser Atlantic Avenue, quelque chose me poussa à me retourner. J'aperçus Charlie, désormais sous le treillis, qui nous regardait d'un air absorbé, Bella et moi. Un vieux monsieur bien élevé qui s'assurait que je rentrais chez moi sans encombre ? Ou bien autre chose ?

Il me vit le regarder, me salua de la main, sourit doucement et tourna les talons.

Je commençai alors à courir avec Bella, sous les réverbères, dans les grandes artères, avec mon Taser à la main et mes démons une nouvelle fois à mes trousses.

29

Bobby était perché à dix mètres du sol, calé sur les branches dénudées d'un énorme chêne. Il portait un gilet pare-éclats sur une tenue de combat noire. Sur le front, des lunettes de vision nocturne. Dans les bras, un fusil Sig Sauer SSG 3000 muni d'une lunette Leupold à grossissement variable 3-9 × 50 mm et chargé avec des cartouches Remington – des Federal Match 168 grains de calibre 308.

Ça aurait dû lui rappeler la belle époque. Celle où il pouvait courir plus vite qu'une balle lancée à pleine vitesse et franchir d'un bond d'immenses bâtiments. Où il était l'as des as, le plus dur des durs. Où il avait une mission, une équipe, un but dans la vie.

En réalité, il avait surtout envie de tordre le cou à D.D.

Le message laissé sur la voiture de D.D. contenait des instructions explicites : à 3 h 33, le médaillon devait être remis sur le site de l'ancien hôpital de Boston, devant les ruines du bâtiment de l'administration ; D.D. devait l'apporter elle-même ; elle devait le porter autour du cou ; elle devait venir seule.

Bobby était peut-être un enquêteur débutant, mais il avait servi sept ans dans une unité tactique. Il s'y connaissait en stratégie ; les opérations spéciales étaient son domaine.

D.D. lut le message et y vit une occasion. Il lut le message et y vit un *leurre*.

Pourquoi D.D. ? Pourquoi seule ? Pourquoi, s'il ne s'agissait que de rendre le bijou, devait-elle porter le médaillon autour du cou ?

Et puis il y avait le site lui-même. Quatre-vingts hectares de forêt. Deux ruines croulantes, un chantier de construction et une scène de crime souterraine. Il n'y avait pas assez de forces d'intervention dans toute la Nouvelle-Angleterre pour sécuriser une superficie pareille, surtout dans des délais aussi serrés.

D.D. avait rétorqué qu'il n'y avait que deux voies d'accès au site, faciles à contrôler. Bobby avait fait remarquer qu'il n'y avait *officiellement* que deux points d'entrée ou de sortie, mais que les gens du quartier avaient creusé sous les clôtures, découpé des trous dans les grillages et fait les quatre cents coups dans le parc pendant des décennies. Le site était un vrai gruyère, ses frontières étaient poreuses et ses clôtures inopérantes.

Il leur fallait des unités tactiques. Son ancienne équipe pour commencer, ce qui ferait entrer trente-deux hommes dans le jeu. Il serait même prêt à accepter de travailler avec les forces d'intervention de la ville de Boston si les gars promettaient de ne pas toucher à son flingue. Un policier est un policier, leurs entraînements se valaient et, pour être honnête, les types de Boston n'étaient pas trop mauvais, même si ceux de l'État répugnaient à dire ce genre de choses à voix haute.

Il aurait aussi aimé des hélicos, des chiens et des caméras infrarouges disposées à intervalles stratégiques.

D.D., naturellement, avait décidé de déployer un seul homme sur le site : lui. Les autres formeraient un cercle discret, prêt à se resserrer autour de l'individu dès qu'il se présenterait. La présence d'un trop grand nombre d'agents pourrait le dissuader d'approcher. Pareil pour les renforts aériens. Les caméras de surveillance n'étaient pas une mauvaise idée, mais ils n'avaient pas le temps d'installer un système aussi sophistiqué.

Elle s'était donc rabattue sur du basique : des chiens anti-explosifs avaient fait une inspection trois heures plus tôt pendant que deux douzaines d'officiers passaient les bois au peigne fin dans les environs immédiats. Puis la logistique avait installé à la hâte des détecteurs qui émettaient des rayons infrarouges et qui, de point en point, délimitaient un périmètre autour de la zone de rendez-vous. Dès qu'un rayon serait coupé, un signal serait envoyé au centre de commandement, qui avertirait Bobby et D.D. de l'arrivée de l'individu.

D.D. était équipée de matériel de liaison sous son gilet en Kevlar blindé au carbure de bore. Elle portait une oreillette pour la réception et l'émetteur était intégré à son gilet. Cela lui permettait de communiquer avec Bobby, de même qu'avec le centre de commandement installé dans une fourgonnette de l'autre côté de la rue, près du cimetière.

D.D. était une imbécile. Un commandant buté, entêté, borné, qui croyait sincèrement pouvoir sauver le monde en une soirée.

Bobby ne pensait pas que c'était une question d'ambition. Il pensait, et c'était plus effrayant, que D.D. était curieuse.

Elle était persuadée que l'individu se montrerait. Et à ce moment-là, elle espérait découvrir s'il s'agissait de Christopher Eola ou du père depuis longtemps disparu d'Annabelle. Après quoi, elle captiverait tellement le tueur d'enfants par sa beauté éblouissante et ses reparties spirituelles qu'il n'aurait même pas l'idée d'aller enlever une autre petite fille. Au contraire, il raconterait à D.D. tout ce qu'elle avait besoin de savoir, juste avant que l'équipe d'intervention ne fasse une descente et ne l'embarque, menottes aux poignets.

D.D. était une imbécile. Un commandant buté, entêté, borné…

Bobby se pencha en avant. Ajusta sa lunette Leupold. S'efforça de faire abstraction du bruit du vent, qui faisait frémir les arbres squelettiques.

Ses mains ne tremblaient pas. C'était déjà ça.

Après la fusillade, pendant ce moment où il voyait encore la tête de Jimmy Gagnon partir brutalement en arrière, le sang et la cervelle jaillir du crâne, Bobby s'était demandé s'il pourrait à nouveau être un jour à l'aise avec une arme. Il s'était demandé s'il aurait *envie* d'être à nouveau à l'aise avec une arme.

Il n'avait jamais été un fanatique des armes à feu. N'avait jamais tiré au fusil avant de fréquenter l'école de police. Là-bas, il avait découvert qu'il n'était pas mauvais. Avec un peu d'entraînement, il faisait des scores de spécialiste. Avec un peu d'encouragement, il devint tireur d'élite. Mais ça n'avait jamais été le grand amour. Le fusil n'était pas le prolongement de son bras, une vocation. C'était un outil avec lequel il se révélait extrêmement doué.

Trois jours après avoir descendu Jimmy Gagnon, il s'était rendu dans un stand de tir et avait pris un pistolet. Avec le premier chargeur : résultat nul. Le deuxième, pas trop mal. Il se disait qu'il était comme un plombier qui se refamiliarisait avec son boulot. Tant qu'il restait dans cet état d'esprit, il était bon pour le service.

Le vent souffla à nouveau, apportant quelques gouttelettes de bruine. Agita les branches autour de lui. Bobby crut entendre une autre plainte sourde. Se redit qu'il ne croyait pas aux fantômes, pas même sur le site d'un ancien asile psychiatrique.

Foutue D.D.

Sa montre lumineuse indiquait 3 h 21. Douze minutes et quelques. Il abaissa les lunettes sur ses yeux et localisa son entêtée d'amie.

D.D. faisait les cent pas devant les murs de briques écroulés de l'ancien bâtiment. Sa silhouette normalement svelte semblait massive et difforme – les effets du gilet en Kevlar. Vu la météo, elle portait un blouson imperméable jaune vif par-dessus son habituelle chemise blanche impeccable. Pas de chapeau, qui réduirait son champ de vision. Pas de parapluie, qui l'encombrerait.

Elle fit demi-tour, revint vers lui, et Bobby aperçut le vieux médaillon en argent qui brillait au creux de sa gorge. Et, en un éclair, il revit la photo en noir en blanc de Dori Petracelli portée disparue, le même médaillon luisant autour du cou.

L'individu jouait avec eux. Il se fichait du médaillon. Et s'il voulait enlever une autre fillette, il enlèverait une autre fillette. Les pervers sont comme ça.

Mais peut-être que D.D. n'avait pas non plus tout à fait tort. Avec ses actes inconsidérés, elle leur donnait une nuit de plus. Les instructions données par l'individu étaient explicites et personnelles. Manifestement, il s'était pris d'une certaine affection pour D.D. Suffisamment pour avoir envie de voir le trophée d'une de ses anciennes victimes au cou du commandant chargé de l'enquête.

Peut-être qu'il était déjà là, perché dans un autre vieil arbre ou même planqué à l'intérieur des ruines en brique. Peut-être qu'il regardait en bas, qu'il regardait dehors, qu'il observait la démarche de D.D., qu'il admirait ses longues jambes musclées, son élégance athlétique naturelle.

Elle arriva au mur en ruine du bâtiment. Tourna les talons, repartit en sens inverse. Trois heures trente et une.

Pourquoi 3 h 33, d'ailleurs ? Pourquoi une telle précision ? L'individu aimait-il la symétrie du 333 ? Ou bien était-ce encore une façon de les faire marcher ?

Le lieutenant Trenton du poste de commandement lui parla soudain à l'oreille : « *On a une activité. Périmètre franchi, plein ouest.* »

D.D. conserva le même pas régulier, même si elle avait dû entendre l'information.

Bobby surveilla les lieux à sa gauche. Il guettait des signes de vie.

Une ombre noire, jaillissant soudain des broussailles...

À l'instant même où le lieutenant Trenton lui reparlait à l'oreille : « *Encore du mouvement. Nord. Activité. Est. Non, sud. Non, attendez. Merde. Quatre côtés franchis. Périmètre envahi de toutes parts. Bobby, vous recevez ?* »

Bobby entendait. Bobby voyait. Bobby agissait.

Le fusil, l'orienter. Repérer, viser, appuyer sur la détente. Un grondement interrompu, et une silhouette noire s'effondra. Pendant que trois autres formes enragées surgissaient des bois.

D.D. se mit à hurler et tout se passa en même temps.

Bobby se tourna, essaya de viser et réalisa que les chiens d'attaque déboulaient si vite qu'ils étaient maintenant trop près pour la portée de sa lunette. Il jura, releva la tête et fit les choses à l'ancienne. Brève pression. Un grondement sinistre et le deuxième chien s'effondra.

Coups de feu en bas. Bobby repéra D.D. à soixante mètres. Elle courait vers son arbre en tirant comme une folle par-dessus son épaule.

Mais elle n'allait pas y arriver.

Il respirait trop difficilement, trop vite. Se centrer. Être présent mais détaché. Trouver la cible. Se concentrer sur elle. Gros chien noir taché de beige, convergeant vers un autre chien noir de cinquante kilos, faisant bloc à la poursuite de leur proie.

Une branche d'arbre dans le champ. Une autre. Maintenant, pendant qu'ils passaient dans un mince intervalle entre les branches.

Il appuya sur la détente. Troisième chien à terre. Pendant que le quatrième s'élançait dans les airs et atterrissait sur le dos de D.D.

Elle s'effondra et le chien referma ses énormes mâchoires sur son épaule, déchiquetant son blouson jaune en vinyle.

« Officier à terre, officier à terre ! hurla Bobby. Demande assistance immédiate, *immédiate*. »

Puis il se fraya un passage entre les branches pour redescendre au sol dix mètres plus bas, empêtré dans son fusil, pendant que le chien cherchait la nuque de D.D. avec un terrible grognement mouillé.

Bobby se dégagea d'entre les branches, sauta les trois mètres qui restaient et quand il roula au sol la douleur lui foudroya les chevilles. Le fusil était inutile : la balle puissante traverserait le chien et atteindrait D.D. Il prit donc plutôt son Glock accroché dans son dos tout en courant.

D.D. bougeait encore. Il la voyait battre des bras et des jambes : elle s'efforçait de se dégager de cet énorme poids, donnait de faibles coups à la tête du chien derrière elle.

Le chien luttait contre son gilet en Kevlar. Essayait de le déchirer à coups de dents et de griffes. Essayait de plonger ses crocs dans une tendre chair blanche.

Bobby accourut. Le rottweiler ne leva jamais la tête. Bobby posa la gueule de son arme sur l'oreille de l'animal. Appuya sur la détente. L'énorme bête s'affaissa et le silence retomba enfin dans les bois.

Il leur fallut dix minutes pour décrocher les mâchoires de l'animal de l'épaule gauche de D.D. Ils la roulèrent sur le côté pendant qu'ils travaillaient, sans que Bobby arrête jamais de lui parler. Elle lui serrait la main comme un étau, refusait de la lâcher, ce qui n'était pas un problème parce qu'il ne l'aurait pas laissée faire.

Du sang. Un peu sur la joue, dans le cou. Moins grave que ce qu'on craignait. Le gilet avait protégé son dos des griffes du chien. Quand elle était tombée vers l'avant, le Kevlar était remonté et avait protégé sa nuque des crocs. Elle avait perdu un lambeau de peau le long de la mâchoire, quelques touffes de cheveux à l'arrière de la tête. Étant donné ce qui aurait pu arriver, elle ne se plaignait pas.

Les agents parvinrent enfin à dégager le rottweiler, qui retomba mollement à terre à côté d'elle.

Elle s'accrocha à Bobby, qui l'aida à se relever. « D'où venaient les chiens ? » demanda-t-elle. Un urgentiste était arrivé, il essaya de prendre sa tension. L'imperméable était trop épais. Elle l'enleva distraitement et le mouvement la fit grimacer.

« Des bois, répondit Sinkus qui venait de les rejoindre, à bout de souffle. Pas encore de trace d'intrusion humaine, mais on a retrouvé quatre cages métalliques à deux cents mètres d'ici, recouvertes de végétation et équipées d'une minuterie. Quand ça a affiché 3 h 33, le courant électronique s'est coupé et les portes se sont ouvertes, libérant les chiens. »

Bobby leva les yeux. « Et tous les quatre se sont précipités vers la même cible ?

– Chaque cage contient, hum, des dessous, dit Sinkus.

– Des dessous ? demanda D.D. en se touchant précautionneusement la mâchoire, en tâtant l'écorchure sanglante.

– Ouais. Des sous-vêtements. Un par cage. Je m'avance peut-être un peu, mais je parie que ces strings sont à toi.

– *Quoi ?* » dit D.D. en se retournant brusquement. L'urgentiste lui ordonna de se tenir tranquille. Elle lui décocha un regard tellement assassin qu'il battit en retraite.

C'était bon de savoir que D.D. se sentait mieux, même si en contrepartie ses doigts écrasaient maintenant la main de Bobby.

« Est-ce que tu as remarqué quelque chose chez toi ? demanda Sinkus. Comme si quelqu'un avait fouillé dans tes tiroirs ou, plus probablement, dans ton linge sale ? Ça marche mieux si l'objet porte ton odeur.

– Je n'ai pas été suffisamment chez moi ces quatre derniers jours pour vérifier mes tiroirs ! Ni, soupira-t-elle rageusement, pour faire une quelconque lessive.

– Bon, ben voilà. Le type a pris quelques marqueurs olfactifs. N'importe quel chien d'attaque bien dressé sait faire, ensuite. »

D.D. n'aimait franchement pas cette idée. Elle se retourna, regarda le corps du chien par terre. Grand, noir, puissamment musclé. Elle toucha ses flancs. Son visage n'exprimait pas tant de la colère que du regret.

« Mon oncle avait un rottweiler. Elle s'appelait Meadow. Le plus gros chien et le plus doux qu'on puisse imaginer. Elle me laissait grimper sur son dos. » La main de D.D. se déplaça, trouva le fil de fer torsadé autour du cou de l'animal, le collier préféré des dealers et des organisateurs de combats.

« Connard, grogna-t-elle soudain. Ce chien a probablement été dressé depuis sa naissance. Il n'a jamais eu sa chance. »

Bobby ne pouvait plus regarder D.D. Après tout, c'était lui qui avait descendu les quatre molosses qui l'attaquaient. Et s'il ne pouvait pas s'en vouloir, vu les circonstances, il ne pouvait pas non plus s'en réjouir.

« Je ne comprends pas, marmonna D.D. Me faire porter le médaillon était à peu près logique pour un cinglé. Ça lui donnait un petit frisson. Mais pourquoi faire tout ça pour ce genre de mise en scène ? C'est comme une agression à distance. Seulement je ne crois pas que notre homme soit du genre distant. Je crois qu'il est du genre affrontement intime et personnel.

– C'est élaboré, commenta Sinkus. L'occasion de faire étalage de son intelligence. Quelque chose que ferait Eola. »

D.D. ne releva pas. Bobby non plus. Il repensait à ce qu'elle avait dit. Le message, laissé sur le pare-brise de D.D., était personnel. Le choix des trophées pour chacun des corps retrouvés était aussi personnel, de même que cette façon de laisser des cadeaux à Annabelle. En l'occurrence, la mise en scène avait impliqué de voler les sous-vêtements de D.D. (il avait dû adorer), alors pourquoi ne pas rester dans le coin pour profiter du spectacle ? D.D. avait raison : l'individu s'était donné beaucoup de mal pour les préliminaires et ensuite il s'était privé du clou des réjouissances.

Quelque chose clochait. Ce taré ne fonctionnait pas comme ça.

« Continuez à fouiller le parc, disait D.D. En plus d'un intrus, demandez aux techniciens de chercher des équipements vidéo, des systèmes d'écoute. Peut-être que notre individu a décidé de mettre en scène le spectacle pour pouvoir l'enregistrer et le regarder bien au chaud chez lui. Il voulait un peu d'action ou une vidéo à diffuser sur Internet.

– On va continuer à chercher, lui assura Sinkus.

– Il nous faut des hélicos, s'énerva D.D. en chassant avec impatience l'urgentiste qui s'attardait. Et des chiens. Bordel, il faut appeler la garde nationale. Putain de parc de cent hectares. Putain de maison de fous. Il pourrait se planquer des jours sans qu'on voie rien. »

Sinkus hochait la tête, prenait des notes, s'apprêtait à claquer le budget annuel du service en une nuit de recherches.

Bobby n'aimait toujours pas ça.

Pourquoi un scénario aussi élaboré ? Ils cherchaient un pédophile, un homme qui avait l'habitude de s'en prendre à de jeunes enfants. Et maintenant, d'un seul coup, il avait des vues sur une femme adulte ? Un commandant de police, probablement intelligente, armée et préparée ?

Est-ce que les pédophiles viraient leur cuti si facilement ? Passaient des petits enfants aux figures d'autorité ?

À moins que…

D'un seul coup, il comprit tout. À moins que l'homme n'ait jamais changé d'objectif. Qu'il ait toujours gardé les yeux rivés sur la même cible. Une cible qui, depuis qu'elle avait récemment refait surface, avait passé les deux derniers jours entourée d'une protection policière. Jusqu'à cette nuit où, à la faveur de cette opération…

Bobby se retourna brusquement vers ses collègues. « Annabelle ! »

30

Réveil difficile, les mains agrippées au drap, les muscles contractés. Pendant une seconde, je me sentis folle d'angoisse. Cours, bats-toi, crie. Mais mes pensées étaient engluées, imprégnées de rêve. Je n'arrivais pas à remplir les vides.

Je me forçai à m'asseoir, aspirai d'inégales goulées d'air. Le réveil indiquait 2 h 32. Cauchemar, pensai-je. Mauvaise nuit.

Je sortis du lit, vêtue d'un boxer en coton pour homme et d'un débardeur noir délavé. Bella releva la tête, considéra le problème. Elle était désormais habituée à mon agitation. Elle reposa la tête ; autant qu'une de nous deux dorme un peu. J'allai seule à pas de loup jusqu'à la cuisine, où j'ouvris le robinet d'un coup sec et me servis un verre d'eau de la ville. Si ça ne me réveillait pas, rien ne le ferait.

Je me tenais là, à regarder le faible rai de la lumière du couloir sous ma porte verrouillée et chaînée, quand la sonnette d'en bas bourdonna bruyamment. Je sursautai et renversai de l'eau sur mon tee-shirt pendant que Bella sortait de la chambre d'un bond, traversait la cuisine et se mettait à aboyer comme une folle devant la porte.

Je ne pensais plus, j'agissais. Je lançai le gobelet en plastique dans l'évier. Retournai en courant dans la chambre, retournai mon oreiller, attrapai le Taser planqué en dessous. Vite, vite, vite.

Retour dans la cuisine. Bella qui aboie. Mon cœur qui bat la chamade. Est-ce que j'entendais la porte grincer au rez-de-chaussée ? Des pas dans l'escalier ?

J'attrapai finalement Bella par le collier et la forçai à se coucher. « Chut, chut, chut », murmurai-je, mais ma propre anxiété entretenait son agitation. Elle émit un grondement sourd pendant que je regardais fixement le faisceau de lumière sous la porte de mon appartement en attendant qu'apparaisse l'ombre de pieds noirs, que se profile l'ennemi.

Et…

Rien.

Les minutes s'écoulèrent. Ma respiration s'apaisa. Ma posture passa d'une agressivité défensive à la perplexité pure et simple. Un peu tard, j'eus l'idée de m'approcher du bow-window pour regarder en bas. Pas de voiture inconnue garée dans la rue. Pas de rôdeur dans l'ombre.

Je me laissai retomber sur la banquette de la fenêtre, le Taser toujours collé à la poitrine. Ma réaction était exagérée, mais je ne pouvais pas renoncer à veiller. Bella avait plus de bon sens. Avec un soupir, elle abandonna son poste pour le tapis de chien du salon. En quelques secondes, elle fut roulée en boule et de nouveau endormie, truffe de toutou sur pattounes de toutou. Je restai debout, sentinelle hyperstressée qui tentait de se raisonner.

Les sonnettes retentissent parfois au milieu de la nuit, essayai-je de me rappeler. C'était déjà arrivé.

Ça arriverait encore. Des passants ivres ou même les invités d'un autre locataire qui se trompent de numéro d'appartement. Les autres habitants de l'immeuble étaient prudents. Aucun de nous n'ouvrait la porte comme ça aux inconnus qui sonnaient. Ce qui ne faisait sans doute qu'augmenter la probabilité que l'intrus continue à appuyer sur des boutons jusqu'à obtenir un résultat.

En d'autres termes, il y avait un million et demi d'explications au fait que la sonnette retentisse au milieu de la nuit. Et aucune d'elles ne marchait dans mon cas.

Je quittai la banquette. Retournai à ma porte. Posai l'oreille contre la peinture et guettai des bruits qui monteraient de l'escalier.

Le problème, c'est qu'il n'y a pas de bande-son dans la vraie vie. Au cinéma, on sait quand un malheur va arriver parce que les grosses basses vous préviennent. Il n'y a pas une personne au monde dont le cœur ne s'affole en entendant la musique des *Dents de la mer* et, franchement, c'est réconfortant. On aime avoir des repères. Ça donne un certain ordre au monde. Un malheur peut arriver, mais seulement quand on commence à entendre en fond sonore *da-dah, da-dah, da-dah-da-dah-da-dah*.

La réalité n'est pas comme ça. Une jeune fille rentre chez elle par un bel après-midi, gravit les escaliers familiers, écoute le ronronnement familier d'une climatisation vétuste, entre dans l'appartement et trouve sa mère morte sur le canapé.

Un homme sort se promener en ville. Il écoute le passage des voitures, les coups de klaxon, l'agitation des autres piétons qui papotent sur leurs portables. Il descend du trottoir une seconde trop tôt et, boum, son visage n'est plus qu'une bouillie informe, fracassée contre un lampadaire.

Une petite fille sort jouer dans le jardin de ses grands-parents. Pépiements d'oiseaux. Craquement de feuilles d'automne. Bruissement du vent. Et elle se retrouve à hurler à l'arrière d'une camionnette blanche.

La vie bascule en un instant, et aucune bande-son pour nous guider.

Si bien que les gens comme moi sursautent au moindre bruit parce qu'ils ne savent pas comment faire la différence.

Je voulais être comme le reste de mes concitoyens qui, lorsqu'ils sont réveillés au milieu de la nuit par leur sonnette, peuvent dire allègrement : « Va te faire foutre ! » avant de se retourner pour se rendormir. Voilà, ça, c'est une vie.

Je regagnai péniblement ma chambre, éclairée par trois lampes de chevet différentes. Je m'allongeai sur mon petit lit et fis courir mes doigts sur la largeur du drap.

Et je me laissai aller à imaginer, un instant, comment ça pourrait être si Bobby Dodge n'était pas enquêteur et moi victime/suspecte/témoin… Si nous étions deux personnes comme les autres, qui se seraient rencontrées lors d'une fête paroissiale. J'aurais apporté une salade aux trois haricots. Lui aurait apporté ce grand classique des célibataires : un paquet de chips de maïs. On aurait pu parler kick-boxing, chiens, clôtures de piquets blancs. Plus tard, je l'aurais laissé me raccompagner. Il aurait glissé ses bras autour de ma taille. Et au lieu de me raidir avec défiance, je me serais laissée sombrer en lui. Le contact dur d'un corps d'homme, son torse qui aplatirait mes seins. Le chatouillement râpeux de ses joues un instant avant qu'il ne m'embrasse.

On pourrait dîner ensemble, aller au cinéma, passer des week-ends entiers à faire l'amour. Sur le canapé, dans la chambre, sur le plan de travail de la cuisine. Il était sportif, athlétique. J'aurais parié qu'il faisait très bien l'amour.

On pourrait même devenir un couple, comme les autres. Et je serais normale et je ne chercherais pas son nom ou quelqu'un qui lui ressemblerait dans le fichier des délinquants sexuels.

Sauf que je n'étais pas normale. J'avais trop d'années de peur imprimées dans le cerveau. Et lui le poids de la mort d'un homme autour du cou. Son boulot l'avait déjà conduit à me mentir et à me manipuler. Mon passé m'avait conduite à lui mentir et à le manipuler. Nous pensions tous les deux avoir eu raison.

Je me demandai pour la première fois si Bobby dormait bien la nuit. Et si jamais nous le faisions ensemble, lequel des deux serait le premier à se réveiller en hurlant. Cette idée aurait dû me refroidir. Au contraire, elle me fit sourire. Nous étions tous les deux tordus, lui et moi. Peut-être que si on nous laissait le temps, on pourrait découvrir si nos distorsions nous rendaient complémentaires.

Je soupirai. Me retournai. Écoutai Bella revenir en trottinant dans la chambre, se poster près de mon lit.

Je lui caressai les oreilles, lui dis que je l'aimais. Cela nous réconforta toutes les deux.

À ma grande surprise, je me détendis. Mes yeux se fermèrent peu à peu. Il se peut que j'aie commencé à rêver.

Et la sonnette retentit à nouveau. Forte, stridente, brutale. Encore et encore et encore. Une violente agression sonore qui ricochait dans mon minuscule appartement.

Je sautai de mon lit, courus à la fenêtre. Les réverbères bombardaient la noirceur lisse sans rien donner à voir. Je passai dans la cuisine, dansant sur la pointe des pieds, les nerfs en pelote, le Taser prêt, les yeux rivés à la fente sous la porte.

Je repérai une ombre menaçante.

Je me figeai. Retins mon souffle. Épiai.

Lentement, je me mis à quatre pattes. Je regardai sous la porte, cherchant désespérément à voir dans ce cadre une minuscule portion de couloir. Pas des pieds. Pas un homme.

Quelque chose d'autre. Quelque chose de petit, rectangulaire et soigneusement emballé dans du papier de couleur vive, la BD du dimanche...

Je rebasculai sur mes pieds. Et je m'attaquai à ma porte, ouvrant frénétiquement la demi-douzaine de serrures pendant que mon cœur battait de peur et que mes mains tremblaient de rage. Bella aboyait, la chaîne se décrocha. Ensemble, nous sortîmes en trombe sur le palier du cinquième, où, moitié nue et brandissant mon Taser, je hurlai à pleins poumons : « *Où tu es, fils de pute ? Montre-toi et bats-toi comme un homme. Tu veux apprendre à me connaître ?* »

J'enjambai d'un bond le paquet emballé. Bella descendit les escaliers avec fracas. Nous déboulâmes dans le hall du rez-de-chaussée, carburant à l'adrénaline pure et prêtes à affronter une armée entière.

Mais l'immeuble était désert, rien dans l'escalier, personne dans le hall. Je suivis les bruits de pas jusque dans le vestibule, où je trouvai la porte de la rue ouverte et battant au vent.

Je la poussai largement. Sentis l'agression froide de la pluie qui me cinglait le visage. La nuit était tempétueuse. Ce n'était rien par rapport à ce que je ressentais à l'intérieur.

Aucun signe de vie dans la rue. Je refermai soigneusement la porte de dehors, appelai Bella pour qu'elle remonte.

Devant mon appartement, il m'attendait toujours. Un paquet plat rectangulaire. Snoopy, perché sur sa niche rouge, souriait sur le dessus.

Et soudain, c'en fut trop. Vingt-cinq ans n'avaient pas suffi. Les leçons de mon père n'avaient pas suffi. La menace était de retour, mais je ne savais toujours pas qui combattre, comment attaquer, vers quoi diriger ma colère.

Ce qui ne me laissait que la peur. Peur de chaque ombre dans mon appartement plongé dans le noir. Peur de chaque bruit dans ce vieil immeuble qui craquait. Peur de chaque passant dans la rue.

Je laissai le paquet sur le palier. J'attrapai Bella par le collier et l'entraînai dans la salle de bains, où je fermai la porte à clé et entrai dans la baignoire en priant pour que la nuit s'achève.

« Vous êtes sûre que vous n'avez rien vu ? demandait Bobby. Une voiture, quelqu'un, le dos d'un manteau qui disparaît au bout de la rue ? »

Je ne répondis pas. Me contentai de le regarder tourner en rond dans les deux mètres carrés de ma cuisine.

« Ou une voix ? Est-ce qu'il a parlé, est-ce qu'il a fait un bruit quelconque en arrivant, en montant ou en descendant les escaliers ? »

Je ne dis toujours rien. Bobby posait les mêmes questions depuis des heures maintenant. Le peu que j'avais à dire était déjà consigné. À présent, il s'agissait surtout pour lui de laisser sortir la vapeur et de composer avec des événements que je refusais toujours d'accepter.

Le fait, par exemple, qu'au bout de vingt-cinq ans, l'individu blanc non identifié m'avait retrouvée.

Le téléphone avait sonné peu après quatre heures du matin, encore un bruit sec et strident qui m'avait glacé le sang. Mais la voix sur mon répondeur n'était pas celle d'un fou sarcastique. Seulement Bobby qui me demandait instamment de décrocher.

L'entendre m'avait rassérénée, m'avait redonné un but. Pour lui, il fallait que je sorte de la baignoire, que j'ouvre la porte de la salle de bains, que je brave l'obscurité de mon appartement. Pour lui, je pouvais prendre le combiné, maintenir le téléphone sans fil contre mon oreille tout en allumant farouchement les lampes et en lui rapportant les événements de la nuit.

Bobby n'avait pas eu besoin que je lui en dise beaucoup. Deux minutes plus tard, il avait raccroché et il était en route pour mon appartement.

Il était arrivé avec tout un groupe d'hommes en costumes froissés. Trois enquêteurs – Sinkus, McGahagin, Rock. Dans leur sillage, un escadron d'agents en tenue, rapidement mis au travail pour passer mon immeuble au peigne fin. Les techniciens de scène de crime arrivèrent ensuite, contrôlant les portes d'entrée, le hall, la cage d'escalier.

Mes voisins n'avaient pas apprécié d'être réveillés en pleine nuit, mais la curiosité les avait poussés à sortir pour profiter du spectacle gratuit.

Bella avait pété un plomb en voyant tous ces étrangers envahir son appartement. J'avais fini par l'enfermer dans la voiture de Bobby ; seul moyen pour que les techniciens puissent faire leur travail. Personne ne se faisait trop d'illusions. Les pluies de la veille au soir s'étaient muées en une brume matinale grise. La pluie efface les indices. Même moi, je le savais.

Les techniciens avaient commencé dans le vestibule et remontaient maintenant progressivement ; de la poudre noire pour empreintes digitales volait partout. Ils se rapprochaient de l'épicentre de la catastrophe, une petite boîte rectangulaire de dix centimètres sur quinze, soigneusement emballée dans les bandes dessinées, qui attendait devant ma porte.

Pas de carte. Pas de ruban. Le paquet n'avait pas besoin d'introduction. Je savais déjà de qui il venait.

La porte de mon appartement s'ouvrit à nouveau. Cette fois-ci, D.D. entra. Immédiatement, l'activité cessa, tous les yeux se tournèrent vers le commandant. Elle était pâle, mais se déplaçait avec sa sévère efficacité habituelle. Pas mal pour une femme qui avait un épais pansement de gaze sur la moitié inférieure de la joue.

« Tu ne devrais pas…, commença Bobby.

– Oh, pitié ! répondit D.D. en levant les yeux au ciel. Qu'est-ce que tu comptes faire, m'attacher au lit d'hôpital avec des menottes ? »

D'après Bobby, D.D. avait failli se faire déchiqueter par un chien d'attaque à peine quelques heures plus tôt. Elle avait frôlé la mort, mais on pouvait compter sur elle pour ne pas se laisser freiner par ce genre de détail.

« Quand le paquet est-il arrivé ? demanda-t-elle sèchement, manifestant qu'elle était de retour dans la partie.

– Vers trois heures vingt », répondit Bobby.

Le regard de D.D. se dirigea vers moi. « C'est comme dans votre souvenir ?

– Oui, répondis-je posément. Au moins vue de l'extérieur, la boîte me rappelle les cadeaux reçus quand j'étais petite. Il les emballait toujours dans des bandes dessinées.

– Qu'avez-vous vu ?

– Rien. J'ai regardé dans l'immeuble, la rue. Le temps que j'ouvre ma porte, il avait disparu. »

D.D. soupira. « C'est aussi bien comme ça. On a eu assez de dégâts pour une nuit. »

Le capitaine Sinkus approcha. « On est prêts », annonça-t-il. Il avait une tache sur l'épaule gauche. On aurait dit du crachouillis.

Bobby hésita, me regarda.

« Vous pouvez sortir, me proposa-t-il. Attendre en bas pendant qu'on l'ouvre. »

Je lui lançai un regard qui en disait assez long. Il haussa les épaules : de toute évidence, il prévoyait ma réaction.

Il fit signe au technicien de scène de crime, qui apporta la boîte dans la cuisine et la posa sur le plan de travail. Nous nous groupâmes tous les quatre autour d'elle, coude à coude, et regardâmes le scientifique travailler. À l'aide de ce qui ressemblait à un scalpel, il décolla soigneusement le scotch de chaque rabat, puis ôta le papier de la boîte avec la précision et le détachement d'un artiste.

Au bout de quatre minutes, les bandes dessinées furent enlevées et dépliées, révélant toutes les images des Peanuts (qui n'aime pas Snoopy et Charlie Brown ?) et des fragments de quelques autres BD de première page. À l'intérieur de l'emballage, une simple boîte à cadeau d'un blanc brillant. Le couvercle n'était pas scotché. Le technicien le souleva.

Papier de soie blanc. Le technicien déplia le côté droit. Puis le gauche, et dévoila le trésor.

Je vis d'abord des couleurs. Des rayures roses, sombres et claires. Puis le technicien sortit le tissu de la boîte, le laissa se déployer comme une pluie de roses, et j'en eus le souffle coupé.

Un doudou. Un bout de tissu à carreaux rose foncé, avec une bordure de satin rose pâle. Je chancelai.

Bobby vit mon expression et m'attrapa par le bras.

« Qu'est-ce que c'est ? »

J'essayai d'ouvrir la bouche. Essayai de parler. Mais le choc était trop violent. Ce n'était pas le mien

– impossible – mais cela y ressemblait. Et j'étais horrifiée, terrifiée, mais en même temps j'avais une folle envie de toucher le doudou de bébé, pour voir si la sensation serait la même que dans mon souvenir, la douceur du tissu et la fraîcheur du satin qui glissait entre mes doigts rassurantes contre mes joues.

« C'est un doudou, annonça D.D. Comme pour un bébé. Une étiquette pour le prix, un ticket de caisse ? Des marques sur la boîte ? »

Elle parlait au scientifique. Il avait fini d'étaler le doudou, il le tournait et le retournait avec ses doigts gantés. Puis il revint à la boîte, ôta le papier de soie, inspecta l'intérieur et l'extérieur. Il leva la tête et fit non.

Je retrouvai enfin ma voix. « Il sait.

– Il sait ? reprit Bobby.

– Le doudou. Quand je vivais à Arlington, j'avais un doudou. Un bout de tissu à carreaux rose foncé, avec une bordure de satin rose pâle. Exactement comme ça.

– C'est votre doudou ? s'exclama D.D.

– Non, pas le vrai. Le mien était un peu plus grand, les bords beaucoup plus usés. Mais c'est ressemblant, probablement ce qu'il a pu trouver de plus ressemblant pour imiter l'original. »

J'avais quand même envie de le toucher. Ça paraissait sacrilège, d'une certaine manière, comme d'accepter un cadeau du diable. Je fermai mes poings sur les côtés, enfonçai les ongles dans mes paumes. D'un seul coup, je me sentis nauséeuse, étourdie.

Comment cet homme pouvait-il me connaître aussi bien, alors que je ne savais toujours strictement rien de lui ? Oh, mon Dieu, comment combattre un mal qui semblait à ce point tout-puissant ?

« Le rapport de police de l'époque indique qu'ils ont trouvé une cache de polaroïds dans le grenier de la voisine, disait Bobby. Combien vous pariez que certains de ces clichés montrent Annabelle avec son doudou préféré ?

– Quel salaud, murmurai-je.

– Doté d'une excellente mémoire », ajouta amèrement D.D.

Le scientifique avait sorti un sac en papier. Tout en haut, au gros feutre noir, il écrivit un numéro et une brève description. Un instant plus tard, le faux doudou devint une pièce à conviction. Ensuite ce fut le tour de la boîte et du papier de soie. Puis des bandes dessinées du dimanche.

Le plan de travail de ma cuisine redevint une surface vide. Le technicien de scène de crime sortit avec ses tout derniers trésors. On pouvait presque faire comme si rien ne s'était passé. Presque.

J'allai dans le salon. Je regardai par la fenêtre et comptai une douzaine de berlines, de véhicules de patrouille, de voitures d'enquêteurs, etc. garés le long du trottoir. De cette hauteur, je voyais le toit de la Crown Vic de Bobby. Les vitres arrière étaient entrouvertes. Je devinais le bout humide et noir de la truffe de Bella qui dépassait.

J'aurais aimé l'avoir avec moi maintenant. J'aurais volontiers serré quelqu'un dans mes bras.

« Et vous nous jurez que vous n'avez vu personne devant l'immeuble ? demanda D.D. en arrivant derrière moi. Peut-être plus tôt dans la soirée ? »

Je secouai la tête.

« Et au travail ? Quelqu'un qui aurait fait la queue au Starbucks ou qui se serait pointé plus tard, au moment où vous quittiez Faneuil Hall ?

– Je suis prudente. » J'avais donné des cartes de visite à M. Petracelli et à Charlie Marvin, mais cela ne leur fournissait qu'une boîte postale, pas une adresse physique. Les cartes indiquaient aussi mon numéro de téléphone professionnel, mais un annuaire inversé renverrait simplement à la boîte postale. Détail auquel j'aurais dû penser plusieurs jours auparavant, quand j'avais donné mon numéro personnel à Bobby et ainsi apparemment invité plus de la moitié de la police de Boston chez moi.

« Combien de personnes vous connaissent sous le nom d'Annabelle ? » Bobby se posta à côté de D.D.

Question logique. Je pris quand même ma voix acerbe : « Vous, le commandant Warren, la brigade d'enquêteurs...

– Très drôle.

– M. et Mme Petracelli. Catherine Gagnon. Oh, et Charlie Marvin.

– Quoi ? »

D.D. n'avait pas l'air contente. D'ailleurs, elle n'avait jamais l'air contente.

Je rapportai ma conversation de la veille au soir avec Charlie Marvin. La version courte. À la fin de mon laïus, Bobby soupira : « Mais pourquoi avoir donné votre vrai nom à Charlie ?

– Ça fait vingt-cinq ans, raillai-je. Qu'ai-je à craindre ?

– Annabelle, vous en connaissez plus sur l'autodéfense que n'importe qui dans cette pièce. Quel est l'intérêt d'avoir appris ça si c'est pour jouer les imbéciles ? »

J'en avais ras le bol. « Hé, vous n'avez pas un tueur d'enfants à attraper ?

– Hé, qu'est-ce que vous croyez qu'on fout, là ? Annabelle, il y a une semaine, vous avez commencé à vous servir de votre vrai nom pour la première fois en vingt-cinq ans. Et maintenant vous avez un cadeau devant votre porte. Il faut vraiment vous mettre les points sur les *i* ?

– Non, pas la peine, gros malin. C'est moi qui me suis planquée dans une baignoire. Je sais à quel point je suis terrifiée. »

Je le frappai. Pas fort. Même pas vraiment parce que je lui en voulais. Mais parce que j'étais fatiguée, terrifiée, frustrée, et que je n'avais pas de vraie cible à frapper. Il reçut le coup sans broncher. Se contenta de me regarder avec ses yeux gris impassibles.

Je m'aperçus un peu tard que les autres officiers nous observaient. Et que le regard de D.D. faisait des allers et retours entre Bobby et moi ; elle mettait ses propres points sur ses propres *i*. Je m'écartai d'un bond, manquant cruellement d'air.

Je regrettais d'avoir accueilli Bobby à bras ouverts. Je voulais que les policiers s'en aillent. Que les techniciens de scène de crime s'en aillent. Je voulais être seule pour pouvoir sortir cinq valises et commencer à faire mes bagages.

La sonnette retentit. Je sursautai, me mordis la langue. D.D. et Bobby étaient déjà dehors, ils descendaient les escaliers quatre à quatre. Au dernier moment, j'eus honte d'avoir peur. Bon sang, je n'allais pas vivre comme ça !

Je me dirigeai vers la porte. Un des enquêteurs (Sinkus, je crois) essaya de me retenir par le bras. Je l'écartai d'une tape. Il était plus doux et plus lent que Bobby : aucune chance. Je franchis le palier et dévalai les escaliers comme une folle. Mes voisins se carapataient déjà dans la relative sécurité de leur appartement, les portes claquaient, les serrures se fermaient.

En haut de la dernière volée de marches, j'attrapai la rampe en bois et effectuai un joli saut avec élan. Je touchai le sol brutalement, franchis la porte en trombe – et m'arrêtai tout net.

Devant moi, Ben, mon livreur d'UPS vieillissant, dans un garde-à-vous rigide, les yeux exorbités. Bobby et D.D. étaient déjà sur lui.

« Tanya ? » glapit Ben.

Et immédiatement, j'éclatai de rire. Le rire à moitié hystérique d'une femme réduite à terrifier le livreur qui lui dépose sa dernière commande de tissu.

« Ce n'est rien, dis-je en essayant de paraître calme même si j'entendais ma voix trembler.

– Si vous voulez bien me donner cette boîte », ordonna Bobby.

Ben donna la boîte. « Il faut qu'elle signe, murmurat-il. Est-ce que je peux... Est-ce que je dois... Seigneur. »

Il se tut. Une minute de plus sous le regard sévère de Bobby et le pauvre gars allait se pisser dessus.

« Smith & Noble, confirma sèchement Bobby en lisant l'adresse de l'expéditeur.

– Des rideaux, dis-je. Des stores en tissu sur mesure, pour être plus exacte. Ça va, sincèrement. Je reçois un colis par jour, n'est-ce pas, Ben ? »

Cette fois-ci, je m'avançai et m'interposai entre Bobby et mon livreur.

« Ce n'est rien, répétai-je. Il y a eu un incident. Dans l'immeuble. La police procède à des vérifications.

– Bella ? » demanda Ben. Depuis quatre ans que je le connaissais, je m'étais rendu compte que Ben ne s'intéressait pas vraiment aux gens. C'était une sorte d'antithèse du livreur : il n'aimait pas tant ses clients que les chiens de ses clients.

« Elle va bien. »

À point nommé, Bella entendit finalement ma voix et, depuis l'arrière de la voiture de Bobby, elle se mit à aboyer. Ben, loin d'être rassuré, suivit le bruit jusqu'à une voiture de police banalisée et ouvrit à nouveau de grands yeux.

« Mais c'est un bon chien ! » explosa-t-il.

Je faillis rire, mais, encore une fois, ça n'aurait pas été joyeux à entendre.

« Il fallait qu'on la sorte de l'appartement, essayai-je d'expliquer. Bella va bien. Vous pouvez aller la voir. Ça lui ferait très plaisir de vous voir. »

Ben semblait désemparé. Bobby tenait encore la boîte de tissu, l'air renfrogné. D.D. semblait tout bonnement dégoûtée de la vie.

C'était le moment de prendre une décision. J'attrapai Ben par le poignet de son uniforme marron et le conduisis à la voiture de Bobby. Bella, la tête à moitié passée par la fenêtre entrouverte, aboyait joyeusement. Cela parut faire l'affaire.

Ben chercha des biscuits dans ses poches et nous reprîmes tous la vie telle que nous la connaissions.

Bella lui soutira quatre biscuits en forme d'os. Le temps de retourner au pied de mon immeuble, la scène avait perdu de son intensité façon *Miami Vice* et nous repartîmes sur de nouvelles bases.

Bobby avait quelques questions pour Ben. Quel était son itinéraire ? Passait-il souvent dans le quartier ? À quels horaires ? Avait-il jamais vu quelqu'un rôder autour de l'immeuble ?

Ben, apprîmes-nous, travaillait depuis vingt ans pour UPS. Connaissait les rues de Boston comme sa poche. Il aimait notamment couper par ma rue une demi-douzaine de fois par jour pour éviter les bouchons sur Atlantic. Il n'avait remarqué personne, mais il n'avait pas non plus vraiment fait attention. Pourquoi aurait-il dû ?

La vie d'un livreur d'UPS n'est pas facile, découvris-je. Beaucoup de colis, des plannings de livraison compliqués, des itinéraires complexes programmés pour une efficacité maximale mais bouleversés par les arrivées en dernière minute de colis prioritaires. Du stress, du stress, du stress, sans parler de Noël. Mais apparemment, le poste offrait un super système de retraite.

L'idée que quelqu'un rôde en bas de mon immeuble, nous suive peut-être, Bella et moi, l'inquiéta. Il promit à Bobby d'ouvrir l'œil. Il pouvait sans doute même s'arranger pour passer un peu plus souvent dans la rue tous les jours. Ouais, il pouvait faire ça.

Ben n'était pas de prime jeunesse. Je lui donnai la cinquantaine et il avait les énormes verres en culs de bouteille et la moustache grisonnante qui allaient avec. Mais il continuait de bouger grâce à son boulot ; il avait une silhouette sportive et élancée qui commençait juste à s'empâter au niveau du ventre. Bobby dans vingt ans. Sous le rebord de sa casquette UPS marron, le visage d'un ancien boxeur – un nez de travers qui avait pris un coup de trop, une fine cicatrice qui courait sur le côté gauche de son menton après une reconstruction de la mâchoire, ce qui lui tordait légèrement le bas du visage vers la gauche.

Ben redressa les épaules, bomba le torse. Très solennellement, il serra la main de Bobby.

J'avais donc toute la police de Boston, plus un livreur d'UPS, qui montaient la garde. De quoi dormir comme un bébé la nuit.

Ben s'en alla. Bobby emporta mon colis dans l'immeuble. Je suivis et décidai que j'étais franchement déprimée.

31

Je surpris D.D. et Bobby en pleine dispute un quart d'heure plus tard. J'étais censée rester assise dans mon canapé, en gentille fille. Mais j'étais trop tendue pour tenir en place et je ne m'habituais pas à voir mon petit espace envahi par tout ce monde. Personne ne semblait s'intéresser à mes faits et gestes et je descendis donc jeter un œil à Bella.

Bobby et D.D. étaient dehors, au bord du trottoir. Pas d'autre enquêteur à l'horizon. J'entendis d'abord le ton de D.D. et sa colère m'arrêta net.

« Mais qu'est-ce qui te prend ? grondait-elle.

– Je ne vois pas de quoi tu parles », répondit Bobby avec un détachement feint, mais déjà sur la défensive : apparemment, il savait très bien ce qu'elle avait en tête.

Je rentrai dans le vestibule, l'oreille collée à la porte extérieure entrouverte.

« Il se passe quelque chose avec elle, accusa D.D.

– Qui ? »

D.D. lui donna un grand coup dans le bras. J'entendis la claque.

« Aïe ! Merde ! C'est ma fête ou quoi, aujourd'hui ?

– Ne fais pas le malin. On se connaît depuis trop longtemps. »

Pause. Puis, comme Bobby ne disait toujours rien : « Bon sang, Bobby, qu'est-ce qui te passe par la tête ? D'abord Catherine, maintenant Annabelle. Qu'est-ce que c'est, le complexe du sauveur ? Tu ne t'intéresses qu'aux demoiselles en détresse ? Tu es enquêteur. Tu devrais avoir un peu plus de bon sens.

– Je n'ai rien fait de mal, dit Bobby, avec plus d'assurance cette fois-ci.

– J'ai vu comment tu la regardais.

– Oh, bon sang…

– Alors c'est vrai, hein ? Allez, regarde-moi dans les yeux si ce n'est pas vrai. »

Le silence se prolongea à nouveau. Je devinais que Bobby ne la regardait pas dans les yeux.

« Bordel ! dit D.D.

– Je n'ai rien fait de mal, répéta-t-il avec raideur.

– Alors quoi, ça te rend noble ? Bobby… tu sais, je faisais de mon mieux pour passer l'éponge sur l'épisode Catherine. Okay, tu as eu une histoire avec elle. Okay, tu as perdu tout bon sens. Dieu sait qu'elle fait cet effet-là aux hommes. Mais que tu reviennes et que tu recommences… Est-ce que c'est pour ça qu'on a rompu, Bobby ? Parce que pour que tu tombes amoureux, il faut que la femme soit plus ou moins une victime ? »

Alors ça, ça m'a vraiment foutue en rogne. Et ça a aussi fait sortir Bobby de ses gonds.

« Si tu veux être aux commandes, j'aime autant les défis qu'un autre, D.D. Sauf qu'on ne s'est jamais défiés, toi et moi. On est des clones, D.D. Notre vie, c'est boulot-boulot-boulot. Et quand on est sortis ensemble, on a embarqué notre boulot avec nous dans l'aventure. Putain, on se connaît depuis dix ans et je viens seulement de découvrir il y a six heures que tu as un oncle. Et que tu aimes les rottweilers. Ça n'est jamais venu dans la conversation parce qu'*on parlait tout le temps boulot*. Même au lit, on était des flics.

– Hé, il n'y a pas que ce boulot dans ma vie ! répliqua D.D., et l'espace d'un instant atroce, je crus qu'elle allait pleurer.

– Oh, voyons, dit Bobby avec lassitude.

– Pas de ça. » Nouvelle claque. J'imaginai qu'il avait essayé de la toucher. « Ne *t'avise* pas d'avoir pitié de moi.

– Écoute, D.D. Tu veux qu'on se dise les choses ? Alors appelons un chat un chat. Ça n'a jamais été sérieux avec moi. J'étais une curiosité, le tireur d'élite super cool quand il parlait de son arme. On sait tous les deux que tu as de beaucoup plus gros poissons en vue.

– Alors ça, c'est bas.

– On n'est pas franchement en train d'échanger des amabilités. »

Longue pause, pénible.

« Elle va t'attirer des ennuis, Bobby.

– Je suis un grand garçon.

– Tu n'as jamais travaillé sur ces grosses affaires. On ne peut pas s'impliquer personnellement.

– Merci pour la confiance. Bon, est-ce que tu as quelque chose de particulier à me dire, de commandant à enquêteur ? Parce que sinon, je rentre. »

Il y eut un froissement de tissu, puis un silence soudain. Je crois que D.D. l'avait pris par le bras. « Je suis allée chez moi, Bobby. Je ne vois aucun signe d'intrusion. Mes portes sont verrouillées, mes fenêtres nickel. Mais Sinkus avait raison : les sous-vêtements sont à moi. Quelqu'un est entré par effraction, a volé les sous-vêtements dans mon panier et s'est montré très, très malin.

– Les techniciens de scène de crime…

– Il n'y aura pas de trace, Bobby. De la même façon qu'ils n'ont rien trouvé ici. Je crois que ça nous donne une assez bonne idée du personnage à qui on a affaire.

– Des clous. Dès qu'on a fini ici, j'y vais avec toi, jeter un œil. »

Elle dut avoir l'air dubitative parce qu'il expliqua avec une certaine exaspération : « Ancien des forces spéciales, D.D. Je connais un ou deux trucs sur les entrées avec effraction.

– Je t'en prie, vos équipes enfoncent les portes avec une énorme "clé" métallique. Entre vos méthodes et celles de notre type… il y a un monde.

– Ouais, ouais, ouais, marmonna Bobby, mais il semblait préoccupé. C'est ce que je ne comprends pas : cette façon de traquer la victime, ça colle, mais… Il y a vingt-cinq ans, quand il a commencé, il s'en prenait à des petites filles. Annabelle Granger, sept ans, sa meilleure amie, Dori Petracelli. Et d'un seul coup, ce sont les femmes adultes qui l'attirent ? Toi, Annabelle… Je ne suis pas profileur, mais je ne pensais pas que ce genre de choses arrivait.

– Peut-être que notre âge ne compte pas à ses yeux. Annabelle est celle qui s'est enfuie. Maintenant qu'il l'a retrouvée, il est bien décidé à ne pas la laisser échapper. Et moi… je suis la responsable de l'enquête. Il veut me faire sentir son pouvoir. Mais comme j'ai moins d'importance pour lui, ça ne l'a pas dérangé d'envoyer les chiens au lieu de s'en charger lui-même. Annabelle est l'œuvre de sa vie. Moi, je ne suis qu'un passe-temps.

– Encourageant, comme idée.

– Surtout pour moi. Qui aurait envie d'être tuée en guise de bonus ? Et puis, Bobby, regarde Eola. La plupart des gens pensent qu'il a tué une infirmière à l'hôpital psychiatrique. Alors si c'est notre homme, il s'agit de quelqu'un qui, par le passé, s'en est déjà pris à des femmes de tous âges. Bundy était bien comme ça. On l'imagine surtout agressant ses camarades d'université, mais certaines de ses victimes étaient très jeunes. Ces types… comment savoir ce qui les branche vraiment ? »

Bobby ne répondit rien sur le coup. Puis il demanda : « Tu considères toujours Russell Granger comme un suspect ?

– Jusqu'à ce que tu me prouves le contraire.

– Revenu d'entre les morts ? » murmura Bobby avec ironie.

D.D. nous surprit tous les deux. « J'ai parlé au légiste hier soir. Comme tu es *très occupé* en ce moment, j'ai eu l'idée de te filer un coup de main et j'ai enquêté sur les circonstances de la mort du père d'Annabelle. D'après le dossier, la police a contacté Annabelle (Tanya), elle a identifié le corps et ça a suffi au légiste. Pense à ça, Bobby. Le visage était en bouillie. Le service de médecine légale n'a pas pris les empreintes ni relevé les signes particuliers – c'était un simple accident avec délit de fuite et la fille de la victime l'avait identifié. Autrement dit, ce cadavre aurait pu être n'importe qui en possession du permis de conduire de Michael W. Nelson. Un inconnu, un clochard. Un pauvre type poussé sous les roues… »

Les explications de D.D. semblaient laisser Bobby sans voix. Ce qui était préférable parce que je ne croyais pas pouvoir entendre quoi que ce soit, avec le sang qui battait dans mes oreilles. D.D. pensait que mon père était encore en vie ? Émettait l'hypothèse qu'il avait tué quelqu'un pour faire croire à sa propre mort ? Croyait sincèrement qu'il était le génie du mal derrière cette série de meurtres ?

Mais c'était absurde. Mon père n'était pas un tueur ! Pas de petites filles, pas de Dori Petracelli, pas d'hommes adultes. Jamais il n'aurait fait une chose pareille.

Il ne m'aurait pas laissée.

Mes jambes se dérobèrent sous moi. Mon épaule heurta la porte d'entrée et l'ouvrit. D.D. et Bobby ne s'en aperçurent pas. Ils étaient trop occupés à analyser leur dossier, à déchirer mon père à pleines dents, à transformer une des rares vérités que je connaissais en un gigantesque mensonge.

Nous n'avions pas quitté Arlington parce que mon père avait besoin d'effacer ses traces. Nous avions déménagé pour me protéger. Nous avions déménagé parce que…

« *Roger, je t'en prie, n'y va pas. Roger, je t'en supplie, ne fais pas ça…* »

« Quelle que soit son identité, reprit Bobby, encore manifestement sceptique, l'individu veut attirer l'attention. Et aussi "intelligent" soit-il, il ne fait aucun effort de subtilité. Il laisse un message sur ta voiture, un cadeau devant la porte d'Annabelle. Pourquoi ? S'il est si génial que ça, pourquoi ne pas vous tuer toutes les deux et puis basta ? Il veut chasser. Il veut avoir une occasion de briller. Et c'est exactement comme ça qu'on va le coincer. Il va à nouveau vouloir entrer en contact et, à ce moment-là, on le chopera.

– J'espère que tu as raison, murmura D.D. Parce que je suis presque sûre qu'un type comme lui a des projets terrifiants dans ses cartons. »

Ils se retournèrent, se dirigèrent vers le perron. Avec un peu de retard, je me redressai et grimpai les escaliers quatre à quatre. Les enquêteurs Sinkus et McGahagin me virent avec curiosité rentrer comme un ouragan dans l'appartement. Je filai droit à ma chambre. Fermai la porte.

Les secondes s'écoulèrent. Pour finir, j'entendis des petits coups timides à la porte.

Je ne répondis rien. La personne qui avait frappé s'éloigna.

Je m'assis sur mon lit étroit en agrippant l'ampoule de cendres à mon cou et en me demandant si même elle contenait un mensonge.

En fin de compte, ce fut de ma faute. Mon téléphone se mit à sonner. Je n'avais pas envie de sortir de ma chambre pour répondre. Alors évidemment, le répondeur se déclencha. Et évidemment, M. Petracelli laissa un message qui fut entendu par la moitié de la police de Boston.

« Annabelle, j'ai retrouvé le croquis de la réunion pour le comité de surveillance de quartier, comme vous me l'avez demandé. Naturellement, j'aimerais autant ne pas mettre ces documents à la poste. Je suppose que je peux me débrouiller pour revenir en ville si vous y tenez vraiment. Même heure, même endroit ? Rappelez-moi. » Il débita un numéro de téléphone. Je m'assis sur mon lit avec un soupir.

Cette fois-ci, les coups frappés à ma porte n'étaient pas une simple demande polie.

J'ouvris et me retrouvai face à Bobby, l'air très sombre. « Croquis ? Même heure ? Même endroit ?

– Hé, répondis-je gaiement, ça vous dirait, une petite virée ? »

M. Petracelli fut soulagé d'apprendre qu'il n'aurait pas à faire le trajet tant redouté jusqu'au centre-ville. Bella apprécia elle aussi grandement l'idée d'aller faire un tour. Et Bobby et moi nous retrouvâmes donc en voiture, à éviter soigneusement de croiser le regard de l'autre.

La circulation était fluide. Bobby appela le central et demanda des vérifications sur mes anciens voisins. Cela m'intrigua de ne pas être la seule à me montrer parano, pour une fois. En règle générale, je cherchais sur Google le nom de tous les gens que je rencontrais.

« Où est D.D. ? demandai-je finalement.

– Elle avait à faire ailleurs.

– Eola ? » tentai-je.

Il me lança un regard de côté. « Et comment connaîtriez-vous ce nom, Annabelle ? »

J'optai pour un mensonge éhonté : « Internet. »

Il eut l'air sceptique, clairement pas dupe, mais répondit à ma question : « D.D. est en train d'analyser une scène de crime dans son propre appartement. Le type a peut-être laissé un cadeau devant votre porte, mais il est entré chez elle par effraction et a volé ses sous-vêtements.

– C'est parce qu'elle est blonde », dis-je, ce qui me valut encore un regard bizarre.

Nous nous garâmes dans l'allée des Petracelli.

Le petit cottage gris semblait se fondre dans le ciel nuageux. Volets blancs. Petit jardin verdoyant. La maison idéale pour un couple âgé qui n'aurait jamais de petits-enfants.

« M. Petracelli a toujours trouvé que la police de Lawrence ne prenait pas l'affaire de sa fille suffisamment au sérieux », expliquai-je en descendant de voiture. Bella gémit. Je lui dis de ne pas bouger. « Si vous dites que vous cherchez un lien entre la disparition de Dori et mon voyeur, je crois que M. Petracelli va se lâcher.

– Je parle, vous vous taisez », m'informa froidement Bobby.

Connard, soufflai-je dans son dos, mais je ne pipai pas mot pendant que nous remontions l'allée dallée.

Bobby sonna. Mme Petracelli ouvrit. Et soupira en nous voyant tous les deux. Elle me lança un regard que je ne peux qualifier que de profondément désolé.

« Walter, dit-elle calmement, tes invités sont là. »

M. Petracelli descendit les escaliers en bondissant, avec bien plus d'énergie que dans le souvenir de ma précédente visite. Il avait un dossier à soufflet sous le bras droit et une lueur vive, quasi surnaturelle, dans les yeux.

« Entrez, entrez », dit-il, jovial. Il serra la main de Bobby, puis la mienne, et sembla chercher mon chien féroce du regard. « J'étais dans tous mes états d'apprendre que vous veniez, enquêteur. Et si vite ! J'ai les informations, absolument, tout est là. Oh, mais attendez, regardez-nous un peu, debout dans l'entrée. Quel malappris je fais. Allons nous installer confortablement dans le bureau. Lana, ma chérie… du café ? »

Lana soupira encore, partit vers la cuisine. Bobby et moi suivîmes M. Petracelli, qui se dirigeait d'un pas léger vers le bureau. Une fois là-bas, il se laissa tomber au bord d'une chaise confessionnal en cuir, ouvrit avec impatience son dossier, étala des papiers. Contrairement à son attitude sombre et menaçante de la veille au soir, il sifflotait presque en sortant tous ces documents qui relataient les sinistres détails de l'enlèvement de sa fille.

« Comme ça, vous êtes de la police de Boston ? demanda-t-il à Bobby.

– Capitaine Robert Dodge, monsieur, police d'État du Massachusetts.

– Excellent ! J'ai toujours dit que l'État devrait être impliqué. Les policiers municipaux n'ont tout

404

simplement pas assez de moyens. Petite ville égale petits flics égale petits esprits. » M. Petracelli semblait avoir enfin disposé ses papiers à sa convenance. Il leva les yeux et s'avisa que Bobby et moi nous tenions toujours sur le pas de la porte.

« Asseyez-vous, asseyez-vous, je vous en prie, mettez-vous à votre aise. J'ai pris des notes détaillées pendant des années. Nous avons pas mal de choses à voir. »

Je m'assis au bord d'une causeuse recouverte d'un tissu écossais vert, Bobby se glissa à côté de moi. Mme Petracelli arriva, déposa les tasses de café, la crème, le sucre. Et repartit aussi vite que possible. Je ne l'en blâmais pas.

« Alors, en ce qui concerne le 12 novembre 1982… »

M. Petracelli avait en effet pris des notes minutieuses. Au fil des années, il avait établi une chronologie précise du dernier jour de la vie de Dori. Il savait à quelle heure elle s'était levée. Ce qu'elle avait mangé au petit déjeuner. Quels vêtements elle avait choisis, quels jouets elle avait dans le jardin. Vers midi, sa grand-mère l'avait appelée pour le déjeuner. Dori avait préféré prendre le thé avec sa collection d'ours en peluche sur la table de jardin. N'y voyant pas de mal, la grand-mère avait apporté une assiette de sandwichs au beurre de cacahuètes et à la confiture, sans la croûte, avec une pomme coupée en tranches. La dernière fois qu'elle l'avait vue, Dori faisait passer les friandises parmi ses invités en peluche. La grand-mère était rentrée pour ranger la cuisine, puis elle avait été retenue à parler avec une voisine au téléphone. Lorsqu'elle était ressortie vingt minutes plus tard, les ours étaient encore assis, chacun avec une bouchée de sandwich et de pomme sous le nez. Dori était introuvable.

M. Petracelli savait à quelle heure le 911 avait été appelé. Il connaissait le nom de l'agent qui avait répondu, savait quelles questions avaient été posées, quelles réponses apportées. Il avait des notes sur les équipes de recherche formées, la liste des volontaires qui s'étaient présentés – dont certains marqués d'un astérisque parce qu'ils n'avaient jamais fourni d'alibi satisfaisant sur ce qu'ils faisaient entre 12 h 15 et 12 h 35 ce jour-là. Il connaissait les maîtres-chiens qui avaient proposé leurs services. Les plongeurs qui avaient finalement fouillé les étangs voisins. Il avait sept jours d'activité policière et de voisinage résumés dans des chronologies complexes et des listes de noms exhaustives.

Et puis il avait l'information donnée par mon père.

J'étais incapable de lire sur le visage de Bobby ce qu'il pensait de l'exposé de M. Petracelli. La voix de ce dernier montait et descendait, prenait diverses intonations, et il crachait même parfois certains mots lorsqu'il pointait des lacunes évidentes dans ce qui semblait être des recherches méthodiques pour retrouver une petite fille. Bobby restait impassible. M. Petracelli parlait. De temps en temps, Bobby prenait des notes. Mais surtout il écoutait, sans que son visage trahît quoi que ce soit.

Personnellement, je voulais voir le croquis. Je voulais voir le visage de celui dont je croyais qu'il m'avait prise pour cible et avait condamné ma famille à toute une vie de cavale avant de tuer ma meilleure amie.

La réalité fut décevante.

Je m'attendais à une mine plus patibulaire. Un croquis en noir et blanc montrant un regard noir et sournois, un tatouage en forme de larme sur la pommette droite. Au lieu de cela, le dessin exécuté avec soin, très certainement l'œuvre de mon père, semblait presque maniéré. L'individu était jeune – la petite vingtaine, à vue de nez. Cheveux sombres coupés court. Yeux sombres. Mâchoire fine, presque distinguée. Pas du tout la brute. En fait, le dessin me faisait penser au gamin qui travaillait à la pizzeria du coin.

J'observai longuement le dessin, attendant qu'il me parle, qu'il me livre tous ses secrets. Il resta le portrait grossier d'un jeune homme qui, franchement, aurait pu être n'importe lequel des dizaines de milliers de bruns de vingt ans qui étaient passés par Boston.

Je ne comprenais pas. C'était ça que mon père fuyait ?

Bobby demanda à M. Petracelli s'il avait un fax. En fait, nous pouvions tous les deux en voir un sur le bureau derrière lui. Bobby expliqua qu'on gagnerait peut-être du temps en faxant tout de suite les notes, etc. au bureau, pour que les autres enquêteurs se mettent au travail. M. Petracelli était fou de joie que quelqu'un prenne enfin son dossier au sérieux.

Je regardai Bobby composer le numéro de fax. Il comprenait un code régional, ce qui n'aurait pas été nécessaire pour une communication avec Boston. Et la seule feuille introduite dans la machine fut le croquis.

Bobby fit passer les autres pages dans le fax en mode photocopieuse et ramassa les copies. M. Petracelli se balançait au bord de son fauteuil, le visage anormalement rouge, un sourire épanoui aux lèvres. La fièvre du moment avait de toute évidence fait grimper sa tension. Je me demandai combien de temps se passerait avant sa prochaine crise cardiaque. S'il atteindrait son but et vivrait assez longtemps pour assister à la découverte du corps de sa fille.

Nous vidâmes nos tasses de café, par pure politesse. M. Petracelli nous laissa partir comme à regret et nous serra la main à plusieurs reprises.

Lorsque nous sortîmes enfin vers la voiture, M. Petracelli se tenait sur le pas de la porte et il nous faisait indéfiniment au revoir de la main.

Je lui lançai un dernier regard alors que nous nous éloignions en voiture dans la rue : image d'un petit vieillard voûté, le visage trop rouge, le sourire trop radieux, qui saluait encore avec détermination l'enquêteur dont il croyait dur comme fer qu'il allait enfin ramener sa fille à la maison.

« Vous avez faxé le croquis à Catherine Gagnon, dis-je dès que nous rejoignîmes la grande route. Pourquoi ?

– Votre père a montré un croquis à Catherine quand elle était à l'hôpital, dit-il brusquement.

– Vraiment ?

– Je veux savoir si c'est le même dessin.

– Mais ce n'est pas possible ! Catherine était à l'hôpital en 80 et ce dessin n'a été fait que deux ans plus tard.

– Comment le savez-vous ?

408

– Parce que le fameux voyeur n'a commencé à m'apporter des cadeaux qu'en août 1982. Et il ne peut pas y avoir de portrait de voyeur sans voyeur.

– Il n'y a qu'un seul problème avec ce raisonnement.

– À savoir ?

– D'après les rapports de police, personne n'a jamais vu le visage du "fameux voyeur". Ni vos parents, ni Mme Watts, ni aucun de vos voisins. En théorie, il ne peut donc pas avoir servi de modèle pour ce dessin. »

Là, je séchais. Je ruminai l'information en me disant qu'il devait y avoir une explication, même si je me rendais compte que j'employais beaucoup cette expression ces derniers temps. Mon père savait quelque chose en 1980, conclus-je. Quelque chose d'assez grave pour que ça le pousse à se faire passer pour un agent du FBI et à rendre visite à Catherine un croquis à la main. Mais quoi ?

J'essayai de fouiller dans ma mémoire. Je n'avais que cinq ans en 1980. J'habitais à Arlington et…

Je n'arrivais pas à faire remonter quoi que ce soit. Pas même le souvenir d'un cadeau emballé dans une bande dessinée. J'étais certaine que ces cadeaux avaient commencé à arriver deux ans plus tard, quand j'avais sept ans.

Le silence fut finalement rompu par le pépiement du téléphone portable accroché à la ceinture de Bobby. Il le prit, échangea quelques mots laconiques, me jeta un regard de côté. Il le referma, sembla sur le point de parler, mais le téléphone sonna à nouveau.

Cette fois-ci, il parla d'une voix différente. Polie, professionnelle. La voix d'un enquêteur qui s'adresse à un étranger. Il essayait apparemment d'arranger un rendez-vous et ça ne se passait pas comme il voulait.

« Quand partez-vous pour la conférence ? Je vais être franc, monsieur, j'ai besoin de vous rencontrer au plus vite. C'est à propos d'un de vos anciens professeurs. Russell Granger… »

Même moi, j'entendis le glapissement à l'autre bout du fil. Et puis aussitôt, Bobby se mit à hocher la tête.

« Où habitez-vous déjà ? Lexington. En fait, il se trouve que je suis à deux pas. »

Il me jeta un coup d'œil. Je répondis par un haussement d'épaules, heureuse de ne pas avoir à en dire plus. De toute évidence, Bobby essayait d'organiser une entrevue avec l'ancien patron de mon père et, de toute évidence, il fallait que ça se passe maintenant.

Cela ne me dérangeait pas. Naturellement, pas question que je poireaute dans la voiture.

32

« C'est l'heure d'aller promener Bella », annonça Bobby en s'engageant dans une petite rue sinueuse juste au nord de la statue du Minuteman au centre de Lexington. Paul Schuepp avait indiqué qu'il habitait au 58. Bobby repéra le 26, puis le 32 ; il allait bien dans la bonne direction. « Le quartier a l'air sympa pour se dégourdir les jambes. »

Annabelle prit la chose aussi bien qu'il s'y attendait. « Ha, ha, ha. Très drôle.

– Je ne plaisante pas. C'est une enquête officielle.

– Alors vous feriez mieux de me nommer shérif adjoint, parce que je viens. »

Le 48... Là, la maison blanche de style colonial avec la façade de briques rouges. « On n'est plus franchement à la grande époque du Far West, vous savez.

– Vous avez lu les derniers articles sur les fusillades en ville ? On s'y serait cru. »

Bobby se rangea dans l'allée. Il fallait prendre une décision : passer dix des trente minutes que lui avait accordées Schuepp à parlementer avec Annabelle ou bien la laisser suivre et recevoir de D.D. un autre sermon sur les bonnes pratiques policières. Il était encore sous le coup de l'agacement causé par sa dernière conversation avec D.D., ce qui ne plaida pas franchement en faveur du commandant.

Il ouvrit sa portière et ne dit pas un mot lorsque Annabelle lui emboîta le pas.

« Le capitaine Sinkus a retrouvé Charlie Marvin, l'informa-t-il pendant qu'ils s'approchaient de la porte. Marvin a passé la nuit au foyer de Pine Street Inn, de minuit à huit heures du matin. Neuf sans-abri et trois employés s'en sont portés garants. Alors je ne sais pas qui est venu dans votre immeuble avec ce cadeau, mais ce n'était pas lui. »

Annabelle ne répondit que par un grognement. Charlie Marvin faisait sans aucun doute un bon suspect dans son esprit. C'était certes un étrange croisement urbain entre un prêtre et le père Noël. Mais il avait l'avantage de ne pas être son père.

Bobby aurait aimé dire qu'il ne croyait pas non plus que le père d'Annabelle était revenu d'entre les morts. Mais il était plus perplexe à chaque heure qui passait. M. Petracelli leur avait donné une poignante leçon sur la force de l'obsession. Bobby allait demander à un collègue de se renseigner sur l'endroit où se trouvait M. Petracelli la nuit précédente, même si, pour être tout à fait honnête, déposer des cadeaux emballés dans des bandes dessinées était sans doute un poil trop subtil pour quelqu'un qui avait de toute évidence perdu la boule.

Le croquis était la clé de l'énigme, conclut Bobby. Qui Russell Granger avait-il connu et pourquoi s'était-il senti menacé près de deux ans avant de porter cette première plainte ?

Bobby avait compris au bout de cinq minutes d'entrevue avec Walter Petracelli que l'ancien voisin d'Annabelle ne connaissait pas la réponse à ces questions. Peut-être ferait-il meilleure pioche avec l'ancien patron de Russell, qu'il avait appelé ce matin à sept heures devant chez Annabelle. Ces derniers temps, il avait l'impression de passer sa vie à jongler avec son portable. Et pourtant, il était tellement *occupé* que D.D. agissait dans son dos. Interroger le médecin légiste était une tentative à peine voilée pour conforter sa propre théorie sur l'affaire... Cette seule idée le mit à nouveau en colère.

Bobby trouva le heurtoir, stratégiquement placé au milieu d'une immense couronne de baies rouges. Trois coups et une demi-douzaine de chutes de baies plus tard, la porte s'ouvrit.

Première impression de Bobby sur Paul Schuepp : environ cinq centimètres de plus que Yoda[1] et deux ans de moins que Mathusalem. L'ancien directeur du département de mathématiques du MIT, petit et ratatiné, avait des cheveux gris clairsemés, un cuir chevelu parsemé de taches de vieillesse et des yeux bleus chassieux qui vous regardaient par-dessous des sourcils blancs broussailleux. Son visage s'affaissait sous le poids des ans, d'où les paupières bordées de rouge, les bajoues flasques et les plis de peau qui battaient autour de son cou.

Schuepp tendit une main noueuse et attrapa le bras de Bobby avec une poigne d'une fermeté inat-

---

1. Grand maître Jedi dans la saga de *La Guerre des étoiles*. Il est âgé de 800 ans et mesure 0,66 m.

tendue. « Entrez, entrez. Content de vous voir, enquêteur. Et vous êtes… ? »

Il s'interrompit brusquement et ses yeux tombants s'agrandirent. « Nom d'un chien. Vous êtes le portrait craché de votre mère. Annabelle, c'est ça ? Une bien grande fille… Nom d'un chien. Je vous en prie, entrez, entrez. Bon, eh bien, en voilà un honneur. Je vais nous chercher un petit café. Oh, puis zut, il doit bien être midi quelque part. Je vais nous chercher du whisky ! »

Schuepp partit vivement en traînant des pieds, passa du vestibule voûté au grand salon. De là, un autre passage voûté menait à la salle à manger, où un virage à droite le conduisit à la cuisine.

Bobby et Annabelle le suivirent à travers sa maison et Bobby remarqua les tissus à fleurs surchargés, les napperons en dentelle délicats, les festons d'eucalyptus qui ornaient le haut de rideaux mauves qui descendaient jusqu'au sol. Il espéra qu'il y avait une Mme Schuepp quelque part, parce que si M. Schuepp avait fait lui-même la décoration, il y avait de quoi se flinguer.

La cuisine était rustique, avec des placards en chêne et une grande table ovale en noyer. Au centre de cette table, sur un plateau tournant, du sucre, du sel et toute une petite pharmacie. Schuepp tripatouilla la machine à café et passa dans l'office, d'où, après beaucoup de bruits de verre, il ressortit avec une bouteille de Chivas Regal.

« Le café va probablement avoir un sale goût, annonça-t-il. La patronne est décédée l'année dernière. Elle, elle savait faire du café. Personnellement, ajouta-t-il en posant le Chivas au milieu de la table, je recommande le scotch. »

Annabelle le regardait avec des yeux ronds. Il sortit trois verres. Lorsque Annabelle et Bobby déclinèrent, il haussa les épaules, se versa deux doigts et les avala cul sec. Un instant, son crâne vira au rouge vif. La respiration sifflante, il se mit à tousser et Bobby voyait déjà son témoin lui claquer entre les doigts. Mais l'ancien professeur se remit et frappa son torse rabougri.

« Je ne suis pas un gros buveur, leur dit-il. Mais, vu les circonstances, j'avais besoin d'un petit remontant.

– Vous savez pourquoi nous sommes là ? demanda doucement Annabelle.

– Laissez-moi vous poser une question, jeune demoiselle : quand votre cher père est-il décédé ?

– Il y a près de dix ans.

– Il a tenu aussi longtemps ? Tant mieux pour lui. Où ?

– En fait, on était revenus à Boston.

– Vraiment ? Hum, intéressant. Et si vous me permettez cette question : comment ?

– Fauché en pleine rue par un taxi. »

Schuepp leva un sourcil blanc touffu, hocha la tête pour lui-même. « Et votre mère ? »

Annabelle hésita. « Il y a dix-huit ans. Kansas City.

– Comment ?

– Mauvais mélange. Alcool plus calmants. Elle, hum, s'était mise à boire entre-temps. Je l'ai découverte en rentrant de l'école. »

Bobby lui lança un regard. Elle avait déjà donné plus de détails à Schuepp qu'elle ne lui en avait jamais fourni à lui.

« Dommage collatéral, observa Schuepp, terre à terre. Assez logique. On y va ? dit-il avec un geste vers la table. Le café est prêt, mais je maintiens que vous devriez essayer le scotch. »

Il retourna à la cuisine, disposa la cafetière, les tasses et le pot à lait sur un plateau. Bobby le lui prit sans demander, principalement parce qu'il ne voyait pas un homme de cinquante kilos soulever un plateau de cinq kilos. Schuepp le remercia d'un sourire.

Ils arrivèrent à la table ; Bobby avait la tête qui tournait ; Annabelle pâlissait à vue d'œil.

« Vous connaissiez mon père, commença-t-elle.

– J'ai eu l'honneur de diriger le département de mathématiques pendant près de vingt ans. Votre père y a travaillé pendant cinq de ces années. Vraiment pas assez longtemps, mais il y a laissé son empreinte. Il était dans les mathématiques appliquées, vous savez, pas les mathématiques fondamentales. Il avait un excellent contact avec les étudiants et un grand sens de la stratégie. Je lui disais souvent qu'il devrait renoncer à enseigner et travailler pour la Défense.

– Vous étiez son supérieur ? clarifia Bobby pour mémoire.

– C'est moi qui l'ai engagé, sur la chaude recommandation de mon bon ami le docteur Gregory Badington, de l'université de Pennsylvanie. Ça ne pouvait se faire que comme ça, vu les circonstances.

– Attendez un instant. » Bobby connaissait ce nom. « Gregory Badington de Philadelphie ?

– Oui, monsieur. Greg y a dirigé le département de mathématiques de 72 à 89, il me semble. Il est décédé il y a quelques années. Anévrisme. Je prie pour avoir autant de chance. » Schuepp hocha vigoureusement la tête, sans la moindre trace de sarcasme.

« Donc Gregory Badington était l'ancien directeur de Russell Granger, dit lentement Bobby. Il a recommandé Russell pour votre département et en même temps il lui a permis d'emménager dans sa maison d'Arlington avec sa famille. Pourquoi donc le docteur Badington aurait-il fait une chose pareille ?

– Greg avait fait ses études à Harvard, répondit Schuepp. Il avait toujours aimé Boston. Quand il est devenu évident que la famille de Russell devait quitter Philadelphie, Gregory n'a pas demandé mieux que de leur filer un coup de main. » Le vieux professeur se tourna vers Annabelle. Il serra la main de la jeune femme entre ses doigts couverts de taches de vieillesse. « De quoi vous a-t-il mise au courant, ma belle ?

– De rien. Il n'a jamais voulu que je m'inquiète ; et après il était trop tard.

– Jusqu'à la découverte de la tombe de Mattapan, conclut Schuepp. J'ai vu ça aux nouvelles, j'ai même hésité à appeler moi-même la police quand j'ai lu votre nom. J'étais pratiquement certain que ça ne pouvait pas être votre cadavre qu'on avait retrouvé. Je pensais que c'était cette autre petite fille, celle de votre rue.

– Dori Petracelli.

– Oui, voilà. Elle a disparu quelques semaines après votre départ. Ça a failli tuer votre père. Malgré tous ses plans, Russell n'avait jamais vu ça venir. Quel terrible fardeau à porter. Après ça, je peux comprendre qu'il ne vous ait jamais rien dit. Quel père veut que sa fille apprenne qu'il lui a sauvé la vie en sacrifiant sa meilleure amie ? Des choix vraiment épouvantables pour une période vraiment épouvantable.

– Monsieur Schuepp…, commença Annabelle.

– Monsieur Schuepp », interrompit Bobby qui jouait maintenant du stylo en s'efforçant désespérément de tout noter.

Le vieillard rabougri sourit. « J'imagine que je ne vais pas aller faire cette conférence », dit-il. Il prit le scotch, en versa dans son verre et l'avala d'un trait.

Puis il commença son récit depuis le début.

« Votre père (Roger Grayson, c'était son nom à l'époque) avait perdu ses parents à l'âge de douze ans. Ce n'était pas quelque chose dont il aimait parler. Ce n'est pas par lui que j'ai appris dans quelles circonstances, mais seulement par Greg, qui avait eu vent des commérages dans son département. Une histoire de violences conjugales, malheureusement. Russell, enfin, Roger, je suppose…

– Russell, appelez-le Russell, intervint Annabelle. C'est sous ce nom que je pense à lui. » Ses lèvres se tordirent, elle sembla essayer ces mots. « Roger Grayson. *Roger, je t'en prie, n'y va pas…* » Elle fronça les sourcils, grimaça et répéta plus fermement : « Russell.

– Va pour Russell. Donc la mère de Russell a essayé de quitter son père, qui ne l'a pas trop bien pris ; il est revenu à la maison un soir avec un pistolet. Il a tiré, tué sa femme puis retourné son arme contre lui. Russell était à la maison cette nuit-là. Son petit frère aussi.

– Frère ? » s'exclama Annabelle, déconcertée.

Le stylo de Bobby se figea au-dessus de son calepin. « Deux frères Grayson ? » Il repensa au croquis, à la ressemblance avec la description qu'ils avaient du père d'Annabelle et soudain tout commença à prendre sens.

Schuepp hocha la tête. « Frère. Vous avez un oncle, ma belle, même si je suis certain que vous n'avez jamais entendu parler de lui.

– Non, jamais.

– C'était la volonté de votre père. Non sans raison. Après la fusillade, Russell et son frère, Tommy, ont eu la chance d'être admis à l'école Milton-Hershey pour les enfants défavorisés. Déjà à l'époque, les deux garçons étaient très prometteurs à l'école et l'internat de l'institut Hershey correspondait parfaitement à leurs besoins. Scolarité rigoureuse dans un charmant cadre bucolique.

» Votre père y obtint des résultats exceptionnels. Mais pas Tommy, de sept ans son cadet. Dès le début, il présenta des signes de troubles psychiatriques. Déficit de contrôle de l'agressivité et des impulsions. Hyperactivité. Trouble réactionnel de l'attachement. Je m'intéresse à ces questions ; j'ai travaillé à la mise au point d'un modèle statistique pour aider les professionnels dans l'évaluation des jeunes enfants. Mais ce n'est pas le sujet. »

Schuepp balaya sa propre digression d'un geste de la main et poursuivit plus énergiquement : « Votre père obtint rapidement son diplôme et fut reçu à l'université de Pennsylvanie. C'était un étudiant hors pair et il devint le chouchou de Gregory. Sur ses conseils, Russell s'inscrivit simultanément en licence et en maîtrise et commença sérieusement à envisager de passer un doctorat en mathématiques. Entre-temps, il tomba amoureux d'une jolie étudiante de l'école d'infirmières et il épousa votre mère pendant son doctorat.

» Ce fut à peu près à cette époque que Tommy quitta l'institut Hershey. Sans autre famille, il se tourna vers son frère. Et ne voyant pas d'autre solution, votre père le prit chez lui. Pas une situation idéale pour un nouveau marié qui jonglait entre sa jeune épouse et des études prenantes, mais on fait ça pour sa famille.

» Tommy trouva un boulot de plongeur dans un restaurant du quartier. Il travaillait le soir comme videur et faisait les quatre cents coups dans la journée. Russell le fit libérer trois fois sous caution pour des délits mineurs, rixes, drogue, alcool. C'était toujours de la faute de l'autre, d'après Tommy. C'était l'autre qui avait commencé.

» Pour finir, votre mère prit un soir Russell à part et lui confia qu'elle avait peur. Deux fois, elle avait surpris Tommy à l'épier dans sa chambre pendant qu'elle se changeait. Et une fois, alors qu'elle prenait sa douche, elle était presque sûre qu'il était entré dans la salle de bains. Quand elle avait prononcé son nom, il avait paniqué et s'était enfui.

» C'en était trop pour votre père. Lui-même s'en était sorti à la force du poignet ; Tommy pouvait en faire autant. Russell mit donc son jeune frère dehors. Juste à temps, semble-t-il, parce que, quelques semaines plus tard, votre mère découvrit qu'elle était enceinte.

» Tommy, malheureusement, ne partit jamais vraiment. Il débarquait sans crier gare à des heures indues. Parfois Russell était là. Souvent non. Votre mère, Leslie – Lucille, comme on l'appelait alors… »

Bobby griffonna rapidement le nom, tout en regardant les lèvres d'Annabelle former ce mot. Lucille. Lucille Grayson. Il se demanda ce que ça lui faisait d'entendre le vrai nom de sa mère pour la première fois, après toutes ces années. Mais Schuepp parlait encore et ne leur laissait guère le temps de spéculer.

« … devint si inquiète qu'elle laissait toutes les lumières éteintes et le volume de la télé au minimum pour donner l'impression qu'il n'y avait personne à la maison. Sauf que Tommy continua à se présenter, généralement dans les dix minutes qui suivaient son retour de l'hôpital. Leslie, votre mère, finit par être convaincue qu'il la suivait.

» Russell en parla à son frère, lui dit que ces enfantillages devaient cesser. Désormais, Tommy n'était plus le bienvenu dans leur vie. S'il se montrait encore, Russell appellerait la police.

» Peu de temps après, des cadavres d'animaux mutilés se mirent à apparaître devant leur immeuble. Des chats écorchés. Des écureuils décapités. Russell était convaincu qu'il s'agissait de Tommy. Il s'adressa à la police. Elle ne pouvait pas faire grand-chose sans preuves. Russell mit une alarme chez lui, ajouta des chaînettes de sécurité, installa même une lampe à haute intensité avec détecteur de mouvement devant la porte d'entrée. Leslie accepta de ne plus rentrer seule à pied du travail. Russell l'accompagnait et allait la chercher.

» Gregory se souvenait d'avoir un soir retrouvé Russell assis dans son bureau, les yeux dans le vague. Quand Gregory avait poliment toqué à la porte, Russell lui avait dit : "Il va la tuer. Mon père a tué ma mère. Tommy va détruire ma femme."

» Gregory ne savait pas quoi dire. La vie continua et, quelques mois plus tard, Leslie accoucha. Tommy avait disparu dans la nature ; Russell ne savait pas où et il s'en fichait. Il adorait être un jeune père. Tous les aspects de la paternité le ravissaient. Votre mère et lui se posèrent et profitèrent de la lune de miel qu'ils n'avaient jamais eue. Jusqu'à ce que…

– Tommy réapparaisse, compléta calmement Annabelle.

– Vous aviez dix-huit mois, expliqua Schuepp. Par la suite, Russell apprit que la seule raison pour laquelle Tommy avait disparu, c'était qu'il avait fait de la prison pour voies de fait. À la minute où il avait été relâché, il avait repris là où il en était. Sauf qu'il ne s'intéressait plus à Leslie. C'était vous qu'il voulait.

» La première fois, il a alpagué Russell et Leslie dans la rue. Ils rentraient du parc, avec vous dans la poussette. En pleine journée. Dès qu'il a aperçu Russell et Leslie, Tommy a traversé la rue et s'est mis en travers de leur chemin. "Comment allez-vous, quel plaisir de vous voir, c'est ma petite nièce ? Oh, elle est magnifique." Il s'est emparé de vous avant que Russell puisse faire un geste, il vous faisait des gouzi-

gouzi. Russell a essayé de vous reprendre. Tommy s'est détourné. D'après Russell, il avait une lueur mauvaise dans le regard. Russell était terrifié. Il ne savait pas si Tommy allait vous embrasser ou vous jeter sous les roues d'une voiture.

» Naturellement, Russell le caressa dans le sens du poil. Leslie aussi. Pour finir, ils vous récupérèrent, vous remirent dans la poussette et reprirent leur chemin. Mais ils étaient tous les deux terriblement secoués.

» Le lendemain, Russell changea les serrures et finança sur ses propres deniers un nouveau système de protection pour tout l'immeuble. Il retourna voir la police, qui fit des recherches sur Tommy et découvrit ses antécédents criminels. Mais les policiers ne pouvaient toujours rien faire. Après tout, ce n'est pas un crime d'aller voir sa nièce. Ils prirent note de l'inquiétude de Russell, constituèrent un dossier.

» Russell ressortit du commissariat plus effrayé qu'il n'y était entré. Il finit par parler à Greg de se mettre en disponibilité. Il ne voulait pas laisser Leslie seule avec le bébé, ne serait-ce qu'une heure. Greg le dissuada. Russell venait d'obtenir son doctorat. S'arrêter maintenant serait désastreux pour sa carrière. Et comme votre mère ne travaillait plus, il fallait bien que quelqu'un fasse bouillir la marmite.

» Russell accepta donc de continuer à travailler et Leslie s'organisa pour que ses parents viennent les voir. Plus nombreux, ils seraient certainement plus en sécurité.

– Oh non », murmura Annabelle, la main sur la bouche. Bobby suivit le fil de ses pensées. On avait dit à Annabelle que ses grands-parents étaient morts dans un accident de voiture. Il pressentait que la vérité serait plus bouleversante qu'un simple accrochage tragique.

Schuepp hocha tristement la tête. « Oh que si. Les parents de votre mère arrivèrent. Vous emmenèrent en promenade. Ne revinrent jamais. Un agent les retrouva côte à côte sur un banc du parc. Tous deux une balle dans le cœur, tirée avec un pistolet de petit calibre. Vous vous promeniez toute seule dans les parages, agrippée à un ours en peluche tout neuf. Il y avait une étiquette autour du cou qui disait : "Affectueusement, oncle Tommy."

» La police retrouva tout de suite Tommy et l'interrogea sur les meurtres, mais il nia en bloc. D'après lui, il s'était arrêté dans le parc, vous avait donné la peluche, avait brièvement discuté avec vos grands-parents. Tout le monde allait très bien quand il était parti. La police fouilla son appartement, mais en ressortit bredouille. Sans le pistolet, sans aucun témoin ni autre preuve, la police ne pouvait rien faire de plus. Elle suggéra à votre père de demander une ordonnance d'éloignement. Il répondit que sa mère avait déjà essayé ça.

» Cet après-midi-là, il alla dans le bureau de Greg pour lui annoncer qu'il avait pris sa décision : sa famille et lui allaient disparaître. C'était la seule manière, disait-il, d'être en sécurité.

» Une fois encore, Greg tenta de le raisonner. Qu'est-ce que Russell et Leslie connaissaient de la clandestinité ? Comment trouver de fausses identités, de nouveaux permis de conduire, du travail ? Ce n'était pas aussi facile qu'au cinéma.

» Mais Russell n'en démordait pas. Quand il regardait son frère, il voyait son père. Il avait déjà assez perdu à cause de la rage obsessionnelle d'un homme. Il n'allait pas perdre davantage. Et plus il parlait, plus il convainquait Gregory. Ce fut lui qui eut l'idée que Russell et Leslie s'installent dans sa maison d'Arlington. La propriété était au nom de Greg, les factures aussi. Tommy aurait certainement du mal à retrouver Russell et Leslie dans leur nouvelle maison du Massachusetts.

» Gregory me passa aussi un coup de fil pour m'expliquer la situation. Il se trouva par hasard que nous avions un poste vacant dans le département et nous avons donc mis au point les détails. Russell et votre mère emménageraient à Arlington et j'offrirais à votre père un emploi au MIT. Naturellement, il fallut que je donne son vrai nom, Roger Grayson, à la compta. Mais j'aplanis les choses auprès des bonnes personnes et votre père devint censément Russell Granger, époux de Leslie Ann Granger, parents d'une adorable fillette, Annabelle Granger. Seuls les fiches de paie et autres documents financiers disaient autre chose.

» Nous nous trouvions très malins, mais nous n'avions pas été assez forts.

– Tommy les retrouva », conclut Bobby. Annabelle ne disait plus rien. Elle était en état de choc, trop sonnée pour parler.

« C'est ce qu'a cru Russell. Il y a eu une affaire dans les journaux peu après leur installation à Arlington, l'enlèvement d'une jeune fille qui aurait pu être votre grande sœur, Annabelle. Tout de suite, Russell s'est inquiété. Il craignait que Tommy ne soit dans les parages, à la recherche d'Annabelle.

– L'enlèvement de Catherine, dit Bobby. C'était l'œuvre d'un autre, Richard Umbrio. Mais la grande ressemblance entre Catherine et Annabelle a dû alarmer Russell, lui faire imaginer le pire. » Il jeta un regard vers Annabelle. « Et même le conduire à se faire passer pour un agent du FBI afin d'arriver jusqu'à Catherine à l'hôpital, pour la questionner.

– C'est Tommy sur le croquis, murmura Annabelle. Mon père a dessiné Tommy pour voir comment Catherine réagirait.

– Probablement. »

Elle réussit à sourire du coin des lèvres. « Je vous avais bien dit qu'il y avait une explication. » Mais son visage restait blême, creusé.

« Umbrio, Umbrio, marmonnait Schuepp. C'est vrai. La police a finalement arrêté cette armoire à glace et l'a inculpé. Je m'en souviens à présent. Mais Russell a refusé de baisser la garde. Il s'est mis au karaté, se renseignait de manière obsessionnelle sur les prédateurs. Je ne peux pas imaginer ce qu'il a vécu : d'abord perdre ses parents si jeune, puis sentir que toute cette tragédie était en train de se reproduire.

» Je sais qu'il se sentait terriblement coupable de ce que vivait votre mère. Les rares fois où je les ai vus ensemble à des réceptions, votre père était extrêmement attentionné, d'une gaieté sans faille. S'il pouvait sourire assez largement, parler assez fort, tout irait bien.

» Votre mère vous aimait, Annabelle, ajouta doucement Schuepp. Le moment venu, elle n'a pas hésité une seconde.

» Russell a surgi dans mon bureau à la fin octobre. Tommy était de retour, il laissait des cadeaux chez vous au nom d'Annabelle, il vous suivait. Russell prétendait que c'était entièrement de sa faute. Il n'avait

426

pas fait les choses assez à fond. Les comptes bancaires, les déclarations de revenu laissent des traces. Ça n'avait été qu'une question de temps.

» Cette fois-ci, Russell s'était procuré de nouvelles identités pour sa famille, s'était organisé pour troquer votre ancienne voiture contre un nouveau véhicule. Tout le reste devait être abandonné. Partir vite et sans lest, m'a-t-il dit. C'était le secret. Il a même refusé de me dire où vous iriez tous les trois.

» Quand il est sorti, je me souviens de m'être demandé si vous réussiriez. Ou si j'apprendrais le dénouement de cette histoire au journal du soir. Pendant deux semaines, tout a semblé bien se passer. Et puis cette petite fille, votre amie, a disparu. Dès que j'ai appris dans quelle rue elle habitait, j'ai su qui était le coupable. D'après votre père, Tommy n'avait jamais bien pris les déceptions.

– Mon père était au courant ? Pour Dori ? demanda Annabelle avec insistance. Il vous en a parlé ?

– Il m'a appelé trois jours plus tard, répondit Schuepp. Il m'a dit qu'il avait vu la nouvelle au journal national. Il ne savait pas quoi faire. D'un côté, il était certain que c'était Tommy. D'un autre, s'il retournait voir la police…

– Tommy pourrait le retrouver, compléta Bobby. Et vous, monsieur ? Avez-vous pris contact avec la police ?

– J'ai laissé des informations anonymes sur la hotline. Suffisamment pour apaiser ma conscience, mais…

– Pas assez pour aider Dori Petracelli, dit Bobby avec un regard appuyé. Vous déteniez une information vitale. Si vous vous étiez manifesté…

– La police aurait recherché Russell et Leslie, expliqua simplement Schuepp. On les aurait ramenés de force dans le Massachusetts, exposés à Tommy. La petite Petracelli était probablement morte. J'ai donné la priorité à la vie qui pouvait être sauvée – la vôtre, Annabelle. »

Bobby ouvrit la bouche. Mais avant qu'il puisse répliquer, Annabelle lui grilla la politesse :

« Allez expliquer ça à M. et Mme Petracelli. C'étaient des parents, eux aussi. Ils méritaient mieux que de voir leur fille tenue pour morte simplement pour que leurs voisins puissent continuer leur vie. » Elle se détourna avec amertume.

Schuepp versa un autre scotch, le poussa vers elle.

Mais elle refusa. Au lieu de cela, elle se ressaisit et son visage prit cet air déterminé que Bobby connaissait si bien.

« Une dernière question, monsieur Schuepp : Pouvez-vous me dire mon vrai nom ? »

33

Je m'appelle Amy Marie Grayson. Amy Marie Grayson.

Assise dans la Crown Vic de Bobby, j'agrippais les cendres de mes parents en me répétant encore et encore mon vrai nom pour voir s'il allait me monter naturellement aux lèvres. Nous avions déjà rejoint la nationale 2. En route pour quelque part. Ça n'avait pas vraiment d'importance pour moi.

Amy. Marie. Grayson. Cela semblait toujours artificiel, guindé dans ma bouche.

Toute ma vie, je m'étais considérée comme deux personnes : Annabelle Granger et le Pseudonyme du Moment. Maintenant, à en croire M. Schuepp, j'étais en réalité trois personnes : Amy Grayson, Annabelle Granger et… les autres.

Cette idée me désorientait. J'appuyai la tête contre la vitre fraîche de ma fenêtre et revis fugitivement mon père, assis en face de moi chez Giacomo pour mon vingt et unième anniversaire, l'air heureux.

Mon père avait gagné. Je n'avais jamais compris parce qu'il ne m'avait jamais laissée prendre part à sa guerre. Mais cette soirée, mon anniversaire, dut lui apparaître comme une victoire. Il avait perdu sa mère.

Il avait perdu sa femme. Mais sa fille… Moi, au moins, il m'avait protégée, même si cela lui avait tant coûté en cours de route.

Et j'étais maintenant abasourdie, humiliée aux larmes, qu'il ait considéré ma vie comme une victoire. Il avait renoncé à sa carrière pour moi. Il avait renoncé à ses voisins, à sa maison, à sa propre identité. Pour finir, il avait renoncé à sa femme.

Je le revois distant. Je le revois implacable, dur, agressif. Mais je ne me souviens pas de lui amer ou mesquin un seul instant. Il a toujours eu sa cause, son objectif, même si sa paranoïa me rendait folle.

Et maintenant que je connaissais toute l'histoire, la seule chose que je voulais, c'était revenir en arrière pour lui dire que j'étais désolée, pour l'étreindre avec gratitude, lui dire que je comprenais enfin. Mais mon père n'avait jamais voulu faire de moi une gentille fille. Nous nous battions, sans relâche, sans répit, en partie parce que mon père aimait ça. Il avait élevé une battante. Et il aimait mettre mes capacités à l'épreuve.

Amy Marie Grayson. Amy Marie.

Et juste un instant, je pus presque l'entendre. La voix de ma mère, qui roucoulait doucement : « Coucou, mon petit ange… Bonjour, mon Amy, ma jolie mimi. »

Je pleurais. Je ne voulais pas. Mais l'énormité de tout cela me rattrapait d'un seul coup. Le sacrifice de ma mère. Les deuils de mon père. Et j'étais secouée d'affreux et violents sanglots, à peine consciente de la main de Bobby sur mon épaule. Puis la voiture ralentit, se rangea. Ma ceinture remonta. Bobby m'attira sur ses genoux, manœuvre compliquée par l'obstacle du volant. Mais ça m'était égal. J'enfouis mon visage dans son épaule. M'accrochai à lui comme une enfant. Et sanglotai parce que mes parents avaient tout donné pour me sauver la vie et que je leur en avais voulu de le faire.

« Chut, murmurait-il encore et encore.

– Dori est morte à cause de moi.

– Chut.

– Et mes parents. Et cinq autres petites filles. Et pour quoi ? Qu'est-ce que j'ai de si *spécial* ? Je ne suis même pas capable de garder un boulot et ma seule amie est une chienne. »

À point nommé, Bella sur la banquette arrière poussa un gémissement inquiet. J'avais oublié sa présence. Elle bondit sur le siège pour passer à l'avant. Je sentis sa patte sur ma jambe. Bobby ne la repoussa pas. Il continua à murmurer des mots réconfortants à voix basse. Je sentais ses bras forts autour de moi. Son étreinte dure et musclée.

Cela me rendit un peu folle. Qu'il puisse sembler tellement réel, tellement fort, alors que j'avais l'impression que ma vie se désagrégeait, réduite en menus morceaux emportés comme des confettis. Et j'étais heureuse en cet instant que nous nous trouvions dans une voiture au bord d'une grande route passante, parce que si nous avions été dans mon appartement, je l'aurais déshabillé. J'aurais enlevé chacun de ses vêtements, un à un, juste pour pouvoir toucher sa peau, faire courir ma langue sur les sillons de son ventre, goûter le sel de mes larmes sur son torse, parce que j'avais tellement besoin d'aller plus vite que mes pensées, de ressentir l'intensité d'un moment éperdu, de me sentir vivante.

Amy Marie Grayson. Amy. Marie. Grayson.

Oh, Dori, je suis tellement désolée. Oh, Dori.

Bobby m'embrassa. Il releva mon menton, posa ses lèvres sur les miennes. Et c'était si doux, si tendre, que j'en pleurai à nouveau, jusqu'au moment où je pris sa main pour la poser sur mon sein, violemment, parce que je ne voulais pas me sentir comme du verre, que je ne voulais pas qu'il me voie comme quelqu'un qui allait se briser.

Amy Marie Grayson. Dont l'oncle avait détruit toute la famille.

Et l'avait retrouvée la nuit précédente.

Je m'écartai, me cognai le coude au volant. Bella gémit encore. Je glissai des genoux de Bobby pour regagner mon siège et attirai Bella à moi.

Bobby n'essaya pas de m'arrêter. Ne dit pas un mot. Je l'entendais respirer bruyamment.

Je m'essuyai les joues. Bella m'aida à coups de langue enthousiastes.

« Il faut que je rentre travailler, dis-je tout à coup.

– Faire quoi ? demanda Bobby avec un drôle de regard.

– J'ai un projet à rendre. Back Bay. Ma cliente va se poser des questions. »

Bobby me regarda. « Annabelle... Amy ? Annabelle.

– Annabelle. C'est... je suis habituée... Annabelle.

432

– Annabelle, il faut vous trouver un nouvel appartement.

– Pourquoi ? »

Air étonné. « Eh bien, pour commencer, un cinglé sait que vous habitez là.

– Le cinglé n'est pas exactement de première jeunesse. Et je ne suis pas une proie facile.

– Vous n'avez pas les idées claires…

– Vous n'êtes *pas* mon père !

– Holà, du calme. Malgré mon, hum, intérêt personnel évident, dit-il en rajustant son pantalon qui s'était joliment tendu, je suis toujours enquêteur. Nous sommes formés à ce genre de situations. Par exemple, quand un prédateur obsessionnel approche de sa cible, on peut prévoir qu'il va se passer du vilain. Ce Tommy (quel que soit le nom sous lequel il se promène aujourd'hui) a manifestement découvert que vous viviez à North End. Il a passé la dernière journée à entrer par effraction chez une policière, à organiser une embuscade avec quatre chiens d'attaque et à déposer une marque d'affection devant votre porte. En d'autres termes, ce n'est pas quelqu'un à prendre à la légère. Donnez-nous un jour ou deux. Restez à l'hôtel, faites profil bas. Il y a une différence entre se montrer prudent et fuir la peur au ventre.

– Un hôtel ne me laissera pas garder Bella, dis-je, butée, en serrant mon chien plus fort dans mes bras.

– Oh, bon sang… Il y a des établissements qui acceptent les animaux. Laissez-moi passer quelques coups de fil.

– Il faut que je travaille, vous savez. Mon charme ne suffit pas à payer les factures.

– Alors prenez votre machine à coudre.

– Il me faudra aussi du tissu, mon ordinateur, des garnitures, des croquis…

– Je vous aiderai à charger. »

Je lui jetai un regard noir, sans raison valable, puis appuyai la tête contre la fourrure de Bella. « Je voudrais que ce soit fini », avouai-je.

Son regard s'adoucit enfin. « Je sais.

– Je ne veux pas être Amy, murmurai-je. C'est déjà assez dur comme ça d'être Annabelle. »

Bobby me raccompagna à mon appartement. Je descendis de voiture juste à temps pour entendre un coup de klaxon. Je me retournai, Bella aboya furieusement.

Au bout de la rue avançait pesamment un énorme camion UPS : Ben, mon chevalier sur le retour, à bord de son fidèle destrier brun. Il ralentit, nous regarda, moi et Bella, avec inquiétude. Je lui fis signe que tout allait bien et, avec un hochement de tête solennel, il continua.

« Vous voyez, dis-je à Bobby, je pourrais aussi rester dans mon appartement. Avec un service de livraison en vingt-quatre heures chrono à mes côtés, à quoi bon la police ? »

Bobby ne sembla pas goûter la plaisanterie.

Il nous raccompagna, Bella et moi, à l'appartement. Quelqu'un, les techniciens, un enquêteur, je ne sais pas, avait vaguement tenté de remettre les choses à leur place. Mon appartement semblait avoir essuyé un coup de vent, mais à part ça il était en bon état.

« Donnez-moi une heure, dit Bobby. Deux au maximum. Il faut que je creuse quelques pistes, que je remette deux-trois trucs en ordre…

– Il faut que vous retrouviez Tommy, dis-je. Et que vous disiez à D.D. d'arrêter de soupçonner mon pauvre père. »

Bobby me regarda en plissant les yeux, mais ne poussa pas plus loin. « Je vous sonne quand j'arrive.

– Oui, chef, bien, chef.

– Prenez des affaires pour une semaine, par précaution. Je peux toujours repasser prendre quelque chose en cas d'oubli.

– Vraiment ? Mon soutien-gorge en dentelle noir préféré, par exemple ? Un string rose vif tout à fait indispensable ? »

Ses yeux s'embrasèrent dangereusement. « Mon ange, je serais ravi de faire une rafle dans le tiroir de vos sous-vêtements, mais rappelez-vous que ce sera peut-être un agent en tenue qui prendra l'appel.

– Oh, dis-je avec un haussement d'épaules. Je suppose que je peux emporter mes petites culottes toute seule, alors.

– Prenez tout ce dont vous avez besoin, Annabelle. On peut remplir la voiture à ras bord si vous voulez.

– Ça ne sera pas nécessaire. Il se trouve que je sais très bien voyager léger. »

Ma bravade ne le trompa pas une seconde. Il s'approcha, m'attrapa avant que je puisse protester et m'embrassa fougueusement.

« Deux heures, répéta-t-il. À tout casser. »

Et il s'en alla.

Bella pleura comme un bébé à la porte. Quant à moi, je me demandai comment une adulte pouvait se sentir aussi vulnérable dans son propre appartement.

Bobby commença à jouer du portable dès qu'il regagna sa voiture. Il avait des noms, maintenant il voulait des informations. Il commença par D.D., mais tomba sur son répondeur. Idem pour Sinkus.

Après un bref débat intérieur, Bobby prit sa décision. La police de Boston était à saturation et il lui fallait des renseignements rapidement. Oh, puis zut, il travaillait pour l'État, oui ou non ? Il demanda un service à un vieux pote pour faire avancer le schmilblick.

Il voulait savoir tout ce qu'il y avait à savoir sur : A, Tommy Grayson ; B, Roger Grayson ; C, Lucille Grayson ; et D, E et F, presque une idée après coup, Gregory Badington, Paul Schuepp et Walter Petracelli. De quoi les tenir occupés un petit moment.

Si le récit de Schuepp était exact, le voyeur d'Annabelle était très probablement son oncle, Tommy Grayson. Et le plus logique était que le voyeur d'Annabelle était aussi celui qui avait tué Dori Petracelli et enseveli son cadavre à Mattapan.

Ce qui signifiait que Tommy Grayson avait réussi à les suivre de la Pennsylvanie au Massachusetts.

Et puis quoi ?

Tommy savait que la famille d'Annabelle avait fui. S'il les avait suivis de Philadelphie à Arlington,

436

c'était logique qu'il les suive à nouveau. Contrairement à Christopher Eola, Tommy n'avait pas de fortune personnelle. Ce qui signifiait que s'il avait continué à traquer la famille d'Annabelle, il avait dû affronter des difficultés logistiques de base. Comment gagner de l'argent pour le logement et le transport. Comment trouver un nouveau boulot dans une nouvelle ville tous les deux-trois ans. Ce qui signifiait qu'il avait probablement occupé des emplois subalternes. D'après Schuepp, il avait travaillé comme videur à Philadelphie. Le genre de boulot qu'on déniche facilement au pied levé. Il fallait qu'ils transmettent le portrait de Tommy à la police de chacune des villes, en recommandant de le distribuer dans les bars. On pourrait peut-être repérer les déplacements de Tommy, reconstituer la chronologie de ses voyages.

Mais comment Tommy avait-il retrouvé la famille d'Annabelle à chaque fois ? D'après Schuepp, le père d'Annabelle était intelligent : il avait rapidement tiré les leçons de ses erreurs. Pourtant, en règle générale, la famille déménageait tous les dix-huit mois à deux ans.

Mesure préventive de la part du père d'Annabelle ? Dès que les journaux annonçaient une disparition d'enfant, il avait la frousse et faisait les bagages de toute la famille. Ou bien Tommy était-il si fort que ça ?

Bobby voulait en savoir plus sur Tommy. Et sur le père d'Annabelle.

Naturellement, les bonnes places de parking près du commissariat étaient prises. Bobby fit quatre fois le tour et eut finalement la chance de voir quelqu'un partir. Il se faufila dans la place et, toujours perdu dans ses pensées, verrouilla la Crown Vic et entra dans le bâtiment.

La première chose qu'il remarqua en franchissant les portes vitrées de la criminelle fut le silence. La standardiste, Gretchen, regardait son écran d'ordinateur d'un air absent. Deux-trois types brassaient du papier à leur bureau, sans entrain.

Il tapota le comptoir devant Gretchen. Elle leva finalement les yeux.

« Quoi ? demanda-t-il à voix basse.

– La mère de Tony Rock, murmura à son tour la standardiste.

– Oh, merde.

– Il a appelé il y a une demi-heure. Il n'avait pas l'air bien du tout. Le commandant Warren essaie de le joindre depuis, mais il ne répond pas au téléphone.

– Oh, non.

– Probablement juste besoin d'un peu de temps.

– C'est sûr. Quelle merde. Quand vous saurez pour l'enterrement…

– Je passerai le mot », promit Gretchen.

Bobby la remercia d'un signe de tête et se dirigea droit vers le bureau de D.D. Elle était au téléphone, mais leva un doigt en l'apercevant. Il s'appuya contre le montant de la porte, écouta une moitié de conversation qui consistait essentiellement en « Oui, mmmmhmmm, c'est vrai ». Elle devait être en ligne avec la hiérarchie.

Bobby posa son épaule contre le cadre en bois. Et d'un seul coup, la fatigue lui tomba dessus. Le guet dans les bois. D.D. clouée au sol, agressée par un gigantesque rottweiler. Une fois celle-ci tirée d'affaire, appeler Annabelle et entendre sa voix apeurée au bout du fil. Nouvelle traversée de la ville à tombeau ouvert en se demandant ce qu'il allait trouver, avec la crainte d'arriver trop tard.

Était-ce ce que le père d'Annabelle avait ressenti à une époque ? Comme si sa vie lui échappait ? Comme s'il voyait le train arriver, mais restait paralysé entre les rails ?

Bon sang, il avait besoin d'une bonne nuit de sommeil.

D.D. finit par raccrocher. « Désolée pour ça, dit-elle. La mère…

– Je sais.

– Évidemment, il sera absent quelques jours.

– Sûr.

– Moyennant quoi…

– Hé, ça ne fait pas de mal de travailler dur. Ça forge le caractère.

– Alors ? dit-elle.

– Alors le vrai nom de Russell Granger est Roger Grayson. Lui, sa femme (Lucille Grayson) et leur fille nouveau-née, Amy Grayson, ont été harcelés par le frère déséquilibré de Roger, Tommy Grayson, quand ils vivaient à Philadelphie. Roger pensait que Tommy était allé jusqu'à assassiner les parents de Lucille un après-midi où ils avaient emmené Amy au parc. Peu de temps après, Roger s'est organisé pour emmener toute sa famille vivre à Arlington sous le nom de Granger. Malheureusement, il ne savait pas comment se procurer une fausse identité, de sorte que tous les documents financiers restèrent à leur vrai nom. D'après Paul Schuepp, l'ancien directeur des mathématiques au MIT, Roger était persuadé que Tommy les avait retrouvés en 82. C'est là qu'il a organisé la deuxième fuite de sa famille, mais cette fois-ci en faisant tout ce qu'il fallait.

– Tu parles d'un truc…, dit D.D.

– J'ai un copain qui fait des recherches sur les noms de Roger, Lucille, Tommy et quelques autres. Tommy a des antécédents criminels, donc ça devrait être dans les fichiers. La question à un million de dollars, c'est : quand Tommy a compris que la famille d'Annabelle lui avait filé entre les doigts, est-ce qu'il est resté dans le Massachusetts ou est-ce qu'il est parti sur les routes ? Et, accessoirement, où est-il maintenant ? »

D.D. se frotta les tempes. « Notre principal suspect est Tommy Grayson ?

– Ouais. Navré de te décevoir, mais je crois bien que le père d'Annabelle est mort.

– Mais pourquoi se faire passer pour un agent du FBI…

– Russell a fait le même rapprochement que nous : à savoir que Catherine ressemblait étonnamment à Annabelle. Il craignait que son agression ne soit l'œuvre de Tommy. Comme il ne voulait pas se faire connaître, il ne pouvait pas aller voir la police et il s'en est donc occupé lui-même.

– Mais Tommy n'était pas l'agresseur de Catherine.

– Non, la ressemblance entre Catherine et Annabelle est une pure coïncidence. Pourtant la méthode d'Umbrio a probablement inspiré Tommy quand il s'est servi d'une cavité souterraine deux ans plus tard. Les deux affaires ont donc un lien, mais lointain.

– Et Christopher Eola ?

– Très certainement un meurtrier, mais pas le nôtre.

– Charlie Marvin ?

– Un ancien pasteur sans prétention qui travaille au foyer de Pine Street Inn. D'après les témoins, il y était la nuit dernière.

– Adam Schmidt ?

– Pas la moindre idée. Il faudrait demander à Sinkus.

– Il te cherchait. Il a passé l'après-midi avec Jill Cochran, de l'hôpital psychiatrique. Il faudrait que vous échangiez vos infos, tous les deux. »

Bobby la regarda avec des yeux ronds. « C'est tout ? Je déniche la véritable identité du père d'Annabelle, je découvre le pot aux roses et je me fais engueuler parce que je n'ai pas comme par magie déjà fait le point avec mes collègues ?

– Je ne t'engueule pas, ronchonna-t-elle. Mais je pense que tout ton génie laisse encore une faille béante dans l'enquête.

– À savoir ?

– Où se trouve Tommy Grayson en ce moment, quand il ne rôde pas autour de l'appartement d'Annabelle ou dans les bois pour y poster des chiens dressés ?

– Parfait, la prochaine fois je livrerai le suspect sur un plateau d'argent.

– Il me semble, continua D.D. comme si elle n'avait rien entendu, que si le reste de la famille

441

Grayson a pris de nouvelles identités, Tommy a pu en faire autant. Et que notre meilleure chance de découvrir cette identité et de retrouver ce fils de garce au plus vite est de nous pencher sur l'autre morceau du puzzle que nous connaissons.

– L'autre morceau du puzzle ?

– L'hôpital psychiatrique.

– Oh », dit Bobby, un peu perdu. Et, tout de suite, l'illumination : « Okay. Ouais. Bien sûr. On en revient à notre première théorie : le tueur devait avoir un lien quelconque avec l'hôpital psychiatrique pour pouvoir tranquillement ensevelir six corps dans le parc. Donc, si notre tueur est Tommy Grayson…

– Qui d'après toi a un passé troublé.

– C'est un cinglé notoire.

– Alors Tommy Grayson est probablement passé par l'hôpital psychiatrique de Boston.

– Et, conclut Bobby de lui-même, Sinkus détient cette information.

– Tu devrais quand même faire un enquêteur correct, dit D.D., pince-sans-rire. Autre chose que j'aie besoin de savoir ?

– Je cherche un hôtel pour Annabelle. »

D.D. parut étonnée.

« Et je me disais, même si j'ai peut-être omis de lui en parler, que pendant qu'elle sera planquée dans ledit hôtel, on pourrait installer un leurre dans son appartement. »

D.D. fit la moue. « Cher. »

Bobby haussa les épaules. « C'est ton problème, pas le mien. Mais je ne pense pas que la situation va s'éterniser. Étant donné l'agitation rien que dans les dernières vingt-quatre heures, il me semble que Tommy est pratiquement à bout de patience.

– Je vais voir ce qu'en dit le divisionnaire.

– Daccodac. »

Bobby s'apprêtait à partir. D.D. l'arrêta une dernière fois.

« Bobby, dit-elle doucement. Pas mal. »

34

À douze ans, j'ai contracté une infection extrêmement virulente. Je me souviens de m'être plainte de me sentir chaude et nauséeuse. Et puis de m'être réveillée à l'hôpital. Six jours avaient passé. Vu sa tête, ma mère n'avait pas dormi de tout ce temps-là.

J'étais faible et sonnée, trop épuisée pour lever la main, trop dans le coaltar pour comprendre à quoi rimaient les méandres de fils et de câbles reliés à mon corps. Ma mère était assise dans un fauteuil à côté de mon lit d'hôpital. Mais lorsque mes yeux s'ouvrirent, elle se leva d'un bond.

« Oh, Dieu soit loué !

– M'man ? » Des années que je ne l'avais pas appelée comme ça.

« Je suis là, mon amour. Tout va bien. Je suis avec toi. »

Je me rappelle avoir refermé les yeux. La sensation fraîche de ses doigts qui repoussaient mes cheveux de mon visage en sueur. Je m'assoupis, agrippée à son autre main. Et à cet instant, je me sentais en sécurité, je me sentais protégée, parce que ma mère était à mes côtés et parce que, quand on a douze ans, on croit que les parents peuvent nous sauver de tout.

Deux semaines plus tard, mon père nous annonça notre départ. Même moi, je l'avais vu venir. J'avais passé toute une semaine à l'hôpital, examinée sous toutes les coutures par des grands pontes. Les anonymes ne peuvent se permettre de susciter ce genre d'attention.

Je fis moi-même mon unique valise. Ce n'était pas difficile. Quelques jeans, chemises, chaussettes, sous-vêtements, ma seule jolie robe. Prendre le doudou, prendre Boomer. Le reste, je savais déjà que je devais le laisser derrière moi.

Mon père s'était absenté pour vaquer à diverses occupations – solder ses comptes avec le propriétaire, faire le plein de la voiture, quitter encore un boulot. Il laissait toujours à ma mère le soin de préparer les bagages. Apparemment, faire tenir toute une vie d'adulte dans cinq valises était un travail de femme.

J'avais regardé ma mère se livrer à cet exercice d'innombrables fois. Généralement, elle fredonnait un air sans y penser, agissait machinalement. Ouvrir le tiroir, plier, mettre dans la valise. Ouvrir un autre tiroir, plier, mettre dans la valise. Ouvrir le placard, plier, mettre dans la valise. Fini.

Ce jour-là, je la trouvai assise au bord du lit double dans la chambre exiguë, à contempler ses mains. Je m'assis sur le lit à côté d'elle. M'appuyai contre elle, épaule contre épaule.

Ma mère aimait Cleveland. Les deux femmes âgées au bout du couloir l'avaient prise sous leur aile. Elles l'invitaient le vendredi soir pour jouer à la belote en sirotant du Crown Royal. Notre appartement était tout petit, mais mieux que celui de Saint Louis. Pas de cafards. Pas le crissement strident du train de banlieue qui freinait pour s'arrêter à une encablure de là.

Ma mère avait trouvé un emploi de caissière à temps partiel à l'épicerie du coin. Le matin, elle se rendait à pied à son travail après m'avoir mise dans le bus. L'après-midi, on faisait de longues promenades dans les rues tranquilles bordées d'arbres et on s'arrêtait près d'un bassin voisin pour nourrir les canards.

Nous avions tenu dix-huit mois, nous avions même survécu à l'extrême rigueur de l'hiver. Ma mère affirmait que la neige grise et fondue ne l'ennuyait pas du tout ; elle lui rappelait simplement la vie en Nouvelle-Angleterre.

Je crois que ma mère aurait pu s'en sortir à Cleveland.

« Je suis désolée, lui murmurai-je alors que nous étions assises côte à côte sur le lit.

– Chut…

– Peut-être que si on refusait toutes les deux…

– Chut…

– Maman…

– Tu sais ce que je fais un jour comme celui-là ? » me demanda ma mère.

Je fis non de la tête.

« Je pense à l'avenir.

– Chicago ? demandai-je sans comprendre, car c'était là que mon père avait dit que nous allions.

– Non, bécasse. L'avenir dans dix ans. Dans quinze, dans vingt, dans quarante ans. J'imagine ta cérémonie de remise de diplôme. J'imagine ton mariage. Je rêve que je tiens des petits-enfants dans mes bras. »

Je fis la grimace. « Beurk. Ça n'arrivera jamais.

– Bien sûr que si.

– Non, jamais. Je ne me marierai pas. »

À son tour de sourire, d'ébouriffer mes cheveux, de faire comme si nous ne voyions pas toutes les deux que ses doigts tremblaient. « C'est ce que pensent tous les enfants de douze ans.

– Non. Je suis sérieuse. Pas de mari, pas d'enfants. On est trop souvent obligé de déménager quand on a des enfants.

– Oh, chérie », dit-elle tristement en me serrant très fort contre elle.

Je repensai à ma mère en sortant de mon appartement, Bella sur les talons. Mon Taser à la main. Descendre les escaliers de mon propre immeuble sur la pointe des pieds en pleine journée paraissait mélodramatique. Bobby avait raison : je n'étais plus en sécurité dans mon appartement. Comme on dit dans le monde des agents secrets et des doubles vies, ma couverture était grillée. Alors je ferais aussi bien de suivre le conseil de Bobby et de me terrer un moment à l'hôtel.

C'est ce qu'aurait fait mon père.

Mais partir voulait dire prendre des affaires. Prendre des affaires voulait dire valises. Or celles-ci étaient stockées dans le casier dont chaque locataire disposait au sous-sol.

J'avais déjà été y chercher des affaires un nombre incalculable de fois. Je me dis qu'aujourd'hui n'était pas un jour différent.

L'escalier craqua sous mon pied. Instantanément, je me figeai. J'étais sur le palier du troisième, juste devant la porte de l'appartement 3C. Je la regardai, le cœur battant, guettant la suite. Puis, très vite, je me repris et me morigénai.

Je connaissais les locataires du 3C. Un couple de jeunes actifs. Ils avaient un chat tigré gris du nom d'Ashton, qui aimait cracher sur Bella par-dessous la porte. Hormis l'attitude d'Ashton, nous avions tous réussi à cohabiter pendant trois ans. Il n'y avait aucune raison d'avoir brusquement peur d'eux.

Mais la question, c'était plutôt : pourquoi ne *pas* avoir peur de l'appartement 3C ? Mon angoisse n'ayant pas d'objet tangible, il était facile de voir se dessiner dans toutes les ombres obscures la silhouette du sinistre oncle Tommy.

Je descendis au deuxième, puis au premier. Dans le hall, commença le plus difficile. Mes mains tremblaient. Je devais faire un effort de concentration.

Je triai mon trousseau de clés, trouvai enfin la bonne et l'enfonçai dans la serrure. La petite porte, vieille et lourde, s'ouvrit en gémissant et révéla une plongée noire dans les entrailles de cet immeuble séculaire. Je tâtonnai au-dessus de moi pour trouver la chaînette qui allumait l'ampoule nue de l'escalier.

L'odeur était différente ici. Froide et moisie, comme des pierres moussues ou de la terre humide. Comme dans la tombe de Dori.

Bella descendit l'étroit escalier en bois à toute vitesse, sans se poser de questions. Au moins l'une de nous était courageuse.

En bas, les casiers grossiers en contreplaqué étaient fixés au mur du fond. En tant que locataire du cinquième, j'avais celui du bout, fermé avec mon cadenas personnel. Je dus m'y reprendre à deux fois pour l'ouvrir. Pendant ce temps-là, Bella faisait le tour du sous-sol avec les petits soupirs joyeux d'un chien qui déniche des trésors.

Je sortis les bagages de mes parents. Cinq valises vert pomme, recouvertes d'une sorte de tissu industriel rafistolé avec quantité d'adhésif au fil des années. La plus grosse couina de manière inquiétante lorsque je la fis rouler par terre.

Et je revis alors tant d'images du passé. Mon père, ce dernier après-midi-là à Arlington. Ma mère, qui défaisait joyeusement les valises dans notre premier appartement, grisée par le radieux soleil de Floride. Refaisait les bagages à Tampa. L'arrivée à Baton Rouge. Le bref passage à La Nouvelle-Orléans.

Nous avions réussi. Lutter, construire, corriger, combattre, regretter. Perdre, haïr, gagner, pleurer. Dans le désordre, la frénésie, l'acharnement et la détermination. Mais nous avions réussi. Et jamais, jusqu'à cet instant, mes parents ne m'avaient autant manqué. Jusqu'à ce moment où mes doigts se refermèrent sur mon collier et où j'aurais juré que je les sentais à mes côtés dans ce lieu humide et froid.

Et je compris alors qu'à leur place, j'aurais fait la même chose. J'aurais retourné ciel et terre pour sauver mon enfant. Renoncé à mon boulot, à mon identité, à mes amis et même à ma vie. Ça en aurait aussi valu la peine à mes yeux. C'était justement cela, être parent.

Je vous aime, je vous aime, je vous aime, essayai-je de leur dire. Je voulais croire qu'ils m'entendaient. Ne serait-ce que parce que, sans cette étincelle de foi, je n'aurais pas valu mieux que M. Petracelli, noyé dans son amertume et dans ses regrets.

« *Il faut aller de l'avant*, disait toujours mon père. *Vous allez voir, ça va être notre ville préférée !* »

« Aller de l'avant, murmurai-je. Okay, papa, ça marche. »

Je disposai les bagages, refermai mon casier à clé et sifflai Bella. Vu le poids, il allait me falloir deux voyages. Je commençai par la plus grosse valise, sanglai un autre sac dessus et passai un des plus petits sur mon épaule.

Je remontai cahin-caha l'étroit couloir entre les casiers. Levai les yeux.

Et vis la silhouette de Charlie Marvin se découper au sommet des escaliers, ses yeux qui scrutaient l'obscurité et me trouvaient.

Bobby se dirigeait vers le bureau de Sinkus lorsque son portable sonna. Il regarda qui appelait avant de répondre. « Tu as eu le fax ?

– Bonjour à toi aussi, dit Catherine.

– Désolé. Beaucoup de choses en même temps.

– Comme je peux le déduire du fax. Eh bien, pour répondre à ta question, le portrait *pourrait* représenter le même homme.

– Pourrait ?

– Bobby, ça fait vingt-sept ans.

– Tu as très facilement reconnu la photo du père d'Annabelle, répliqua-t-il.

450

– J'ai discuté avec lui, répondit Catherine, contrariée. Il m'a contredite, a insisté jusqu'à ce que je m'énerve contre lui. Ça m'a marquée. Le croquis, en revanche… Ce dont je me souviens le mieux est ma première impression : l'homme du portrait n'était *pas* celui qui m'avait agressée. »

Bobby soupira. Il avait maintenant besoin de quelque chose de plus catégorique. « Mais il est possible que ce croquis soit le même que celui qu'il t'a montré à l'hôpital ?

– C'est possible, reconnut-elle. Qui est-ce ? demanda-t-elle après un temps.

– L'oncle d'Annabelle, Tommy Grayson. On a découvert qu'il avait commencé à épier Annabelle quand elle avait environ dix-huit mois. Sa famille a fui de Philadelphie à Arlington pour essayer de lui échapper. Il les a retrouvés.

– Tommy connaissait Richard ?

– Pas qu'on sache. Mais il a probablement eu l'idée de se servir d'une cavité souterraine en apprenant ton enlèvement par la presse.

– Ravie d'avoir pu être utile », railla Catherine.

Parce qu'il la connaissait mieux que la plupart des gens, Bobby s'arrêta. « Ce n'est pas de ta faute. »

Elle ne dit rien.

« Et d'ailleurs, continua-t-il avec entrain, maintenant qu'on connaît le nom de Tommy, l'affaire est pratiquement bouclée. On le coince, on le coffre et point final.

– Tu viendras fêter ça en Arizona ?

– Catherine…

– Je sais, Bobby. Tu iras fêter ça au restaurant avec Annabelle. »

Au tour de Bobby de se taire.

« Je l'aime bien, Bobby. Sincèrement. Ça me réconforte de savoir qu'elle va être heureuse.

– Un jour, tu seras heureuse, toi aussi.

– Non, Bobby, pas moi. Mais peut-être que je serai moins en colère. Bonne chance avec ton affaire, Bobby.

– Merci.

– Et quand ce sera fini, n'hésitez pas, toi *et* Annabelle, à venir me rendre visite. »

Bobby savait qu'il n'honorerait jamais cette invitation, mais il remercia Catherine avant de mettre fin à la conversation.

Un détail de réglé, une douzaine d'autres à voir. Il se dirigea vers le bureau de Sinkus.

Sinkus était vexé comme un pou – un vrai gamin qui serait allé voir un match et qui aurait regardé ailleurs pile au moment de l'action décisive. Il sentait aussi le lait caillé.

« Tu veux dire que pendant tout ce temps le professeur connaissait l'histoire ?

– J'imagine.

– Et merde, dire que j'ai passé trois heures avec Jill Cochran. Tout ce que j'ai appris, c'est que les anciennes administratrices de pavillons psychiatriques sont plus coriaces que des bonnes sœurs catholiques.

– Quoi, elle t'a tapé sur les doigts avec une règle ?

– Non, j'ai eu droit à un cinglant discours sur l'injustice de toujours penser le pire des malades

452

mentaux. Le cinglé est une personne, il a des droits. La plupart sont inoffensifs, juste incompris. "Vous verrez, m'a-t-elle dit, trouvez le coupable, et je vous garantis que ce ne sera pas un de nos patients. Non, ce sera un notable, un homme en vue. Quelqu'un qui va à la messe, gâte ses enfants et fait des horaires de bureau. Ce sont toujours les gens normaux qui commettent les véritables crimes contre Dieu." Madame a plein d'idées sur la question.

– Bon, où sont les archives ? demanda Bobby en s'efforçant de ne pas laisser paraître son impatience.

– Tu les as devant toi, répondit Sinkus en désignant quatre cartons empilés contre le mur. Moins grave que ce que je craignais. Rappelle-toi que l'endroit a fermé avant l'ère informatique. J'imaginais qu'il y aurait peut-être des centaines de cartons. Mais à la fermeture de l'établissement, Mme Cochran a compris qu'ils ne pourraient pas conserver des montagnes de dossiers médicaux. Alors elle les a condensés jusqu'à un volume gérable. Comme ça, quand quelqu'un a besoin d'un renseignement sur un ancien patient, elle sait par où commencer. Et puis, j'ai cru comprendre qu'elle envisage de se servir des années qu'elle a passées là-bas pour écrire un bouquin. Un genre de grand déballage à faire pleurer dans les chaumières. »

Bobby haussa les épaules. Pourquoi pas ?

Il ouvrit le premier carton. Jill Cochran était du genre organisé. Elle avait classé les informations par décennie, puis par bâtiment, chaque décennie contenant de nombreux dossiers par bâtiment. Bobby essaya de se rappeler ce que Charlie Marvin leur avait dit sur l'organisation de l'hôpital. La haute sécurité était le bâtiment I, quelque chose comme ça.

Il alla aux années 70 et sortit le dossier du bâtiment I. Chaque patient était résumé en une seule page. Ça pesait encore bien lourd dans sa main.

Il tomba d'abord sur le nom de Christopher Eola et parcourut les notes de Cochran. Date d'admission, brefs antécédents familiaux, une série de termes médicaux qui n'avaient aucun sens pour Bobby, puis apparemment l'impression personnelle de l'infirmière en chef : « Extrêm. dangereux, extrêm. sournois, plus costaud qu'il n'en a l'air. »

Bobby mit un autocollant jaune sur la page pour pouvoir y revenir. Il était certain que la scène de crime à Mattapan était l'œuvre de l'oncle d'Annabelle. Ceci posé, il était tout aussi certain que quelque part au même moment, Christopher Eola avait perpétré ses propres « crimes contre Dieu ». Quel que soit le dénouement de l'affaire de Mattapan, il avait le sentiment que la cellule de crise serait d'accord pour continuer à rechercher M. Eola.

Il survola d'autres dossiers médicaux, attendant que quelque chose lui saute aux yeux. Un Post-it en néon qui proclamerait : *C'est moi le cinglé*. Une annotation du médecin : *Ce patient est le plus susceptible d'avoir enlevé et kidnappé six fillettes.*

Les notes signalaient chez nombre de patients un passé violent, ainsi que des activités criminelles diverses et variées. Mais au moins la moitié n'avaient aucun antécédent. « Interné par la police », « divagation sur la voie publique » – ces phrases revenaient très souvent. Avant même que la crise des sans-abri ne fasse les gros titres dans les années quatre-vingt, les sans-abri étaient clairement en crise à Boston.

Bobby passa tout le tas en revue et s'aperçut que c'était devenu une grosse masse indistincte et déprimante. Il s'arrêta, revint en arrière, essaya encore.

« Qu'est-ce que tu cherches ? demanda Sinkus

– Sais pas.

– Ça complique l'affaire.

– Qu'est-ce que tu fais ? »

Sinkus brandit lui-même un dossier bien épais. « Le personnel.

– Ah. Des spécimens intéressants ?

– Juste Adam Schmidt, l'AS pervers.

– Quel connard. Tu l'as retrouvé ?

– On y travaille. Et l'âge ?

– Quoi ?

– L'âge. Tu cherches un patient qui pourrait être Tommy Grayson, non ? Tu as dit qu'il avait sept ans de moins que Russell Granger. Il faisait des séjours en prison et/ou à l'hôpital depuis qu'il avait, quoi, seize ans ?

– D'après ce que savait Russell.

– Donc, s'il a été admis à l'hôpital psychiatrique de Boston, il nous faut un homme jeune. Adolescent ou la petite vingtaine. »

Bobby considéra ce raisonnement. « Ouais, bonne idée. »

Il recommença à classer les feuilles et ramena la pile à quatorze hommes, y compris Eola et un autre cas dont Charlie Marvin lui avait parlé, le gamin des rues qui s'appelait Benji et qui avait fréquenté le lycée tout en séjournant dans l'établissement psychiatrique moribond.

Et après ?

Bobby regarda sa montre, grimaça. Il avait déjà pris une heure et demie. Il était temps de trouver un hôtel qui accepte les chiens et de retourner chercher Annabelle.

Il prit les quatorze feuilles. « Je peux en faire une copie ?

– Je t'en prie. Hé, tu n'avais pas dit que Charlie Marvin travaillait à l'hôpital psychiatrique ?

– Il était AS, expliqua Bobby. Pendant ses études. Ensuite il y a fait du bénévolat comme aumônier jusqu'à la fermeture.

– Sûr de ça ?

– C'est ce qu'il a dit. Pourquoi ? »

Sinkus fronça les sourcils. « Bobby, j'ai des décennies de grands livres de paie sous les yeux. Des années cinquante jusqu'à la fermeture. Je peux t'affirmer qu'aucun Charlie Marvin n'y a jamais gagné un kopeck. »

35

« Vous voulez de l'aide ? me demanda Charlie depuis le haut de l'escalier.

– Oh, heu, ça va. Je monte. » Bella grimpait déjà les marches quatre à quatre. Si je trouvais l'apparition soudaine de Charlie inquiétante, Bella en revanche était folle de joie de voir son tout nouveau meilleur ami.

Elle sauta, bondit, lécha. Je transbahutai les trois sacs dans les escaliers, en réfléchissant à toute vitesse. Aux dernières nouvelles, Charlie n'avait pas mon adresse. Où avais-je mis mon Taser, bordel ?

Puis je me souvins. Je l'avais posé. Sur l'étagère. Dans mon casier, pendant que je sortais les valises. Mon casier fermé à clé. Je faillis faire demi-tour, redescendre les escaliers. Faillis.

« On dirait que vous avez eu une sacrée matinée », commenta joyeusement Charlie tandis que Bella et moi émergions dans la lumière grise du hall. Je vis alors qu'un de mes voisins avait bloqué les deux portes d'entrée en position ouverte. Des courses à décharger, certainement. Ça ferait un super titre dans le *Boston Herald* : UNE JEUNE FEMME POIGNARDÉE À MORT PENDANT QUE LE VOISIN REMPLIT LE FRIGO.

Il fallait que je me calme. Je recommençais à avoir peur de mon ombre. D'après Bobby, Charlie avait passé la nuit précédente au foyer de Pine Street Inn. En conséquence de quoi, il ne pouvait pas avoir déposé mon dernier cadeau. À nouveau en sa présence, je m'aperçus que Charlie n'était pas vraiment si grand que ça, ni baraqué, ni, à son âge avancé, menaçant. En fait, pendant que je posais par précaution mes valises afin d'être libre de mes mouvements pour me défendre, il s'agenouillait et grattait mon chien sous le menton.

« Un policier a appelé le foyer, pour poser des questions sur moi, dit-il d'une voix égale.

– Vraiment ? Je suis désolée.

– Ça m'a fait bien rire. D'être un "suspect" à mon âge. Quoi qu'il en soit, un des gars qui s'occupent du foyer possède une radio de la police. Évidemment, on s'est branchés dessus après ça. Le central a donné cette adresse et comme je suis un petit curieux et tout, je me suis dit que j'allais passer moi-même voir comment vous alliez. Je ne peux pas m'empêcher de penser que tout ça est en partie de ma faute.

– De votre faute ?

– Quelqu'un me suit, dit brutalement Charlie. Enfin, j'en suis presque certain. Ça a commencé le jour où j'ai rencontré le commandant Warren et le capitaine Dodge à Mattapan. Au début, je n'en étais pas sûr. Mais j'avais tout le temps cette espèce de sensation bizarre entre les omoplates. Je pense qu'on me suivait peut-être encore le soir où je vous ai croisée. Et je crois que cette même personne qui me suit sait quelque chose sur la tombe collective. Et peut-être sur vous.

– Pourquoi sur moi ?

– Parce que c'est vous l'explication de cette tombe, n'est-ce pas, Annabelle ? Je ne sais pas comment, je ne sais pas pourquoi, mais tous ces événements tournent autour de vous. »

Mon voisin choisit ce moment-là pour gravir le perron au petit trot, quatre sacs de courses à la main. Il nous fit un bref signe de tête – qu'y avait-il à remarquer ? une jeune femme, un vieil homme, une chienne au comble de la félicité – et se dirigea vers l'escalier central.

Charlie suivit des yeux ses déplacements, même si ses doigts continuaient à caresser les oreilles de Bella.

« Vous savez quelque chose au sujet de Mattapan », dis-je à Charlie. C'était une affirmation désormais, plus une question.

Très lentement, il hocha la tête.

« Quelque chose que vous n'avez pas dit à la police. »

Nouveau hochement de tête, pensif.

« Qu'est-ce que vous faites là, monsieur Marvin ? Pourquoi me suivez-vous ?

– Je veux savoir, répondit-il tranquillement. Je veux tout savoir. Pas seulement sur lui, mais sur *vous*, Annabelle.

– Dites-moi », demandai-je brusquement – grossière erreur.

Charlie Marvin sourit. « D'accord. Mais puisqu'on est amis maintenant, il faut que vous m'invitiez dans votre appartement.

– Et si je refuse ?

– Vous allez accepter, Annabelle. Il le faut, si vous voulez connaître la vérité. »

Il me tenait et nous le savions tous les deux. La curiosité est un vilain défaut, me rappelai-je. Mais la vérité était trop tentante. Lentement mais sûrement, j'acquiesçai.

Je lui fis monter les escaliers en premier. Ça paraissait légèrement moins débile comme ça. Je le gardais dans ma ligne de mire. J'avais les bagages à porter, expliquai-je. S'il me suivait, je l'assommerais probablement avec une valise sans le faire exprès. Il n'avait pas idée combien j'étais maladroite.

Charlie accepta mon explication avec son sourire jovial. Il comprenait parfaitement. Ne me défiait pas du tout.

La longue montée de cinq étages (en portant des valises, rien que ça) me donna amplement le temps de me maudire. Pourquoi avais-je oublié le Taser ? Et comment avais-je bien pu me retrouver avec une chienne si peu psychologue ?

Parce que j'étais pratiquement sûre que Charlie Marvin était une menace. De quelle nature ? Je l'ignorais.

Bonne nouvelle cependant, j'avais la forme physique et la jeunesse pour moi. Le temps d'atteindre le palier du cinquième, M. Marvin respirait difficilement et se tenait le côté.

Il resta en arrière. J'ouvris le premier verrou de ma porte. Le deuxième. Le troisième.

« Mademoiselle est prudente, commenta-t-il.

– On ne sait jamais. »

Ma porte s'ouvrit. Une fois encore, je le laissai entrer le premier. Puis je bloquai ma porte en position ouverte avec la gigantesque valise.

« Dans ce type d'immeuble, commenta-t-il, on a l'impression que tout ce qu'on dit pourrait résonner dans l'escalier.

– Oh, ce sera le cas, lui assurai-je. Les cris, aussi. Et nous savons qu'au moins un de mes voisins est chez lui. »

Il sourit d'un air plus contrit cette fois-ci. « Je vous ai effrayée à ce point ?

– Pourquoi ne pas me dire ce que vous voulez me révéler, monsieur Marvin ?

– Je ne suis pas la vraie menace », dit-il posément. Je songeai qu'il avait l'air un tantinet navré, triste même.

« Monsieur Marvin…

– C'est lui », dit Charlie en montrant un point derrière moi.

Bobby marchait. Très vite. D.D. parlait. Très en colère.

« Vous n'avez pas fait les vérifications d'usage sur Charlie Marvin ?

– Mais si. Sinkus s'est renseigné sur lui juste ce matin. Il est réellement bénévole au foyer de Pine Street Inn. Il avait un alibi pour la nuit dernière.

– Ah vraiment ? Et comment tu sais que le Charlie Marvin bénévole au foyer de Pine Street Inn est bien le même que le nôtre ?

– Pardon ?

– Il faut y aller soi-même. Il faut montrer une photo. Je t'en foutrai, des erreurs de débutant !

– Ce n'est pas moi qui ai passé ce coup de fil », protesta encore Bobby avant de laisser tomber. D.D. était trop en rogne pour écouter. Elle avait besoin d'un défouloir et il avait le malheur d'être dans les parages. Ça lui apprendrait.

Ils avaient passé un appel à toutes les patrouilles pour qu'on recherche un individu correspondant au signalement de Charlie Marvin. Comme ils devaient partir de ce qu'ils savaient, des agents convergeaient vers le foyer de Pine Street Inn, de même que vers Columbus Park, Faneuil Hall et l'ancien site de l'hôpital psychiatrique, tous lieux que Charlie Marvin était connu pour fréquenter. Avec un peu de chance, ils le cueilleraient d'ici une heure. Avant qu'il ne se doute de quoi que ce soit.

« Ça n'a toujours pas de sens, grommela Bobby pendant qu'ils traversaient le hall à grandes enjambées. Marvin ne peut pas être l'oncle Tommy. Trop vieux.

« On prend la mienne, dit D.D. en poussant les lourdes portes vitrées.

– Elle est garée où ? »

Elle répondit, il secoua la tête. « La mienne est plus près. Et puis, tu conduis comme une fille.

– Déjà entendu parler de Danica Patrick[1] ? » murmura D.D., mais elle le suivit au pas de charge vers sa Crown Vic. Tandis qu'ils montaient en voiture, elle observa : « Charlie Marvin a menti. Ça me suffit.

---

1. Pilote automobile américaine, première femme à mener les 500 miles d'Indianapolis en 2005.

– Ça ne colle pas, insista Bobby en démarrant. L'oncle Tommy doit avoir la cinquantaine. Charlie Marvin a l'air d'avoir franchi ce cap il y a au moins dix ans.

– Il fait peut-être seulement plus vieux que son âge. Une vie de criminel, ça vous vieillit un homme. »

Bobby ne répondit pas. Il déboîta, mit le gyro et fila pleins gaz vers le foyer de Pine Street Inn.

Je me retournai vers ma porte ouverte. Ne vis rien. Refis brusquement volte-face, les mains en avant, bien campée sur mes pieds, m'attendant à une contre-attaque.

Charlie Marvin était toujours là, avec cette expression béate sur le visage. Je crus commencer à comprendre : il entendait des voix. Pour rendre à César ce qui est à César, Bella semblait aussi avoir compris. Elle s'assit entre nous dans la minuscule cuisine avec un gémissement inquiet.

« Mieux vaut tard que jamais », lui dis-je. Les chiens sont totalement imperméables au sarcasme.

« Vous êtes très belle, dit Charlie.

– Oh, je vais rougir.

– Mais trop vieille à mon goût.

– Ça rompt tout de suite le charme.

– Mais vous êtes la clé de l'énigme. C'est vous, sa vraie cible. »

J'arrêtai à nouveau de respirer, sentis ma bouche se dessécher. Il fallait faire quelque chose. Attraper un téléphone. Crier au secours. Dévaler les escaliers en courant. Mais je ne bougeai pas. Je ne voulais pas bouger. Je voulais réellement, Dieu me vienne en aide, entendre ce que Charlie Marvin avait à dire.

« Vous saviez, murmurai-je.

– Je l'ai trouvé. Un soir, il y a quelques années. Quand ils ont annoncé qu'on allait totalement raser les bâtiments, je suis revenu dire au revoir. Un dernier *adios* à un endroit où je m'étais promis de ne plus jamais mettre les pieds. Et là j'ai entendu un bruissement dans les bois. Ça m'a intrigué. J'aurais juré qu'il y avait quelqu'un, et puis, pouf, plus personne. Presque de quoi vous faire croire aux fantômes. Sauf que je ne suis pas superstitieux à ce point.

» Il m'a fallu encore quatre nuits d'exploration avant de repérer la lueur dans le sol. J'ai attendu sous les arbres. Jusqu'au moment où j'ai vu l'homme sortir de sous terre, éteindre la lanterne et disparaître dans les bois. Alors je suis parti chercher une lampe torche. Je suis revenu juste avant le lever du soleil. J'ai trouvé l'ouverture, je suis descendu dans la cavité. Jamais je n'aurais imaginé. Ça m'a coupé le souffle. L'œuvre d'un grand maître. J'ai toujours su que ça ne pouvait pas durer.

– Qui a fait ça, Charlie ? Qui est sorti de sous terre ? Qui a tué ces fillettes ? »

Il secoua la tête. « Six fillettes. Toujours six. Ni plus, ni moins. Je vérifiais toujours, j'attendais toujours que quelque chose change. Mais année après année. Deux rangées. Trois corps chacune. Le public idéal. Et je n'ai plus jamais croisé cet homme, pourtant, Dieu sait que ce n'est pas faute d'avoir essayé. J'avais tellement de questions à lui poser.

– Vous les avez tuées ? Est-ce que c'est vous qui avez fait ce qu'on a retrouvé dans le parc ? »

Il continua comme si je n'avais rien dit : « Ensuite, évidemment, j'ai vu à la télé qu'on avait découvert la tombe. Encore une victime de l'urbanisation. Mais là, je me suis dit : Ça va le forcer à se découvrir, il va vouloir voir son œuvre une dernière fois. Alors j'ai recommencé à traîner dans le coin en espérant l'apercevoir. Mais je n'ai vu que vous. Et vous êtes une menteuse. »

Pour la première fois, sa voix se fit plus grave, menaçante. Je reculai instinctivement.

« Qui êtes-vous ? demandai-je. Parce que vous n'êtes certainement pas pasteur.

– Ancien patient, grand amateur de tombes collectives. Et vous, qui êtes-vous ?

– Je suis morte, lui répondis-je brutalement. Je suis le spectre qui hante le parc. J'attends que ce monstre revienne pour le tuer. »

Les yeux bleus de Charlie se plissèrent. « Annabelle. Annabelle Granger. Votre nom a été publié dans la presse. À propos de la fosse. C'est vrai que vous êtes morte. »

Et là, un battement de cœur plus tard, un sourire s'épanouit sur son visage. « Vous savez quoi, je voulais absolument me faire votre copine, la fliquette blonde », dit-il vicieusement. Je vis la lame briller dans sa main. « Mais maintenant que j'y pense, ma petite Annabelle, vous ferez très bien l'affaire. »

Bobby décrivit à la hâte Charlie Marvin au jeune Latino qui les accueillit au foyer de Pine Street Inn.

Juan Lopez confirma que le Charlie Marvin auquel s'intéressait la police de Boston était bien le Charlie Marvin du refuge. Il y faisait d'ailleurs du bénévolat depuis dix ans. Un point pour les gentils.

Sauf que M. Marvin n'était pas là en ce moment. Il était parti environ une heure plus tôt. Non, Lopez ne savait pas où. M. Marvin était bénévole, après tout. On ne le surveillait pas. Mais il était connu pour arpenter les rues, aller voir les sans-abri. La police ferait peut-être bien d'essayer certains parcs.

Bobby lui assura que des agents étaient déjà en route. On recherchait Marvin pour un interrogatoire immédiat.

Lopez parut dubitatif. « Notre Charlie Marvin ? Celui avec des cheveux blancs broussailleux, des yeux bleus vifs, toujours le sourire aux lèvres, *Charlie* Marvin ? Qu'est-ce qu'il a fait, mon vieux ? Voler aux riches pour donner aux pauvres ?

– C'est une enquête officielle. Il s'agit d'un meurtre.

– Non !

– Si.

– Eh ben, encore fringant, le papy !

– Passez-nous un coup de fil si vous le voyez, monsieur Lopez.

– D'accord, mais maintenant que vous m'y faites penser, à votre place j'irais voir du côté de Mattapan. Vérifier dans le parc de cet ancien asile. Vous savez, celui où on a déterré le truc ? Charlie traîne dans le coin nuit et jour depuis que… Hé, vous ne pensez pas sérieusement…

– Merci, monsieur Lopez. On vous recontactera. »

Pendant qu'ils filaient vers Mattapan, Bobby sortit son portable pour appeler Annabelle.

J'anticipai le premier assaut de Charlie et esquivai sur le côté par automatisme tandis que mon cerveau essayait de trier plein d'informations en même temps. Charlie Marvin était un ancien patient de l'hôpital psychiatrique. Charlie Marvin avait découvert la fosse. Loin d'en être horrifié, il était resté admiratif.

Il semblait que M. Marvin n'était pas complètement novice en matière de violences. En tout cas, il savait se déplacer avec un cran d'arrêt.

Après sa première offensive manquée, nous échangeâmes élégamment nos places dans ma minuscule cuisine. Avant de m'être trop félicitée, je compris que sa manœuvre avait parfaitement fonctionné : il se trouvait désormais entre moi et ma porte ouverte.

Il vit mon regard passer au-dessus de son épaule vers mon meilleur espoir de fuite et eut un large sourire. « Pas mal pour un vieux croûton, dit-il. Je reconnais que ça fait des années, mais je crois que la magie est encore là. »

Bella recula dans mes jambes. Le poil hérissé, elle regardait Charlie, un grondement sourd dans la gorge.

Aboie, avais-je envie de crier à ma chienne. *Ce serait le moment de faire un peu de bruit !* Elle, naturellement, continuait à gronder sourdement. Et je ne pouvais pas vraiment l'en blâmer parce que, trois minutes après le début de ma première confrontation avec le mal, je n'avais toujours pas réussi à crier.

« La peur peut paralyser les cordes vocales », disait mon père. Il connaissait vraiment bien son affaire.

Charlie fit un pas en avant, je fis un pas en arrière et rencontrai le plan de travail de la cuisine. Cette pièce n'offrait vraiment pas beaucoup de place pour manœuvrer, mais j'avais déjà compris que je ne pouvais pas laisser Charlie me repousser plus loin dans l'appartement. La porte ouverte et le palier étaient mes meilleurs espoirs d'évasion.

Je trouvai mon équilibre, me préparai à résister. Il était vieux, un cran d'arrêt n'était pas aussi inquiétant qu'un pistolet. J'avais mes chances.

Charlie feinta en bas à droite.

Je m'apprêtai à lancer un coup de pied en croissant.

Bella bondit in extremis.

Et j'entendis mon imbécile de chienne héroïque glapir lorsque la lame de Charlie s'enfonça dans son poitrail.

TÉLÉPHONE.

Téléphone.

Téléphone.

Le répondeur se déclencha. Bobby entendit la voix d'Annabelle annoncer d'une voix guillerette : « *Nous ne sommes pas là. Laissez votre nom et votre numéro après le signal sonore.* »

« Annabelle, dit-il d'une voix pressante. Annabelle, décrochez. Il faut qu'on se parle. On a du nouveau sur Charlie Marvin. Je vais avoir du retard, décrochez au moins le téléphone. »

Toujours rien. S'était-elle lassée de l'attendre, était-elle partie courir toute seule ? Tout était possible avec elle. C'était peut-être pour ça qu'il avait aussi peur.

Et merde. Il freina brutalement.

468

« Mais qu'est-ce que !..., s'exclama D.D.

– Il l'a suivie.

– Qui ?

– Marvin. Il l'a croisée dans le parc hier soir. Vingt contre un qu'il sait où elle habite. »

36

Bella s'effondra, le téléphone se mit à sonner et j'entendis ma propre voix déchirer ma gorge : « Connard ! »

Je me jetai sur Charlie en visant avec mes doigts soudés le creux à la base de son cou. Il roula à terre en s'agrippant à mon avant-bras et me lacéra avec son cran d'arrêt. Je basculai et nous devînmes un enchevêtrement de bras et de jambes. Dans la partie froide de mon cerveau, celle qui préférait regarder plutôt qu'agir, je me dis que ce n'était pas le genre de combat auquel je m'étais préparée. Pas de joli jeu de jambes, pas d'esquive gracieuse de coups bien calculés. Non, grognant et haletant, nous nous bourrions furieusement de coups en roulant sur le plancher.

Je sentais le goût salé de la sueur qui perlait sur mon visage, des brûlures sur mes mains et mes bras. Charlie continuait à distribuer les coups de couteau comme un forcené. Je continuais à le frapper au visage ; j'essayais de la main droite d'atteindre ses yeux tout en me défendant de la gauche.

J'étais plus rapide. Il était mieux armé. Je saignais. Il haletait. Il donna un coup de couteau à gauche, m'ouvrit la joue. Je lui assenai un violent coup du plat de la main dans le sternum et il retomba en arrière, le souffle coupé.

Je posai mes mains sous moi. Me relevai en vacillant. Titubai vers la porte.

Je ne pouvais pas faire ça. Je ne pouvais pas abandonner Bella. Il la tuerait, c'était certain.

Il s'était déjà relevé, s'avançait d'un pas chancelant. Je reculai précipitamment vers les placards de la cuisine. Il avançait toujours. Je tendis la main derrière moi, tâtai des doigts l'arête du placard en bois.

Il arriva à portée. Je lançai mon pied vers son menton. Il esquiva en se baissant et je montrai enfin un peu d'adresse en inversant mon mouvement pour frapper le sommet de sa tête et la rabattre vers ses genoux. Pas aussi fort que je l'aurais voulu, mais assez pour être efficace.

J'ouvris le placard et commençai à chercher parmi les piles désordonnées de la batterie de cuisine.

Charlie se redressait.

Vite, vite.

Alors je trouvai : le bord de ma poêle en fonte. L'arme idéale.

Charlie recommença à avancer et je m'apprêtai à faire une chose que je n'aurais jamais pensé faire : tuer un être humain.

Soudain, au loin, le bruit le plus agréable que j'aie jamais entendu : des pas lourds dans l'escalier. Charlie se figea. Je m'immobilisai.

Bobby, pensai-je. Bobby qui vient à mon secours.

Un uniforme UPS marron surgit dans mon appartement.

« Ben ! » m'étranglai-je.

Juste au moment où Charlie demandait : « Benji ? »

Et où Ben répondait, interloqué : « Christopher ? »

Bobby fut pris dans les embouteillages. Forcément. Parce que c'était Boston, où conduire est un sport sans pitié et où le fait que l'autre véhicule ait une sirène et vous non n'est pas une raison pour éviter de vous comporter comme le dernier des abrutis.

Il composa à nouveau le numéro d'Annabelle. Tomba sur le répondeur, raccrocha. Frappa du poing sur le volant.

« On se calme, railla D.D.

– Ce n'est pas normal.

– Parce que la douce n'attend pas à côté du téléphone en se rongeant les ongles ? »

Il lui lança un regard assassin. « Sérieusement. Elle savait que je revenais la conduire à l'hôtel. Elle ne serait pas partie comme ça. »

D.D. haussa les épaules. « Elle a une chienne. Peut-être qu'elle avait besoin de la sortir ou de l'emmener courir.

– Ou peut-être, dit gravement Bobby, que Marvin est plus fort que nous sur ce coup-là. »

Son téléphone sonna. Il l'ouvrit sans prendre la peine de regarder l'écran. Ce n'était pas Annabelle, mais son collègue, le capitaine Jason Murphy, de la police d'État du Massachusetts.

« Cherché Roger Grayson, comme tu me l'as demandé, débita Jason telle une mitraillette. Trouvé la trace d'un box dans un garde-meubles sur la nationale 2, au nord d'Arlington. Grayson payait les frais d'avance par tranches de cinq ans. Le dernier versement remonte à plusieurs années, donc le proprio a fait valoir son droit de rétention. En fait, si on veut venir tout débarrasser, ça marche pour lui. Il voudrait remettre le box en circulation.

– Parfait.

– Passé judiciaire négligeable. Rien qu'une infraction au code de la route, et c'était il y a vingt-cinq ans. Grayson doit être un vrai petit saint.

– Infraction au code de la route ?

– Excès de vitesse. Quinze novembre 1982. Pris à soixante-quinze dans une zone à soixante. »

15 novembre 1982. Trois jours après la disparition définitive de Dori Petracelli.

« Quoi d'autre ? demanda Bobby à son collègue.

– Quoi d'autre ? J'ai commencé il y a à peine une heure, Bobby…

– Et Walter Petracelli ?

– Rien encore.

– Tu me tiens au courant ?

– À ton service. Eh, entre nous, Bobby, ne laisse pas ce boulot pour la police municipale te monter à la tête. »

Jason raccrocha. Bobby remit le téléphone dans sa poche de poitrine. Il actionna à nouveau ses sirènes. Sans résultat. La circulation était trop congestionnée pour qu'aucune voiture puisse libérer le passage.

Il consulta sa montre. Ils étaient maintenant sur Atlantic Avenue. À deux, peut-être trois kilomètres de chez Annabelle.

« Je me gare, annonça-t-il.

– Quoi ?

– Oublie la voiture, D.D. On est forts, on est rapides. On y va en courant. »

« Ben, Ben ! Dieu merci vous êtes là. Il a poignardé Bella. Il est fou. Il faut nous aider. Bella, ma pauvre, je suis là, ma fille, tout va bien, ça va aller. »

J'avais lâché la poêle en fonte pour m'occuper de ma chienne, que je pris sur mes genoux. Je sentis son sang chaud qui suintait, souillant son beau pelage blanc. Elle gémit. Essaya de me lécher les mains, de soigner sa coupure.

« Ben ! » criai-je à nouveau.

Mais Ben ne bougeait pas. Il restait sur le pas de ma porte en regardant Charlie Marvin.

« C'était *toi* ! Bon sang, il faut vraiment se méfier de l'eau qui dort, dit Charlie.

– Elle est à moi, affirma Ben. Tu ne peux pas l'avoir. Elle est *à moi*.

– Appelez la police, sanglotai-je. Appelez le 911, demandez le capitaine Bobby Dodge, qu'ils appellent le Samu. Je ne sais pas qui ils envoient pour les chiens, mais une ambulance devrait faire l'affaire. Ben ? Vous m'écoutez ? *Ben ?* »

Ben me regarda enfin. Il entra dans mon petit appartement. Referma la porte et commença à actionner les verrous, un à un, derrière lui.

« Tout va bien maintenant, dit-il solennellement. Oncle Tommy est là, Amy, je vais m'occuper de tout. »

Charlie éclata de rire. Le bruit se mua rapidement en un râle bruyant. Le coup au sternum avait cassé un truc. Maintenant que le bourdonnement diminuait dans mes oreilles, je prenais conscience de mes propres douleurs. Mes côtes meurtries, mes chevilles lacérées, ma joue entaillée.

Au moins, j'avais rendu coup pour coup. L'œil droit de Charlie était presque fermé sous l'enflure. Rampant pour s'éloigner de Ben, il s'appuyait plutôt sur son côté gauche, haletait comme s'il avait mal.

Mon cerveau ne traitait plus les informations. Je me fichais de Charlie. Je ne comprenais pas Ben. Je voulais juste sortir Bella de là. Je voulais que ma chienne soit en sécurité.

Et c'était le mieux à faire, de se concentrer là-dessus, parce que la conversation qui roulait autour de moi était trop épouvantable pour y croire.

« Comment tu les as tuées ? demandait Charlie. Une par une ? Deux par deux ? Comment tu les as attirées ? De mon côté, je m'en suis toujours tenu aux prostituées. Elles ne manquent jamais à personne.

– Tu lui as fait du mal ? dit Ben sans quitter Charlie des yeux.

– Je t'ai cherché, Benji. Depuis le jour où j'ai découvert la cavité. Dire que je me trouvais malin. À travailler auprès des sans-abri pour que personne ne se demande ce que je faisais tel soir à tel coin de rue. Pourquoi je connaissais autant de putains qui disparaissaient. Mais ça… L'ingéniosité de cette cave, une réussite aussi exceptionnelle, je n'en suis pas revenu. Si seulement j'avais eu l'idée le premier. Oh, tout ce que j'aurais pu faire.

– Elle saigne.

– Combien de temps tu les as gardées en vie ? Des jours, des semaines, des mois ? Là encore, que de possibilités. Ma couverture était idéale pour bien profiter de la traque. Mais ensuite... C'est le manque de temps, la nécessité de faire vite, vite, vite, qui m'a toujours ennuyé. On dépense tellement d'énergie à les attirer, à créer un lien et ensuite, juste au moment où on commence à s'amuser, il faut être pragmatique. Quelqu'un pourrait entendre du bruit, se poser des questions. Il faut couper court à la petite idylle et en finir. Ça ne vaut rien d'attirer l'attention sur soi, même pour celles auxquelles on tient.

» Dis-moi la vérité, continua Charlie. Est-ce que ce que j'ai fait ne t'a pas un tout petit peu inspiré ? L'infirmière, en 75. Un coup de tête. J'étais dans le parc. Elle aussi. Une chose en a entraîné une autre. Le plus grand événement qu'ait jamais connu l'hôpital psychiatrique, enfin, jusqu'à la découverte de ta fosse. Benji ? Benji, tu m'écoutes ? »

Ben se pencha sur Charlie. L'expression de son visage me fit dresser les cheveux sur la tête. J'enfonçai mes doigts dans le pelage de Bella. Je la suppliai intérieurement de ne pas faire de bruit.

Je posai une main par terre et commençai à glisser silencieusement avec Bella vers la porte.

« Tu as fait du mal à mon Amy, dit Ben. Maintenant je dois te faire du mal. »

Au dernier moment, Charlie sembla comprendre qu'il n'avait pas d'allié. Réalisant le danger qu'il courait, il leva son cran d'arrêt.

Ben lui attrapa le poignet d'une main puissante. J'entendis les os craquer.

J'atteignis la porte, me levai comme une folle, me débattis avec les verrous. Pourquoi, oh, pourquoi avais-je autant de verrous ?

Je pouvais ne pas regarder, mais je ne pouvais rien faire pour ne pas entendre.

Mon oncle qui arrachait le cran d'arrêt de la main écrasée de Charlie Marvin. Et qui, très soigneusement, l'enfonçait jusqu'à la garde dans l'œil de Charlie Marvin. Un hurlement. Un bruit d'éclatement mouillé. Une longue plainte sourde, comme le sifflement de pneus qu'on laisserait se dégonfler.

Puis le silence.

« Oh, Amy », dit Ben.

Ce fut plus fort que moi. Recroquevillée avec Bella contre la porte verrouillée, je fondis en larmes.

37

« Tu es tout ce que j'ai toujours voulu, Amy, disait Ben. Les autres filles… elles n'étaient rien pour moi. Des erreurs. J'ai compris que je me trompais il y a des années. Et je t'ai attendue. Jusqu'au jour où ma patience a été récompensée. » Il tendit vers moi une main ensanglantée pour me caresser la joue. J'essayai de reculer ; il n'y avait nulle part où aller.

« S'il te plaît, ouvre la porte, Ben, dis-je, d'une voix qui se voulait assurée mais qui tremblait. Bella. Elle est blessée. Il faut la soigner tout de suite. S'il te plaît, Ben. »

Il me regarda, poussa un profond soupir. « Tu sais que je ne peux pas faire ça, Amy.

– Je ne parlerai de toi à personne. Je dirai que Charlie m'a agressée. Qu'il était fou. Que je l'ai poignardé moi-même. Regarde les coupures que j'ai sur tout le corps. Ils me croiront.

– Ce n'est plus pareil. Au début, quand je t'ai retrouvée, c'était bien. J'ai tout de suite compris que personne d'autre ne savait qui tu étais. Tu étais précieuse, intacte. Tu m'appartenais.

– Je ne déménagerai pas. Je resterai ici. Tout peut continuer exactement comme avant. Je commanderai du tissu, tu pourras le livrer tous les jours.

– Mais non. Tu sais maintenant. La police sait. Ce n'est plus pareil. »

Je fermai les yeux, luttai pour garder le contrôle de moi-même. Bella gémit à nouveau. L'entendre me redonna de la vigueur. « Je ne comprends pas. Tu t'es passé de moi pendant vingt-cinq ans. Tu as enlevé ces autres filles. Manifestement, je ne suis rien pour toi.

– Oh, non, répondit-il immédiatement, avec ferveur. Je n'ai pas arrêté volontairement. Ça ne s'est pas du tout passé comme ça. » Ben ôta sa casquette marron. Et pour la première fois, je vis le sillon qui courait sur le sommet de son crâne, une cicatrice difforme dépourvue de cheveux. « Voilà ce qui m'a arrêté. Autrement, je t'aurais poursuivie indéfiniment. Il y a vingt-cinq ans, Amy, tu aurais été à moi.

– Oh, mon Dieu. » Je venais de l'entendre : Ben ne ressemblait peut-être pas physiquement à mon père, mais si j'écoutais sa voix, sa voix sérieuse et grave quand il essayait d'expliquer quelque chose de très important... Il parlait exactement comme mon père. Même ton, même rythme, même timbre.

Avais-je perçu tout cela avant, avais-je inconsciemment fait le rapprochement ? Et l'avais-je laissé entrer dans ma vie et devenir mon seul lien avec le monde extérieur parce que la voix du sang était la plus forte et qu'une partie de moi s'était réjouie de retrouver la famille ?

« Tout ce que j'ai toujours voulu, c'est quelqu'un qui ne me quitterait jamais, expliquait-il maintenant, avec la voix sérieuse de mon père qui continuait à sortir d'un crâne atrocement couturé. Quelqu'un qui serait obligé de rester. J'ai cru que ce serait ta mère,

479

mais elle n'a pas compris. Ensuite je me suis fait jeter en prison. » Sa voix avait baissé, mais il reprit. « Mais quand je suis sorti, je t'ai vue et j'ai compris.

» Cette façon que tu avais de me sourire, Amy. D'agripper mon doigt dans ton petit poing potelé. Tu étais ma famille. Tu étais la seule personne qui m'aimerait toujours, qui ne partirait jamais. Et j'étais tellement heureux. Jusqu'au jour où je suis venu et où tu étais partie. Toute ta famille. Envolée.

– Bella est blessée, suppliai-je. Je t'en prie.

– Ça a été un moment terrible. Je savais, bien sûr, que tu ne m'aurais jamais quitté par choix. C'était évidemment ton père qui t'avait forcée. » Ben prit ma main, caressa mon poignet de ses doigts éclaboussés de sang. « Alors j'ai commencé à me renseigner. Une famille entière ne peut pas disparaître comme ça. Tout le monde laisse des traces. Mais personne ne pouvait rien me dire. Alors j'ai eu une idée : mon frère allait avoir besoin d'un travail pour nourrir sa famille. Qui pouvait l'aider à en trouver ? Son ancien employeur, bien sûr. Alors je suis entré dans la maison du docteur Badington. J'ai trouvé sa femme.

– Quoi ?

– Je suis passé un après-midi. Évidemment, Mme Badington a refusé de parler au début, mais quand j'en ai eu fini avec son chat, elle m'a raconté plein de choses. Sur le nouveau poste de ton père au MIT. Une maison à Arlington. Mieux encore, elle n'a jamais parlé de ma visite à personne. Il faut dire que les choses que je lui ai faites ne sont pas de celles dont on parle en bonne société. Et puis je lui avais garanti que si elle disait un mot, je reviendrais faire exactement les mêmes à son mari.

– Oh, mon Dieu…

– Je suis parti pour le Massachusetts. J'allais te voir le soir même. Mais il était tard, je me suis perdu et il m'est arrivé un truc de dingue : j'ai été agressé au volant de ma voiture. Mauvais endroit, mauvais moment, et quatre types qui m'ont passé à tabac. Ensuite ils m'ont pris mes vêtements et ils… Et puis le trou noir. Pendant si longtemps.

» Petit à petit, je me suis rétabli. J'ai réappris à manger, à m'habiller, à me laver les dents. J'ai parlé avec de très gentils docteurs qui me disaient que j'avais eu un mauvais départ dans la vie, mais que j'avais désormais une deuxième chance. Je pouvais être qui je voulais, d'après eux. Je pouvais complètement changer.

» Et pendant un moment, j'ai essayé. Ça paraissait une chouette idée. Je pouvais être Benji, dont le père était espion pour la CIA, et pas seulement un connard de poivrot qui avait tué sa femme avant de se faire sauter la cervelle. Ça me plaisait d'être Benji. Vraiment.

» Mais je me sentais tellement seul, Amy. Il faut que tu comprennes ce que c'est. De n'avoir aucune famille. De n'avoir jamais personne qui t'appelle par ton vrai nom. Personne qui connaisse tout de toi, tel que tu es réellement, et pas seulement la façade derrière laquelle on est tous obligés de s'abriter en société. Ce n'est pas une vie.

– Arrête ça, murmurai-je en cherchant à nouveau à lui faire lâcher ma main. Arrête, arrête, arrête. » Mais il refusait de se taire. Il refusait d'arrêter d'exprimer, avec la voix de mon père, mes propres pensées, qui grouillaient comme des serpents dans ma tête.

« J'ai découvert la rigole un jour où je me promenais dans le parc. Ça m'a suffisamment intrigué pour me construire là une petite cabane hors de la maison. Je m'en sortais bien à ce moment-là, j'habitais encore à l'institut, mais j'étais inscrit à l'école d'à côté. La rigole est devenue une cave, la cave mon bureau pour étudier et puis, un jour…

» Je l'ai vue. Elle rentrait de l'école. Je l'ai vue et j'ai compris à son expression qu'elle m'avait vu aussi. Elle m'aimait bien, elle voulait être avec moi. Elle était celle qui ne partirait jamais.

– Tais-toi, essayai-je encore. Tais-toi. Tu es fou. Je te déteste. Mes parents te détestaient. Je voudrais que tu sois mort.

– Au dernier moment, elle a changé d'avis. Elle a résisté. Elle a crié. Alors j'ai dû… Ça a été fini très vite et après j'étais triste. Ce n'était pas ce que j'avais voulu. Il faut me croire, Amy. Mais ensuite j'ai eu une idée : je pouvais la garder. Je savais exactement où. Et comme ça, elle ne me quitterait jamais.

– *Tu es malade !* » dis-je en lui arrachant cette fois ma main. Il ne sembla pas s'en préoccuper.

« J'ai essayé encore, continua-t-il sobrement. Encore et encore et encore. À chaque fois, la relation semblait prometteuse, mais ça s'envenimait rapidement. Jusqu'au jour où j'ai compris. Je ne voulais aucune de ces filles stupides, inutiles. Je te voulais, *toi*. Alors je me suis souvenu de ce qu'avait dit Mme Badington. Et je t'ai retrouvée.

» Mon Amy, ma précieuse, précieuse Amy. C'est passé si près cette fois-là. J'ai davantage pris mon temps, j'ai commencé par des petits cadeaux pour gagner ta confiance. Ce sourire sur ton visage à chaque fois que tu ouvrais une boîte, que tu découvrais le trésor. C'était exactement ce que j'avais imaginé. Exactement ce que je voulais. Tu allais être à moi. »

Il s'arrêta, soupira, fit une pause. J'en eus presque un sanglot de soulagement.

Mais il n'avait pas encore fini. Comment aurait-il pu en avoir fini alors que nous savions tous les deux que le pire était encore à venir ?

« Roger m'a surpris. Je me croyais malin, mais les grands frères… Ils ont le don de deviner ce que les petits manigancent. Et il savait. Bien sûr qu'il savait. J'ai compris qu'il allait falloir agir vite. Mais avant même que je réalise ce qui m'arrivait, les flics avaient découvert ma planque dans le grenier. Et au lieu de t'emmener, je me suis retrouvé à fuir la police. Le temps que je me ressaisisse, c'était fini. La maison était là, mais il n'y avait plus personne.

» Ce connard de Roger, expliqua-t-il, avait toujours été sacrément intelligent. Évidemment, je lui ai fait payer. »

Ben avait levé la main vers sa tête. Il caressait sa cicatrice machinalement. Un tic censé le soulager ? Ou le rappel d'un souvenir toujours cuisant ?

« Tu as kidnappé Dori, murmurai-je.

– J'étais obligé, dit-il en haussant les épaules. Il me fallait quelqu'un. Je ne voulais pas être seul. Et puis elle t'avait volé ton médaillon. Je ne pouvais pas la laisser faire ça.

– Elle n'a pas pris le médaillon, pauvre type. Je lui ai donné. Elle était mon amie et j'ai partagé avec elle parce qu'on fait ça entre amis. Tu es ignoble, abject, et jamais je ne serai avec toi. Ça me donne envie de vomir quand tu me touches !

– Oh, Amy, soupira-t-il. Tu n'as pas de raison d'être jalouse. Dori n'était pas celle que je voulais vraiment. Elle n'était qu'un moyen. Je l'ai enlevée et Roger est revenu vers moi. »

Je clignai plusieurs fois des yeux, sous le choc. « Tu as revu mon père ? À Arlington ?

– Roger est revenu à la maison. Comme je savais qu'il le ferait. À une époque, il y a très longtemps, Roger m'aimait. Il se cachait avec moi dans le placard et me tenait la main pendant que nos parents se disputaient. "Tout va bien, me disait-il. Je ne laisserai rien t'arriver. Je te protégerai." Et puis un soir, notre père est entré dans la cuisine, il a vu notre mère et il lui a tiré trois balles dans la poitrine. *Boum, boum, boum.* Il s'est retourné, il m'a vu ensuite. Il a levé l'arme. Je savais qu'il allait tirer. Mais Roger l'a empêché. Il lui a dit de reposer l'arme. Que s'il voulait vraiment tuer quelqu'un, ce qu'il avait de mieux à faire, c'était de se tuer lui-même.

» Et c'est exactement ce que notre père a fait. Ce demeuré a posé le canon contre sa tempe et a pressé la détente. Adieu, papa. Bonjour, la pension.

» Sauf qu'à la pension, Roger a disparu. Il avait sa classe, ses amis, sa vie. Il m'a laissé tomber. Comme ça.

» Alors j'ai attendu dans la maison d'Arlington. Parce que je savais à ce moment-là ce que j'avais toujours su. Que Roger reviendrait. Qu'à nouveau, ce ne serait plus que lui et moi. Avec un pistolet.

– Tu as essayé de tuer mon père ! »

Ben me regarda. Il secoua tristement la tête, toucha sa cicatrice. « Oh non, Amy. Ton père, mon cher frère, a essayé de me tuer. »

Dernière ligne droite. Bobby et D.D. remontaient Hanover en courant, slalomaient entre les piétons, ignoraient les klaxons des taxis. La nuit tombait, la rue se peuplait à mesure que les restaurants ouvraient pour la soirée. Bobby et D.D. se faufilaient entre les ados qui jacassaient sur leurs portables, les mères avec des poussettes, les riverains qui promenaient leur chien.

D.D. tenait un bon rythme. Bobby commençait à faiblir. Pas de doute : dès cette affaire bouclée, il traînerait ses fesses à la salle de sport.

Toujours pas de nouvelles d'Annabelle.

Il se servit de sa panique grandissante pour augmenter sa foulée.

Il courait.

Je ne croyais pas Ben. Mon père avec un pistolet ? Même M. Petracelli avait dit qu'il avait les armes à feu en horreur. Après le récit de la soirée avec ses parents, je comprenais pourquoi.

Mais apparemment, même pour mon progressiste de père, l'enlèvement de Dori avait été la goutte d'eau qui avait fait déborder le vase. Il s'était débrouillé pour se procurer une arme. Et était retourné dans la nuit à Boston pour retrouver son frère.

« *Roger, je t'en prie, n'y va pas. Roger, je t'en supplie, ne fais pas ça...* »

D'après Tommy/Ben, les deux frères s'étaient affrontés dans l'obscurité de mon ancienne maison. Tommy avec le pied-de-biche dont il s'était servi pour entrer. Mon père armé d'un petit pistolet.

« Je ne l'ai pas pris au sérieux, me racontait Ben. Roger ne pouvait pas me faire de mal. Il m'avait sauvé. Il m'aimait. Il m'avait dit qu'il prendrait toujours soin de moi. Mais là…

» Il avait l'air tellement fatigué. Il m'a demandé si j'avais enlevé cette petite fille. Si j'en avais enlevé d'autres. Que pouvais-je faire ? Je lui ai dit la vérité. Que j'en avais kidnappé six. Que je les avais emballées dans du plastique et que je les gardais comme une petite famille bien à moi. Et que ça ne suffisait toujours pas. Je te voulais toi, Amy. J'avais besoin de toi. Je n'aurais pas de repos tant que tu ne serais pas à moi.

» "Autrefois, je croyais, m'a dit tranquillement Roger, que l'inné n'avait pas vraiment d'importance. Que l'acquis pouvait toujours l'emporter, que ce soit par l'éducation reçue des parents ou même, pour quelqu'un comme moi, par l'éducation que je me suis donnée à moi-même. Avec du temps, de l'attention, du respect, chacun de nous pourrait être celui qu'il voulait. J'avais tort. L'ADN compte. La génétique est vivante. Notre père revit en toi."

» J'ai répondu à mon frère que c'était fascinant, étant donné que c'était lui qui tenait l'arme. Il a accepté ça. Il a même hoché la tête, comme si ça lui paraissait logique.

» "Exact, il a dit, parce que de moi-même je ne me serais jamais cru capable d'une telle chose."

486

» Ensuite il m'a tiré dessus. Tout simplement. Il a levé l'arme. Il m'a mis une balle dans le crâne. » Les doigts de Ben effleurèrent sa cicatrice.

« Le choc est une chose étrange. J'ai entendu le bruit. J'ai senti comme une brûlure dans mon front. Mais je suis resté debout longtemps, enfin je crois. Je suis resté debout et j'ai regardé mon frère.

» "Je t'aime", je lui ai dit. Et puis je suis tombé.

» Il s'est approché de moi.

»"Promets-moi que tu ne partiras jamais", j'ai dit.

» Et il est sorti.

» Je ne sais pas combien de temps je suis resté là. Je me suis évanoui, j'ai perdu connaissance, quelque chose comme ça. Mais quand je suis revenu à moi, je me suis rendu compte que je pouvais marcher. Alors je suis parti. J'ai marché jusqu'à ce qu'un type m'arrête et me dise : "Hé, vous savez quoi ? Je crois que vous avez besoin d'un médecin."

» Il a appelé une ambulance. Six heures plus tard, les chirurgiens ont retiré une balle de calibre 22 qui avait ricoché à l'avant de mon cerveau. C'était il y a près de vingt-cinq ans et depuis je ne ressens plus grand-chose. Ni bonheur. Ni tristesse. Ni désespoir, ni colère. Ni même solitude.

» Ce n'est pas une vie, mon Amy chérie. »

Le récit de Tommy semblait toucher à sa fin. J'étais encore glacée d'horreur. Que mon père ait tiré sur son propre frère. Que Tommy ait survécu. Que la vie des deux frères ait été prise dans un tel engrenage de violence.

« Tu ne ressens rien ? demandai-je timidement. Rien du tout ? »

Tommy secoua la tête.

« Tu n'as plus suivi d'autres filles ?

– Je ne peux pas tomber amoureux.

– Alors tu n'as pas besoin de moi.

– Bien sûr que si. Tu es ma famille. On a toujours besoin de sa famille.

– Ben…

– Tommy. Je veux te l'entendre dire. Ça fait tellement d'années. Allez, Amy. Pour ton oncle. Laisse-moi l'entendre de tes lèvres. »

Peut-être que j'aurais dû lui faire plaisir. Mais quand il m'a demandé de prononcer son nom, j'en ai été incapable. J'étais piégée dans mon propre appartement, en sang, épuisée, ma chienne moribonde dans les bras. Refuser son nom à mon oncle était le seul pouvoir qui me restait.

Je fis non de la tête. Et mon cher oncle Tommy qui ne ressentait aucune émotion se pencha vers moi pour me gifler. Mes lèvres se fendirent, je sentis le goût du sang. Je l'aspirai et le recrachai vers lui.

« Je te déteste, je te déteste, je te déteste ! » criai-je.

Son poing s'abattit sur ma tête et mon crâne rebondit sur la porte avec un craquement.

« Dis-le ! rugit-il.

– Va te faire foutre ! »

Il arma son bras, mais cette fois-ci je l'attendais.

« Hé, Ben, criai-je, attrape ! »

Et je lui lançai Bella en priant comme jamais je n'avais prié pour que même un fou dangereux ait le réflexe d'attraper.

Bobby fut le premier à entendre le cri. Il était à quelques immeubles de l'appartement d'Annabelle, vingt mètres devant D.D. Il essayait encore de se persuader qu'il y avait une explication au fait qu'Annabelle ne réponde pas au téléphone, qu'évidemment elle allait bien.

Puis il entendit le cri. Et passa la surmultipliée.

La porte de l'immeuble d'Annabelle s'ouvrit d'un seul coup. Un jeune homme se précipita dans la rue. « Police, police, que quelqu'un appelle la police. Je crois que le livreur d'UPS essaie de la tuer ! »

Bobby s'élança dans les escaliers pendant que D.D. sortait son téléphone pour appeler des renforts.

Ben recula sous le poids de Bella et pendant ce temps, j'arrivai enfin à hurler, un cri suraigu de pure frustration. Je m'en voulais de sacrifier ma meilleure amie. J'en voulais à Ben de m'y forcer.

Je me jetai sur la porte et m'attaquai frénétiquement aux verrous. Je défis les deux premiers pendant que Ben laissait tomber Bella et agrippait l'arrière de ma chemise. Je me retournai et lui assenai un coup de coude dans la tempe, envoyant valser ses lunettes.

Il tomba en arrière ; je trouvai la chaînette.

« Allez, allez, allez… »

Mes doigts tremblaient trop fort, ils refusaient de coopérer. Je pleurais comme une hystérique, je perdais mes moyens.

Alors je les entendis. Des pas lourds dans l'escalier. Une voix familière tant attendue : « Annabelle !

– Bobby ! » arrivai-je à répondre avant que Ben ne m'attaque par-derrière.

Je tombai lourdement, mon nez s'écrasa contre la porte. Les larmes me montèrent aux yeux, un autre cri de rage sortit de ma gorge. La porte trembla, Bobby se jetait dessus. Mais elle tenait, bien sûr qu'elle tenait. Parce que j'avais choisi cette porte pour sa solidité avant de lui adjoindre une demi-douzaine de verrous. J'avais bâti une forteresse pour me protéger et voilà qu'elle allait me tuer.

« Annabelle, Annabelle, Annabelle ! » rugissait Bobby, impuissant de l'autre côté.

Puis la voix éraillée de Tommy, cuisante à mon oreille. « C'est de ta faute, Amy, c'est à cause de toi que j'ai fait ça. Tu ne m'as pas laissé le choix. »

De très loin, j'entendis mon père. Ses interminables discours, ses sermons incessants :

« Quelquefois, quand on a peur, c'est difficile d'émettre le moindre son. Alors casse des choses. Tape du poing sur le mur, lance des meubles. Fais du bruit, chérie, bats-toi. N'arrête jamais de te battre. »

Tommy, qui m'attrapait les épaules. Tommy, qui me jetait à terre. Tommy, qui brandissait triomphalement le cran d'arrêt ensanglanté de Charlie.

« Jamais tu ne partiras.

– Je vais tirer, cria Bobby. Écartez-vous de la porte. Un, deux… »

Plaquée au sol, j'arrachai le pendentif de mon cou. Tommy leva son couteau. Je défis d'un coup sec le fin capuchon métallique de mon bijou en verre.

Et jetai les cendres de mes parents au visage de Tommy.

Il se redressa de toute sa hauteur en se frottant furieusement les yeux.

Et Bobby ouvrit le feu.

Je vis le corps de Tommy tressauter, une, deux, trois, quatre fois. Puis Bobby ouvrit d'un coup de pied ma porte fracassée.

Au lieu de s'effondrer, Tommy se tourna vers le bruit et chargea comme un animal blessé.

Je me levai d'un bond. Bobby esquiva vers la gauche. Tommy franchit à toute vitesse la porte fracassée, heurta la rampe du cinquième et battit l'air avec les bras pour reprendre son équilibre.

J'eus l'impression qu'il allait y arriver.

Alors je lui assenai un solide coup par-derrière.

Et, en digne fille de mon père, je regardai mon oncle faire une chute mortelle.

38

« La vérité vous libérera. » Encore un vieil adage.
Que je n'ai jamais entendu dans la bouche de mon
père, celui-là. Vu ce que je sais maintenant de son
passé, je crois que je comprends.

Six mois se sont écoulés depuis cette dernière soirée
sanglante dans mon appartement. Six mois d'interrogatoire de police, de récupération de garde-meubles,
de résultats d'analyses génétiques, avec, oui, même
une conférence de presse. J'ai un agent. Elle pense
pouvoir m'obtenir des millions de dollars de la part
d'un grand studio d'Hollywood. Et, bien sûr, il va y
avoir un livre.

Je ne me vois pas raconter mon histoire à la télé-
vision. Ni tirer profit de la tragédie de ma famille.
Mais bon, il faut bien manger, or, ces derniers temps,
les clientes ne se bousculent pas au portillon pour me
commander des rideaux sur mesure. Je n'ai pas
encore pris ma décision.

À l'heure qu'il est, je suis sous la douche, à me
raser les jambes. Je suis nerveuse. Un peu excitée. Je
pense maintenant, plus que jamais, que j'ai encore
beaucoup à apprendre sur moi-même.

Voilà les vérités telles que je les vois jusqu'ici :

Un : ma chienne est solide. Bella n'est pas morte sur le sol de ma cuisine. Non, ma compagne si courageuse a tenu le coup mieux que moi pendant que Bobby nous enfournait à l'arrière d'une voiture de patrouille et nous conduisait à toute blinde aux urgences vétérinaires. Charlie lui avait sectionné l'épaule jusqu'à l'os. Avait endommagé certains tendons. Bella avait perdu beaucoup de sang. Mais après deux mille dollars de soins médicaux, elle rentrait à la maison. Elle aime bien dormir sur mon lit maintenant. J'aime bien lui faire d'énormes câlins. Pas encore de jogging pour nous. Mais on se retape en se promenant d'un très bon pas.

Deux : les blessures guérissent. J'ai été hospitalisée vingt-quatre heures, essentiellement parce que j'ai refusé de quitter Bella jusqu'à ce que le véto me force à partir et qu'à ce moment-là, j'avais moi-même perdu beaucoup de sang. Il fallut douze points de suture pour ma joue. Vingt pour ma jambe. Trente et un pour mon bras droit. J'imagine que mes jours de top model sont derrière moi. Mais j'aime mes cicatrices. Quelquefois, au milieu de la nuit, je suis les fines lignes en relief du bout des doigts. Blessures de guerre. Mon père serait fier.

Trois : certaines questions resteront toujours sans réponse. Dans le garde-meubles de mon père, j'ai retrouvé le canapé auquel ma mère tenait tant ; mon album de bébé, avec mon acte de naissance original ; divers souvenirs familiaux ; et enfin une note de mon père. Elle était datée d'une semaine après notre retour à Boston, au moment où j'imagine que son anxiété était à son paroxysme. Elle ne donnait pas d'explication. Le 18 juin 1993, mon père avait simplement écrit : *Quoi qu'il arrive, sache que je t'ai toujours aimée et que j'ai fait de mon mieux.*

S'attendait-il à mourir à Boston ? Croyait-il que revenir sur les lieux d'une telle tragédie scellait son destin ? Je n'en ai aucune idée. Je soupçonne qu'il savait que son frère était toujours vivant. Mon père avait certainement guetté dans les journaux l'annonce de la découverte d'un corps anonyme dans une maison abandonnée d'Arlington et comme rien de tel n'avait été publié, il avait compris que son geste n'avait pas été aussi définitif qu'il l'aurait voulu. Mais alors pourquoi ne pas revenir et réessayer ? Pourquoi nous rejoindre, ma mère et moi, en Floride ?

Je ne sais pas. Je ne saurai jamais. Peut-être que tuer n'est pas aussi facile qu'il y paraît. Mon père avait essayé une fois et cela lui avait suffi. Alors après, nous avons fui. À chaque fois qu'un enfant disparaissait, à chaque fois que les journaux locaux lançaient une alerte-enlèvement, c'était fini. Mon père se procurait de nouvelles identités, ma mère faisait nos valises et ma famille prenait la route.

Par une ironie du sort, la police pense qu'oncle Tommy ne nous a jamais suivis. Même si la balle ne l'avait pas tué, ses lésions cérébrales avaient apparemment mis fin à la plupart de ses pulsions psychotiques. Il avait pris un emploi chez UPS. Il était devenu un citoyen modèle quoiqu'un peu asocial. Il était passé à autre chose.

Seule ma famille avait continué à vivre dans le passé, toujours à fuir, toujours à chercher un sentiment de sécurité que mon père ne savait pas comment trouver.

Quatre : toutes les vérités ne sont pas bonnes à dire. Par exemple, après une longue enquête, la police a finalement conclu que la mort de Ben / Tommy était un accident. Au cours d'une confrontation armée avec les forces de l'ordre, le suspect avait reçu quatre balles tirées à travers une porte verrouillée par un officier identifié. L'officier avait ensuite pu enfoncer la porte et le suspect blessé s'était rué hors de l'appartement dans une tentative de fuite désespérée. Sous le coup de la douleur et du désarroi, il avait accidentellement basculé par-dessus la balustrade du cinquième étage et fait une chute mortelle.

Inutile de dire que Bobby et moi ne parlons pas de cet épisode. D.D. non plus, qui était en bas dans le hall et qui donc, selon le rapport officiel, n'était pas en position de voir ce qui s'était passé avant le grand plongeon.

Mais il y a quelques semaines, elle m'a donné un tee-shirt sur lequel on peut lire : ÇA ARRIVE, LES ACCIDENTS.

Cinq : même les psychopathes ont l'esprit de corps. Charlie Marvin se révéla être Christopher Eola, l'ancien patient de l'hôpital psychiatrique. La police de Boston pense maintenant qu'il a tué au moins une douzaine de prostituées en se faisant passer pour un généreux défenseur des sans-abri. Empruntant aux méthodes de Ted Bundy (bénévole dans un centre d'aide pour désespérés), Charlie s'était habilement servi de sa position pour s'attirer les bonnes grâces de ses victimes potentielles tout en détournant l'attention de la police.

Il s'était récemment enhardi, cependant, car sa dernière cible était la chargée d'enquête D.D. Warren. Un expert en écriture confirma que la note laissée sur la voiture de D.D. avait très probablement été rédigée par Charlie. Les quatre chiens abattus là nuit du rendez-vous à l'hôpital psychiatrique portaient tous des puces électroniques menant à deux dealers de drogue /dresseurs de chiens différents, lesquels confirmèrent qu'un gentil vieux monsieur leur avait acheté leurs précieux « toutous ».

D'après ce qu'on pouvait imaginer, Charlie s'était insinué dans l'enquête pour tenter d'identifier et de contacter l'auteur de la tombe collective. Mais entretemps, il s'était entiché de D.D. et s'était lancé dans des petits jeux pour son propre compte. La police a retrouvé de quoi fabriquer une bombe dans son appartement de Boston. Apparemment, il mijotait d'autres crimes quand Tommy l'avait poignardé à mort dans ma cuisine.

Les parents d'Eola refusèrent de réclamer son corps. Aux dernières nouvelles, sa dépouille a été déposée dans une tombe anonyme.

Six : il est plus difficile que les gens ne le croient de tourner la page. Nous avons enterré Dori ce matin. Quand je dis nous, je parle de ses parents, de moi-même et de deux cents personnes compatissantes, dont la plupart n'avaient pas connu Dori de son vivant mais avaient été touchées par les circonstances de sa mort. Je vis pleurer des policiers de Lawrence à la retraite, des voisins qui, vingt-cinq ans plus tôt, l'avaient cherchée en vain dans les bois. La cellule d'enquête de la police de Boston assista au service, en retrait. Après cela, M. et Mme Petracelli serrèrent la main de tous les officiers jusqu'au dernier. Quand Mme Petracelli arriva à D.D., elle la serra très fort dans ses bras et les deux femmes fondirent en larmes.

Mme Petracelli m'avait demandé si j'accepterais de dire quelques mots. Pas l'éloge funèbre ; leur prêtre s'en chargea et il était bien, je suppose. Elle espérait que je pourrais parler de la Dori que j'avais connue, parce qu'aucun des gens présents n'avait jamais eu la chance de rencontrer cette enfant. Ça m'a paru une bonne idée. Je pensais le faire. Mais le moment venu, j'ai été incapable de parler. Les émotions que je ressentais étaient trop fortes pour être exprimées.

Dans l'ensemble je crois que je devrais accepter cette proposition de film. Parce que j'aimerais donner l'argent à la fondation de Mme Petracelli. Je voudrais que d'autres Dori soient rendues à leurs parents. Je voudrais que d'autres amies d'enfance aient l'occasion de dire : « Je t'aime, je suis désolée, au revoir. »

« La vérité vous libérera. »

Non, la vérité nous apprend seulement ce qui a été. Elle explique les cauchemars que je fais trois ou quatre fois par semaine. Elle explique les monceaux de factures de vétérinaire et d'hôpital que je dois encore régler. Elle me dit pourquoi un livreur d'UPS que je considérais comme une vague connaissance a fait d'une certaine Amy Grayson son unique héritière. Elle explique pourquoi ce même livreur d'UPS a passé les quinze premières années de sa carrière à changer en permanence d'itinéraire, cherchant apparemment dans tout l'État du Massachusetts une famille qui, il en était persuadé, ne pouvait pas être partie si loin que ça. Jusqu'au jour où, par le plus grand des hasards, toutes ses recherches furent récompensées et il me retrouva.

La vérité m'apprend que mes parents m'aimaient vraiment et elle me rappelle que l'amour, seul, ne suffit pas.

En fait, ce dont on a besoin, c'est d'une identité.

Je suis propre comme jamais. Jambes et aisselles rasées. Une goutte d'huile parfumée à la cannelle au creux du cou et des poignets. Je devrais mettre une robe. Mais ce n'est pas moi. Pour finir, je choisis un pantalon noir taille basse et un caraco à paillettes doré vraiment chouette déniché pour une bouchée de pain chez Filene's Basement.

Des talons, forcément.

Bella commence à geindre. Elle reconnaît les signes de mon départ imminent. Elle n'aime plus rester seule dans l'appartement. Moi non plus, d'ailleurs. Je vois encore le corps sans vie de Charlie Marvin étendu dans ma cuisine. Je suis sûre que Bella sent encore l'odeur du sang qui imprègne le plancher.

La semaine prochaine, c'est décidé, je cherche un appartement. Après trente-deux ans, il serait temps que le passé appartienne au passé.

On sonne à la porte.

Merde. J'ai les mains moites. Je suis dans un état pas possible.

Je m'approche à pas vifs de ma porte toute neuve en faisant attention de ne pas trébucher dans mes chaussures à talons. Je commence à ouvrir les verrous (trois au lieu de cinq, léger progrès) en priant pour ne pas avoir de rouge à lèvres sur les dents.

J'ouvre, et je ne suis pas déçue. Il porte un pantalon kaki avec une chemise bleu clair qui souligne le gris de ses yeux, une veste sport bleu marine. Ses cheveux sont encore humides de la douche ; je sens son après-rasage.

Hier, à deux heures de l'après-midi, alors que la dernière dépouille était identifiée et qu'il ne restait plus personne de vivant à poursuivre, la police de Boston a officiellement clos son enquête sur le crime de Mattapan et dissous la cellule de crise.

Hier, à deux heures une, nous avons passé notre accord.

Il me tend un bouquet de fleurs et, évidemment, une friandise pour chien. Il va sans dire que Bella ne sera pas oubliée.

« Bonjour, dit-il, et un sourire plisse le coin de ses yeux. Bobby Dodge, ravi de faire votre connaissance. Vous ai-je déjà dit que j'adore les barbecues, les clôtures de piquets blancs et les chiens blancs qui aboient ? »

Je prends les fleurs, donne l'os à mâcher à Bella. Conformément au scénario, je tends une main.

Lui bien sûr m'embrasse les doigts et des frissons me courent dans le dos.

« Ravie de vous rencontrer, Bobby Dodge. » Puis, après une grande inspiration : « Je m'appelle Annabelle. »

REMERCIEMENTS

Comme toujours, j'ai une dette envers un certain nombre de personnes qui ont permis à ce livre d'exister. Au commissariat de Boston : le commissaire divisionnaire Daniel Coleman ; la directrice de la communication, Nicole Saint Peter ; le capitaine Juan Torres ; le capitaine Wayne Rock ; le lieutenant Michael Galvin ; et enfin, mon cher voisin et collègue du Kiwanis Club, Robert « Chuck » Kyle, retraité de la police de Boston, qui m'a aidée à mettre toute la machine en route (et qui possède un stock d'anecdotes tel qu'aucun auteur ne pourra jamais espérer lui rendre justice dans un seul et même roman). Ces gens m'ont patiemment fait don de leur temps et de leur savoir ; il va de soi que je me suis servie d'eux tous, pour ensuite prendre de substantielles libertés romanesques.

Mon humble gratitude à Marv Milbury, ancien AS à l'hôpital psychiatrique de Boston. Marv est un homme d'une exceptionnelle gentillesse, mais dont les récits feraient dresser les cheveux sur la tête de n'importe qui. Pendant notre déjeuner, même la serveuse s'est interrompue dans son travail pour l'écouter. Là encore, plus d'anecdotes qu'un livre ne pourrait en contenir, mais j'ai fait de mon mieux. Pour ceux qui s'intéresseraient réellement à l'histoire des établissements psychiatriques, j'ai dû bricoler la chronologie, mais je me suis efforcée de respecter la réalité de ces institutions.

Merci également à Ann Marie Mires, anthropologue judiciaire, qui a généreusement pris sur son temps personnel pour m'aider à comprendre le protocole à suivre dans l'exhumation d'une tombe vieille de trente ans. À signaler que les informations sur la momification naturelle sortent tout droit d'Internet, sont sans doute totalement erronées et ne doivent pas être retenues contre Ann Marie. Les romanciers sont là pour ça.

À Betsy Eliot, amie très chère et également auteur de son état, qui est une nouvelle fois venue à ma rescousse. Peu de gens prennent encore vos appels quand vous leur avez demandé d'organiser une fusillade à Boston. Betsy ne m'a pas seulement apporté une aide inestimable pour mon premier livre avec Bobby, *Alone*, mais quand je l'ai appelée cette fois-ci en lui expliquant que j'avais besoin de visiter un asile psychiatrique à l'abandon, elle m'y a conduite avec enthousiasme. Au crépuscule. En pleine heure de pointe. Je t'adore, Bets.

À la vraie D.D. Warren, voisine, amie et chic fille, qui a accepté sans hésitation que j'utilise son nom pour ce que nous pensions toutes les deux être un personnage relativement mineur de *Alone*. Faites confiance à D.D. pour voler la vedette et finir dans deux livres. La vraie D.D. est aussi canon que son homologue romanesque et, heureusement pour nous tous, tout aussi attachée au service des autres. Elle a également la chance d'être mariée à un homme séduisant, drôle, brillant, John Bruni, qui fut lieutenant dans *Alone*, mais dut rester en dehors de ce livre-ci. Tu es un chic type, John, et un merveilleux poète.

À mon frère Rob, qui a volontiers proposé ses collègues pour pourvoir l'hôpital psychiatrique de mon roman en patients et en personnel. Vous voyez, je ne suis pas la seule tordue perverse de la famille.

À mes bonnes amies et couturières hors du commun, Cathy Caruso et Marie Kurmin, qui m'ont appris le b.a.-ba de la confection de rideaux. Je n'en ai finalement pas utilisé autant que je l'aurais voulu – c'est de ma faute, pas de la vôtre. Promis, je ferai mieux la prochaine fois.

Et à Joan Barker, qui a eu la chance de remporter le troisième concours annuel *Kill a Friend, Maim a Buddy* sur www.LisaGardner.com. Joan a proposé le nom de son amie Inge Lovell pour être le cadavre exquis de ce roman. Voilà où mène l'amitié. J'espère que vous êtes toutes les deux contentes, quant aux autres, eh bien, la quête d'immortalité littéraire recommence en septembre…

Enfin, à la rubrique attentions et aliments prodigués à l'auteur : à Anthony, pour toutes les raisons qu'il connaît mieux que personne ; à Grace, qui travaille déjà sur son premier roman (avec une prédilection pour l'encre rose vif) ; à Donna Kenison et Susan Presby, qui m'ont permis de me réfugier au somptueux Mount Washington Hotel pour que j'arrive à tenir les délais tout en préservant ma santé mentale ; et à mes chères voisines, Pam et Glenda, pour les lundis soir entre copines, les cookies au fromage blanc et les restes de saumon. Ce sont ces petites choses qui font qu'on se sent bien dans un quartier.

Lisa Gardner
au Livre de Poche

Arrêtez-moi n° 34300

Que feriez-vous si vous connaissiez le jour et l'heure exacts de votre mort ? Pour Charlie Grant, ce sera le 21 janvier à 8 heures précises, dans quatre jours. Comme ses deux meilleures amies. Et elle souhaite que ce soit l'inspectrice D.D. Warren de la police de Boston qui se charge de l'enquête. Prise par la traque d'un tueur de pédophiles, D.D. accepte à contrecœur. Mais dès qu'elle plonge dans le passé de la jeune femme, son instinct lui souffle que celle-ci ne lui a pas tout dit… Un coupable peut en cacher un autre : avec Lisa Gardner, il faut toujours se méfier des apparences !

Derniers adieux n° 33097

Est-ce parce qu'elle attend un enfant que Kimberly Quincy, agent du FBI, se sent particulièrement concernée par le récit incroyable et terrifiant d'une prostituée enceinte ? Depuis quelque temps, elles sont plusieurs à avoir disparu d'Atlanta sans explication, comme évaporées, et Kimberly est bien la seule à s'en préoccuper. Un serial killer s'attaquerait-il à ces filles vulnérables ? Aurait-il trouvé la clé du meurtre parfait ou s'agit-il de crimes imaginaires ? Sans le savoir, la jeune femme s'enfonce dans le piège tendu par un psychopathe. Comme pour sa mère et sa sœur, victimes autrefois d'un tueur en série, le temps des derniers adieux est peut-être arrivé pour Kimberly…

Disparue n° 31639

Sur une route déserte de l'Oregon noyée par la pluie, une voiture abandonnée, moteur en marche, un sac de femme sur le siège du conducteur. Rainie, une avocate séparée de son mari, Pierce Quincy, ex-profiler, a disparu. Dérive d'une femme au passé d'alcoolique ou conséquence d'une des redoutables affaires dans lesquelles elle s'investissait parfois dangereusement ? Un homme sait ce qui s'est passé cette nuit-là. Et lorsqu'il contacte les médias, le message est clair, terrifiant : il veut de l'argent, la célébrité. Sinon, personne ne reverra Rainie. Aidé de sa fille, agent du FBI, Pierce se lance dans l'enquête la plus désespérée de sa vie, sur la piste d'un criminel sans visage et de la femme qu'il n'a jamais cessé d'aimer.

Famille parfaite n° 34819

Les Denbe semblaient sortir des pages des magazines glamours : un mariage modèle, une belle situation, une ravissante fille de quinze ans, une demeure somptueuse dans la banlieue chic de Boston… Une vie de rêve. Jusqu'au jour où ils disparaissent tous les trois. Pas d'effraction, pas de témoin, pas de motifs, pas de demande de rançon. Juste quelques traces de pas et des débris de cartouches de Taser sur le sol de leur maison. Pour la détective privée Tessa Leoni, l'enlèvement ne fait aucun doute. Mais que pouvait donc bien cacher une existence en apparence aussi lisse ?

La Maison d'à côté n° 32688

Un fait divers dans une banlieue résidentielle de Boston passionne les médias. Sandra Jones, jeune maîtresse d'école et mère modèle, a disparu. Seul témoin : sa petite fille de quatre ans. Suspect n° 1 : son mari Jason. Tente-t-il de brouiller les pistes ou cherche-t-il à protéger sa fille ? Mais de qui ? Après *Sauver sa peau*, une nouvelle enquête particulièrement surprenante de la non moins surprenante D.D. Warren. Vous ne regarderez jamais plus une porte déverrouillée, une fenêtre entrouverte ou une page Web de la même façon…

Les Morsures du passé   n° 33520

Dans un quartier populaire de Boston, cinq corps sont retrouvés. Il s'agit des membres d'une même famille. Tous une balle dans la tête, le père respire encore faiblement. De toute évidence, cet homme couvert de dettes a décidé d'assassiner les siens avant de se donner la mort. Appelée sur les lieux, l'enquêtrice D.D. Warren comprend immédiatement que l'affaire est plus compliquée qu'il n'y paraît : sur la table du dîner, six couverts avaient été dressés… Lisa Gardner excelle une fois encore dans la maîtrise d'un suspense glaçant et la construction d'intrigues complexes qui bouleverseront le lecteur.

Preuves d'amour   n° 34046

Tessa Leoni, officier de police respecté, a abattu son mari en lui tirant trois balles dans le corps avec son arme de service. Elle ne supportait plus la violence de ce dernier. C'est la version qu'elle donne à l'inspectrice D.D. Warren lorsque celle-ci arrive sur les lieux. Mais, si les bleus sur le visage de la jeune femme sont irréfutables, il y a une chose que D.D. Warren ne s'explique pas : sa petite fille de six ans a disparu, et Tessa reste évasive à ce sujet. Que cherche-t-elle à cacher ? Les deux femmes vont s'affronter pour une même cause : la survie de l'enfant. Plus poignant que jamais, le nouveau suspense de Lisa Gardner, best-seller aux États-Unis, nous plonge au cœur du mensonge avec un talent vertigineux.

Tu ne m'échapperas pas n° 33368

Baskerville, dans l'Oregon, est une bourgade plutôt tranquille. Jusqu'à ce jour de mai où Rainie Conner reçoit un appel radio lui signalant qu'une fusillade vient d'éclater au collège. Quand l'inspectrice arrive sur place, le bilan est déjà lourd : des blessés et trois morts, deux fillettes et leur enseignante. Le meurtrier est arrêté, les armes à la main. Il s'appelle Dany, il a 13 ans. Son père, Shep O'Grady, est le shérif de Baskerville, le supérieur hiérarchique de Rainie. Chargée de l'enquête, Rainie doit faire vite : parents, médias et FBI font pression. Épaulée par Pierce Quincy, instructeur au FBI, spécialisé dans les fusillades en milieu scolaire, elle résiste et se demande si le garçon n'a pas été manipulé. Dans l'ombre, un homme vêtu de noir guette. Il connaît tout de la jeune adjointe du shérif, son passé, la mort tragique de sa mère, sa fragilité psychologique…

La Vengeance aux yeux noirs n° 33368

Contrainte de démissionner de son poste de shérif-adjoint de Baskerville dans l'Oregon, Lorraine Conner – Rainie – a ouvert à Portland un cabinet d'enquêtes privé. Quand Pierce Quincy, l'un des meilleurs profilers du FBI, vient la trouver, Rainie a du mal à imaginer qu'il a vraiment besoin de son aide. La fille aînée de Pierce, Amanda, vient de mourir. Un an plus tôt elle a provoqué un accident de la route qui l'a laissée inconsciente, le cerveau gravement endommagé. Quincy a des doutes sur les causes de l'accident et refuse que l'affaire soit classée. Son intuition ne tarde pas à se confirmer. À peine Rainie a-t-elle pris l'affaire en main que quelqu'un se fait passer pour Quincy, s'en prend à ses proches et tente de faire retomber sur lui tous les soupçons. Pour celui qui a juré la perte du profiler, la vengeance n'est pas un plat qui se mange froid, mais glacé…

Du même auteur
aux Éditions Albin Michel :

DISPARUE, 2008.

LA MAISON D'À CÔTÉ, 2010.

DERNIERS ADIEUX, 2011.

LES MORSURES DU PASSÉ, 2012.

PREUVES D'AMOUR, 2013.

ARRÊTEZ-MOI, 2014.

FAMILLE PARFAITE, 2015.

LE SAUT DE L'ANGE, 2017.

LUMIÈRE NOIRE, 2018.